L'héritière des Highlands

FIONA HOOD-STEWART

L'héritière des Highlands

Best SELLERS

éditions Harlequin

Si vous achetez ce livre privé de tout ou partie de sa couverture, nous vous signalons qu'il est en vente irrégulière. Il est considéré comme « invendu » et l'éditeur comme l'auteur n'ont reçu aucun paiement pour ce livre « détérioré ».

*Cet ouvrage a été publié en langue anglaise
sous le titre :*
THE JOURNEY HOME

Traduction française de
SEMA KILICKAYA

HARLEQUIN®

est une marque déposée du Groupe Harlequin
et Best-Sellers® est une marque déposée d'Harlequin S.A.

Photos de couverture
Femme : © VALERIE SIMMONS / MASTERFILE
Paysage : © DIGITAL VISION / GETTY IMAGES
Conception graphique : © VIVIANE ROCH

Toute représentation ou reproduction, par quelque procédé que ce soit, constituerait une contrefaçon sanctionnée par les articles 425 et suivants du Code pénal.
© 2000, Fiona Hood-Stewart. © 2007, Traduction française : Harlequin S.A.
83-85, boulevard Vincent-Auriol, 75013 PARIS — Tél. : 01 42 16 63 63
Service Lectrices — Tél. : 01 45 82 47 47
ISBN 978-2-2800-8755-1 — ISSN 1248-511X

*A mes chers et tendres garçons,
Sergio et Diego,
et à la mémoire de ma douce mère,
ma Lady Elspeth,
en souvenir de ce qu'elle fut
et sera toujours pour nous tous*

Les Larmes de l'Ecosse

Calédonie infortunée
Toi dont les lauriers sont flétris !
Les corps de tes valeureux fils
Jonchent ton sol ensanglanté ;
Tes toits jadis hospitaliers
Offraient leurs abris aux passants.
Désormais vestiges fumants
Ils servent de hideux trophées. (bis)

Ceux qui possédaient voient au loin
Tous leurs biens détruits par la guerre.
Pensant à la chair de leur chair,
Ils sont accablés de chagrin.
Ces rochers où l'on meurt de faim
Etaient d'abondants pâturages.
Les cris des enfants en bas âge,
Des filles violées, sont bien vains. (bis)

A quoi bon avoir en tout lieu
Acquis, au fil de tant d'années,
Une gloire, une renommée
Qui brille encor de tous ses feux ?
Ton courage altier est brisé,
On le voit ployer sous le joug.
L'étranger n'en venait à bout,
Rage et rancœur l'ont terrassé. (bis)

La muse agreste et les doux chants
N'empliront plus nos jours de joie.
Finis les rires d'autrefois,
Les charmantes veillées d'antan ;
Il n'est de chants que chants de peine,
Alternés de pleurs éperdus.
Et les mânes des disparus
Hantent, la nuit, nos mornes plaines. (bis)

Cause funeste et jour fatal,
Maudits à jamais, d'âge en âge !
Où s'affrontaient mêmes lignages,
Le fils du père était rival.
Lorsque de lutter nous cessâmes,
Il en fallait plus au vainqueur.
Le vaincu connaîtrait l'horreur
Du feu ardent et de sa lame ! (bis)

La mère, en cet instant ultime,
Erre éperdue parmi la lande ;
La bise siffle sur la brande ;
Ses pauvres enfants crient famine.
Privée d'amis, de pain, d'abri,
Elle voit le jour qui décline
Et, gisant sous un ciel de bruine,
Meurt, en pleurant ses chers petits. (bis)

Tant que le sang coule en mes veines,
Que ma mémoire m'obéit,
L'outrage fait à ma patrie
Emplit mon cœur filial de haine.
Face à l'adversaire acharné,
Mon chant clame ma sympathie.

*Toi, dont les lauriers sont flétris,
Calédonie infortunée !* (bis)

TOBIAS SMOLLETT, 1746
Trad. du poème par Ch. Souchon © *2006*

Ce poème fut écrit par le poète et satiriste Tobias Smollett peu de temps après la bataille de Culloden. Il exprime la rage des Ecossais devant le traitement fait aux prisonniers jacobites.

Prologue

*Les Lowlands, Ecosse
1746*

Rob Dunbar tenait sa jeune épouse, Mhairie, tout contre lui. Le voyage depuis les Highlands les avait épuisés. Affamés, ils s'étaient blottis devant la chaleur d'un feu de tourbe.

Pour couvrir leur fuite, ils s'étaient déguisés en conducteurs de bestiaux et avaient pris la direction du marché de Falkirk, situé plus au sud, accompagnés de leur garde, Hamish. Ils avaient évité les Tuniques Rouges[1], et les seules haltes qu'ils s'étaient octroyées avaient été dans des cahutes d'autres supporters jacobites[2], ou encore en pleine nature, à l'extérieur des hameaux. Rob dépliait alors son plaid et ils s'allongeaient sur la bruyère, parmi les fougères.

Le cœur lourd, le jeune homme contemplait maintenant son épouse. Elle était si belle et si désirable ! Sa chère Mhairie, avec qui il n'avait plus que très peu de temps à passer... Rob maudit le destin qui les arrachait ainsi l'un à l'autre alors qu'ils n'aspiraient qu'à s'aimer. Heureusement, ils n'avaient pas écouté

1. Soldats anglais combattant contre les Ecossais.
2. Partisans du roi d'Ecosse.

leurs parents respectifs et s'étaient mariés sans leur accord. Non pas que ceux-ci fussent contre leur union, mais ils trouvaient le moment mal choisi, et Struan, le père de Mhairie, n'avait pas manqué de faire remarquer à Rob :

— A quoi cela va-t-il t'avancer, mon garçon, de la prendre pour femme alors que tu ne seras jamais à ses côtés ni dans son lit ? Il vaut mieux attendre que toute cette guerre soit terminée.

Rob esquissa un sourire triste avant de rajuster la dague qu'il avait glissée dans la lourde ceinture de cuir retenant le plaid de trois mètres et demi qui lui servait également de kilt. Avec mélancolie, il se rendit compte que le souvenir de ces nuits passées à s'aimer dans la bruyère serait leur seul réconfort quand ils seraient séparés.

Les yeux fixés sur le feu, il se perdit dans une rêverie qui le mena jusqu'aux Colonies. Elles semblaient si loin. C'était pourtant là qu'il envoyait Mhairie. Pour la protéger. Poussant un profond soupir, il se demanda s'il la reverrait un jour. Les armées ennemies avaient envahi le pays, et le château d'Edimbourg était tombé aux mains des Hanovre. Beaucoup de Lowlanders avaient rejoint l'ennemi. La bataille prochaine allait s'annoncer décisive. Même si le Prince Bonnie Charlie remportait la victoire, les chances de voir sa femme revenir étaient minces. Rob n'osait penser à ce qui se passerait en cas de défaite. Tous les supporters du Prince seraient des hommes déchus, privés de leurs armes et dépossédés de leurs terres au profit de la couronne anglaise, et ce soulèvement n'aurait été qu'une vaine aventure. Les choses avaient considérablement changé depuis la révolte de 1715. Les propriétaires fonciers des Highlands avaient maintenant beaucoup de mal à rassembler leurs troupes, et seule la *crois tara* — deux traits noirs couverts de sang qui exigeaient qu'un homme se rallie à son chef sous peine de mort — parvenait encore à les persuader d'aller à la guerre.

D'un geste tendre, Rob caressa les boucles de sa bien-aimée. Il aurait pu sauver leur amour en se réfugiant avec elle dans ses terres du Sud, mais un homme ne peut se dérober à son devoir, et Rob savait que sa place était auprès de son souverain à qui il devait allégeance et loyauté. Quelle que fût l'issue, il devait remonter au Nord et se battre.

Cependant, l'idée du départ prochain de Mhairie lui était insupportable. La voyant frissonner, il resserra son étreinte.

— Tu as froid, ma chérie ?

— Ce n'est pas tant mon corps que mon âme qui souffre, chuchota-t-elle, tandis qu'un nouveau frisson la parcourait.

Rob remit un peu de tourbe dans le feu, et Mhairie se blottit de nouveau contre lui. Caressant les boucles épaisses et soyeuses de sa chevelure auburn, il se demanda s'il reverrait un jour son petit visage en forme de cœur.

Jamie, son cher et fidèle ami, s'approcha et lui tendit un gobelet de whisky au goût âcre et prononcé. Ils restèrent ainsi devant le feu, Rob étreignant Mhairie, et Jaimie regardant sombrement les flammes.

Le temps passa trop vite. A l'aube, ils se remirent en route et gagnèrent Leith où les attendait un navire en partance pour les Colonies. Rob donna des instructions à son garde en gaélique, et celui-ci partit en éclaireur.

Le cœur lourd, la petite troupe patienta. Bientôt, ils entendirent le clapotis de l'eau, et une barque ne tarda pas à apparaître. Comme convenu, on venait chercher Mhairie pour la mener à bord du vaisseau qui attendait, toutes voiles dehors.

— Ce doit être le capitaine MacPherson, chuchota Jamie. Je vais aller voir.

Il disparut dans la brume, laissant au jeune couple le temps de se dire adieu.

— Oh, ma Mhairie, n'oublie jamais combien je t'aime !

— Viens avec nous, Robby : il est encore temps de changer d'avis, chuchota-t-elle en levant vers lui un regard suppliant. Ne retourne pas à cette misérable guerre. N'as-tu pas dit toi-même que c'était une cause perdue d'avance ?

— Tu sais que je ne peux pas. Je dois fidélité au Prince. Quelle sorte d'homme serais-je si je prenais la fuite ?

Elle poussa un soupir de résignation. Elle savait qu'il était inutile d'insister.

— Je dois te confier quelque chose avant de partir, Robby.

— Dis-moi, mon aimée. Ouvre ton cœur pendant qu'il en est encore temps.

Ses yeux s'emplirent de larmes et elle s'accrocha à lui, enfouissant la tête dans son gilet.

— J'attends un enfant, Rob. Ton enfant.

La surprise et la joie le submergèrent. Il se recula pour la contempler avec une admiration mêlée d'effroi, et posa sa main sur ce ventre qui portait en lui le miracle de la vie. Il eut l'impression qu'un rayon de soleil déchirait le brouillard dans lequel il se trouvait. Mais ce bonheur s'évanouit dès qu'il prit conscience que sa perte allait être double.

— Oh, ma douce Mhairie, quand tout cela sera fini, tu reviendras prendre ta place à mes côtés, avec notre fils, mon héritier légitime. Mais…

Apercevant dans la brume le capitaine MacPherson en train de descendre du canot qui venait d'accoster, il comprit que le moment était venu. Avec un soupir, il sortit un pli de son escarcelle, et dit à sa femme d'une voix plus pressante :

— S'il m'arrive quelque chose, tu iras trouver Jamie et

vous suivrez les instructions contenues dans cette lettre. Tu peux avoir toute confiance en lui : il est comme un frère pour moi. Ma bien-aimée, poursuivit-il d'une voix qui se brisait, tu diras à notre fils combien tous deux, vous êtes chers à mon cœur. Conserve précieusement notre certificat de mariage ainsi que cette lettre. Ces documents sont la preuve que notre fils est mon héritier.

— Ton fils ou ta fille ! rectifia-t-elle en levant vers lui un regard surpris, souriant à travers ses larmes.

Puis elle prit les documents qu'il lui tendait, et les dissimula contre son sein.

— Tu verras. Je te dis que ce sera un garçon. La grand-mère Bissett l'avait prédit. Un beau garçon, même.

Il l'étreignit avec force, cherchant à graver dans sa mémoire le contour de ses lèvres et la douceur de son ventre qui frémissait sous ses caresses.

Puis le moment des adieux arriva. Le regard embué, Rob suivit des yeux la frêle silhouette secouée de sanglots qui montait dans la barque.

Lorsque tout le monde fut à bord, le capitaine donna l'ordre de partir. Il souhaitait lever l'ancre le plus tôt possible. L'embarcation s'éloigna dans le silence de l'aube, laissant sur le rivage un Rob empli de rage et de colère qui assistait, impuissant, au départ de sa bien-aimée.

Il vit le vaisseau se détacher lentement et se diriger vers le large, toutes voiles dehors. Porté par les vagues frangées d'écume, celui-ci ne fut bientôt plus qu'un point dansant à l'horizon.

— Il est temps de rentrer !

Rob s'aperçut que pendant tout ce temps, Jamie était resté à ses côtés pour partager son chagrin.

La mort dans l'âme, il jeta un dernier regard aux flots gris avant de tourner les talons et de s'avancer, kilt flottant au vent, vers les chevaux qui ne cessaient de piaffer. Hamish lui tendit la bride de sa monture.

— Prends garde à toi, Rob. Les troupes de Geordie l'Allemand sont sur pied. Ce n'est qu'une bande de fainéants, mais il vaut mieux être prudent.

— Tu as raison. Si je dois mourir, je préfère que ce soit l'épée au poing plutôt qu'au bout d'une corde, répondit-il en se hissant en selle.

— Non pas que je m'inquiète pour toi, continua Jamie. Je suis sûr que tu ne tarderas pas à revenir. Ton heure n'est pas aussi proche que tu le penses. Mais es-tu sûr de vouloir y aller ?

Rob ajusta son bonnet bleu, orné d'une plume d'aigle, et redressa les épaules fièrement.

— Aussi sûr qu'un homme peut l'être lorsque son devoir et son souverain l'appellent.

— Qu'il en soit ainsi, alors, et que Dieu soit avec vous deux !

Le mardi 15 avril, ils franchirent le fleuve Spey et se dirigèrent vers Culloden où Murray avait établi son camp. Sur les derniers kilomètres, Rob n'avait rencontré que des Highlanders à bout de force, affamés et désespérés.

Lorsqu'il arriva devant la tente de Murray et qu'il vit le comte et ses hommes assis autour de la table, les traits tirés et le regard sombre, il sentit tous ses espoirs l'abandonner.

Saisi d'un pressentiment soudain, il leva les yeux vers le ciel et aperçut les lourds nuages de la défaite.

Puis, le cœur serré, il rejoignit les autres. Les visages défaits qui l'entouraient étaient suffisamment éloquents. Chaque homme semblait connaître sa destinée, et soudain, Rob eut la terrible révélation de la sienne. La mort dans l'âme, il comprit que jamais il ne reverrait Mhairie, pas plus qu'il ne connaîtrait son fils. Une douleur incommensurable le submergea alors.

Les Highlands allaient bientôt résonner du glas sans fin de la mort. Le sang allait couler, avec une abondance inégalée, et le visage de l'Ecosse, sa patrie bien-aimée, serait changé à jamais.

1.

Midlothian, Ecosse
1999

Jack Buchanan était d'une humeur massacrante. Il venait de rater son troisième faisan, et son irritation ne fit qu'augmenter lorsqu'il vit l'oiseau qu'il avait en joue s'envoler et disparaître dans la grisaille du ciel écossais.

Agacé, il abaissa le canon de son fusil. Pourquoi ces satanés volatiles se dérobaient-ils ainsi ? Ils auraient dû être dociles. Aussi dociles que les jeunes cadres qui travaillaient pour lui ou que les membres de son entourage, qui se précipitaient toujours pour exécuter ses ordres. Tout à sa frustration, il pénétra dans le vallon d'un pas vif. Ce n'était décidément pas son jour. Rien d'étonnant, d'ailleurs. Comme tous les ans à la même période, il pensait pouvoir surmonter sa vieille douleur, mais celle-ci resurgissait toujours avec la même intensité.

Il arma son fusil, bien décidé à abattre le prochain faisan. Apercevant bientôt une nouvelle proie, il ajusta son tir et appuya lentement sur la détente.

Soudain, il se figea, l'estomac tordu par la peur, le corps couvert d'une sueur glacée sous son épaisse veste de chasse.

Une silhouette venait brusquement d'apparaître dans son champ de mire et il avait bien failli la toucher ! Il n'osait penser à ce qui se serait passé si... Heureusement, en chasseur aguerri qu'il était, il avait eu le réflexe de dévier son tir in extremis, et la balle était allée se loger dans un tronc d'arbre un peu plus loin sur la droite.

— Ça va ? cria-t-il, en proie à l'angoisse.

Dans le silence qui suivit, seul l'écho de sa voix lui répondit. Horrifié, il glissa son fusil en bandoulière et s'avança, suivi de ses chiens. Des fougères craquèrent sous ses bottes tandis qu'il approchait à grandes enjambées d'une femme qui se tenait immobile au milieu des arbres. Son visage, encadré de longs cheveux châtains, était exsangue.

— Ça va ? répéta-t-il en la dévisageant avec anxiété.

Dieu merci, elle n'était pas blessée.

— On ne vous a jamais dit de ne pas vous promener dans les bois en période de chasse ? lui lança Jack d'un ton accusateur.

L'inconnue sembla soudain s'animer.

— Hé, pas si vite ! Je vous rappelle que c'est vous qui avez failli me tuer ! En plus, vous vous trouvez sur une propriété privée, alors si quelqu'un n'a rien à faire ici, c'est bien vous !

Son assurance soudaine agaça Jack.

— Je sais que c'est une propriété privée, riposta-t-il d'un ton sarcastique, mais j'ai l'autorisation de chasser comme je l'entends ! Je suis désolé de vous avoir effrayée, mais rien de tout cela ne serait arrivé si vous aviez été plus prudente. Assis ! continua-t-il sèchement à l'adresse de ses *pointers* qui, en véritables chiens de chasse, furetaient encore dans les sous-bois avec l'espoir de retrouver la trace de l'oiseau que leur maître avait laissé échapper.

— Mais quel culot ! s'exclama l'inconnue. Ces terres appartiennent aux Dunbar. Vous n'avez rien à faire ici !

Ses yeux lançaient des éclairs tandis que, d'une main, elle prenait appui contre le tronc d'un arbre.

Jack l'observa plus attentivement. Il fut frappé par la nuance gris-vert de ses yeux, une nuance qui lui rappelait celle de la mer du Nord par une journée d'été venteuse. Quelle détermination dans son regard ! Mais lui non plus n'était pas d'humeur à discuter.

— Vous voyez l'arbre là-bas ? fit-il en tendant le bras vers la gauche. C'est là où ce domaine, je veux dire celui des Dalkirk…

— Ecoutez, coupa-t-elle, je vous répète que vous êtes sur mes terres, et si vous ne fichez pas le camp immédiatement, j'appelle la police.

— Ah oui ? Et peut-on savoir comment vous comptez vous y prendre ? répliqua-t-il d'un ton qui se voulait aussi provocateur que le sien.

— Ça ne vous regarde pas. Si vous n'êtes pas fichu de manier correctement un fusil, autant qu'on vous le confisque. Vous êtes un vrai danger public !

Il se hérissa, furieux qu'elle ose le traiter ainsi.

— Ecoutez, mademoiselle, je suis l'hôte de Sir Peter et Lady Kinnaird. Ce sont eux qui m'ont autorisé à chasser sur leurs terres.

Elle se redressa de toute sa taille et le toisa avec mépris :

— A votre accent, je suppose que vous êtes américain, mais cela ne vous donne pas le droit de bafouer les lois écossaises. Maintenant, j'aimerais continuer mon chemin, si vous n'y voyez pas d'inconvénient.

Elle fit un pas en avant, puis se ravisa.

— La barrière que vous voyez là-bas est la limite entre les deux propriétés.

Le regard de Jack suivit le doigt ganté qu'elle pointait vers une clôture délabrée à peine visible sous le feuillage et les fougères. Cela ne fit qu'ajouter à son exaspération. D'un air moqueur, il s'inclina tandis qu'elle passait devant lui, la tête haute, le buste bien droit dans une vieille veste verte qu'elle portait par-dessus un jean délavé.

Elle commença à descendre la côte.

Quel sale caractère ! se dit-il avec ironie, avant de siffler ses chiens.

L'incident l'avait perturbé. Il savait qu'il était en faute. Il aurait dû faire preuve d'une plus grande vigilance au lieu de ruminer le passé comme il le faisait invariablement depuis douze ans en ce jour précis de novembre. Il s'apprêtait à faire demi-tour lorsque son regard fut attiré par l'éclat d'un objet tombé sur le tapis de feuilles mortes et de brindilles cassées. Il se baissa et aperçut un pendentif où brillait un diamant. Ramassant le bijou, il rappela la jeune femme qui avait atteint maintenant une clairière située un peu plus loin.

— Hé, attendez ! Je crois que vous avez perdu quelque chose.

Il la vit s'immobiliser. Elle sembla vaciller un instant comme si elle cherchait à garder son équilibre puis, tel un pantin désarticulé, elle s'affaissa sans un bruit sur la terre humide. Fourrant le collier dans sa poche, Jack courut vers elle.

Refoulant tout sentiment de remords ou d'agacement, il évalua rapidement la situation avec sang-froid. Le ciel était chargé de nuages et l'air bien froid en cette fin d'après-midi de novembre. La neige n'allait pas tarder à tomber.

Soulevant doucement la jeune femme dans ses bras, Jack observa son visage inanimé. Aussitôt, des images surgies du passé l'assaillirent, et des émotions d'une rare violence le submergèrent. Un chagrin incontrôlable s'empara de lui lorsque au visage livide de l'inconnue s'en superposa un autre, chéri et tant regretté.

Quelle ironie du sort qu'un tel incident lui arrive en ce jour précis !

Il prit une profonde inspiration et, avec d'infinies précautions, il assit la jeune femme contre lui. Puis il remercia le ciel en sentant un frémissement la parcourir. Elle s'agita faiblement et il perçut la fragrance de son parfum. Elle se mêlait à la brise qui arrivait de la mer depuis l'estuaire de Forth jusqu'à l'intérieur des terres du Midlothian.

La jeune femme cligna des yeux, et il se pencha vers elle pour tenter de saisir les paroles qu'elle murmurait en revenant à elle. Il décida alors de prendre les choses en main.

— Pouah ! s'écria India Moncrieff en tentant de recracher le liquide âcre qui lui brûlait la gorge.

Elle voulut se redresser mais en fut empêchée par une poigne solide.

— Allez, encore une goutte ! fit une voix masculine d'un ton qui n'admettait pas de réplique.

Avant qu'elle ait pu répondre, India sentit de nouveau le liquide lui descendre dans la gorge. Retrouvant finalement sa voix et ses esprits, elle supplia :

— Assez, s'il vous plaît !

Toussant et suffoquant, elle se rappela brutalement ce qui s'était passé. On lui avait tiré dessus. Elle n'avait pas été touchée mais elle avait dû perdre connaissance. Le contrecoup, certainement. Elle qui ne s'était jamais évanouie auparavant, elle se sentit soudain ridicule. Consternée, elle se rendit compte que le bras qui la soutenait devait être celui de cet insupportable individu, cause de tous ses ennuis.

— Arrêtez de râler et faites ce que je vous dis ! reprit l'homme d'une voix profonde. L'alcool va vous faire du bien.

Avant de pouvoir réagir, elle sentit deux bras puissants la soulever comme si elle n'était pas plus lourde qu'une plume, puis la déposer sur une grosse souche d'arbre.

— Où habitez-vous ? demanda l'homme en la maintenant fermement.

— Ça ne vous regarde pas, marmonna-t-elle.

Tout ce qu'elle voulait, c'était qu'il arrête de parler. Peut-être qu'alors, sa tête cesserait de tourner.

— Mais si, ça me regarde ! Que cela me plaise ou non, vous êtes désormais sous ma responsabilité.

Il desserra l'étau de ses bras et se releva.

— Sous votre responsabilité ? Je ne pense pas qu'il soit très responsable de viser les gens avec votre fusil ! Je me débrouillerai très bien toute seule, merci.

En dévisageant l'inconnu, India fut frappée par son regard dont le bleu perçant était accentué par d'épais sourcils noirs. Un regard dans lequel elle lut de l'inquiétude mais aussi, et cela l'agaça, une pointe d'amusement.

— Vous vous sentez capable de marcher ? lui demanda-t-il d'un air dubitatif.

— Bien sûr ! lança-t-elle en tentant de se relever. Ça va aller, je vous assure. Vous pouvez me laisser.

— Il n'en est pas question.

— Vous ne croyez pas que vous avez fait suffisamment de dégâts comme ça ? Puisque je vous dis que ça va aller !

Sauf que l'Américain ne semblait pas l'entendre de cette oreille. Il se dressait au-dessus d'elle, les sourcils froncés, très sûr de lui. Mais il sourit soudain — d'un sourire qui le rendait incroyablement séduisant.

— Depuis que nous nous sommes rencontrés, vous ne faites que vous plaindre. Tâchez d'être un peu raisonnable. La nuit ne va pas tarder à tomber. Si on ne se met pas en route tout de suite, on va se retrouver coincés ici sans lampe torche.

India lui jeta un regard méfiant.

— Qui êtes-vous ?

— Je m'appelle Jack Buchanan. Comme je vous l'ai déjà dit, je séjourne à Dalkirk, chez les Kinnaird. Vous êtes voisins ?

— On peut dire ça comme ça.

— Qu'entendez-vous par là ? demanda-t-il, intrigué. Soit vous êtes voisins, soit vous ne l'êtes pas.

— Oui, nous sommes voisins. D'une certaine manière. Mais je ne vois pas en quoi ça vous regarde.

La perspective de se retrouver seule ici, dans l'obscurité, ne la rassurait guère. Ravalant sa fierté, elle s'efforça de se lever.

— Puisque vous semblez décidé à me raccompagner, autant nous mettre en route tout de suite. Mais je vous le répète encore une fois : je pourrais très bien me débrouiller seule.

— O.K, allons-y ! Au fait, comment vous appelez-vous ?

— India Moncrieff, répondit-elle, furieuse de ne pas pouvoir le planter là.

— Moi aussi, je suis ravi de faire votre connaissance, dit Jack, sans chercher à cacher la lueur moqueuse de son regard.

La jeune femme rajusta sa veste et l'observa tandis qu'il reprenait son fusil et sifflait ses chiens. S'il était un ami de Peter et de Diana, elle pouvait bien accepter qu'il la raccompagne chez elle.

Ils sortirent de la clairière pour se diriger vers le ruisseau. Au premier coup de vent qui lui cingla le visage, India sentit son humeur s'altérer. Elle se rappela brusquement la raison qui l'avait menée dans le vallon, et continua d'avancer d'un pas lourd, songeant avec anxiété à ce qui l'attendait à son retour chez elle. Elle avait cherché à s'isoler pour tenter de trouver un peu de paix, mais le répit avait été de courte durée.

Ils s'engagèrent sur un pont de bois branlant, tandis que les chiens pataugeaient dans la rivière. L'eau, peu profonde à cet endroit, était glaciale. Une fois sur l'autre rive, les chiens s'ébrouèrent, avant de suivre leur maître et la jeune femme sur la pente escarpée qui les menait vers les jardins et la pelouse entourant la propriété d'India. Tout en marchant, la jeune femme songeait à l'avenir et à ce qu'il lui réservait, maintenant qu'elle se trouvait seule avec pour unique famille sa demi-sœur Séréna et de vagues cousins qu'elle connaissait à peine. Un sentiment de solitude l'accabla. Le refoulant aussitôt, elle reprit son souffle et reporta toute son attention sur Jack Buchanan. Il avait un charme fou avec ses manière directes, sa désinvolture toute américaine, et sa présence imposante — presque intimidante.

Elle accéléra le pas jusqu'au sommet de la colline. Là, elle s'appuya contre l'énorme tronc du vieux chêne qui se dressait, immense et solitaire. Du regard, elle embrassa le domaine Dunbar et éprouva soudain un regain d'espoir inattendu.

Tout n'était pas perdu, semblait lui souffler une voix inconnue. India sentit comme un immense voile de paix descendre sur elle et l'envelopper. Le nœud qu'elle avait à l'estomac depuis son arrivée à Dunbar commença lentement à se desserrer. L'espace d'un instant, elle eut le sentiment très vif que quelqu'un se trouvait à ses côtés. Mais cette impression s'évanouit si rapidement qu'elle se demanda si elle n'avait pas rêvé. Après tout, il était tellement facile de se laisser aller à rêver dans l'ambiance mystique de ces lieux ! Mais India savait bien que ses rêves ne se réaliseraient jamais.

***

L'Ecosse avait un effet apaisant sur Jack. Il en était tombé amoureux quatre ans auparavant, lorsqu'une première visite lui avait fait découvrir la beauté sauvage de ces paysages encore vierges où la bruyère tapissait les flancs des collines de taches mauves et blanches. Jack s'était aussitôt senti en harmonie avec les terres qu'il embrassait maintenant du regard. Les couleurs fauves de l'automne s'estompaient, tandis que les arbres s'effeuillaient lentement pour accueillir les premiers givres. Les champs étaient recouverts d'une fine couche étincelante qui donnait au paysage un aspect féerique. L'air était imprégné de l'odeur des feuilles humides que l'on brûle — une odeur familière qui, pour Jack, évoquait le Tennessee de son enfance, lui rappelant ses parents et son petit frère Chad, lorsqu'il courait dans les feuilles mortes sous le regard amusé de sa mère.

Il rejoignit India au sommet de la colline et découvrit, le souffle coupé, la vue qui s'offrait à lui. Au-delà de la vaste étendue de pelouse soigneusement taillée se dressait la majestueuse demeure des Dunbar. On distinguait encore dans le crépuscule naissant ses lignes épurées, dont l'austérité était adoucie par le rose pastel de la pierre locale dans laquelle elle avait été bâtie. Un peu plus loin sur la droite, à peine visible dans la brume qui montait, paissait un troupeau de moutons des Highlands. Aucun bruit ne venait rompre la tranquillité de cet endroit magique où semblait régner une sérénité séculaire. Devant cet impressionnant spectacle, Jack sentit un frisson le parcourir.

— Ces terres appartiennent à votre famille ? demanda-t-il à la jeune femme.

India acquiesça, le regard fixé sur la demeure.

— Il y a toujours eu des Dunbar ici. Depuis le treizième siècle.

On les appelait des barons brigands, à l'époque. Ils se déplaçaient en hordes pour voler les troupeaux de leurs voisins.

— La maison est incroyablement belle ! De quand date-t-elle ?

— Du milieu du dix-huitième. Mon aïeul, William, l'a agrandie, puis elle a été terminée par l'un de ses cousins, Fergus Dunbar. Il en a hérité lorsque Rob, le fils de William, a été tué à la bataille de Culloden.

Jack sentit sa curiosité s'éveiller.

— A quoi ressemblait l'ancienne demeure ?

— Je crois que c'était un petit pavillon de chasse, mais je n'en suis pas sûre.

Elle semblait pressée de partir, mais Jack, fasciné par la demeure, ne bougea pas.

— Ça pourrait faire un superbe hôtel ! dit-il, l'air songeur.

— Un hôtel ?

Elle tourna la tête vers lui, horrifiée.

— Vous êtes fou ? Je n'ai jamais rien entendu de plus ridicule !

— C'était juste une idée en l'air, dit Jack d'un air d'excuse. Dites-m'en un peu plus sur Fergus.

— Fergus s'en est plutôt bien tiré, dit-elle en s'avançant vers la pelouse. Il était du côté des Anglais lors du soulèvement de 1745, et il s'est considérablement enrichi. Comme l'héritier en titre, Roy Dunbar, avait eu la bonne idée de mourir avant lui, c'est lui qui a hérité de la maison, et il l'a agrandie. Il y a un tableau qui le représente dans la galerie des portraits. J'avoue qu'il a une tête à faire peur.

— Pourquoi ? demanda Jack, amusé. Qu'a-t-il fait de si répréhensible ?

India haussa les épaules.

— Je ne sais pas. Certains disent que c'était un traître.

Beaucoup de gens ici étaient d'allégeance jacobite, mais en secret seulement. Même s'ils ne se sont pas battus pour le Prince Bonnie Charlie, ils n'auraient jamais rien fait pour soutenir les Anglais.

— C'est ce que Fergus a fait ?
— D'après la rumeur, oui.

Elle haussa les épaules avant d'ajouter avec un sourire :

— Je suppose qu'il y a une part d'exagération dans tout ça. En tout cas, il a gagné suffisamment d'argent pour se payer les services d'Adam et terminer la maison.
— Vous voulez dire l'un des frères Adam ?
— Oui. Robert Adam, l'architecte le plus célèbre de l'époque.
— Il a vraiment fait du bon travail !

India lui jeta un regard en coin, et l'expression de son visage s'adoucit.

— Oui, c'est aussi mon avis. Cet endroit dégage une telle sérénité… Je n'arrive pas à trouver les mots.
— Je vois ce que vous voulez dire.

Leur antagonisme du début semblait avoir disparu par enchantement, comme s'il s'était fondu dans la brume qui enveloppait le paysage.

La nuit était déjà presque tombée lorsqu'ils arrivèrent devant la maison. Ils se dirigèrent vers une petite porte qui menait à l'aile Est.

Sans raison apparente, Jack fut de nouveau saisi d'un frisson, et se retourna pour jeter un dernier regard à l'immense chêne qui se dressait majestueusement de l'autre côté de la pelouse.

— Vous n'avez plus rien à craindre, maintenant, dit-il alors qu'India tournait le bouton en laiton de la lourde porte de chêne.

Il eut un mouvement d'hésitation en apercevant une lumière

par l'entrebâillement de la porte. C'était comme une invitation à entrer.

— Je vous dois des excuses, ajouta-t-il à contrecœur. J'étais loin d'imaginer qu'il y aurait quelqu'un dans les bois aujourd'hui. C'est ma faute.

Le ton était plus froid qu'il ne l'aurait souhaité, mais il n'avait pas l'habitude de s'excuser.

— Bon, je crois que je ferais mieux d'y aller. Ça vous ennuie si j'appelle un taxi ? Je crois que j'aurais du mal à retrouver mon chemin, maintenant qu'il fait nuit.

De fait, la vue du ciel noir lui donnait très envie de rester. Une envie qui ne fit qu'augmenter devant l'expression de contrariété qui se peignit fugitivement sur le visage d'India, avant d'être remplacée par un masque de politesse. Jack obtenait toujours ce qu'il désirait, et cette femme, cette étonnante maison et l'aura de mystère qui l'entourait l'intriguaient au plus haut point. Pas question pour lui de partir sans chercher à en savoir plus sur India Moncrieff.

— Entrez, dit-elle. Le téléphone se trouve dans la bibliothèque.

Jack pénétra dans un vestiaire encombré de vieux imperméables et de bottes de caoutchouc, tandis que la jeune femme faisait passer les chiens dans une autre pièce, puis refermait la porte sur eux.

Jack posa son fusil sur un banc de bois, puis ôta sa veste et l'accrocha à côté de celle d'India.

Un escalier aux marches recouvertes d'un tapis élimé les mena dans un grand couloir aux murs couverts de livres anciens. Jack jeta un regard fasciné aux rayonnages et à leurs moulures. Les armoiries lui semblèrent vaguement familières, mais il aurait été bien incapable de dire pourquoi. Et puis, il y avait aussi cette sensation étrange d'être dans l'expectative.

31

Une sensation qu'il n'avait éprouvée que deux fois dans son existence. Deux fois qui avaient marqué un tournant important dans sa vie… Il fallait sans doute mettre ça sur le compte de cette brume et de cette atmosphère si particulière. On était en Ecosse, après tout.

Jack sourit. En tout cas, ce sentiment était bien agréable.

Au bout du couloir, Jack ouvrit la porte pour laisser entrer India dans la bibliothèque. Il fut aussitôt frappé par l'ambiance chaleureuse qui régnait dans la pièce. Il y avait une belle flambée dans la cheminée et, comme dans le couloir, les murs étaient couverts de livres anciens. L'endroit avait un cachet certain, une sorte de chic suranné dû à la patine du temps, comme aurait dit Diana Kinnaird. C'était cette touche british qui plaisait tant à Jack.

— Vous les Britanniques, vous avez l'art de donner une âme aux objets, comme s'ils étaient là depuis des siècles.

Il jeta un coup d'œil sur le plateau à thé stratégiquement posé sur une grande ottomane encadrée de deux sofas en velours vert bouteille. L'un d'eux était recouvert de coussins à franges et sur l'autre, un gros berger anglais somnolait, pelotonné sur un jeté de lit en cachemire.

— C'est dans nos gènes, répondit India, une lueur amusée dans le regard. Il faut que les choses soient de qualité : pas forcément chères, mais confortables avant tout… Au fait, le téléphone se trouve là-bas !

Du doigt, elle indiquait un bureau placé contre le mur, à l'autre bout de la pièce. A côté, deux portes-fenêtres drapées de rideaux aux motifs défraîchis se confondaient avec les ombres du soir. Tout était à l'unisson dans cette pièce, se dit-il. Les tapisseries aux couleurs passées des fauteuils, les livres, le mobilier en acajou et même le tapis kurde usé jusqu'à la corde placé devant la cheminée. Tout semblait avoir traversé les siècles.

— Le numéro du taxi doit être dans le bloc bleu à côté du téléphone, dit India en s'avançant vers le feu.

Elle se frotta les bras.

— Il faisait vraiment frisquet tout à l'heure, ajouta-t-elle.

— Pas étonnant ! On est en novembre et vous étiez allongée sur la terre humide !

Il saisit un bloc-notes en piteux état et tenta de déchiffrer les numéros qui y étaient griffonnés. Certains chiffres avaient été barrés et l'on en avait inscrit d'autres par-dessus. Le tout était tellement brouillon qu'il se demanda comment les habitants du manoir faisaient pour s'y retrouver.

— Ça y est ? demanda India.

Il leva les yeux et grimaça.

— J'ai du mal à déchiffrer l'écriture. Vous pourriez peut-être me dire où se trouve le numéro du taxi.

— Le troisième en partant du haut.

— Celui d'un certain MacFee ?

— Oui, c'est ça. C'est le taxi du coin.

Jack souleva le combiné d'un téléphone ancien et, de l'index, composa le numéro sur le cadran rotatif. Il laissa sonner longtemps. En vain. Son regard revint vers India, perchée sur l'un des accoudoirs du sofa, et s'arrêta sur ses jambes magnifiquement galbées. Il continua à laisser sonner. Le spectacle n'était pas pour lui déplaire. Il y avait quelque chose de gracieux et de posé chez cette jeune femme, même si on sentait sous ce calme apparent une sorte d'énergie contenue, prête à jaillir. Il se surprit à imaginer l'expression de son visage transfiguré par le plaisir, et il en fut gêné. Se tançant intérieurement, il raccrocha avec brusquerie.

— On dirait que le vieux MacFee n'est pas là. Je réessaierai dans quelques minutes si vous n'y voyez pas d'inconvénient.

— Pas de problème. Il y a du thé. Vous en voulez une tasse en attendant ?

La proposition manquait d'enthousiasme, et lui-même avait une sainte horreur du thé. Mais, par esprit de contradiction, il décida d'accepter.

— C'est vrai que l'écriture de ma mère est illisible, dit India en jetant un coup d'œil au bloc-notes.

Un sourire mélancolique aux lèvres, elle prit place sur le canapé près de la cheminée, poussa le chien et examina la liste de numéros de téléphone.

— Il y a un autre taxi : Pennickuik. Mais je ne vois pas son numéro et je ne le connais pas par cœur.

Elle releva la tête et haussa les épaules.

— Au pire, je vous ramènerai. Ça ne doit pas être si loin que ça.

— Merci, c'est gentil.

Il s'installa confortablement dans le canapé, manifestement peu pressé de partir. Il était fermement décidé à percer les mystères de cette fascinante demeure et de sa non moins fascinante propriétaire.

Avec d'infinies précautions, India souleva la lourde théière en argent et en versa une première tasse. Glissant un regard furtif vers Jack, elle se demanda combien de temps il lui faudrait encore tenir son rôle d'hôtesse. Elle avait tellement de choses à préparer pour le lendemain, et cet homme semblait bien décidé à prolonger sa visite. Elle se demanda qui il lui rappelait. Peut-être Pierce Brosnan, en plus grand, plus large, plus américain… Elle reposa la théière, sensible au charme qui se dégageait de lui. Son pull-over en cachemire jaune pâle et son pantalon de velours vert lui allaient plutôt bien. Quel âge pouvait-il avoir ? Dans les trente-cinq ans, décida-t-elle en lui tendant sa tasse et en continuant à le dévisager. Tout compte fait, il ne ressemblait pas à Pierce Brosnan.

Elle prit le pot de lait. Oui, il y avait vraiment quelque chose de familier dans son visage.

— Combien de temps comptez-vous rester à Dalkirk ? demanda-t-elle.

Elle regrettait de ne pas avoir composé elle-même le numéro du taxi. Peut-être s'était-il trompé en le faisant ?

— Encore quelques jours. J'y séjourne de temps en temps. Peter Kinnaird et moi sommes d'excellents amis, en plus d'être associés.

— Vous êtes dans l'hôtellerie, alors ?

— Exact. Dites, je reprendrais bien un peu de ce thé : il est excellent !

Ses doigts effleurèrent les siens lorsqu'il lui tendit sa tasse.

— Peter et moi avons mis en commun certains de nos intérêts, il y a quelques années. Surtout en Asie et en Amérique Latine. On a décidé d'unir nos forces au lieu d'être en concurrence.

— Une stratégie très rentable, j'imagine.

— En effet. Il se trouve aussi que j'aime beaucoup Peter et que j'apprécie de travailler avec lui. Et vous ? Vous faites quoi dans la vie ?

— Je suis architecte d'intérieur.

— Vraiment ? Pour des particuliers ou des entreprises ?

Jack la regardait avec une telle attention qu'elle détourna les yeux, gênée.

— Les deux, répondit-elle. Je me suis occupée notamment de l'un des hôtels de Peter. Le Jeremy, à Londres. Vous connaissez ?

— Et comment ! J'étais présent à l'inauguration, mais je ne me rappelle pas vous y avoir vue.

— Malheureusement, je n'ai pas pu m'y rendre. L'une

de mes meilleures amies n'a rien trouvé de mieux que de se marier le week-end de l'inauguration. Je ne pouvais pas rater la cérémonie.

— Quel dommage !

Il lui adressa un bref sourire.

— Vous avez vraiment fait du bon travail ! Cette statue dans l'entrée, avec ses lignes si lisses dans un cadre aussi traditionnel… Quelle trouvaille ! J'aime beaucoup cette impression de luxe discret que vous avez su donner tout en conservant les caractéristiques architecturales du bâtiment. Et pourtant, cet hôtel est tout à fait moderne ! C'était un sacré défi à relever.

India se sentit rougir sous son regard. Venant d'un homme tel que Jack, le compliment n'était pas anodin.

— J'aime mon travail. Si je m'écoutais, je ne ferais que ça. Le plus excitant, c'est l'équilibre qu'il faut trouver entre les éléments classiques originaux et les impératifs du modernisme.

— Peter m'a dit que la compagnie qui avait refait son hôtel se trouvait en Suisse. Vous travaillez pour eux ?

— J'habite en Suisse. La Dolce Vita m'appartient.

— Je croyais que vous viviez ici !

Elle eut un mouvement d'hésitation. Alors qu'elle avait jusque-là réussi à les contenir, sa douleur et sa tristesse menaçaient de nouveau de la submerger.

— Dunbar appartient — ou plutôt appartenait à ma mère.

— Comment ça *appartenait* ? Elle l'a vendu ?

— Non, elle est morte il y a quatre jours.

Il y eut un silence durant lequel India plia méthodiquement sa petite serviette de lin, s'efforçant de contenir les larmes qui lui brûlaient les yeux.

— Je suis vraiment désolé, fit Jack d'une voix douce. Je ne voulais pas me montrer indiscret.

— Ça a été tellement soudain. Une crise cardiaque. Heureusement, elle n'a pas souffert. C'est ce qui me console.

Elle s'efforça de ne pas penser au vide que le départ soudain de Lady Elspeth allait laisser dans sa vie.

— Je suis désolé, répéta Jack d'une voix douce.

Il y eut un autre silence, seulement rompu par le crépitement des flammes dans l'âtre et le ronflement léger d'Angus, toujours assoupi devant le feu. India se leva alors et se baissa pour retirer le garde-feu. Aveuglée par les larmes qu'elle n'était plus capable de contenir, elle tendit la main pour s'emparer d'une bûche.

Aussitôt, Jack fut à ses côtés.

— Je m'en occupe.

Plaçant la main par-dessus la sienne, il lui prit doucement la bûche.

— Ça va aller, ne vous en faites pas pour moi ! dit-elle d'une voix tremblante, tandis que les larmes coulaient sur ses joues.

— Vous avez eu une dure journée. Désolé de vous avoir dérangée. Je vais vous laisser vous reposer, maintenant.

Leurs regards se croisèrent et il cilla devant la douleur qu'il lut dans ses yeux.

— C'est dur de perdre un être cher. Il faut du temps pour s'en remettre, dit-il doucement.

Elle hocha la tête :

— Merci. Désolée. Je…

— Je sais, je sais.

Il lui pressa doucement la main, puis se leva. De sa poche, il sortit alors un mouchoir blanc qu'il lui tendit avant de s'emparer du tisonnier pour attiser le feu.

— Moi aussi, il m'a fallu beaucoup, beaucoup de temps pour me remettre, murmura-t-il comme pour lui-même.

India se leva et s'avança vers lui.

— Vous avez perdu quelqu'un, vous aussi ?
— Ma femme.

Il donna un brusque coup de tisonnier. Une bûche glissa et les flammes s'élevèrent de nouveau.

— Elle est morte il y a douze ans, jour pour jour.

Il remit le tisonnier à sa place, et ils restèrent un long moment côte à côte devant le feu qui crépitait, perdus dans leurs souvenirs mais unis par leur chagrin.

Instant magique qu'India rompit en retournant s'asseoir. Jack soupira. Il ne la comprenait que trop bien, connaissant les tourments qui devaient l'agiter, la bataille qu'il lui faudrait mener pour ne pas se laisser accabler par la douleur. Il aurait aimé pouvoir l'aider, mais il savait que l'on est toujours seul face à son deuil.

Ce fut à ce moment qu'elle releva la tête pour lui adresser un petit sourire vaillant.

— Et si je vous faisais visiter la maison ?
— Pourquoi pas ?

Il lui rendit son sourire, soulagé.

Quittant la bibliothèque, ils passèrent dans le grand hall orné de moulures en stuc et traversé de courants d'air.

Une heure plus tard, Jack était ravi de la visite. A sa grande surprise, le temps était passé très vite en compagnie d'India, dont la somme de connaissances était étonnante. Il était surtout intrigué par le fait qu'elle semblait ignorer l'effet qu'elle pouvait produire sur un homme. Elle l'avait guidé dans d'interminables couloirs et lui avait montré d'innombrables pièces, lui racontant chaque fois des histoires — certaines drôles, d'autres moins — au sujet des personnages dont les portraits peints par Raeburn ou Gainsborough ornaient toute une galerie. L'expression de la jeune femme changeait au fil de ses anecdotes, si bien que la regarder était déjà un spectacle en soi. Un spectacle fort agréable, même, songea Jack.

Ils parlèrent d'hôtels qu'ils connaissaient, d'endroits qu'ils avaient appréciés et de livres qu'ils avaient lus. Lorsqu'ils retournèrent dans la bibliothèque, Jack était perplexe. Il ne se rappelait pas avoir brisé la glace avec quelqu'un aussi rapidement et aussi facilement qu'il l'avait fait avec India.

— Déjà 7 heures ! s'exclama la jeune femme en entendant le carillon de l'horloge à l'autre bout de la maison. Que diriez-vous d'un verre avant de partir ?

— Très bonne idée !

Le vieux MacFee et son taxi étaient déjà oubliés.

— Servez-vous, lui dit India en désignant les carafes et les bouteilles qui se trouvaient sur un plateau d'argent posé sur une table Boule de style dix-huitième.

— Ce bureau est magnifique, dit Jack en se versant un whisky. Qu'est-ce que je vous sers ?

— Oui, c'est vrai, il est superbe. On dit qu'il a été acheté lors d'une vente aux enchères sous la Révolution française. Je prendrai un sherry, s'il vous plaît.

Jack revint vers la cheminée et lui tendit son verre.

— Sur quoi travaillez-vous en ce moment ?

— Je dois me rendre à Rio pour l'inauguration de La Perla, un hôtel que j'ai terminé il y a quelques mois. Il reste encore quelques détails à régler.

— C'est le nouvel hôtel du Groupe Cardoso à Ipanema, non ? Nelson Cardoso est l'un de mes amis. C'est un gros chantier !

— Oui, et je suis bien contente qu'il soit terminé. C'était très agréable de travailler pour Nelson, mais les allers-retours étaient fatigants à la fin.

— Combien de temps comptez-vous rester à Rio ?

— En fait, je dois d'abord me rendre en Argentine. J'ai promis à Gaby O'Halloran — une amie d'internat — de redécorer le *casco* de sa famille. Leur domaine se trouve à peu près à une heure et demie de route de Buenos Aires. Je passerai certainement les fêtes de Noël là-bas.

— C'est drôle que vous parliez de Buenos Aires : Astra vient d'acheter un hôtel là-bas.

Se redressant, India lui jeta un regard incrédule.

— Astra ?

— Oui, ma compagnie.

— Le patron du Groupe Astra, c'est vous ?

— Oui, pourquoi ?

— Pour rien.

Elle semblait gênée d'avoir montré sa surprise.

— Nous venons de signer avec les propriétaires du Palacio de Grès, reprit Jack. Vous connaissez ? C'était une résidence privée qui avait déjà été partiellement rénovée. Ils avaient commencé à construire l'hôtel juste derrière, et comme ils n'avaient plus assez de fonds et qu'ils avaient aussi besoin d'une direction expérimentée, ils se sont adressés à nous. Ça n'était pas pour nous déplaire, alors on a dit oui, ajouta-t-il en riant, avec l'espoir de lui changer les idées.

— En fait, il se trouve que j'ai visité cette maison quand j'étais petite. Les propriétaires, Senor et Senora Carvajal y Queiroz, étaient des amis de mes parents. Ils doivent être très âgés, aujourd'hui. A moins qu'ils ne soient décédés. J'avais été complètement fascinée par leur maison. Il n'y en a pas deux comme ça dans toute l'Amérique du Sud.

— C'est Hernan Carvajal qui en est propriétaire, maintenant. Il m'a dit qu'il en avait hérité de ses grands-parents. Lesquels devaient être les amis de vos parents.

— Vous avez de la chance de pouvoir travailler dans un

cadre aussi superbe. Est-ce que la maison servira d'entrée principale à l'hôtel ?

— Oui, c'est ça.

Elle se pencha vers lui, une lueur d'intérêt dans les yeux.

— Et le style du nouvel hôtel, comment est-il ?

— Comme je vous l'ai dit, il sera construit à la verticale juste derrière la maison.

Reposant son verre, il se pencha en avant, repoussa le plateau de thé et, de l'index, commença à faire des tracés sur le velours de l'ottomane.

— Disons que ça, c'est le bâtiment principal, O.K ? Quand vous entrez, vous avez tout de suite le hall en marbre blanc et noir...

— Qui sera parfait comme salle de réception ! coupa India, soudain enthousiasmée. Vous savez, l'ancien salon qui surplombe les jardins ferait un boudoir idéal, et pourquoi pas un bar ? ajouta-t-elle d'un air songeur. Quelque chose dans le style de l'Alvear...

Elle n'eut pas le temps d'achever sa phrase. La porte de la bibliothèque venait de s'ouvrir à la volée, laissant pénétrer un courant d'air froid. Bouche bée, Jack regarda Lady Séréna entrer dans la pièce d'un air triomphal. C'était vraiment la dernière personne qu'il s'attendait à voir ici. Elle jeta négligemment sa veste en daim sur une chaise et s'avança vers le feu.

— Je suis cre-vée ! s'exclama-t-elle en se frottant les mains. Quel sale temps ! Et le gars du funérarium est un incapable... Ah, du thé ! Ça tombe vraiment bien.

Jack vit India se raidir. Jetant un coup d'œil à Séréna, qui s'était tournée vers lui, il se leva à contrecœur.

— Jack ! s'exclama-t-elle avec un sourire malicieux. Mais qu'est-ce que tu fais là ?

— Bonsoir, Séréna. J'allais te poser la même question.

41

Cette rencontre était vraiment mal venue, songea-t-il en se rappelant leur aventure d'une nuit.

Intriguée, India regarda Jack et sa demi-sœur se jauger du regard, comme deux adversaires attendant de voir qui porterait le premier coup. Le ton de Jack était toujours courtois, mais son expression s'était durcie. Quelle froideur dans son regard, maintenant ! L'homme détendu avec lequel elle bavardait agréablement, quelques instants plus tôt, avait complètement disparu.

— Vous vous connaissez ? demanda-t-elle, déconcertée par la tension qu'elle sentait entre eux.

— Façon de parler ! répondit Jack. J'ai fait la connaissance de Lady Séréna lors d'un cocktail donné par les Kinnaird, il y a quelque temps.

— En effet, dit la jeune femme d'un air moqueur, nous avons fait *connaissance* ce jour-là !

Elle toisa Jack, puis s'affala sur le canapé à la place où, quelques instants plus tôt, il se trouvait assis. Jack, lui, resta debout et s'avança vers le feu.

— Tu ne m'as toujours pas dit ce que tu faisais ici, reprit-elle.

— Il m'a ramenée du vallon, intervint India, regrettant aussitôt d'avoir pris la parole.

— Le vallon ? Mais qu'est-ce que tu fichais là-bas ?

— J'étais allée me promener, répondit India sèchement, agacée de devoir se justifier.

Elle regarda Séréna étirer ses longues jambes moulées dans un pantalon en cuir. Angus s'agita légèrement et se retourna devant l'âtre.

— Je lui ai tiré dessus, dit Jack avec un petit sourire confus.

Il glissa un regard vers India.

— Comme j'ai failli la tuer, la moindre des choses était de la raccompagner chez elle.

S'appuyant contre le manteau de la cheminée, il observa Séréna comme s'il était en train de mesurer le danger.

— Et toi, qu'est-ce que tu fais ici ?

— *J'habite* ici, répondit Séréna d'un ton suffisant.

Ça n'était pas tout à fait exact, se dit India. Séréna était censée habiter dans son appartement d'Edimbourg, même si, aux dires de Lady Elspeth, elle et son horrible petit ami, Maxi von Lowendorf, étaient des visiteurs assidus de Dunbar depuis quelque temps. C'était étrange, d'ailleurs, car Séréna et Lady Elspeth ne s'étaient jamais vraiment entendues. India soupira. Comme elle regrettait de ne pas avoir été plus présente à Dunbar, du vivant de sa mère ! Cette dernière avait paru préoccupée, la dernière fois qu'India l'avait eue au téléphone. Dommage qu'elle n'ait pas eu le temps de se confier. Maintenant, il était trop tard.

— Bon, voyons comment est ce thé, dit Séréna en se penchant vers la théière. Ah ! Evidemment, il est froid et il n'y a plus de tasse.

Elle poussa un long soupir de martyre.

— Je vais en refaire, proposa India, heureuse d'échapper à leur compagnie quelques instants. Et je te rapporterai une tasse propre.

Séréna lui adressa un sourire condescendant.

— Tu es un amour !

India quitta la bibliothèque et longea le couloir en direction de l'office. Impossible de savoir si Séréna était sincère ou ironique, songea-t-elle. Puis elle grimaça, regrettant de ne pas apprécier davantage sa demi-sœur.

Une fois dans l'office, elle prit une tasse et une soucoupe dans le placard avant de passer dans la cuisine, attirée par une odeur délicieuse qui provenait du four.

— Mmm ! s'exclama-t-elle. Comme ça sent bon !

Posant la tasse sur le plan de travail, elle s'approcha de la table où Mme Walker, la gouvernante, tournait d'une poigne énergique une cuillère de bois dans un saladier en émail.

— Qu'est-ce que vous préparez ? lui demanda India en mettant la bouilloire électrique en route.

— Le repas de demain, répondit la vieille femme en hochant la tête d'un air triste.

Dans son visage adouci par les rides, ses yeux noisette brillaient de larmes contenues.

— Il s'agit pas de faire honte à votre pauvre mère, paix à son âme ! Parce que y en aura du monde ! Lady Kathleen a appelé tout à l'heure pour savoir si elle devait rapporter quelque chose du village. Faut toujours qu'elle se croie indispensable celle-là. Elle est toute retournée par la mort de Madame, mais nous aussi.

Elle reposa le saladier sur la table et racla la pâte qui restait sur la cuillère à l'aide d'une spatule.

— Faut jamais gâcher si on veut pas être dans le besoin. Ça a toujours été ma devise, déclara-t-elle d'un air satisfait, en donnant un dernier tour de cuillère. J'ai dit à Lady Kathleen de pas s'en faire. Après tout, ça fait trente ans que je suis au service des Dunbar. D'abord votre oncle, Sir Thomas, et Dieu m'est témoin que c'était pas un homme facile. Et puis après, y a eu votre chère maman, paix à son âme. Ça serait du joli, que je lui ai dit, si j'étais pas capable de m'occuper de nos invités !

Elle renifla bruyamment.

— Je suis sûre que Lady Kathleen ne pensait pas à mal en disant cela. Elle est toujours si prévenante, ajouta India avec tact, en se penchant au-dessus de la table pour passer subrepticement un doigt sur le bord du saladier.

— Pas touche, mademoiselle India ! s'exclama la gouvernante en lui donnant une petite tape sur la main à l'aide de son torchon.

— Mmm ! Délicieux ! Vous n'avez pas perdu la main, madame Walker ! s'exclama India d'un air espiègle, en se léchant les doigts.

— Mon Dieu ! Mon Dieu ! Quand est-ce que vous allez grandir ? lança la gouvernante avec un sourire attendri. Que dirait votre maman si elle vous voyait ?

Avec un grand sourire, India prit la tasse et la théière brûlante avant de se diriger vers la porte.

— Il faut que j'y retourne. Séréna attend son thé, et puis nous avons un invité dans la bibliothèque. Un Américain. Il a adoré vos scones. Il en a mangé quatre ! Avec de la crème et de la confiture, qui plus est !

— C'est pas l'Américain de Sir Peter ? J'ai entendu dire qu'il y en avait un en ce moment à Dalkirk.

— Si, c'est lui.

— C'est bien ce que je me disais.

Elle hocha la tête d'un air entendu.

— Y a pas trente-six mille Américains dans le coin ! Paraît qu'il est drôlement gentil. Et bien élevé, avec ça. C'est le boucher qui me l'a dit. Il tient ça de Mlle MacGregor. La gouvernante de Dalkirk, Mme MacClean, raconte partout qu'il lui a rapporté un flacon de parfum des Etats-Unis et qu'il laisse toujours un petit quelque chose pour le personnel.

Elle hocha de nouveau la tête énergiquement.

— Les langues sont allées bon train quand Sir Peter l'a pris comme associé. Mais bon, on dirait que ça se passe plutôt bien.

Mme Walker se mit à empiler les plats sales, et une assiette faillit lui échapper. Ne voulant surtout pas la blesser dans sa fierté, India fit semblant de ne rien avoir vu. Elle quitta la cuisine, un sourire aux lèvres mais le cœur lourd à la perspective des épreuves qui l'attendaient. Pourvu qu'il ne faille pas se séparer de Mme Walker et des autres membres du personnel ! songea-t-elle. Il y avait le vieux Tompson et Mackay. Et les locataires. Qu'arriverait-il si… ? Mieux valait ne pas y penser, décida-t-elle en arrivant devant la porte de la bibliothèque.

Elle fut tirée de ses pensées par les voix de Jack et de Séréna. Pour un peu, elle les aurait presque oubliés, tous les deux… Elle hésitait encore à entrer lorsqu'elle entendit les paroles de Séréna :

— India devait être terrifiée. Elle n'a pas dû se rendre compte qu'elle n'avait rien à faire là. La pauvre, elle n'a pas l'habitude de notre mode de vie !

— Tout est ma faute, répondit Jack avec son merveilleux accent. C'est moi qui me suis montré imprudent, pas elle. J'aurais dû faire plus attention.

Il était clair, au ton de sa voix, qu'il détestait être contrarié. Il devait avoir davantage l'habitude de donner des ordres que d'en recevoir, se dit India, amusée en dépit de la colère que faisaient naître en elle les remarques narquoises de Séréna.

Elle finit par entrer dans la pièce et posa la tasse sur le plateau, surprise que Jack ait reconnu ses torts aussi facilement — et également bien contente qu'il ait rabattu le caquet de Séréna.

— Merci, tu es un amour ! fit cette dernière d'un air affable.

A trente-six ans, c'était une femme superbe qui n'avait pas pris un gramme depuis ses années de mannequinat à Londres.

Elle s'habillait de façon un peu trop voyante au goût d'India, mais il fallait reconnaître que ça lui allait bien.

India se demanda quel était son degré d'intimité avec Jack. Son sourire moqueur et la gêne rapidement dissimulée de leur hôte ne lui avaient pas échappé. Mais qu'est-ce que cela pouvait lui faire, après tout ? songea-t-elle en se laissant lourdement tomber sur un siège, soudain épuisée.

Séréna était lancée dans un récit interminable dans lequel il était question des Kinnaird, d'elle-même et de ses contacts aristocratiques. India ne prêta qu'un intérêt poli à ce monologue qui n'en finissait pas. Mais lorsqu'elle s'aperçut que Jack regardait discrètement sa montre, elle décida d'intervenir :

— Vous me direz quand vous voudrez partir, lui glissa-t-elle en profitant d'un moment où sa demi-sœur reprenait son souffle.

— Partir ? Mais pour aller où ? intervint Séréna d'un ton impérieux. Il n'y a pas le feu, que je sache ! Je te ressers un verre, Jack ?

— Non, merci. Ça suffit comme ça.

Le ton était sec, mais la jeune femme n'eut pas l'air de s'en rendre compte.

— Bon, je vais reconduire M. Buchanan à Dalkirk, déclara India. Nous n'avons pas trouvé de taxi.

— Toi ? Le reconduire ? Tu plaisantes, j'espère ! Tu serais incapable d'aller jusqu'au bout de l'allée, alors Dalkirk, tu n'y penses pas ! s'exclama Séréna avec un sourire froid.

— Et pourquoi pas ? Je sais conduire. Tu n'as qu'à m'indiquer le chemin le plus simple.

— C'est ridicule, décréta Séréna.

Puis elle se tourna vers Jack, et ajouta :

— India a très bon cœur, mais je ne peux décemment pas la laisser sortir par une nuit pareille. Elle se perdrait, à coup sûr.

India fulminait intérieurement. Les manières condescendantes de sa demi-sœur étaient insupportables.

— Arrête, Séréna ! Je ne suis pas stupide.

— Je vais rappeler le taxi. Peut-être que le vieux MacFee est rentré, maintenant, dit Jack en s'avançant vers le bureau.

— Tu n'as aucune chance ! décréta Séréna. A l'heure qu'il est, il doit être en train de siffler sa troisième bière au Hog and Hound. Mais ne t'en fais pas, mon chou, je vais te ramener. Je connais le chemin comme ma poche : aucun risque de se perdre.

Jack hésita. Manifestement, la proposition ne l'emballait pas. Néanmoins, India décida de laisser tomber, même si elle se demandait pourquoi Séréna tenait tant à raccompagner le bel Américain. Peut-être y avait-il réellement quelque chose entre eux ? Mais de toute façon, ça ne la regardait pas.

Jack ouvrit la porte et s'écarta pour laisser passer les deux jeunes femmes. Séréna saisit sa veste au vol et se précipita vers la lourde porte de chêne.

— A plus, India ! Je fermerai à clé quand je reviendrai ! lança-t-elle par-dessus son épaule.

Le bruit de ses pas déclina.

Jack se tourna vers India. Ils se tenaient maintenant face à face sous le haut plafond du hall faiblement éclairé. Ils restèrent silencieux, chacun attendant que l'autre prenne la parole.

— Faites bien attention à vous ! dit Jack finalement, en lui prenant la main pour la porter à ses lèvres.

India le regarda, décontenancée. Heureusement, la pénombre dissimulait ses joues en feu.

Merci de m'avoir ramenée et d'avoir été si compréhensif, eut-elle envie de lui répondre. Au lieu de cela, elle retira vivement sa main et la fourra dans sa poche.

— Séréna doit vous attendre. La météo n'est pas très bonne : vous feriez mieux d'y aller.

— O.K.

Pourtant, il ne semblait pas pressé de partir.

— Vous comptez rester longtemps ici ?

— Jusqu'aux obsèques. Ensuite, il faudra que je rentre en Suisse : le travail m'attend.

— Bon, eh bien… Qui sait ? Peut-être à bientôt ? Merci pour le thé. Et pour la visite de la maison. J'ai vraiment apprécié.

Il sembla hésiter, puis lui adressa un dernier sourire.

Etait-ce l'effet de la lumière ou son imagination ? India n'aurait su le dire, mais il lui sembla apercevoir dans ses yeux comme une lueur de profonde compréhension. Comme s'il compatissait.

« Allons, reviens sur terre ! » se dit-elle en le regardant descendre l'escalier de pierre.

A mi-chemin, il se retourna.

— Au fait, je vous rappelle que je m'appelle Jack et non *monsieur Buchanan*.

Elle sourit malgré elle.

— D'accord, je tâcherai de m'en souvenir, la prochaine fois. N'oubliez pas votre fusil et vos chiens ! Dites à Séréna de s'arrêter au niveau de la porte latérale. C'est ouvert.

— O.K. Merci !

La porte claqua derrière lui et son écho résonna dans le vide de la nuit. India se sentit soudain horriblement seule. Frissonnant, elle ramena son cardigan de cachemire sur ses épaules et s'avança vers le guéridon qui trônait en plein milieu de l'entrée. Un vase rempli de roses y était posé, et la jeune femme sentit son chagrin resurgir. Ces fleurs étaient celles que sa mère était en train d'arranger lorsqu'elle s'était écroulée, emportée par une crise cardiaque. Elle était morte aussi gracieusement qu'elle avait vécu. India décida d'emporter le bouquet avec elle et de faire sécher les fleurs pour les garder en souvenir.

Ses pas la menèrent ensuite vers le piano à queue. Elle laissa glisser sa main le long du clavier, effleurant les touches avant de se décider à prendre place sur le tabouret. Elle entama alors le morceau préféré de sa mère, un nocturne de Chopin dont les notes s'élevèrent dans la pénombre du soir en un hommage plein d'amour pour cette femme qui avait toujours été éloignée des réalités de la vie.

Dehors, la neige s'était mise à tomber à gros flocons feutrés. Dans la lumière vacillante des lampes du salon, des ombres s'élançaient sur les murs en un ballet étrange et mystérieux qui semblait épouser le rythme de la musique.

India déversait dans ce nocturne tout l'amour qu'elle avait éprouvé pour sa mère, mais aussi toute la souffrance et la colère que lui causait son décès brutal. Un décès qui la plongeait dans un désert de solitude. Alors, pour la première fois depuis l'annonce de cette disparition, elle laissa libre cours à ses larmes. Elle pleura encore et encore, tandis que s'égrenaient les notes de musique. Quand le nocturne s'acheva, elle eut le sentiment d'une profonde communion dont elle garderait à jamais le souvenir précieux.

Elle sécha ses larmes, prête à affronter maintenant les problèmes qui ne manqueraient pas de surgir. Sa mère avait dû laisser des dettes qu'il faudrait régler. Sans parler des droits de succession. Et bien d'autres questions auxquelles India préférait ne pas songer pour le moment. Lady Elspeth avait toujours évité d'aborder les sujets liés aux affaires de son domaine, préférant ignorer tout ce qui pouvait être désagréable.

Comme ce serait pratique si Séréna héritait de tout ! se dit India. Elle-même avait déjà suffisamment à faire avec la maison qu'elle occupait en Suisse — et dont elle avait appris, quelques jours auparavant, qu'elle était hypothéquée. Sans l'appui du marquis, son admirateur de toujours, Lady Elspeth se serait certainement retrouvée sans un sou vaillant.

Refermant le couvercle du Steinway, India se leva et, d'un pas lent, gagna l'étage. Finalement, la tension des derniers jours eut raison d'elle, et elle s'étendit sur son lit, ramenant sur elle l'édredon aux motifs fanés.

Demain, à cette heure, Séréna et elle en auraient fini avec les obsèques et la lecture du testament. Alors, elle pourrait rentrer chez elle, à Chantemerle, sur les bords du lac Léman.

A moitié endormie, elle se pelotonna sous l'édredon et repensa à sa conversation avec Jack. Cet homme était, à n'en pas douter, un important homme d'affaires. Ce qui ne l'empêchait pas d'être sincèrement enthousiasmé par son projet pour le Palacio de Grès.

India resta allongée ainsi, trop fatiguée pour se déshabiller, attentive au silence de la nuit seulement interrompu par le hululement d'une chouette. Elle tenta de dresser la liste de tout ce qu'il lui restait à faire en Suisse avant de s'envoler pour Buenos Aires, mais ses pensées revenaient sans cesse vers Jack. Il avait eu l'air sincèrement désolé lorsqu'elle lui avait parlé de sa mère… Dans la quiétude de ce moment où, côte à côte, ils avaient contemplé les flammes qui crépitaient, il s'était produit quelque chose qu'elle n'aurait su expliquer.

Comme c'est étrange, songea-t-elle avant de sombrer dans le sommeil. Le seul moment de paix qu'elle avait réussi à trouver depuis son arrivée à Dunbar, c'était cette conversation avec un parfait inconnu.

2.

La Range Rover avançait au pas sous les gros flocons de neige qui s'écrasaient sans discontinuer sur le pare-brise.

— Quel temps pourri ! s'exclama Séréna. J'espère que ça va s'arranger un peu d'ici demain, sinon le corbillard aura du mal à monter l'allée jusqu'à la maison.

Jack revit le visage d'India marqué par le chagrin.

— J'ai appris pour ta mère. Je suis vraiment désolé.

— Oh, ne t'inquiète pas pour ça ! Le plus barbant, c'est qu'il va falloir tout préparer pour la vente.

— La vente ? Quelle vente ?

— Celle de Dunbar.

— Quoi ? Vous vendez le domaine ?

Jack était interloqué. Lorsqu'il avait dit que l'endroit serait idéal pour faire un hôtel, India avait réagi si vivement qu'il s'était senti honteux d'avoir émis une telle hypothèse.

— Oui, j'ai pris ma décision, reprit Séréna. Je n'ai absolument aucune envie de garder la propriété. Elle est trop grande et ça me coûterait une fortune en chauffage. Franchement, je préfère avoir l'argent.

La voiture dérapa légèrement sur une plaque de verglas, et elle ralentit.

— Ouf ! C'était juste ! Ça glisse drôlement, dis donc !

— Quelle est l'heure des funérailles ?
— 14 heures. L'inhumation aura lieu juste après, à Cockpen. On va se geler à écouter le prêtre déblatérer. Il soûle tout le monde avec ses sermons qui n'en finissent pas.

Jack tenta de ne pas montrer le dégoût croissant qu'il éprouvait à l'égard de Séréna. Il avait déjà rencontré au cours de son existence des hommes et des situations auxquels il préférait ne pas penser, mais il avait rarement eu affaire à quelqu'un d'aussi égocentrique et d'aussi insensible que cette jeune femme. Contrairement à India, elle ne semblait nullement affectée par la mort de sa mère. Tout ce qui l'intéressait, c'était son petit confort personnel et le profit qu'elle allait tirer de ce décès. Il lui jeta un regard en coin. Comment avait-il pu coucher avec elle ? se demanda-t-il en se remémorant cette aventure d'une nuit, alors qu'ils étaient tous deux passablement éméchés.

Il tenta d'oublier Séréna pour se concentrer sur le projet qui avait germé dans son esprit à la minute même où il avait posé les yeux sur Dunbar. C'était plus fort que lui, il ne pouvait s'empêcher de voir les endroits qu'il visitait comme des hôtels potentiels. *Ses hôtels à lui.* Ce serait vraiment parfait s'il pouvait acquérir Dunbar. Il l'ajouterait à la liste d'établissements sélects qu'il gérait avec Peter.

— Et ta sœur est d'accord pour vendre ?

Il la regarda, cherchant à déchiffrer son expression. India et elle n'étaient certainement pas du même avis...

— Ça ne la concerne pas.
— Comment ça ?
— Maman m'a sûrement laissé le domaine. De toute façon, je ne vois pas en quoi il pourrait intéresser India : il n'a jamais été question qu'elle vive ici ! Elle a déjà la maison en Suisse, qui vaut beaucoup plus !

Jack revit l'expression de ravissement qui s'était peinte sur le visage d'India lorsqu'elle lui avait fait visiter la maison. Elle semblait vraiment très attachée au domaine, comme s'il occupait une place privilégiée dans son existence.

— Et pourquoi India ne vivrait-elle pas à Dunbar ?

— Tu n'as pas été élevé ici, alors tu ne peux pas comprendre. C'est difficile de se faire accepter si l'on ne fait pas partie de la haute société. Bien sûr, pour un étranger c'est différent, ajouta-t-elle avec un sourire suggestif. Surtout s'il a de l'argent et que c'est un bon parti. En Amérique, vous êtes plutôt cool à ce sujet, non ? Trop cool même, si tu veux mon avis.

Jack ne répondit pas. Il se demandait une fois encore comment il avait bien pu se retrouver au lit avec cette femme, quelques mois auparavant. L'alcool ne suffisait pas à tout expliquer. En réalité, Séréna était diablement sexy, ce soir-là, dans sa robe noire moulante. Avant qu'il ait pu s'en rendre compte, il s'était retrouvé par terre, déshabillé en un tour de main. Et quel tour de main ! En matière de sexe, Lady Séréna était une pro…

Le visage d'India s'imposa à lui et il se sentit soudain mal à l'aise. On n'aurait pas pu trouver deux êtres plus différents l'une de l'autre. D'un côté, il y avait une jeune femme extrêmement sensible, à la beauté naturelle, dotée d'un charme indéniable qu'il n'arrivait pas à définir, et de l'autre cette prétentieuse qui, en dépit de son sex appeal, n'arrivait pas à la cheville de sa sœur.

Il repensa soudain à Dunbar.

— Tu vas confier la vente de la propriété à une agence ?

— Pourquoi ? Tu es intéressé ?

— Tout dépend du prix.

Séréna lui jeta un regard interrogateur.

— Ça te dirait de venir en discuter avant ton départ ?

— Bonne idée. Si tu pouvais aussi me fournir de la doc : des plans, des renseignements, tu sais, ce genre de choses…

— Oui, je vais tâcher de te trouver ça. Tu pars quand ?

— Je dois m'absenter quelques jours, mais je reviens normalement samedi.

— Super ! Je te passerai un coup de fil, ou tu n'as qu'à m'appeler si tu veux.

— D'accord.

— Quand Peter et Diana rentrent-ils du Petershire, déjà ? demanda Séréna en engageant lentement la Range Rover sur l'allée recouverte de neige fraîchement tombée.

— Après-demain.

— Transmets-leur mes amitiés, et dis à Di que je lui passerai un coup de fil.

Ils s'arrêtèrent devant la porte d'entrée.

— Ça te dirait qu'on dîne ensemble un de ces quatre ? Je te ferai un soufflé — c'est ma spécialité —, et on pourrait réfléchir à quelque chose d'exotique pour le dessert, proposa-t-elle en le regardant avec des yeux de chatte gourmande.

Ignorant sa proposition, Jack ouvrit la portière de la voiture.

— Bonne nuit, Séréna. Et merci de m'avoir ramené.

Il fit ensuite descendre les chiens du véhicule, attrapa son fusil et s'avança vers la porte d'entrée, tandis que la jeune femme s'éloignait en faisant vrombir le moteur avec colère.

Les flocons tombaient si dru qu'en quelques secondes, Jack fut entièrement couvert de neige.

Il pénétra dans le hall et se rendit compte que le grand air lui avait donné faim. Tout en songeant aux possibilités qu'offrait Dunbar, il nettoya son fusil, puis se changea. Il éprouvait un sentiment étrange à l'égard de la propriété. Au fond de lui, il sentait que ça ne marcherait pas. Et pourtant, Dunbar pourrait bien être la perle qu'il cherchait depuis longtemps.

Il enfila une paire de mocassins et se rendit dans la cuisine, à la recherche de Mme MacClean, la gouvernante des Kinnaird depuis plus de vingt-cinq ans. Dunbar pouvait attendre ; le dîner, non.

Poussant la porte, il aperçut Mme MacClean qui s'affairait dans une cuisine à l'équipement rudimentaire, voire archaïque pour l'Américain qu'il était. Mais cela ne semblait pas la gêner outre mesure. Elle aurait même protesté avec véhémence si on lui avait proposé des changements, songea Jack avec amusement.

Elle leva les yeux sur lui et l'accueillit avec un grand sourire.

— Ah ! vous voilà, monsieur Jack ! J'allais vous appeler pour le dîner. Il sera prêt dans pas longtemps. Je vais vous mettre la table.

Jack l'arrêta d'un geste.

— Si ça ne vous ennuie pas, madame MacClean, je préférerais manger dans la cuisine, ce soir. Vous voulez bien me tenir compagnie ?

— On se sent un peu seul, hein ? Bon d'accord, je vais vous mettre la table ici. J'en ai pour une seconde.

Elle posa ses gants sur le plan de travail et se baissa vers un lourd tiroir d'où elle sortit un set de table représentant une scène de chasse. Jack la regardait faire. L'odeur qui provenait du four lui mettait l'eau à la bouche, et lui qui fréquentait si souvent les hôtels et les restaurants apprécia soudain la simplicité de cette scène. Il en avait pourtant vécu de semblables à une époque. Mais c'était du vivant de Lucy…

Jack soupira. Le temps n'avait pas effacé son image ni les moments précieux qu'ils avaient partagés. Même s'il se laissait rarement aller à ses souvenirs, de peur de raviver sa douleur, il revoyait aujourd'hui encore son regard si bleu, si intense, dans lequel il avait toujours aimé se perdre. Et cette chevelure dorée, si soyeuse sous ses doigts…

Parfois, il s'autorisait à repenser à leur vie commune. Dans leur entourage, tout le monde s'était opposé à leur mariage, au prétexte qu'ils étaient trop jeunes pour s'engager ainsi. Avec le recul, Jack ne regrettait rien. Lucy et lui s'étaient tant aimés ; ils avaient nourri tant de rêves et de projets ensemble. Aujourd'hui, Jack avait réalisé la plupart d'entre eux. Mais seul. Il possédait tout ce qu'ils avaient rêvé d'avoir et avait visité tous les endroits qu'ils avaient évoqués ensemble lorsque, blottis sous les couvertures, ils se laissaient aller à rêver. Pendant que ses copains s'amusaient ou sortaient avec des filles, Jack avait travaillé jour et nuit pour pouvoir acheter une petite maison. Sans jamais en souffrir. Car il avait su dès l'école primaire que Lucy et lui étaient faits l'un pour l'autre.

Il n'avait suffi que d'une seconde pour transformer ce doux rêve en cauchemar. Lucy n'avait pas vu le camion qui arrivait sur elle à vive allure sur la route verglacée. Depuis ce jour, la vie de Jack n'était qu'un immense désert. A l'âge de vingt-deux ans, il avait enterré sa jeune épouse et le bébé qu'elle portait. Du jour au lendemain, le garçon qu'il était s'était transformé en homme.

— Voilà, tout est prêt. Installez-vous, monsieur Jack.

La voix de Mme MacClean le ramena brutalement à la réalité.

Il s'assit en repensant à India, à son prénom si exotique et à son charmant accent britannique. Il revit le vert changeant de ses yeux. Comme elle avait l'air vulnérable, recroquevillée sur cette souche d'arbre dans les bois ! Elle lui avait fait penser à un elfe des bois et pourtant, au même moment, il se l'était représentée allongée sur un canapé, vêtue d'une robe noire, une rivière de diamants autour du cou et une flûte de champagne à la main. Comme sa demi-sœur. Mais on n'aurait pas pu imaginer deux femmes plus différentes l'une de l'autre.

Le souvenir de Séréna le ramena à la conversation qu'il avait eue avec elle au sujet de Dunbar. Il savait que ce n'était pas un endroit comme les autres — son flair ne le trompait jamais lorsqu'il s'agissait de choisir un site pour l'un de ses hôtels. Au cours de sa carrière, il n'avait commis qu'une seule erreur. C'était dix ans plus tôt. Il n'en était encore qu'à ses débuts, mais même alors, il avait réussi à récupérer sa mise.

L'achat éventuel de Dunbar lui apparaissait comme une perspective de plus en plus alléchante, au point qu'il avait hâte d'avoir les documents en main. Bien sûr, la demeure avait besoin d'une rénovation complète, mais ce n'était qu'un détail comparé aux avantages qu'offrait le domaine. Sa proximité avec l'aéroport — une demi-heure de route, tout au plus — constituait un atout non négligeable qui permettrait de le faire figurer dans tous les voyages organisés à destination de Londres.

Il se demanda si Peter, qui se trouvait impliqué dans la vie politique locale, serait d'accord. L'hôtel ne serait-il pas trop proche de chez lui ? Et quelle serait la réaction de la population ? Dans le pire des cas, décida-t-il, il achèterait le domaine seul...

— Et voilà, monsieur Jack, dit Mme MacClean en posant le gigot sur la table. Dépêchez-vous de manger avant que ce soit froid. Y a rien de pire qu'un repas tiède. Je vous ai apporté le bourgogne que Sir Peter avait déjà débouché. Il dit toujours qu'il faut déboucher le vin quelques heures avant de le déguster si on veut qu'il soit bon.

Sortant de sa rêverie, Jack déplia la serviette en lin que la gouvernante avait posée pour lui sur la vieille table de pin. Puis il prit la bouteille de vin et hocha la tête d'un air impressionné en découvrant l'étiquette.

— Sir Peter a raison, dit-il. Il faut toujours chambrer un grand vin comme celui-là.

Ravie, Mme MacClean s'affaira autour de la table, qu'elle examina d'un œil critique avant de demander :

— Vous êtes bien assis ?

— Oui, merci. Tout est parfait.

Jack se servit une grosse tranche de gigot et un verre de chambertin 1961 dont il huma le bouquet à la fois subtil et puissant.

— Excellent choix, madame MacClean.

— Ah ! Ça, on peut dire qu'il s'y connaît en vins, Sir Peter. Faut dire qu'il a de qui tenir. Son père était un grand connaisseur, lui aussi.

Jack s'amusa à faire tourner le liquide grenat dans son verre. Puis, se rappelant l'objectif qu'il s'était fixé, il demanda à la gouvernante :

— Parlez-moi donc de cette femme décédée à Dunbar. Sa famille m'a l'air assez intéressante.

Son torchon toujours à la main, Mme MacClean prit un air songeur.

— Intéressante ? Oui, peut-être, à leur façon. En tout cas, Lady Elspeth a eu une belle mort.

Avec un profond soupir, elle plia le torchon et le reposa.

— Elle était en train de disposer des roses dans un vase. Ah, elle savait y faire, Lady Elspeth ! Y en avait pas deux comme elle pour vous faire un joli bouquet ! Mme Walker — c'est sa gouvernante —, elle est arrivée pour lui donner les sécateurs, et elle l'a trouvée par terre, à côté du guéridon. Elle était raide morte, la pauvre.

— Elle a dû avoir une crise cardiaque.

— C'est ce que le Dr MacDuff a conclu. Il dit qu'elle s'est

même pas vue partir. En tout cas, ça a été un sacré choc pour la pauvre Mme Walker. Déjà qu'elle a pas le cœur solide…

— Lady Elspeth était mariée ?

— Deux fois veuve. Son premier mari, Lord Henry Hamilton, est mort il y a… oh, bien plus de trente ans. Puis elle a épousé un certain Duncan Moncrieff.

Mme MacClean baissa la voix pour ajouter, les lèvres pincées :

— Quel choc dans la famille ! Il n'était pas du même monde, si vous voyez ce que je veux dire…

Jack fut aussitôt sur le qui-vive.

— Non, je ne vois pas trop, en fait. Qu'est-ce qui n'allait pas chez ce Duncan ?

— Rien de particulier. C'est juste qu'ils étaient pas du même monde, comme je vous l'ai dit. C'était un riche constructeur de bateaux originaire de Glasgow.

Elle prit un air entendu.

— Dans la famille, on n'avait pas l'habitude de ça. Ils ont eu des mots, lui et le vieux Sir Thomas. Après ça, Duncan Moncrieff n'a plus voulu mettre les pieds à Dunbar. Le vieux Sir Thomas lui avait dit qu'il était pas assez bien pour sa sœur, alors vous pensez ! Ça a été une bonne chose qu'il s'en aille vivre à l'étranger avec Lady Elspeth. Ça jasait pas mal et la situation était pas bien facile. Quand le vieux Sir Thomas est mort et que Lady Elspeth a hérité de Dunbar, elle était déjà veuve… Mon Dieu, comme le temps passe !

Elle poussa un soupir et versa dans un petit pot de la crème anglaise pour accompagner le gâteau aux pommes.

— J'ai l'impression que c'était hier, ajouta-t-elle.

— Oui, c'est vrai, le temps passe vite, reconnut Jack avec un soupir mélancolique.

Si Lucy et le bébé n'étaient pas morts, ils…

Il coupa aussitôt court à cette pensée. Il avait appris à se discipliner depuis longtemps.

— Ils avaient des enfants ? demanda-t-il.

— Oui, une petite fille. Mademoiselle India.

— India ? Drôle de prénom.

— Oui, c'est vrai. Lady Elspeth est née là-bas, c'est pour ça. Le vieux Sir William, son père, se trouvait en Inde dans la Garde Ecossaise. Mlle India doit avoir vingt-cinq ou vingt-six ans maintenant.

Jack commençait à mieux comprendre l'attitude méprisante de Séréna à l'égard d'India — même si de tels préjugés lui paraissaient d'un autre temps.

— Que savez-vous d'autre sur les Dunbar ? Ils ont toujours vécu ici ?

— Oh, ça oui ! On a toujours connu des Dunbar ici. Des Kinnaird aussi. On dit que Sir James Kinnaird…

— Mais est-ce que les Dunbar ne sont pas installés depuis plus longtemps que les Kinnaird ?

Jack regretta aussitôt sa question. Se redressant de toute sa taille, Mme MacClean le toisa du haut de son mètre soixante :

— Les Kinnaird, monsieur Jack, sont la famille la plus ancienne de la région. Tout le monde sait que l'ancêtre de Sir Peter a combattu aux côtés de Robert le Bruce lui-même !

Elle agita son torchon :

— Ils étaient même là bien avant la bataille de Falkirk !

— Oui, vous avez raison. Je me rappelle maintenant que Peter m'en avait parlé.

Pieux mensonge…

— Quant à la famille de Lady Diana, poursuivit la gouvernante, bien lancée maintenant, ils sont là depuis si longtemps qu'on ne sait même plus à quand ça remonte. Les Dunbar aussi, vous me direz, mais personne n'irait contester que les Kinnaird sont arrivés les premiers. Bien sûr, il y a la légende de Rob Dunbar. On dit que pendant la Grande Révolte de 1745, il est allé se battre aux côtés du Prince Bonnie Charlie alors que le reste de la famille soutenait les Hanovre.

— C'est très intéressant ce que vous me racontez là, madame MacClean. Vous savez quoi ? Ce gâteau est digne du Prince Bonnie Charlie lui-même ! ajouta Jack avec un sourire charmeur, bien décidé à regagner les bonnes grâces de la gouvernante.

— Oh, vous me flattez, monsieur Jack ! Je suis sûre que vous avez goûté des plats beaucoup plus raffinés que ça dans les hôtels que vous dirigez avec Sir Peter.

— Plus raffinés peut-être, mais pas plus savoureux, croyez-moi !

Elle se mit à rire de bon cœur avant de s'immobiliser, l'oreille tendue.

— C'est pas une voiture qu'on entend là ? Qui ça peut bien être à cette heure-ci ?

Les chiens s'étaient mis à aboyer près de la porte.

— Je ferais mieux d'aller voir. Finissez donc votre dessert.

— Je viens avec vous. J'ai terminé, de toute façon, dit-il en reposant sa serviette.

Il n'aimait pas trop l'idée de la laisser y aller seule.

— Ne vous en faites donc pas pour moi ! dit-elle en riant. Les assassins ne courent pas les rues par ici. On n'est pas en Amérique !

Quelqu'un frappa à la porte. Enlevant son tablier d'un geste prompt, la gouvernante se dépêcha d'aller ouvrir.

— D'accord, madame MacClean. Je vous laisse. Et merci pour cet excellent dîner !

Jack quitta la cuisine et longea le couloir en direction du bureau de Peter. Il poussa quelques liasses de papiers et des brochures pour s'installer à la table de travail, et promena son regard à travers la pièce, s'attardant sur les vieilles reliques d'où émergeaient, au milieu d'un bric-à-brac incroyable, quelques photos jaunies et d'anciennes armes de collection. Peter ne jetait vraiment rien...

Jack se rappela soudain cette fameuse soirée à Hong-Kong, cinq ans plus tôt, quand Peter et lui avaient arrosé leur nouvelle association au bar de l'hôtel Penn. Ils avaient tout de suite sympathisé. Il y avait quelque chose de franc et d'honnête dans le visage rond de Peter. Et cette façon de se tenir toujours droit comme un I lorsqu'il traitait des affaires... « Voilà quelqu'un qui n'y va pas par quatre chemins », avait songé Jack. Et son instinct ne l'avait pas trompé. Au fil des années, leurs affaires étaient devenues florissantes, et ils avaient noué peu à peu une amitié sincère.

Jack se leva pour aller se verser un cognac. Dans la boîte à cigares, il choisit un Cohiba dont il roula l'extrémité dans l'ambre, à la façon cubaine, avant de l'allumer. Tandis que les volutes de fumée s'élevaient lentement vers le plafond, il se remémora le dîner au célèbre restaurant Gaddi, à Hong-Kong, et l'atmosphère étrange qui avait baigné cette soirée. Peter et lui s'étaient montrés peu bavards, ce soir-là, jusqu'à ce que Peter déclare soudain :

— Pourquoi tu ne viendrais pas nous rendre visite à Dalkirk, Jack ? Je suis sûr que tu adorerais l'Ecosse. Tu pourrais en profiter pour aller chasser et pêcher. Et puis, j'aimerais bien que tu fasses la connaissance de ma femme Diana et de mes filles.

Telles étaient les pensées de Jack lorsque la porte s'ouvrit à la volée, laissant entrer une femme coiffée d'une toque et emmitouflée dans un manteau trois quarts en vison qui la faisait ressembler à une reine des neiges. C'était Chloé, la jeune sœur de Diana.

— Salut, l'Americain ! fit-elle gaiement en balançant son sac à main Vuitton sur le fauteuil le plus proche et en se débarrassant de son manteau.

Elle se jeta ensuite dans les bras de Jack pour lui faire la bise.

— Qu'est-ce qui t'amène ? demanda-t-il avec une pointe d'amusement dans la voix.

Jolie brune aux yeux pétillant de malice, Chloé ressemblait à un lutin vêtu à la dernière mode. Il s'était toujours demandé où ce bout de femme allait puiser toute son énergie.

— Tu prends un verre ?

— Un gin tonic, s'il te plaît. Je suis sur les rotules. J'ai dû venir ici en urgence, ajouta-t-elle, soudain triste. Où sont Peter et Diana ?

— Chez ta mère avec les filles pour les vacances de la Toussaint.

— Ah oui, c'est vrai ! J'avais oublié. Tu ne les as pas accompagnés ?

— Je n'avais pas trop envie.

— Désolée, c'était juste une question comme ça. Au fait, mon voyage a été une vraie galère ! Comme il n'y avait pas de taxi à Turnhouse, j'ai dû louer une voiture qu'il faudra que je laisse à l'aéroport au moment de repartir. Tout ça est un peu compliqué, mais il fallait absolument que je vienne, ajouta-t-elle avec un profond soupir.

— J'avais bien compris, seulement tu ne m'as toujours pas dit pourquoi, fit Jack en lui tendant son verre avant de reprendre place derrière le bureau.

— A cause des obsèques. La mère de ma meilleure amie

est morte. Et comme on a toujours été très proches l'une de l'autre, j'ai sauté dans le premier avion et me voilà. Je repars demain soir ou peut-être après-demain, très tôt le matin.

— Tu parles d'India ?

Chloé le regarda, surprise.

— Oui. Tu as fait sa connaissance ?

— Aujourd'hui même.

Elle reposa son verre et se pencha vers lui, de nouveau tout excitée.

— Raconte !

— Il n'y a pas grand-chose à raconter. Je l'ai rencontrée dans le vallon, où elle a failli se faire tuer. Elle aurait dû être plus prudente.

— Quoi ? Tu veux dire que quelqu'un a failli la tuer ?

— Oui, moi.

— Qu'est-ce qui t'a pris ?

— Je ne l'ai pas fait exprès, bien entendu ! Qu'est-ce que tu crois ?

Le seul fait de repenser à cet épisode l'énervait.

— Et alors ? Qu'est-ce que tu as fait ? Et elle ? Raconte-moi tout ! insista Chloé, dont le regard plein de malice laissait déjà entrevoir les conclusions romantiques qu'elle tirait de ce récit.

— Je l'ai jetée à terre et je l'ai violée, répondit-il d'un air sarcastique.

— Oh, arrête ton cinéma ! Dis-moi la vérité. Je parie qu'elle était furax.

— Gagné ! Elle m'a dit d'aller me faire voir et elle m'a expliqué que je me trouvais sur une propriété privée.

— Ça, c'est India tout craché. Elle peut se montrer exaspérante quand elle l'a décidé. Mais continue, je t'en prie !

— Tu es vraiment trop curieuse !

— Mais non, c'est juste mon métier de journaliste qui veut ça. Je collecte des informations et je les communique à mes lecteurs le plus fidèlement possible.

— Arrête, Chloé ! Tu es chroniqueuse pour la presse *people*. N'essaie pas de me faire avaler n'importe quoi !

La jeune femme décida d'ignorer cette pique et poursuivit le fil de ses pensées :

— Donc, India est repartie en pétard. Et après ? Qu'est-ce qui s'est passé ?

— Après ? Elle est tombée dans les pommes et je l'ai ramenée chez elle. Qu'est-ce que tu dis de ça ?

— India ? Dans les pommes ?

Chloé secoua la tête, stupéfaite.

— La pauvre, ça doit être à cause du décès de sa mère. Mais tu ne trouves pas qu'elle est superbe ?

Et comment ! faillit répondre Jack.

— Oui, elle n'est pas mal, dit-il d'un air faussement dégagé. Mais bon, elle n'est pas mon genre, alors n'essaie pas de jouer les entremetteuses. Je n'ai pas besoin que l'on me complique la vie en ce moment. Ni plus tard, d'ailleurs. Je suis très heureux comme je suis.

Il repoussa son fauteuil d'un geste brusque. Pour une raison qu'il ignorait, il n'avait pas envie de s'étendre sur les moments qu'il avait passés avec India — du moins pas tant qu'il ne verrait pas plus clair dans les sentiments que lui inspirait la jeune femme.

— Je ne sais pas pourquoi, Jack, j'ai du mal à croire que tu n'as pas craqué pour India. Tous les hommes sont fous d'elle, même si elle n'en laisse approcher aucun.

— Qu'est-ce qu'elle fait avec une copine comme toi ? lança Jack d'un air taquin.

Avec un soupir faussement exaspéré, Chloé répliqua :

— Je commence à comprendre pourquoi tu n'es pas marié. Qui voudrait d'un type aussi insupportable ? Tiens, je me ressers un verre pour oublier à quel point tu es casse-pieds !

Se contentant de sourire, Jack fixa le feu tandis que Chloé se versait une généreuse rasade de gin. Il se sentait vraiment bien à Dalkirk. Côté architecture, la maison de Peter ne valait peut-être pas celle des Dunbar mais elle était très accueillante, avec une foule de coins et de recoins qui faisaient le régal des petites Kinnaird lorsqu'elles jouaient à cache-cache. La patte de Diana était visible dans le moindre détail : pots pourris de bruyère, petit bouquet de fleurs sur la table Chippendale, tout témoignait de son bon goût. Et le désordre apparent qui régnait dans les pièces contribuait à vous mettre à l'aise. Rien à voir avec la froideur de son propre appartement où pas un grain de poussière n'était visible sur le sol de marbre ou les étagères de verre. Il l'avait acheté pour la vue imprenable qu'il offrait et parce qu'il se trouvait à proximité de son lieu de travail. Sans compter que c'était un bon placement immobilier. Mais rien ne pourrait jamais remplacer une maison, se dit-il, soudain nostalgique. Heureusement, Dalkirk était devenu un véritable foyer pour lui. Les Kinnaird l'avaient spontanément adopté, au point qu'il faisait maintenant partie de la famille. Chloé était la petite sœur taquine qu'il n'avait jamais eue et Diana la mère qu'il avait perdue.

Tandis que la jeune fille s'installait à son aise sur le canapé en repliant ses jambes sous elle, Jack prit soudain conscience de la place que les Kinnaird occupaient désormais dans son cœur.

— A quoi tu penses ?

Il tira sur son cigare avant de répondre :

— A vous tous. Vous êtes de vrais amis pour moi.

— Jack, tu sais qu'on t'adore ! Sans toi, la maison ne serait pas ce qu'elle est.

Chloé leva son verre avec un sourire affectueux.

— Heureusement que tu es là, ajouta-t-elle. Comme ça, j'ai quelqu'un à chambrer quand je rentre. Mais on dirait que ça t'étonne qu'on soit de vrais amis.

— Si tu savais le nombre de gens qui m'invitent par pur intérêt, parce qu'ils ont quelque chose à me demander ! Comme ils sont incapables d'y aller franco, ils m'invitent et ils en font des tonnes : « Vous reprendrez bien de cet excellent gigot et de ce bon vin, monsieur Buchanan ? » Après seulement, ils osent se jeter à l'eau. Mais avec Peter, c'est différent. La première fois qu'il m'a invité ici, il était vraiment sincère. Et vous avez tous su me mettre à l'aise.

— Tu n'es pas mal non plus dans ton genre, dit Chloé avec un sourire. Et si tu n'étais pas aussi odieusement autoritaire, je crois bien que je te draguerais.

— Pas la peine de te fatiguer. J'ai un cœur de pierre.

— C'est ce que tu cherches à faire croire, mais j'en doute. Tu peux être adorable quand tu veux.

— Chloé, s'il te plaît ! J'ai eu une dure journée. Je suis rentré de Dunbar il n'y a pas très longtemps : c'est Séréna qui m'a ramené.

— Quoi ? Cette peste ?

— Peste est un euphémisme !

— Je suis d'accord avec toi. India, par contre, est quelqu'un d'adorable et de très sensible, malgré sa réserve et ses airs distingués. Elle peut aussi être très marrante quand elle veut… Mais dis-moi, que faisait Séréna là-bas ? Elle se prépare déjà à ramasser le butin ?

— On dirait. Elle va sûrement hériter de Dunbar.

— Ça ne m'étonnerait pas. Après tout, India n'a jamais

été vraiment attachée à cette maison. J'irai la voir demain, la pauvre. Avec Séréna dans les parages, elle aura bien besoin d'un peu de soutien… Au fait, ça me rappelle quelque chose, ajouta-t-elle avec un sourire malicieux. Que s'est-il passé entre Séréna et toi, à cette fameuse soirée, en septembre ? Je vous ai vus vous éclipser à l'étage, tous les deux.

— Ça ne te regarde pas. C'était juste un incident dont je ne suis pas très fier. En tout cas, ne t'avise pas de le répéter à Diana et à Peter !

— Promis ! jura Chloé, la main sur le cœur.

Elle prit soudain un air pensif et son regard se perdit dans les flammes.

— Il y a de nouveau quelqu'un dans ta vie, Chloé ?

— Comment tu sais ça ? s'exclama la jeune fille, manquant renverser son verre.

— Ça se voit comme le nez au milieu du visage.

Elle se tourna vers lui, l'air très sérieux.

— Je crois que cette fois, c'est la bonne.

— Raconte !

— Il est… différent. Rien à voir avec les autres types que j'ai connus.

Jack leva les yeux au ciel.

— C'est ce que tu m'as dit les trois dernières fois.

— Et voilà ! Je n'aurais pas dû t'en parler ! Tu vas être odieux, maintenant ! s'exclama-t-elle, rouge de colère. C'est le nouveau propriétaire du magazine pour lequel je travaille. Il veut faire de nouveaux placements.

— Ah bon ? Et à part acheter des revues, peut-on savoir ce qu'il fait ?

— Il est dans le pétrole et tout ce qui va avec. C'est un Texan.

— Et qu'est-ce qu'il va faire d'un magazine *people* ? demanda Jack avec curiosité.

— Il veut le développer. En fait, il m'a offert le poste de rédactrice en chef à New York, dit-elle d'un air faussement dégagé, en jouant avec les franges d'un coussin. Je ne sais pas encore si je vais accepter, mais le fait est que même si j'adore Londres, tous les trucs importants se passent à New York. En plus, il y a beaucoup de Britanniques là-bas.

— Si je comprends bien, dit Jack, il t'inclut dans le prix de vente de la revue ?

— Mais tu es horrible ! s'exclama Chloé en jetant sur lui un coussin qu'il évita aisément.

Puis elle resta un moment silencieuse, le regard sombre.

— Est-ce qu'India avait l'air malheureux ? demanda-t-elle soudain. Je l'ai eue au téléphone hier, et ça n'avait pas l'air d'aller fort. Lady El était quelqu'un de formidable. Elle va nous manquer.

— Je ne sais pas, répondit Jack d'un ton neutre. J'ai appris la mort de sa mère tout à fait par hasard. Elle ne m'en aurait pas parlé, sinon.

— Ça ne m'étonne pas. J'aimerais bien qu'elle se lâche un peu. C'est son mariage avec ce salopard de Christian qui l'a rendue aussi renfermée.

— Quoi ? Elle est mariée ?

Pour une raison qu'il ne parvenait pas à s'expliquer, Jack se sentait soudain horriblement déçu.

— Elle l'a été. Heureusement, c'est fini, dit Chloé avant d'avaler une grande gorgée de gin tonic.

— Combien de temps sont-ils restés mariés ?
— Quelques années.
— Et que s'est-il passé ?
— Qui se mêle des affaires des autres, maintenant ?

— Simple curiosité.
— Ce salaud l'a laissée tomber pour une héritière allemande, une Princesse von quelque chose, quand il a appris que Lady Elspeth avait dilapidé toute la fortune du père d'India.

Chloé leva vers Jack un regard plein de colère.

— Il n'a même pas eu le cran de le lui avouer franchement. Il a osé lui écrire qu'il était de son devoir de préserver la fortune de sa famille et la pureté de sa lignée. Non mais tu te rends compte ?

— Quel connard ! s'exclama Jack qui, pour une raison obscure, se sentait également gagné par la colère.

— Tu l'as dit ! Cette histoire a affecté India bien plus qu'elle n'a voulu l'admettre, et comme tout ça est arrivé à un moment où elle avait besoin d'argent pour ne pas perdre Chantemerle, elle s'est mise à travailler comme une forcenée et elle n'a pas arrêté, depuis. A part Dolce Vita, son entreprise, plus rien ne compte pour elle, maintenant.

Jack écoutait avec une attention soutenue. Il mourait d'envie de poser davantage de questions, mais il savait que cela ne ferait qu'attiser la curiosité de Chloé.

La jeune fille se mit soudain à bâiller.

— Je vais lui passer un coup de fil et après, je file droit au lit. Je suis crevée.

— Bonne nuit, gamine.

Jack se leva et lui tendit son manteau de fourrure.

— Gamine ? Ben voyons !

Reniflant de façon ostentatoire, elle prit son sac.

— Vous avez besoin de quelqu'un qui vous prenne en main, jeune demoiselle, lui dit-il d'une voix taquine.

Après qu'elle eut quitté la pièce en lui tirant la langue, Jack se tourna avec un sourire vers un livre déjà ouvert sur la table à côté du canapé, et jeta un coup d'œil au titre. C'était le dernier

Grisham. De quoi l'occuper pour la soirée, se dit-il. Il vérifia le feu, éteignit les lumières et se mit à gravir lentement les marches de l'escalier principal, sans cesser de songer à India.

Ne t'embarque surtout pas dans une aventure sentimentale, tu risques de le regretter ! lui murmura une petite voix intérieure. C'était la voix de la raison. Mais Jack avait plutôt l'habitude de suivre son instinct.

Et son instinct lui disait de foncer tête baissée.

3.

India n'avait jamais vraiment vécu à Dunbar, et pourtant elle se découvrait un attachement quasi viscéral pour la propriété. Ce qui la laissait perplexe. Comment expliquer ce sentiment de familiarité alors qu'elle n'y avait que très peu séjourné ? Il fallait croire que les liens qui l'y rattachaient n'avaient jamais été rompus. C'était la maison de son enfance, après tout. Elle y avait ses racines, des racines qui allaient chercher profond dans la terre de ses ancêtres, et jusque dans l'âme de Dunbar.

Déambulant dans la galerie des portraits, la jeune femme s'arrêta devant un tableau qui représentait Lady Helen, son arrière-grand-mère. L'aïeule la fixait d'un regard à la fois doux et compréhensif, et India eut l'impression qu'elle cherchait à lui transmettre sagesse et sérénité. Elle esquissa un sourire avant de reprendre son errance à travers la maison encore assoupie. Son regard s'attardait sur chaque objet, comme si elle voulait en graver le moindre détail dans sa mémoire. C'était peut-être sa dernière visite. Elle voulait en goûter chaque instant.

L'idée de vendre Dunbar lui était insupportable. Elle en avait eu la révélation la veille, lorsqu'elle avait fait le tour du propriétaire en compagnie de Jack.

Pour la énième fois, elle se demanda ce qui allait advenir du domaine. A supposer que Séréna en hérite, serait-elle disposée à l'entretenir ? Connaissant sa demi-sœur, India en doutait. Il y avait même fort à parier que Séréna s'en débarrasserait sans état d'âme et qu'elle s'empresserait de quitter la région avec l'argent de la vente. Cette pensée à elle seule brisait le cœur d'India.

Toute à ces réflexions, elle parvint dans la chambre de sa mère, dont elle poussa la lourde porte de chêne. Il y régnait une atmosphère paisible, et l'air était imprégné d'effluves de lilas. Chaque objet était tel que Lady Elspeth l'avait laissé et, l'espace d'un instant, India eut le sentiment que sa mère n'allait pas tarder à revenir pour se resservir de ce flacon de parfum qui se trouvait sur la coiffeuse, ou encore de ces pots de crème posés à côté d'un bocal en cristal empli de coton à démaquiller.

Elle lissa le dessus-de-lit en chintz, tandis que des images de la défunte s'imposaient à elle avec une poignante fulgurance. Elle tourna alors la tête vers la fenêtre, dont les vitres étaient parsemées d'étoiles de givre. Dehors, la neige, fraîchement tombée, recouvrait la pelouse d'un manteau blanc qui étincelait sous les rayons pâles du soleil hivernal. Dans le ciel, quelques nuages glissaient paresseusement vers les collines plus au sud. Il se dégageait de ce paysage une réelle sérénité.

Le regard de la jeune femme revint se poser sur le chêne de Dunbar, qui se dressait de l'autre côté de la pelouse, fier et majestueux dans sa solitude. Il avait été planté en 1280 par William, le premier Dunbar à s'être installé sur ces terres. William avait fait le serment que, tant que cet arbre vivrait, des Dunbar occuperaient le domaine. Un engagement tenu de génération en génération, et auquel Lady Elspeth ne s'était pas dérobée.

Tout en songeant avec tristesse que la vente du domaine mettrait un terme à cet héritage, India s'apprêtait à quitter la pièce lorsque son attention fut attirée par une lettre laissée sur le secrétaire que sa mère utilisait pour sa correspondance privée. Elle s'en approcha, et son cœur fit un bond lorsqu'elle s'aperçut qu'elle lui était adressée.

« Ma chère India,

» Je t'écris ces quelques lignes car je ne sais plus que faire. Je suis confrontée à un terrible dilemme et je dois absolument t'en parler le plus rapidement possible. Je ne peux absolument pas le faire par téléphone, de peur d'être entendue. C'est pourquoi je te demande de venir au plus tôt à Dunbar. Sache que… »

La lettre s'arrêtait là, comme si Lady Elspeth avait été brutalement interrompue. India s'aperçut alors que ce courrier était daté du jour où sa mère était décédée. Elle n'y comprenait rien. Qu'est-ce qui avait pu tourmenter Lady Elspeth à ce point ? Et pourquoi avait-elle eu peur d'utiliser le téléphone ? Troublée, India plia soigneusement la feuille de papier et la glissa dans sa poche. Elle s'en occuperait après les obsèques, quand toutes les formalités seraient réglées.

Elle descendit l'escalier qui menait à la salle à manger. La maison était encore plongée dans le silence, et la jeune femme se prit à espérer que sa demi-sœur fût encore au lit. Elle souhaitait profiter d'un peu de tranquillité avant les épreuves qu'elle aurait à affronter au cours de la journée.

Malheureusement, Séréna se trouvait déjà à la table du petit déjeuner, une jambe tendue sur l'accoudoir d'un fauteuil voisin.

— Ah, c'est toi ! Bonjour ! Viens manger un morceau : on va avoir besoin de toutes nos forces aujourd'hui. Kathleen est passée il y a à peine une minute pour me dire que Ian et l'avocat arriveraient à 10 heures. Je me demande comment maman faisait pour la supporter. Quelle plaie, cette femme ! A croire que c'est elle la propriétaire de Dunbar !

India sourit à sa sœur du bout des lèvres. Elle n'avait pas faim, mais elle se dit qu'il valait mieux ne pas démarrer la journée l'estomac vide. Il n'aurait plus manqué que son ventre gargouille pendant la lecture du testament ! Elle alla placer deux tranches de pain de mie dans le grille-pain et nota au passage que Séréna avait l'air préoccupé. Encore une de ses sautes d'humeur, sans doute. Elle pouvait se montrer volubile et agréable, et puis devenir sarcastique dans la minute qui suivait. Pour l'heure, elle semblait perdue dans ses pensées. Il était vraiment regrettable, songea India avec tristesse, qu'elles ne soient pas plus proches l'une de l'autre. D'autant qu'elles n'avaient plus aucune famille, maintenant.

Un petit bruit sec en provenance du grille-pain signala que les tartines étaient prêtes.

— Du pain grillé ! Quelle bonne idée ! s'écria Séréna si soudainement qu'India sursauta. Tu veux bien me faire une tartine, s'il te plaît ?

Elle écrasa sa cigarette dans un verre qui avait contenu du jus d'orange, et retira sa jambe du fauteuil.

— Je me suis pris les pieds dans ce fichu tapis, expliqua-t-elle. Tu sais, celui qui se trouve dans le hall. Les bords sont tout effilochés. J'aurais pu me casser la jambe ! En fait, je me demande si je ne me suis pas foulé la cheville.

Grimaçant de douleur, elle se frotta le tibia avant de reprendre :

— Ça m'a fait tout drôle de voir Jack Buchanan ici. C'est à peine s'il m'a remerciée quand je l'ai reconduit chez les Kinnaird. J'estime que c'était très sympa de ma part de ressortir par ce temps, mais il ne doit pas savoir ce que sont les bonnes manières. On n'a jamais dû les lui apprendre. Comment tu l'as trouvé, toi ? C'est l'associé de Peter. Il est très riche, bien sûr ! Je m'étonne que personne ne lui ait encore mis le grappin dessus.

— Il a peut-être déjà quelqu'un dans sa vie, répondit India en tendant à sa sœur une tranche de pain beurrée par ses soins.

— Impossible ! Il n'est pas du genre à s'engager. Je suis bien placée pour le savoir ! rétorqua Séréna en souriant d'un air entendu. En fait, il doit même représenter tout ce que tu détestes. Il est plutôt du style à y aller franco.

— Je me fiche pas mal de savoir quel genre d'homme il est, grommela India en prenant un air indifférent.

— C'est pour ton bien que je dis ça, trésor. J'ai vu comment il te regardait. C'est un dur à cuir, ce Jack. Tu risquerais d'y laisser des plumes. Cela dit, conclut-elle avec une lueur d'admiration dans les yeux, c'est un sacré bon coup, crois-moi !

India reposa sa tasse d'un geste brusque.

— Ecoute, Séréna, je n'ai aucune envie d'en entendre davantage sur les prouesses sexuelles de Jack Buchanan. Tout ce qui m'intéresse pour le moment, ce sont les obsèques de maman. Je trouve que tu lui manques singulièrement de respect !

— Oh, excuse-moi d'avoir heurté ta sensibilité ! lança Séréna. D'ailleurs, tu as raison : ce qui compte, c'est le testament.

— Tu as une idée de ce qu'il contient ?

— Aucune. Ramsay n'a pas cessé de me répéter qu'il était inutile d'étaler au grand jour les difficultés financières liées au domaine. Comme si c'était mon genre ! C'est bien parce que je suis l'héritière présumée que mon banquier se montre conciliant, sinon il y a belle lurette que je serais sur la paille !

Elle alluma une autre cigarette avant d'ajouter avec mépris :

— Je vais avoir suffisamment à faire sans me coltiner en

plus les problèmes des locataires affolés et des membres du personnel paniqués à l'idée d'être renvoyés...

India ne répondit pas. Elle ne connaissait pas grand-chose à la gestion d'un domaine tel que Dunbar, mais elle se doutait bien que ce n'était pas facile. Pour autant, elle eut un petit pincement au cœur en voyant Séréna se comporter comme si Dunbar lui était déjà acquis. Il fallait vraiment qu'elle se mette dans la tête que tout cela était dans l'ordre des choses. Après tout, Séréna appartenait à ce milieu très fermé où elle-même n'avait pas sa place. On le lui avait assez souvent fait comprendre !

— Il faudra que je m'occupe de la ferme, reprit Séréna. Il y aura aussi la question de... Oh, quelle idiote je fais ! Je dois t'ennuyer avec ces questions auxquelles tu ne connais rien. Je suppose que je devrai me débrouiller seule. A moins que je ne décide de vendre...

— Tu veux vendre ? s'écria India, consternée. Mais ça fait plus de sept cents ans que ce domaine appartient aux Dunbar ! D'accord, la situation financière n'est pas reluisante, mais je suis sûre qu'en t'accrochant, tu pourrais régler le problème. C'est ce que maman aurait voulu.

— Je t'avouerai que je n'en ai ni le courage ni l'envie. Je préfère avoir l'argent. Evidemment, toi, tu n'as pas ces soucis !

Séréna avait pris un ton hautain qui hérissa India. Jusqu'à présent, toute à son chagrin, elle n'avait pas pensé au testament laissé par sa mère, mais devant l'attitude désinvolte de sa demi-sœur, elle sentit sa combativité reprendre le dessus.

— Tu veux savoir si je gagne assez d'argent ? lança-t-elle d'un ton caustique. La réponse est oui. Il m'a fallu du temps pour arriver où je suis, mais la Dolce Vita fonctionne très bien, maintenant, et mon dernier chantier au Brésil m'a permis de lever l'hypothèque mise sur Chantemerle. Je n'ai pas de souci d'argent, et je n'ai aucune envie de vendre Dunbar.

Séréna la regarda, étonnée.

— Qu'est-ce qui te fait croire que tu auras ton mot à dire ? Tu penses sincèrement que maman nous a laissé le domaine à toutes les deux ?

— Et pourquoi pas ? Après tout, je suis autant sa fille que toi !

— Oui, à mon grand regret. Maman m'a fait un sale coup en épousant ton père et en ayant un enfant avec lui. Elle nous a trahis, moi et toute la classe sociale à laquelle elle appartenait. Elle me *doit* Dunbar !

Au prix d'un effort surhumain, India parvint à garder son calme. Elle comprenait enfin le sens des remarques que Séréna ne cessait de lui adresser depuis des années.

Elle se leva et se dirigea vers la cheminée.

— Bravo, Séréna ! L'aristocrate que tu es semble absolument convaincue de sa supériorité innée. Tu m'excuseras, mais je n'ai pas du tout l'intention de te faire des courbettes. Pour qui te prends-tu ? Tu n'as aucun droit de me parler comme ça.

Le ton d'India était froid et assuré.

— Je te parle comme j'en ai envie, India ! Et tu sais pourquoi ? Parce que je suis ton aînée et que mon père appartenait à la noblesse de cette région, alors que toi, tu n'es rien d'autre qu'une erreur monumentale que maman a regrettée par la suite, bien qu'elle n'ait jamais voulu l'admettre ! Si tu crois qu'en héritant de Dunbar, tu pourrais devenir des nôtres, tu te trompes, ma chère ! Tu seras toujours une étrangère ! On ne t'acceptera jamais ici !

India serra les poings.

— J'ai autant de droits que toi, Séréna. Dunbar est aussi

la maison de mes ancêtres, et que cela te plaise ou non, j'ai également mon mot à dire en ce qui concerne son devenir.

— Tu ne comprends rien à rien, ma pauvre fille ! jeta Séréna d'un ton empreint de fausse pitié. Tu es vraiment stupide !

— Bonjour, mesdemoiselles ! les interrompit soudain une voix masculine.

C'était Maxi, le petit ami allemand de Séréna. Il se tenait dans l'embrasure de la porte, vêtu d'un complet à la ligne impeccable, agrémenté d'un nœud papillon. Ses cheveux blonds, coupés court et gominés, ne faisaient qu'accentuer la raideur de sa silhouette.

A le voir, il ne faisait aucun doute qu'il avait dû écouter une partie de la conversation.

India le dévisagea, s'attardant sur la moue hautaine de ses lèvres et sur ses yeux au bleu vitreux, dénués d'expression. Elle se demanda alors ce que Séréna pouvait bien lui trouver. En tout cas, les choses étaient claires : il n'était pas question de discuter de leurs affaires familiales devant lui.

— Je monte ! dit-elle sans chercher à cacher l'antipathie qu'il lui inspirait.

— On est en colère, on dirait ! lança Séréna d'un air ironique.

Elle se tourna vers Maxi, qui s'était assis à la table du petit déjeuner, et poursuivit d'un ton plein de commisération :

— La pauvre India est persuadée que maman lui a laissé Dunbar. C'est drôle, non ?

Maxi eut la décence de ne pas répondre, mais India n'apprécia pas l'aisance avec laquelle il s'était installé, comme s'il était déjà le maître des lieux.

— Tâche de ne pas être en retard pour la lecture du testament, hein ? jeta Séréna à l'adresse de sa sœur. C'est une simple formalité, je sais, mais il faut bien passer par là. Nous saurons alors qui a hérité de Dunbar, n'est-ce pas, ma chérie ?

— Effectivement, répondit India d'un ton sec.

Regardant Séréna droit dans les yeux, elle ajouta :

— J'aimerais que les choses soient claires. Il n'est pas question que ton petit ami assiste à cette lecture. C'est une affaire de famille.

— Comment oses-tu ? Le pauvre Maxi a été tellement gentil avec maman !

Séréna avait haussé le ton, mais India ne se laissa pas démonter.

— Peux-tu m'expliquer pourquoi maman tenait tant à ce que je vienne ? reprit-elle. Pourquoi m'a-t-elle écrit ?

— Je ne vois pas de quoi tu parles, India. Sache une chose, en tout cas : j'amène qui je veux dans ma maison !

— Tu me sembles bien sûre de toi. Le testament n'a pas encore été lu, que je sache.

Se tournant vers Maxi qui la regardait avec un dédain non dissimulé, elle ajouta :

— Vous avez dû faire tous les deux pression sur maman pour qu'elle mette Dunbar en vente ! C'est pour ça qu'elle était si bouleversée et qu'elle voulait que je vienne.

Séréna se leva. Les deux femmes se faisaient face, maintenant, prêtes à s'affronter.

— Je t'interdis de me parler sur ce ton, India ! Comment oses-tu dire que nous faisions pression sur maman ? Encore un mot et je te…

— J'en ai assez entendu, la coupa India, en laissant libre cours à sa colère. Je ne te permettrai pas d'insulter la mémoire de maman par ton comportement, et ce, le jour même de ses obsèques. Tu pourrais au moins faire semblant d'avoir du chagrin !

81

— Comment oses-tu ? Mais comment oses-tu me parler sur ce ton ? cria Séréna, hors d'elle.

— J'aurais dû te parler comme ça depuis le début, mais je ne voulais pas faire de peine à maman ! Et puis, j'espérais naïvement que nous parviendrions un jour à nous entendre. Quelle grossière erreur de jugement !

Avec un regard noir, Séréna reprit sa place à table. Maxi s'approcha d'elle et lui posa une main sur l'épaule.

— Voyons, calme-toi, ma chérie.

India le prit alors à partie :

— Je n'ai rien de personnel contre vous, Maxi, mais vous devez comprendre que ceci est une affaire de famille et que vous n'avez pas à vous en mêler.

— Il ne quittera pas cette maison ! déclara Séréna sur un ton sans appel. Maxi et moi avons prévu de nous marier, et j'ai tout à fait le droit d'être accompagnée par mon fiancé. Tu ne peux pas en dire autant !

— Laisse tomber, Séréna. Je ne rentrerai pas dans ce petit jeu, décréta sèchement India.

Et, la tête haute, elle quitta la pièce en claquant la porte derrière elle.

Ce geste suffit à l'apaiser, et elle sentit ses muscles se relâcher. Elle regagna alors sa chambre, et s'allongea sur son lit en veillant à ne pas froisser ses vêtements. L'ensemble Chanel qu'elle portait ce jour-là lui avait été offert par sa mère à l'époque où celle-ci n'avait pas de souci d'argent. Avec un sourire nostalgique, India se dit que Lady Elspeth avait toujours été élégante et qu'elle aurait certainement voulu que sa fille le fût aujourd'hui.

Elle repensa soudain à Jack et à ce que Séréna lui avait dit à son sujet. Avaient-ils réellement été amants ? Mais ce n'était pas ses affaires, après tout. Elle avait des questions beaucoup plus importantes à régler. Des questions qui pourraient bien changer le cours de son existence, sans parler du sort des fidèles serviteurs de Dunbar.

Fermant les yeux, elle prit une profonde inspiration. Mieux valait se tenir prête. Et s'attendre au pire.

Très solennel dans son costume gris, Mᵉ Ramsay chaussa ses lunettes aux montures en écaille de tortue et se tourna vers la petite assemblée qui se tenait prête à écouter les dernières volontés de Lady Elspeth.

India avait pris place aux côtés de sa cousine Kathleen, la plus fidèle amie de Lady Elspeth. A quarante-sept ans, c'était une petite femme replète aux joues roses et rebondies, aux cheveux gris et courts, et aux yeux noisette pétillant de bonne humeur. Vêtue d'un ensemble en tweed aussi élimé que le canapé, elle avait accueilli tout ce petit monde avec chaleur, indiquant à chacun où s'asseoir et demandant à Mme Walker d'apporter des scones pour accompagner le thé qu'elle avait elle-même servi. Pour un peu, elle aurait pu passer pour la maîtresse de maison.

A la gauche d'India se trouvait la gouvernante, que l'on entendait de temps en temps renifler dans un grand mouchoir et, juste en face d'elle, son cousin Ian, dont le regard désapprobateur était rivé sur Séréna. Celle-ci affichait en effet un air de profond ennui, et ne cherchait même pas à dissimuler qu'elle considérait toute cette affaire comme superflue, tant elle était persuadée que Dunbar lui revenait de droit.

Après le thé et les scones, un silence religieux s'installa dans la pièce. L'homme de loi s'éclaircit la gorge avant de prendre la parole :

— Nous voilà tous réunis en ces lieux pour entendre les

dernières volontés de feue Lady Elspeth, Caroline Moncrieff, Hamilton de son premier mariage et Dunbar de son nom de jeune fille.

D'un ton monocorde, Me Ramsay lut les formalités d'usage. La défunte n'avait pas oublié Kathleen et Ian, ni les vieux serviteurs de la maison, Mme Walker et M. Thompson.

India se demanda si la gouvernante souhaiterait rester à Dunbar, maintenant que Lady Elspeth n'était plus. Elle savait que Mme Walker avait été très attachée à sa mère — le mouchoir roulé en boule qu'elle tenait entre ses mains déformées et ses yeux rougis le prouvaient suffisamment. India éprouva soudain un élan de pitié pour elle. La vieille femme ne supporterait certainement pas de quitter les fourneaux de Dunbar et le village où elle avait ses habitudes. Mais que faire si la propriété était vendue ? India reporta alors son attention sur Me Ramsay : il arrivait à la partie principale du testament. Après avoir scruté les deux sœurs par-dessus ses lunettes, il reprit sa lecture :

— A mes deux filles, Séréna Helen Hamilton et India Dunbar Moncrieff, je lègue l'ensemble de ma propriété, qu'elles devront se partager. Si l'une d'elles souhaite en devenir l'unique propriétaire, elle devra racheter la part de sa sœur à un juste prix.

Estomaquée, Séréna se leva d'un bond.

— Comment ça, à *mes deux filles* ? Il doit y avoir une erreur ! Donnez-moi ce testament ! s'exclama-t-elle en se ruant sur le notaire pour lui arracher le document des mains.

— Séréna ! intervint Ian en se levant à son tour. Pas d'esclandre, s'il te plaît !

— Alors là, si je m'y attendais ! s'exclama Kathleen, soudain très pâle. J'ai toujours pensé que cette petite était folle, mais de là à se comporter de cette façon…

India, de son côté, demeura silencieuse. La nouvelle lui faisait l'effet d'un coup de massue. Dunbar lui appartenait ! En copropriété certes, mais le domaine était quand même le sien ! Sa mère ne l'avait pas exclue de ces terres, et rien d'autre ne comptait à ses yeux. C'était incroyable ! Elle se sentait transportée de joie.

Séréna, quant à elle, était folle de rage. Agitant la liasse de papiers sous le nez du notaire, elle cria :

— Je ferai annuler ce testament, vous m'entendez ? Maman n'aurait jamais fait une chose aussi absurde !

L'homme de loi tenta de reprendre les choses en main :

— Je vous prie de vous rasseoir, Lady Séréna. Ceci est une affaire juridique qui requiert ordre et méthode. Nous pourrions peut-être trouver un autre moment pour discuter de…

— Oh fermez-la, vous ! Je suis sûre que vous êtes de mèche avec elle ! Vous avez tout manigancé pour…

— Séréna, ça suffit maintenant ! lança Ian d'un ton qui n'admettait pas de réplique.

Il la prit fermement par le bras pour l'obliger à se rasseoir.

— Cesse de te donner en spectacle : c'est lamentable ! Désolé de ce contretemps, maître, ajouta-t-il à l'adresse du notaire. Je pense que nous pouvons reprendre la lecture, maintenant. Un tel incident ne se reproduira pas, vous pouvez me croire.

Il jeta à Séréna un regard appuyé. Furieuse, celle-ci n'eut d'autre choix que de se rasseoir.

Mᵉ Ramsay put alors énoncer les dispositions relatives aux bijoux :

— A ma chère India, lut-il, je laisse ma rivière de diamants Van Cleef & Arpels, ma broche, ainsi que la bague de fiançailles en saphir et diamant que son père m'avait offerte…

A ces mots, India sentit les larmes lui monter aux yeux. Sa

mère avait réussi à partager tous ses biens de façon équitable, mais comment diable avait-elle fait pour garder ses bijoux alors qu'elle était dans une situation financière si difficile ? Grâce à l'aide du marquis Giordano, certainement. L'évocation de ce vieil ami de sa mère emplit la jeune femme de tendresse. Elle savait que le marquis aurait tout fait pour permettre à la femme qu'il admirait depuis toujours de ne pas se séparer de ces objets auxquels elle tenait tant. Avec un soupir, India reporta son attention sur Me Ramsay. L'expression de son visage ne laissait rien présager de bon. Les mauvaises nouvelles allaient certainement tomber, maintenant. Devrait-elle vendre la bague et le collier pour sauver la propriété ? Il lui en coûterait, certes, mais elle saurait s'y résoudre si c'était nécessaire.

Elle en était à ce stade de ses réflexions lorsqu'elle se rendit compte que Kathleen s'adressait à elle. Son débit était rapide et l'expression de son visage tendue.

— Regarde Séréna, elle est verte de rage ! Elle n'arrive pas à avaler le fait que tu aies hérité de Dunbar, toi aussi. Et elle n'a même pas les moyens de te racheter ta part. C'est bien fait pour elle ! Et toi ? Tu pourrais racheter la sienne ?

— Non, pas du tout. Il va falloir qu'on se supporte.

— Si tu as besoin de moi, n'hésite surtout pas. Tu sais que j'aimais beaucoup ta mère et je me sens horriblement coupable de ne pas avoir été là au bon moment. Pourquoi a-t-il fallu que je m'absente pour rendre visite à la grand-tante Moira ? Je n'arrive pas à me le pardonner, murmura Kathleen en hochant tristement la tête.

India remarqua soudain sa pâleur et songea que ce décès avait dû être un terrible choc pour elle. Ce fut donc avec un sourire chaleureux qu'elle la remercia de son aide, avant d'ajouter avec beaucoup de sincérité :

— Tu ne comptes pas quitter Dunbar, j'espère ?

— C'est très gentil à toi, India. Et tellement généreux. J'espère ne pas te sembler trop présomptueuse si je te dis que je connais la propriété comme personne et que je pense pouvoir vous être utile ici. La gestion d'un domaine comme celui-là n'est pas chose aisée, et il m'arrive parfois de me demander comment je m'en serais sortie si mon père n'était pas mort avant mon oncle et si j'avais hérité de Dunbar.

Elle poussa un soupir à l'évocation de ce drame, puis se reprit et se concentra sur les propos de Me Ramsay, qui était en train de mettre un terme à sa lecture. L'homme de loi venait à peine de refermer son dossier que Séréna explosa de nouveau :

— Elle n'avait absolument pas le droit de faire ça ! Tout le monde sait qu'India n'est pas de notre monde et qu'elle sera incapable de gérer le domaine. D'ailleurs, je ne vois même pas ce qu'elle fait ici aujourd'hui !

Ian se dressa devant elle, le visage livide de colère.

— Cesse de te rendre ridicule, Séréna ! Tante El était libre de faire ce qu'elle voulait de son domaine. Ramsay pourra te le confirmer. Que tu sois d'accord ou non avec le testament ne change rien !

— C'est exact, Sir Ian, intervint Ramsay. Les lois écossaises stipulent qu'en l'absence d'héritier, la propriétaire est en droit de léguer ses biens à qui elle veut. Les choses auraient été différentes si Sir Thomas était mort avant le père de Lady Kathleen. C'est cette dernière qui aurait hérité dans ce cas. Dire que le pauvre homme est mort trois jours avant son frère !

Le notaire hocha la tête avec tristesse, sembla hésiter, puis ajouta :

— Lady Elspeth a refait son testament peu de temps avant de mourir. Elle m'avait fait venir ici pour le modifier.

— Je savais que c'était vous le responsable ! cria Séréna, le regard noir de colère.

87

Elle n'eut pas le temps de continuer. L'attrapant par le bras, Ian la força à sortir — au grand soulagement de tous.

— Eh bien, nous voilà débarrassés d'elle pour le moment ! décréta Kathleen avec un sourire forcé. Ne prête pas trop attention à ce qu'elle dit, India. Tous les Hamilton ont un grain, et Séréna ne fait pas exception à la règle. Le testament est tout ce qu'il y a de plus légal, comme l'a dit Me Ramsay. Elle est simplement jalouse.

La remarque de Kathleen détendit l'atmosphère, et India lui fut reconnaissante de son soutien.

Ian revint au même moment dans la pièce.

— Elle part pour Edimbourg, annonça-t-il. Elle veut y consulter un avocat.

Un crissement de pneus à l'extérieur vint confirmer ses paroles.

— Quelle honte ! reprit-il en se tournant vers Me Ramsay. Je suis désolé, croyez-moi. Je ne sais pas ce qu'il lui a pris de vous parler ainsi, maître, mais je veillerai à ce qu'elle vous présente des excuses.

— Oh, ne vous en faites pas pour ça, Sir Ian ! J'ai l'habitude de ce genre de choses. Les gens s'imaginent je ne sais quoi, et si la réalité n'est pas à la hauteur de leurs espérances, ils craquent tout simplement. Comme Lady Séréna.

— C'est vrai, ce que vous dites là, Ramsay, intervint Kathleen d'un ton sec. Je crois que Séréna se voyait déjà en maîtresse de Dunbar. Quel culot, quand on y pense !

— Ne te laisse surtout pas intimider ! continua Ian en s'adressant à India. Tu es dans ton droit. Dunbar t'appartient autant qu'à elle. Et elle le sait.

India le remercia d'un sourire, touchée par tant de gentillesse. Elle trouvait soudain dommage que les distances prises par son père avec sa belle-famille l'aient empêchée d'établir des liens plus étroits avec ces gens qu'elle découvrait maintenant.

Mais il ne fallait pas se faire d'illusions. Ils avaient beau se montrer aimables avec elle, elle savait qu'elle n'aurait jamais vraiment sa place dans leur monde. Elle était et resterait une roturière. Sur ce point, Séréna disait vrai.

— Je vous remercie de tout ce que vous avez fait, dit-elle, mais Séréna a peut-être raison quand elle dit que maman aurait dû lui laisser la propriété. Serai-je capable de m'en occuper ? Je n'en suis pas sûre.

— Je ne suis pas d'accord, rétorqua Ian. Tout ce que souhaite Séréna, c'est vendre Dunbar. Elle se fiche pas mal de ce que représente la propriété. Il n'y a qu'une seule chose qui l'intéresse dans la vie, c'est sa petite personne.

— Malheureusement, tu as raison, Ian, fit Kathleen. Séréna a toujours été profondément égoïste. Et puis, même si les Hamilton sont une famille très ancienne, ils n'ont jamais été très fortunés. Séréna n'a plus de revenus depuis qu'elle a cessé de travailler comme mannequin. Elle comptait sur la vente de Dunbar pour se renflouer. Et voilà son plan qui tombe à l'eau à cause d'India !

Ian prit un air songeur.

— Tu n'as pas tort. Ce type avec qui elle sort doit l'encourager dans cette voie. Les von Lowendorf ne se sont jamais remis de la guerre. Financièrement parlant, en tout cas. Et ce Maxi m'a l'air d'être porté sur les femmes célibataires fortunées. Tu te rappelles, Kath, cette riche veuve de Manchester ? Il lui a couru après jusqu'à ce qu'il rencontre Séréna.

Il eut un rire sans joie.

— Si tu décides de vendre, India, il faudra qu'elle se contente de la moitié de la somme.

— J'espère que nous n'en arriverons pas là, murmura la

jeune femme. De mon côté, je vais tout faire pour sauver le domaine.

— Je ne comprends toujours pas comment elle a pu se persuader que Dunbar lui revenait de droit, à elle et à elle seule ! s'exclama Kathleen.

— Elle a pris ses désirs pour des réalités, répondit Ian avec une grimace.

Sur ces considérations, les membres de la petite assemblée se levèrent et gagnèrent la salle à manger où un repas froid leur fut servi. Les questions pratiques seraient traitées après la cérémonie funèbre qui devait se tenir dans le grand hall de la maison. Lady Elspeth serait alors enterrée dans le petit cimetière situé en haut de la colline — et India, elle, resterait seule pour s'occuper au mieux de Dunbar.

— S'ils croient que je vais me laisser faire, ils se fourrent le doigt dans l'œil ! explosa Séréna en s'engageant à vive allure dans George Street.

— Calme-toi, voyons ! lui dit Maxi d'un ton qui se voulait apaisant. Ça ne sert à rien de s'énerver. Réfléchissons plutôt à une stratégie.

— Comment veux-tu que je me calme alors que cette... cette...

— Nous trouverons une solution, ne t'en fais pas. Et rappelle-toi : la vengeance est un plat qui se mange froid.

Séréna lui jeta un regard impatient.

— Eh bien, j'espère que tu auras une idée de génie parce que je ne vois pas trop comment on peut s'en sortir ! Le testament est tout ce qu'il y a de plus légal.

— Ne brusque pas les choses, ma chérie. Prenons le temps de l'analyse.

Son ton posé eut finalement raison de la colère de Séréna. Maxi n'avait peut-être pas tort. Ils finiraient bien par trouver un moyen d'évincer India.

— La garce ! Elle m'a vraiment bien eue !

— Attention à ce que tu dis ! On peut nous entendre, tu sais ?

Il jeta un regard soupçonneux autour de lui, comme si la Volvo avait été équipée de microphones.

— Arrête ton cinéma, Maxi ! On n'est pas dans un film d'espionnage ! répliqua Séréna en bifurquant dans Frederick Street pour échapper à la circulation. En ce qui me concerne, ce serait plutôt un film d'horreur. Et dire qu'il va falloir que je rentre assister aux obsèques, marmonna-t-elle entre ses dents. Tu viens avec moi, bien sûr ! Je ne vais pas la laisser me donner des ordres, tout de même ! Pour qui elle se prend, à la fin ?

Maxi resta silencieux tandis que sa compagne tournait dans Prince's Street. Ils passèrent devant le Scots Monument, où Séréna dut freiner brusquement devant un groupe de touristes vêtus d'anoraks aux couleurs vives.

— Je crois qu'il vaut mieux faire profil bas dans un premier temps, déclara-t-il enfin.

— Non mais tu rêves ? J'ai bien le droit d'amener qui je veux chez moi ! Ça n'est pas à elle de…

— Je sais, tu as raison, l'interrompit Maxi, mais la meilleure stratégie pour le moment, c'est de te réconcilier avec elle. N'oublie pas que tu auras besoin de sa signature pour vendre. Un autre conseil : pas la peine d'en faire trop, elle risquerait de flairer le piège. Laisse-lui croire que tu ne lui en veux plus. Elle est tellement naïve qu'elle tombera dans le panneau.

— Et Buchanan ? Qu'est-ce que je lui réponds s'il me fait une offre pour Dunbar ? Il faudra du temps avant qu'India n'accepte de signer. Bon sang ! Je ne pardonnerai jamais à ma mère de m'avoir fait un coup pareil !

— Allons, c'est juste une petite contrariété. Ça peut s'arranger. Le plus important pour le moment est de retourner à Dunbar et de faire comme si de rien n'était.

— Je n'en suis pas si sûre. Tu m'avais dit que tout allait bien se passer, et regarde dans quel pétrin on se trouve ! lui reprocha-t-elle d'un ton amer.

— Tu as peut-être perdu une bataille mais pas la guerre. Tout ce qu'il faut, c'est la caresser dans le sens du poil. Quant à l'Américain, tu m'as dit qu'il devait passer te voir pour parler de l'achat de la propriété. Tâche d'avoir tous les papiers qu'il t'a demandés. Le temps qu'il les étudie et qu'il fasse une offre, on aura trouvé une solution.

— Ça ne m'enchante pas mais bon, je suppose que je n'ai pas le choix !

Elle jeta un coup d'œil à sa montre :

— Zut, je vais être en retard pour les obsèques ! Je te dépose à ton hôtel et je file à Dunbar.

— Oui, dépêche-toi et ne t'inquiète pas pour moi. Je vais essayer de réfléchir à un plan pendant ce temps-là…

— Tu as intérêt à en trouver un, parce que toute cette affaire commence à me taper sérieusement sur les nerfs !

— Séréna, je t'ai déjà dit que l'on pouvait nous entendre. Il faut agir avec tact et discrétion, ma chère.

Excédée, elle attendit qu'il descende de la voiture pour redémarrer en trombe et se laisser aller à sa colère. Son esprit tout entier était tourné vers cette demi-sœur qui venait d'usurper ses droits. Comme elle la détestait ! Et comme elle détestait aussi sa mère !

*
**

Assise devant sa coiffeuse, India se brossait les cheveux avec des gestes lents et distraits, le regard perdu dans le miroir ovale qui lui renvoyait le reflet de son visage blême.

Dunbar... Elle n'avait jamais pensé en hériter un jour, et voilà que c'était chose faite. Le domaine lui appartenait pour moitié et il faudrait bientôt décider de son avenir. Après les obsèques, Me Ramsay leur donnerait tous les détails concernant la situation financière de la propriété. Il serait alors temps d'aviser.

— Indy ? fit soudain une voix derrière elle.

Dans le miroir, la jeune femme aperçut son amie Chloé qui passait la tête par la porte.

Elle se leva aussitôt et courut l'embrasser.

— Tu ne croyais tout de même pas que j'allais te laisser tomber dans un moment pareil ! dit Chloé d'une voix étranglée. J'ai beaucoup de peine, tu sais ? Lady El va vraiment nous manquer. Tiens, prends ça, ajouta-t-elle en lui tendant l'un des deux verres qu'elle tenait entre ses mains. Ça n'est pas irrespectueux de boire de l'alcool, si ?

— Penses-tu ! C'est ce que maman nous aurait conseillé de faire, répondit India avec un sourire empreint de tristesse.

Elle avala une grande gorgée de gin tonic avant de se rasseoir sur le tabouret.

— Si tu savais dans quelle galère je suis embarquée !

Chloé ôta ses chaussures et s'allongea sur le lit.

— Alors, où en êtes-vous ? Vous avez lu le testament ?

— Oui, ça y est. Séréna et moi héritons de Dunbar à part égale. Comme tu peux t'en douter, elle est verte de rage. Elle estime que la propriété aurait dû lui revenir intégralement. A cause de ses origines nobles, tu comprends ? Ça la place au-dessus du commun des mortels.

— Je croyais que...

Chloé s'interrompit, les sourcils froncés.

— Oui ?

— Oh rien ! Je pensais juste que Lady El laisserait Dunbar à Séréna et que tu récupérerais la maison de Suisse. Après tout, tu n'as jamais vraiment vécu ici.

— C'est vrai, d'une certaine manière. Mais tu sais, Chloé, depuis que je suis revenue, j'ai un sentiment étrange. J'ai l'impression d'être chez moi sur ces terres, d'y avoir ma place, finalement. C'est bizarre, non ?

— Et la Suisse ?

— Je ne sais pas. Tout est flou, en ce moment. En tout cas, j'ai bien peur que la situation ne soit pas très réjouissante ici. Il semble que maman ait laissé un tas de dettes et qu'il faille vendre tous ses bijoux si l'on veut garder le domaine.

— Tu penses vraiment le garder ? demanda Chloé, interloquée.

— Je n'ai pas encore pris de décision. J'attends de voir ce que va nous dire le notaire, cet après-midi. Garde ça pour toi, s'il te plaît, je n'ai pas envie de semer la panique parmi les employés.

— Ne t'en fais pas, je ne dirai rien. Mais pour en revenir à Dunbar, c'est une lourde responsabilité, tu sais ? Regarde Peter et Diana, par exemple. Heureusement que les affaires de mon beau-frère marchent bien, sinon je ne sais pas comment ils s'en sortiraient. Dalkirk est un vrai gouffre financier. Et ce sera la même chose pour Dunbar.

Chloé regarda son amie avec compassion avant d'ajouter :

— C'est dur ce qui t'arrive. J'aimerais pouvoir faire quelque chose.

— Ta seule présence est déjà un réconfort, répondit India avec tendresse. Tu ne peux pas savoir à quel point je me sentais seule, ces derniers jours. Et pourtant, Ian et Kathleen ont été formidables avec moi.

— C'est déjà ça, dit Chloé d'un air sombre. Je n'arrive toujours pas à croire que tu envisages sérieusement de garder cette propriété. A mon avis, ce serait une erreur, Indy.

— Tu as sans doute raison, Chloé, mais j'en ai assez d'être raisonnable, de devoir toujours garder les pieds sur terre. Ce que je ressens pour Dunbar est tout à fait irrationnel. Quand Ramsay a lu le testament tout à l'heure, et qu'il m'a annoncé que j'héritais du domaine pour moitié, je me suis sentie bizarrement émue. Tu vas probablement penser que je suis folle, ajouta-t-elle avec un sourire, mais j'ai toujours eu l'impression que mes racines étaient ici et que je reviendrais vivre à Dunbar.

— Si tu es sûre de toi, alors vas-y, fonce. Et croisons les doigts pour que tout aille bien… Au fait, j'ai vu Jack hier soir. Il m'a dit que vous aviez fait connaissance.

— Oui. C'était un peu mouvementé, répondit India avec un sourire.

— C'est ce que j'ai cru comprendre. Il est plutôt beau garçon, tu ne trouves pas ?

— Pas mal, reconnut India, mais un peu prétentieux à mon goût.

— Taratata ! Tu ne vas pas me dire que tu ne le trouves pas craquant !

— Bon, d'accord. Je lui mets huit sur dix. Ça te va ?

— Huit sur dix ? Tu plaisantes, j'espère ! Ce type est beau comme un dieu, riche comme Crésus et follement séduisant. Franchement, il mérite mieux que huit !

— S'il est aussi bien que tu le prétends, pourquoi tu n'essaies pas de sortir avec lui ? rétorqua India.

— Je l'adore, c'est vrai, mais seulement comme un frère.

On est devenus très proches. J'ai beaucoup de tendresse pour lui. Un peu comme pour ce chiot égaré que Diana a ramené à la maison.

— Voyons, Chloé, s'exclama India, comment peux-tu comparer cet homme à un chiot ?

— Je n'exagère pas tant que ça, tu sais ? Lui aussi est tout seul depuis la mort de sa femme, il y a douze ans. Ça doit être atroce, même s'il n'en parle jamais.

— Je suis au courant. Il m'a raconté.

— Alors là, c'est une première ! s'exclama Chloé. D'habitude, il se referme plutôt comme une huître quand on aborde le sujet.

Jetant un coup d'œil à sa montre, elle ajouta :

— Bon, je ferais mieux de redescendre. Tâche de ne pas être trop longue. Après tout, tu es la maîtresse de maison, maintenant. Et n'oublie surtout pas qu'on est tous avec toi !

India se leva pour la serrer très fort dans ses bras.

— Merci pour tout, Chloé ! Merci d'être venue, tu ne peux pas savoir à quel point ta présence me fait du bien. Tu veux bien emporter ça ? ajouta-t-elle en lui tendant son verre vide. Mme Walker n'apprécierait pas. Dis aussi à Kathleen de tenir bon : j'arrive dans un instant.

— D'accord.

Chloé s'éclipsa, laissant India seule devant le miroir. La jeune femme resta un long moment, le regard perdu dans le vague, comme si elle cherchait à lire dans l'avenir de Dunbar et, par là même, dans le sien. Une image s'imposa à elle — celle d'enfants courant sur la pelouse par un après-midi d'été — suivie d'une autre qu'elle s'empressa de chasser — celle de Jack, portant dans ses bras l'un de ces enfants. Elle devait être folle de rêver à un homme qu'elle venait tout juste de rencontrer et qu'elle ne reverrait probablement jamais. Mais elle eut beau se sermonner, cette vision entêtante ne la quitta pas.

Elle se leva alors et, attrapant le long manteau de fourrure qu'elle avait prévu de porter pour les funérailles, elle quitta la chambre. Dans l'escalier principal, elle se demanda si les ancêtres dont les portraits accrochés aux murs semblaient l'observer d'un air si sévère lisaient dans ses pensées. Peut-être se retournaient-ils dans leur tombe à l'idée que Dunbar risquait d'être vendu. Mais que faire ? Garder la propriété n'était pas une décision à prendre à la légère. Après tout, ce n'était pas une simple maison dans laquelle elle pouvait emménager du jour au lendemain. Cela impliquait de réorganiser entièrement sa vie.

Elle en était à ce stade de ses réflexions lorsque son regard tomba sur un portrait daté de 1730 représentant un petit garçon aux yeux bleus pétillant de malice. Un autre enfant, un peu plus âgé, blond et rondouillard, se tenait à ses côtés, mais elle remarqua surtout l'épaisse chevelure brune et la moue espiègle du premier, et le fait qu'il y avait quelque chose d'étrangement familier dans ses traits.

India se figea, en proie à la même excitation que celle qui l'avait saisie la veille devant le chêne de Dunbar. C'était inexplicable. Elle avait l'impression non seulement que ce visage ne lui était pas inconnu, mais qu'elle n'était plus toute seule.

L'espace d'un instant, elle resta là, immobile, l'oreille tendue. Mais les seuls bruits qui lui parvenaient étaient ceux des invités qui discutaient, en bas. Sans doute était-ce un effet de son imagination, se dit-elle. Rassemblant tout son courage, elle se décida alors à descendre les dernières marches et se dirigea vers la bibliothèque.

Aussi bizarre que cela puisse lui paraître, cette *rencontre invisible* en haut de l'escalier l'avait réconfortée.

**
* *

Le service funèbre commença à 14 heures précises, dans le hall où les personnes présentes avaient formé un cercle silencieux autour du cercueil couvert de gerbes et de couronnes.

India assista à la cérémonie dans un état second, mais au moins, la vue des fleurs que sa mère avait tant aimées l'apaisa. Quelque part, ça lui donnait l'impression que Lady Elspeth se trouvait parmi eux, comme pour leur faire ses adieux.

Séréna était revenue et s'était montrée polie pendant le déjeuner. Elle semblait complètement désintéressée par ce qui se passait autour d'elle.

— C'est un jour horriblement triste, mademoiselle India, chuchota Mme Walker, mais toutes ces fleurs font honneur à votre maman. Regardez celles-là : elles sont arrivées ce matin d'Edimbourg, ajouta-t-elle en montrant du doigt une magnifique couronne composée de lys couleur de neige et de gypsophile, et entourée d'un ruban en satin blanc marqué de lettres dorées.

— Regarde le nom de l'expéditeur ! fit Chloé à voix basse.

India s'avança pour lire l'inscription.
De tout cœur avec vous. Jack Buchanan.

Il y avait pensé ! India n'en croyait pas ses yeux. Fébrilement, elle se retourna, s'attendant presque à le voir. Bien sûr, il n'était pas là. C'était une cérémonie privée... Elle jeta un regard discret à sa demi-sœur, se demandant si cette dernière avait remarqué la gerbe, et aussi si le geste de Jack n'était pas destiné à la réconforter, elle.

— Il ne m'a rien dit, ni hier ni ce matin, chuchota Chloé.

India ne répondit pas. Le souvenir des obsèques de son père lui revenait en mémoire, et en particulier le sentiment de solitude qui l'avait envahie ce jour-là. Tel n'était pas le cas aujourd'hui. Les maîtres de Dunbar vivaient et mouraient sous le regard protecteur de leurs ancêtres, chaque génération ayant pour tâche de préserver, d'améliorer et de transmettre l'héritage légué par les Anciens.

C'était tout cela qui disparaîtrait si Dunbar tombait aux mains d'étrangers. Presque huit cents ans d'Histoire. Avec un frisson, India repensa à la suggestion de Jack. L'idée de voir Dunbar se transformer en hôtel lui était difficilement supportable.

Son regard revint vers la couronne. Décidément, on ne pouvait pas rester indifférent à cet homme. Il possédait une sorte d'aura, comme une autorité naturelle et mesurée, probablement due à son assurance et à cet incroyable aplomb qui le caractérisaient.

L'oraison terminée, l'assemblée s'écarta pour laisser passer le cercueil. Les premiers accents de la cornemuse s'élevèrent alors, faisant entendre une complainte lente et solitaire, typique des Highlands.

Chloé prit India par le bras et toutes deux se dirigèrent vers les véhicules qui attendaient dehors. Elles montèrent en voiture et le cortège se mit en route vers le cimetière familial.

La journée était ensoleillée mais froide, et l'air piquant annonçait l'arrivée prochaine de l'hiver. Les feuilles tombaient des arbres presque entièrement dénudés et voletaient çà et là sur la neige qui avait commencé de fondre.

Lorsque tout le monde fut arrivé devant le cimetière, le joueur de cornemuse prit la tête du cortège. Sa complainte était tellement triste qu'ils en eurent tous les larmes aux yeux. Ian, Kathleen, India et Séréna saisirent chacun un bout de corde pour faire descendre le cercueil dans la fosse. India sentit l'émotion lui nouer la gorge lorsqu'il toucha la terre avec un bruit sourd.

Après un instant de recueillement, la petite troupe rebroussa chemin. India était reconnaissante à Chloé d'être venue. Cela aurait été tellement plus difficile si elle s'était retrouvée seule !

C'est alors qu'elle le vit. Il se tenait à l'entrée du cimetière, vêtu d'un manteau en cachemire noir qui accentuait l'élégance de sa silhouette élancée.

India eut un mouvement d'hésitation. Peut-être Jack était-il là pour Séréna ? Mais lorsqu'elle le vit avancer dans sa direction, tous ses doutes s'évanouirent.

C'était pour elle qu'il était venu !

En compagnie de Chloé, elle franchit les grilles en fer forgé et se retrouva face à Jack. Aussitôt, il prit ses mains entre les siennes.

— Vous allez bien ? chuchota-t-il d'un ton plein de sollicitude.

Le regard d'India s'attarda sur son épaisse chevelure noire que le vent ébouriffait. Son teint hâlé semblait déplacé au milieu de tous ces visages blafards.

— Ça va. Merci d'être venu, répondit India dans un murmure, tout en s'efforçant de ne pas pleurer.

— J'y tenais.

India remarqua Ian et sa femme, Francesca, qui les observaient. Chloé leur adressa un sourire.

— Laissez-moi vous présenter Jack Buchanan, leur dit-elle. C'est l'associé de Peter.

— Ravi de faire votre connaissance, dit Ian en serrant la main de Jack. Dommage que ce soit en une telle occasion. J'espère que nous nous reverrons. India, tu viens avec nous ou bien tu…

— Oui, j'arrive.

— Je vais vous raccompagner jusqu'à la voiture, dit Jack en prenant le bras de la jeune femme.

Interloquée, elle se laissa faire, en proie à une foule d'émotions contradictoires. Elle se trouvait à l'enterrement de sa mère, le cœur battant à tout rompre à cause d'un homme qu'elle connaissait à peine. N'était-ce pas là un sacrilège ?

Les autres avaient commencé à s'éloigner, les laissant seuls.

— Je pars pour l'aéroport, expliqua Jack, qui ne l'avait pas quittée des yeux un instant. Mais je voulais d'abord m'assurer que vous alliez bien.

— Merci. C'est très gentil de votre part.

— Prenez bien soin de vous.

Arrivés devant la voiture de Ian, ils restèrent un instant immobiles, les yeux dans les yeux.

India sentit sa gorge se nouer.

— Merci d'être venu, Jack. Je...

Elle s'efforça de sourire puis, ne sachant qu'ajouter, elle monta dans la voiture, qui démarra avec dans son sillage les accents entêtants de la cornemuse.

Privée de la présence réconfortante de Jack, India se sentit soudain terriblement seule, et les larmes qu'elle avait jusqu'alors réussi à retenir jaillirent de ses yeux. Elle tourna alors le visage vers la vitre pour regarder sans le voir le paysage qui défilait devant elle.

Confortablement installé à bord de son jet privé, un verre de whisky à la main, Jack regardait la pluie ruisseler le long des hublots tandis que le Gulfstream se préparait à décoller sur le tarmac humide.

Qu'est-ce qui l'avait poussé à se rendre au cimetière, cet

après-midi ? C'était un endroit qu'il préférait éviter, d'habitude. Cette femme pour qui il avait enfreint ses règles, il la connaissait à peine. Alors pourquoi ? Il n'était pas du genre à agir sur un coup de tête. Bien sûr, étant donné leurs métiers respectifs, il serait certainement amené à la revoir un jour ou l'autre. Il n'était d'ailleurs pas exclu qu'il se rende lui-même à Buenos Aires pour affaires... Mais c'était surtout la tristesse d'India qui l'avait ému, au point qu'il avait eu envie de la prendre dans ses bras et de la serrer très fort.

Se sermonnant intérieurement, il s'efforça d'oublier l'image poignante de la jeune femme et se concentra sur le décollage. L'avion avait commencé à prendre de la vitesse, et il s'éleva bientôt brusquement dans un ciel gris anthracite.

Lorsque l'appareil vira vers le sud, Jack se pencha pour tenter d'apercevoir Dunbar à travers le hublot. Soudain, il sentit un frisson d'excitation le parcourir. Le jet survolait maintenant la propriété dont la magnificence n'était en rien gâchée par la pluie. Une sorte d'impatience le gagna. Il était impatient d'avoir une bonne discussion avec Séréna et de voir tous les documents relatifs au domaine. Mais déjà, il cherchait à calculer le coût des travaux de rénovation.

Le temps que son avion atteigne Londres, Jack avait pris sa décision. Il allait acheter Dunbar. Une petite voix intérieure lui disait de ne surtout pas laisser passer une telle occasion.

4.

Comme tous les ans, Jack passa la période des fêtes dans un avion. Son frère Chad et sa belle-sœur Marylin l'avaient tous deux invité à les rejoindre dans leur chalet à Aspen, mais il avait encore trouvé une excuse pour se dérober. En dépit de la tendresse qu'il éprouvait pour sa nièce et filleule Molly, il préférait éviter les situations qui risquaient de lui rappeler des souvenirs douloureux.

Au début du mois de janvier, Peter s'envola pour Bangkok, où il commença une tournée d'inspection de tous leurs établissements asiatiques. Jack, quant à lui, se rendit à Buenos Aires pour rencontrer son nouvel associé Hernan Carvajal, qu'il n'avait vu que brièvement à Londres lors de leurs négociations. Celui-ci se révéla un homme d'affaires avisé et un hôte des plus prévenant. Grâce à lui, il ne fallut que quatre jours à Jack pour se familiariser avec le projet du Palacio de Grès. Le cinquième jour, dans l'après-midi, après avoir longuement étudié les questions de rénovation, d'investissements et de bénéfices prévisionnels, les deux hommes parvinrent finalement à un accord.

Soulagé, Jack s'étira alors, prêt à repartir pour l'Alvear Palace où il comptait prendre une longue douche froide. Les bureaux improvisés du Palacio de Grès souffraient de l'absence de climatisation et la chaleur avait été particulièrement torride, ce jour-là.

— Bon, je suppose qu'on a fait le tour de la question, dit-il en jetant un coup d'œil à ses notes. Il ne nous reste plus qu'à parler de la décoration intérieure...

— Mm..., fit Hernan, qui étudiait encore quelques plans. Tu sais, je ne suis pas sûr que nous ayons fait le bon choix pour l'emplacement du garage. Ça risque de ne pas être très fonctionnel. Peut-être faudrait-il déplacer les espaces verts...

Avec un soupir, il releva la tête :

— Tu disais ?

— La déco intérieure. Nous n'avons toujours pas décidé à qui nous allions la confier.

— Tu as raison. J'ai les noms de plusieurs architectes d'intérieur, mais aucun ne me convient vraiment. C'est un problème. Il nous faut quelqu'un qui ait une bonne connaissance de l'histoire de l'art et du mobilier d'époque... Nous pourrions peut-être mettre David Hicks sur le coup.

Jack se redressa brusquement. Depuis quelque temps, il avait une idée en tête, et il jugea que le moment était venu d'en parler à Hernan. India était la personne idéale pour le Palacio de Grès. Outre qu'il n'avait cessé de penser à elle, il savait, grâce à quelques renseignements pris discrètement, qu'elle aussi se trouvait à Buenos Aires. A croire que le sort voulait qu'ils se rencontrent de nouveau !

— As-tu entendu parler de l'agence Dolce Vita ? demanda-t-il à Hernan.

— Le nom me dit quelque chose.

— Ils se sont occupés de l'hôtel de Peter, à Londres : le Jeremy.

— Ah oui ! Celui qui se trouve à Belgravia. Ils ont vraiment fait du bon travail !

— J'avoue que j'ai été impressionné, moi aussi, fit Jack d'un ton qui se voulait détaché. Il se trouve que lors de mon dernier séjour en Ecosse, j'ai fait la connaissance de la propriétaire de la Dolce Vita, une certaine India Moncrieff. Sa famille et les Kinnaird sont voisins.

— Ah bon ? Je croyais que l'agence était suisse ! J'ai dû me tromper, dit Hernan en se dirigeant vers le réfrigérateur. Tu veux une bière ?

— Je ne dis pas non.

Jack attrapa la bouteille que lui lançait son associé. Il en essuya la buée sur son jean avant d'ajouter :

— Elle est ici.

— Qui ça elle ?

— India Moncrieff, la propriétaire de la Dolce Vita. Elle séjourne actuellement chez une ancienne camarade de classe, Gabrielle O'Halloran.

Jack se rendit compte qu'il avait plaisir à parler d'India et même juste à prononcer son nom à voix haute. Ce n'était pas très bon signe. Il se rassura alors en se disant que seuls les talents de décoratrice de la jeune femme l'intéressaient. Par ailleurs, s'il arrivait à convaincre Hernan de l'engager et si elle acceptait le chantier, il serait amené à la côtoyer tous les jours sur un plan strictement professionnel, ce qui suffirait peut-être à lui remettre les idées en place. Plus il y réfléchissait et plus l'idée lui semblait bonne. Il ne restait plus qu'à persuader son associé.

— Gabby O'Halloran ! s'exclama Hernan. Mais c'est ma cousine, enfin une cousine éloignée ! Notre famille est tellement grande… Je crois que mon grand-père et sa grand-mère étaient…

— Epargne-moi les détails, dit Jack en riant, je ne m'en souviendrai jamais.

Hernan se mit à rire, lui aussi.

— Je comprends mieux maintenant pourquoi ma grand-tante Dolorès m'a invité chez elle. Est-ce que cette India est grande, belle et fortunée ?

La question irrita Jack, qui parvint toutefois à garder un ton calme pour répondre :

— Elle est effectivement grande et belle. Quant à savoir si elle est riche... D'après ce que j'ai entendu dire, il ne reste plus grand-chose de la fortune de son père. Mais je pense qu'elle gagne très bien sa vie. Rien de plus normal, du reste : c'est quelqu'un de talentueux, crois-moi.

— Tu n'as pas compris, dit Hernan qui continuait à rire. Ma grand-tante et ma mère n'ont qu'une seule idée en tête, c'est de me marier avec ce qu'elles appellent *un bon parti*. Apparemment, cette fille dont tu me parles répond à tous leurs critères !

Redevenant soudain sérieux, il alla s'asseoir en face de Jack.

— Dis-moi le fond de ta pensée.

Jack avala une autre gorgée de bière avant de répondre, attentif au choix de ses mots :

— Eh bien, étant donné que c'est l'une des meilleures architectes d'intérieur que l'on puisse trouver et qu'elle est actuellement sur place, je me disais qu'on pourrait... la contacter et lui demander son avis. Qu'en dis-tu ?

— C'est une très bonne idée ! J'appelle ma grand-tante sur-le-champ... ou peut-être ferais-je mieux de voir ça avec Gabby ? A moins que tu ne préfères appeler ton amie toi-même ?

— Oui, ce serait plus pratique que je l'appelle. Si le chantier l'intéresse, elle n'aura plus qu'à venir ici, dit Jack en se levant pour jeter sa bouteille dans la poubelle.

— Ça marche. Bon, je vais piquer une tête dans la piscine.

Que dirais-tu d'aller manger un morceau ensemble, après ? Je connais deux ravissantes Suédoises qui meurent d'envie de faire ta connaissance.

Jack déclina l'offre en souriant.

— Merci, mais pas ce soir. Je suis crevé et je préfère me coucher tôt.

— Comme tu veux, mon vieux. Mais si tu changes d'avis, appelle-moi sur mon portable.

— D'accord.

Ils quittèrent le chantier ensemble. Hernan repartit au volant de sa Testarossa tandis que Jack profitait de la langueur de la fin d'après-midi pour rentrer à pied. Il sourit en repensant à son associé. Bien qu'ils aient le même âge, Jack se sentait beaucoup plus âgé et plus expérimenté que lui. C'était normal, ils n'avaient pas eu la même jeunesse. Pendant qu'Hernan menait une existence privilégiée, jouant au polo à Palm Beach, étudiant en Europe et allant skier à Gstaad, Jack, lui, était parti en mission au Nicaragua et au Salvador. Le genre d'expériences qui vous changent un homme. La présence d'Hernan lui faisait du bien, cependant. Il trouvait son entrain rafraîchissant, lui qui n'avait plus goût à rien depuis quelque temps.

La perspective de revoir India lui donnait aujourd'hui des ailes. Il traversa la place pour aller acheter le journal, satisfait de la tournure que prenaient les événements. Puis il consulta sa montre pour savoir s'il avait encore le temps de joindre son avocat ou son frère Chad à Miami. Il voulait savoir où en était le dossier Dunbar. Séréna avait tenu parole et avait rassemblé les documents qu'il lui avait demandés. Il avait quitté la propriété intimement convaincu qu'il faisait là le bon choix et que Séréna et lui finiraient par parvenir à un accord satisfaisant. Il regrettait seulement de ne pas avoir pu discuter de l'affaire avec Peter.

107

Entrant dans la suite qu'il occupait à l'Alvear, il posa son journal pour se diriger vers le téléphone d'un pas décidé.

Avec impatience, Séréna attendait que Mᵉ Ramsay prît la parole. Il fallait impérativement qu'elle garde son calme si elle ne voulait pas éveiller ses soupçons et faire échouer le plan que Maxi et elle avaient concocté.

— J'ai envoyé tous les chiffres à votre sœur, dit le notaire, mais je n'ai pas encore eu de réponse de sa part.

— C'est parce qu'elle est en Amérique du Sud, dit Séréna d'un ton léger. Je l'ai eue plusieurs fois au téléphone.

Mᵉ Ramsay eut l'air surpris.

— En Amérique du Sud ? Ça explique peut-être son silence, alors. Les communications ne doivent pas être très bonnes là-bas, ajouta-t-il avec un sourire pincé auquel Séréna s'empressa de répondre, comprenant soudain que c'était là sa conception de la plaisanterie.

Le regard de la jeune femme s'attarda sur le front dégarni et sur les étranges lunettes du notaire qui lui donnaient un air de vieux hibou. Réprimant un fou rire, elle reprit :

— En fait, c'est l'une des raisons pour lesquelles je me trouve ici. India et moi, eh bien, nous avons… heu… réglé notre différend, si vous voyez ce que je veux dire. Après lecture de votre fax, elle est convenue que la meilleure chose à faire était de vendre Dunbar. Elle est d'accord pour vous faire parvenir une procuration dès son retour en Suisse. Ça semble un peu trop compliqué d'en faire établir une à Buenos Aires. En attendant, elle veut que nous avancions dans les négociations. Vous savez probablement que nous avons une offre d'un investisseur américain qui tient à garder l'anonymat parce qu'il compte acheter le domaine au nom d'une compagnie offshore.

Fière de ce mensonge bien ficelé, Séréna reprit son souffle.

— C'est vraiment surprenant, dit Mᵉ Ramsay en ôtant ses lunettes pour en essuyer les verres. Oui, c'est vraiment surprenant étant donné, heu… ce qui s'est passé lors de notre dernière entrevue.

— Oh ça ! s'écria Séréna avec un rire aigu. Ce n'était rien, croyez-moi. Une réaction stupide de ma part, tout simplement. Depuis, j'ai compris que nous avions tout intérêt, India et moi, à coopérer dans cette affaire.

Baissant les yeux, elle ajouta avec une modestie affectée :

— C'était certainement le choc. J'étais bouleversée par le décès de maman. Mais j'ai retrouvé mes esprits, à présent.

— Ah ! Eh bien, je suis vraiment content de vous entendre parler comme ça, Lady Séréna ! Vraiment content ! Le fait que vous soyez revenue à de meilleurs sentiments va nous faciliter les choses, croyez-moi !

— Je suis d'accord avec vous ! fit Séréna en lui adressant son plus beau sourire. Attendez-vous maintenant à être rapidement contacté par vos confrères américains.

— Je dois reconnaître que c'est une offre intéressante et qu'il serait dommage de la laisser passer. Vous êtes sûre que votre sœur est d'accord ? ajouta-t-il, comme pris d'un doute soudain.

— Mais oui, ne vous en faites pas ! Elle veut vendre, et le temps que le contrat arrive, elle sera elle-même de retour.

— Très bien. Je n'ai donc plus qu'à attendre que mes confrères se manifestent.

— Parfait. Je vais vous laisser, je ne voudrais pas abuser de votre gentillesse. Merci de m'avoir reçue.

Elle se leva pour partir.

— Laissez-moi vous raccompagner.

Arrivée à la porte, la jeune femme lui tendit la main en accompagnant son geste d'un sourire qu'elle voulait charmeur.

— Merci encore, maître. Je ne sais pas ce que nous ferions sans vous.

— Je vous en prie.

Le notaire toussota, l'air embarrassé.

— Je suis heureux que vous soyez réconciliée avec votre sœur. Une famille doit rester unie.

Il lui serra la main.

— C'est aussi mon avis, maître. Au revoir.

Une fois dehors, Séréna s'engagea dans George Street et ouvrit son parapluie. Un coup de vent le retourna, mais elle était si satisfaite de son entrevue avec Mᵉ Ramsay qu'elle ne s'en soucia pas. Maxi allait être content d'elle !

Ayant accompli sa tâche, elle se dit qu'un peu de shopping ne lui ferait pas de mal. Elle aurait bientôt beaucoup d'argent à dépenser. Autant prendre de bonnes habitudes dès maintenant.

Paresseusement allongée dans une chaise longue, India profitait des derniers rayons du soleil couchant qui tombaient doucement sur la véranda, libérant les senteurs de gardénia et atténuant les teintes vives du bougainvillier. Une brise légère, en provenance des *pampas*, faisait frémir les eucalyptus qui bordaient le chemin de terre menant aux corrals et aux écuries. De temps à autre, on entendait le coassement des grenouilles dans la mare et les cris des vachers qui faisaient rentrer le bétail.

India était arrivée à Buenos Aires à temps pour passer un Noël nostalgique en compagnie des O'Halloran. Aussitôt les fêtes terminées, Gaby et elle s'étaient jetées à corps perdu dans la rénovation du *casco*. Ensemble, elles avaient choisi de nouveaux tissus et de nouveaux canapés, puis elles avaient restauré quelques meubles. Cela avait réussi à distraire un peu India, mais elle ne pouvait s'empêcher de repenser à Dunbar. Elle savait qu'à son retour, elle devrait prendre une décision. Me Ramsay lui avait envoyé un fax quelques jours auparavant, et les renseignements qu'il lui donnait sur la situation financière du domaine n'étaient guère de nature à la rassurer. Avec beaucoup de tristesse, elle commençait à se faire à l'idée de se séparer de la maison. Si au moins Dunbar pouvait être racheté par une famille ou par quelqu'un qui serait en mesure de l'apprécier à sa juste valeur !

Mais s'il était transformé en un horrible piège à touristes ? Ou encore en hôtel, comme Jack Buchanan l'avait suggéré ? Elle avait beaucoup pensé à lui depuis qu'elle l'avait vu la dernière fois aux portes du cimetière. Elle se demanda où il en était dans ses projets d'hôtel et décida qu'elle irait jeter un coup d'œil au Palacio de Grès. Cela se justifiait d'autant plus que le nouvel associé de Jack était un parent des O'Halloran et que ces derniers souhaitaient le lui présenter.

La voix de la servante interrompit le cours de ses réflexions :

— *Señorita India ? Teléfono para usted.*
— *Quién es ?* demanda India, surprise.
— *Señor Djabugan.*

Guère plus avancée par cette réponse, India se leva et entra dans la maison pour aller répondre.

— *Alo, India hablando.*
— India ? dit une voix profonde à l'accent américain.

Une voix qu'elle aurait reconnue entre mille... Aussitôt, la jeune femme sentit les battements de son cœur s'accélérer.

— Jack Buchanan à l'appareil. Comment allez-vous ?

— Heu... ça va, merci, bafouilla-t-elle, décontenancée d'entendre cet homme à qui elle était justement en train de penser.

— J'ai eu votre numéro par Hernan Carvajal, mon associé. Lui et votre amie Gabriella sont apparemment de vagues cousins. Comment allez-vous ? répéta-t-il d'un ton quelque peu embarrassé, comme s'il ne savait comment continuer la conversation.

— Je vais bien, merci, répondit India. Je ne m'attendais pas à vous avoir au téléphone. Et votre projet, où en est-il ? C'est le... Palacio de Grès, n'est-ce pas ?

— Ça roule. C'est, d'ailleurs, pour ça que je vous appelle. On en est à la décoration intérieure et on se demandait, Hernan et moi, si vous aimeriez vous en occuper. Vous pourriez venir voir les lieux avant de prendre une décision. Qu'en dites-vous ?

India ne put s'empêcher d'être déçue. Ce coup de fil n'était donc que professionnel ! Elle devait reconnaître, cependant, que la proposition ne manquait pas d'attrait. Elle avait refusé tous les contrats qu'on lui avait proposés après le décès de sa mère, mais elle était très tentée par celui-là.

— Je ne comptais pas reprendre un chantier pour le moment, dit-elle, mais celui-ci semble intéressant.

— Venez au moins y jeter un œil ! Je pense que c'est tout à fait dans vos cordes. J'ai expliqué à Hernan que vous aviez visité l'endroit quand vous étiez enfant. D'après lui, ça n'a guère changé, depuis.

De plus en plus tentée, India hésita à poser la question qui lui brûlait les lèvres : Jack allait-il rester ou repartir ? La réponse vint d'elle-même :

— Il faudrait que vous veniez cette semaine si vous êtes intéressée, car je dois repartir pour Miami dans quelques jours. Que diriez-vous de vendredi, par exemple ? Ça vous irait ?

Il avait dit cela sur un ton très professionnel, comme s'il était en train de consulter son agenda.

India réfléchit un instant. Elle ne perdrait rien à aller voir, se dit-elle. C'était une occasion qu'il aurait été dommage de rater, et puis elle disposait encore de beaucoup de temps avant son départ pour Rio.

— Où puis-je vous joindre ? demanda-t-elle.

— Je suis descendu à l'hôtel Alvear. Mais je peux aussi vous donner le numéro du bureau, si vous voulez.

India prit note. Sa main tremblait et elle se sermonna intérieurement.

— Je vous rappellerai demain, dit-elle.

— Pas de problème. J'attends votre coup de fil.

Un silence gêné s'ensuivit, comme si Jack voulait rajouter quelque chose. Et finalement, ce fut India qui conclut la conversation avant de raccrocher.

Tremblante, elle dut s'appuyer contre le mur peint à la chaux. Quel était le secret de cet homme ? Pourquoi le seul son de sa voix suffisait-il à la plonger dans un trouble extrême ?

D'un pas lent, elle ressortit sur la terrasse et laissa son regard errer sur la plaine. Au loin, un troupeau de bêtes à cornes faisait une tache sombre et mouvante dans la lumière du soir.

Plongée dans ses pensées, India se demanda si elle avait éprouvé des émotions semblables au contact de son ex-mari. Elle dut reconnaître que non. Tout avait été si mesuré entre Christian et elle. C'était lui qui avait dirigé leurs ébats amoureux ; elle se contentait de suivre, convaincue que c'était ça l'amour. Et ça ne l'avait pas empêché de la quitter...

S'asseyant sur le bord de la balustrade, elle se remémora les paroles de Chloé. Son amie avait vu juste : elle aurait été malheureuse si elle avait continué à vivre avec Christian. Finalement, il lui avait rendu service en la quittant.

A l'époque, elle s'était juré de ne plus jamais laisser un homme la blesser et l'humilier de la sorte. Avec effroi, elle se rendit compte que l'emprise que Jack avait sur elle commençait à être dangereuse. Peut-être ferait-elle mieux de refuser le travail qu'il lui proposait. D'un autre côté, il ne s'agissait que d'une offre professionnelle. Et puis, il devait quitter Buenos Aires dans quelques jours. Par conséquent, même si elle acceptait ce contrat, elle aurait beaucoup plus de contacts avec Hernan qu'avec lui.

Un bruissement de soie et les effluves d'un parfum interrompirent le cours de ses pensées. Relevant la tête, elle aperçut Dolorès, la grand-mère de Gaby, qui franchissait la porte-fenêtre d'une démarche élégante.

— Ah te voilà ! s'exclama Dolorès avec un grand sourire. Je me demandais où vous étiez passées, Gaby et toi.

— Elle est partie avec Santiago pour jeter un coup d'œil aux nouveaux poulains.

— Mais qu'est-ce que je vois là ? fit Dolorès en s'approchant et en lui relevant le menton. Pourquoi ces yeux pleins de larmes ? J'espère que ce n'est pas à cause de ta mère. Tu sais, ma chérie, je suis sûre que Lady Elspeth repose en paix.

— J'en suis sûre, moi aussi, répondit India. Ce n'est pas ça.

— Alors, qu'est-ce que c'est ? demanda Dolorès en s'installant dans un fauteuil en rotin.

India ne put s'empêcher d'admirer son élégance naturelle.

Avec un sourire embarrassé, elle commença :

— Heu, voilà... J'ai rencontré quelqu'un en Ecosse. C'est une longue histoire. En fait, non, il n'y a pas grand-chose à en dire. J'ai fait sa connaissance après la mort de maman. Il a failli me tirer dessus, puis il est venu prendre le thé et...

India s'interrompit, consciente de l'incohérence de son récit.

Son regard croisa celui de Dolorès, amusé mais compréhensif, et elle se sentit rougir.

— Continue, je t'en prie ! Ce jeune homme a l'air absolument charmant.

— Bref, il a acheté des parts dans un hôtel, vous savez, le Palacio de Grès, celui qui appartient à l'un de vos cousins.

— Mais bien sûr ! s'exclama Dolorès. Le Palacio appartient à Hernan, mon petit-neveu. Il en a hérité. C'est un garçon adorable, tu sais ? J'aimerais beaucoup que tu fasses sa connaissance. Je t'ai déjà parlé de lui, tu te rappelles ? ajouta-t-elle avec un sourire de conspiratrice. Il est beau, célibataire et très agréable.

India se mit à rire.

— Ne jouez pas les entremetteuses, Dolorès !

— Quel mal y a-t-il à rapprocher deux jeunes gens aussi charmants que vous ? Mais dis-m'en un peu plus à propos de ce… ?

— Il s'appelle Jack Buchanan.

— Anglais ?

— Non, Américain.

— Ah, j'ai toujours eu un faible pour les Américains depuis que j'ai vu Gary Cooper dans *Le Train Sifflera Trois Fois*. Ils sont tellement virils !

Elle se pencha vers India pour ajouter :

— Tu vois ce que je veux dire, n'est-ce pas ?

— C'est justement le problème avec celui-là ! répondit India en effeuillant nerveusement une fleur de gardénia. Il a failli me tirer dessus dans le vallon et il m'a houspillée comme si c'était ma faute. Je suis même tombée dans les pommes à cause de lui ! ajouta-t-elle avec colère, refusant de penser au Jack qui s'était montré si tendre, au cimetière.

— Continue, ma chérie : cet homme a l'air fascinant !

Dolorès se pelotonna contre les coussins, mourant manifestement d'envie d'entendre la suite. India comprit qu'elle n'aurait pas de répit tant qu'elle ne lui aurait pas fourni tous les détails de son histoire avec Jack.

— Il a vu le travail que j'avais fait à Londres, pour le Jeremy, et maintenant il voudrait que je m'occupe du Palacio de Grès. Il repart aux Etats-Unis dans quelques jours et il m'a demandé de passer voir le chantier avant.

— Cela me semble une très bonne idée, ma chérie. Après tout, tu es sur place et je pense que cela te ferait du bien de t'impliquer dans un projet aussi intéressant. Et je suis sûre que tu adorerais travailler avec Hernan. Tu as dit que ce Jack quittait bientôt Buenos Aires ?

— Oui.

— Alors, tu ne risques pas grand-chose en allant là-bas. Je te laisserai les clés de l'appartement : il est inoccupé en été.

India prit le temps de réfléchir puis, portant à son nez la fleur qu'elle tenait encore entre ses doigts, elle acquiesça.

— Merci, dit-elle. Vous avez raison. Sur le plan professionnel, c'est une occasion rêvée.

— Oui, il n'y a pas d'hésitations à avoir. Il faut savoir prendre des risques dans la vie. Sinon, on devient une vieille dame aigrie. Crois-moi, j'en connais beaucoup ! Regarde-moi, ajouta Dolorès avec un sourire. Comme tout le monde, j'ai eu des hauts et des bas ; j'ai enterré trois maris et j'ai eu mon lot d'aventures. Mais si je pouvais revenir en arrière, je ne changerais rien. La vie, il faut la mordre à pleines dents, pas se contenter de la regarder passer. La seule chose que je regrette, c'est de ne pas avoir davantage de temps. Le temps… Tu verras qu'avant même de t'en rendre compte, tu te retrouveras assise sur une véranda à donner d'excellents conseils à une charmante jeune femme comme toi !

Dolorès partit d'un rire joyeux puis, se reprenant, elle ajouta d'un ton faussement grondeur :

— Arrête d'avoir peur, India. Laisse-toi aller. Tu devrais les inviter ici, Hernan et lui. On pourrait se faire un *asado*, et ton ami américain verrait ce qu'est une véritable *estancia*.

— Peut-être.

— Ne t'en fais pas, ma chérie. Je dirai à Gabby d'arranger ça avec Hernan. Allez, dépêche-toi d'aller te préparer pour le dîner. Je confectionne un soufflé, ce soir, et je n'ai pas envie de le voir retomber. Tout le monde a intérêt à être à l'heure pour le dîner !

Lorsque Jack reçut un message annonçant que Mlle Moncrieff se trouverait à Buenos Aires le vendredi et qu'elle souhaitait visiter la propriété, il ressentit une pointe de satisfaction toute masculine. Il avait réussi à la faire venir !

Pendant les deux jours qui suivirent, il fut d'excellente humeur : tout se passait comme il le voulait.

Le vendredi matin, il arriva en retard à la réunion en raison d'un coup de fil de son avocat au sujet de Dunbar. Il entra dans le Palacio, salua d'un signe de tête deux ouvriers et, enjambant des plaques de plâtre et des câbles, il se dirigea tout droit vers le bureau qui avait été improvisé dans l'ancien salon. La porte était entrouverte. Il la poussa silencieusement et découvrit India.

Elle se tenait à la fenêtre, le dos tourné à la porte. Manifestement, elle était perdue dans la contemplation des jardins. Le regard de Jack s'attarda sur sa chevelure que le soleil baignait d'une lumière d'or, avant de descendre sur ses épaules joliment bronzées. Sa petite robe de lin blanc laissait voir ses longues jambes au galbe parfait.

Comme si elle avait senti sa présence, elle se retourna soudain.

— Bonjour ! fit-il en la rejoignant avec un sourire professionnel. Je suis content que vous ayez pu venir. Désolé pour mon retard. J'espère qu'on s'est occupé de vous.

— Oui, ne vous en faites pas. Hernan Carvajal vient juste de partir. Il a été appelé par le contremaître — un problème de tuyauterie, apparemment. Il m'a dit de jeter un coup d'œil aux plans.

Sans répondre, Jack se mit à ranger quelques papiers. Il avait besoin de temps, bouleversé qu'il était par la présence de la jeune femme. Il ne s'attendait pas à ressentir un trouble aussi violent.

Pour la première fois, il se demanda si les raisons professionnelles qui l'avaient poussé à contacter India n'étaient pas juste un prétexte. Frappé par sa beauté, que le bronzage mettait en valeur, et enivré par les effluves de ce parfum qui éveillait en lui tant de réminiscences, il songea qu'il ferait sans doute bien d'analyser un peu mieux ses motivations.

Heureusement, Hernan revint au même moment et tous trois commencèrent à étudier les plans de rénovation. India se montra charmante et très professionnelle. Elle ne s'adressait à Jack que lorsqu'elle avait besoin d'explications. Finalement, elle exprima le désir de visiter seule le Palacio, et Jack fut presque soulagé de la voir partir.

— Tu as l'air tout retourné, fit remarquer Hernan. Je croyais que vous étiez juste amis…

Les deux hommes étaient sortis sur la terrasse en attendant le retour de la jeune femme.

— Oui, c'est une amie…, répondit Jack, embarrassé.

Il s'éclaircit la gorge puis, avec un mouvement d'irritation, s'exclama :

— En fait, je n'en sais rien ! Pour tout t'avouer, je la connais à peine.

Hernan le regarda avec scepticisme puis, haussant les épaules, il partit à la recherche de l'architecte. Jack resta alors seul devant les magnifiques jardins du Palacio. Mais, hanté par l'image d'India, il ne remarqua ni les haies méticuleusement taillées ni les parterres immaculés ni les allées fraîchement ratissées.

India avait immédiatement eu le coup de foudre pour le Palacio de Grès. Ses lointains souvenirs d'enfance ne rendaient nullement justice à la beauté du manoir, et elle prit un grand plaisir à déambuler d'une pièce à l'autre, charmée par le moindre détail, goûtant à l'atmosphère si particulière de ce lieu chargé d'Histoire.

A la fin de sa visite, elle était arrivée à la conclusion qu'il ne faudrait garder que quelques meubles d'origine. Les autres étaient de véritables pièces de collection qui risquaient fort de pâtir de l'inattention des clients de l'hôtel.

Ses pas la menèrent ensuite vers les jardins en contrebas. Il y régnait une atmosphère de calme et de sérénité. Tout en admirant les pelouses impeccables et les haies soigneusement taillées, elle emprunta une allée de fin gravier jusqu'à une fontaine qui se dressait au milieu d'une cour pavée flanquée de colonnes de style classique. Sur le bord de la vasque se trouvait un ensemble en bronze composé d'une grenouille jouant de la flûte et d'un pittoresque oiseau qui la fit sourire. Poursuivant son chemin sous un entrelacs de clématites et de glycine, elle parvint à une alcôve de pierre à laquelle elle ne put résister.

Ce renfoncement de minéral et de végétal était propice à la

rêverie et à la méditation. Pour l'architecte d'intérieur qu'elle était, ce chantier était vraiment tentant. D'ailleurs, elle avait pris sa décision au moment même où elle franchissait les portes du Palacio. Elle allait accepter. Sans aucune hésitation.

Levant soudain les yeux, elle aperçut Jack appuyé sur la balustrade du balcon. Le hâle de ses avant-bras contrastait avec la blancheur de sa chemise, dont il avait retroussé les manches. Manifestement, il ne l'avait pas vue. Elle l'avait trouvé quelque peu distant lors de leur entrevue, comme s'il tenait à garder une certaine froideur professionnelle. Rebroussant chemin pour le rejoindre sur la terrasse, elle se dit que c'était mieux ainsi. Mais alors, pourquoi cette pointe de regret ?

Jack l'accueillit avec un sourire qui lui rappela l'homme qu'elle avait connu en Ecosse. De nouveau, elle sentit les battements de son cœur s'accélérer.

— Alors, quel est votre verdict ? demanda-t-il.
— C'est tout simplement magnifique. Ma-gni-fique !
— Vous acceptez le chantier ?
— Comment pourrais-je le refuser ? Je ne me le pardonnerais jamais !
— Formidable ! conclut-il d'un air satisfait.

Ils échangèrent une poignée de main pour conclure leur marché, et ce fut comme à regret que les doigts de Jack abandonnèrent ceux d'India.

— Allons retrouver Hernan, dit-il. Vous déjeunez avec nous, bien sûr. Il faut arroser ça, et ce sera champagne !

Sans attendre sa réponse, il l'attrapa par le coude et l'aida à enjamber des câbles électriques. Sa prévenance toucha India. Peut-être la froideur qu'elle avait d'abord cru discerner chez lui n'était-elle que le fruit de son imagination ?

En tout cas, elle était convaincue d'avoir fait le bon choix, et elle se sentait heureuse. La rénovation du Palacio de Grès allait lui permettre de faire ce qu'elle aimait le plus au monde : préserver l'ancien, créer le nouveau et permettre à un lieu chargé d'Histoire d'entrer avec grâce dans le nouveau millénaire.

Une semaine plus tard, pourtant, India n'était plus si sûre d'avoir pris la bonne décision. Elle en était à sa énième discussion avec Jack au sujet de l'installation de l'air conditionné.

— Vous n'avez qu'à enlever les plafonds existants.
— Vous êtes fou ! s'écria India, horrifiée.
— C'est la solution la plus rapide.

Rouge de colère, India dévisagea Jack et Hernan tour à tour.

— Le Palacio est un exemple d'architecture unique en Amérique du Sud, et tout ce que vous envisagez de faire, c'est d'en démolir certaines parties sous prétexte qu'elles posent un problème ? C'est tout simplement scandaleux !

— India, c'est un hôtel, pas un musée ! Nous avons un budget à respecter, rétorqua Jack sèchement. Nous ne pouvons pas nous permettre d'attendre que vous ayez trouvé une solution pour éviter de démolir deux ou trois colonnes.

Redressant le menton, India le dévisagea d'un air hautain :

— Je sais que vous avez un budget et des délais à tenir. Ce que je ne comprends pas, par contre, c'est pourquoi vous m'avez engagée. Si vous vouliez un hôtel standard, pourquoi ne vous êtes-vous pas contenté d'acheter des plans tout faits ? Vous m'aviez pourtant laissé entendre que vous vouliez préserver le Palacio. Nous allons donc mettre tout en œuvre pour cela.

Devant le visage toujours fermé de Jack, elle se tourna vers Hernan :

— Essayez de lui mettre un peu de plomb dans la cervelle ! Faites quelque chose, voyons !

De dépit, elle s'assit sur la dernière marche de l'escalier en marbre, tout en dévisageant Jack d'un air de défi. Il avait dit qu'il devait partir pour Miami. Que faisait-il encore là ? Ne pouvait-il pas prendre son avion et les laisser travailler tranquillement, Hernan et elle ? Depuis qu'elle avait accepté le chantier, il n'avait cessé de lui mettre des bâtons dans les roues, pinaillant sur le moindre détail. A ce rythme-là, elle allait bientôt regretter d'avoir signé le contrat, se dit-elle en l'observant du coin de l'œil. Adossé contre une colonne ionique, vêtu d'un jean délavé et d'une chemise blanche, il semblait concentré et soucieux, comme le premier jour sur la terrasse. Soudain, son sourire chaleureux et le contact de sa main lui manquèrent. Pas plus tard que ce matin, lorsqu'ils avaient examiné ensemble les plans du restaurant, ils s'étaient retrouvés si proches l'un de l'autre qu'elle avait senti la chaleur de son corps.

Elle se demanda à quoi il pouvait bien penser. Nul doute qu'il était plongé dans ses calculs. Derrière ses manières désinvoltes, elle avait vite perçu l'homme d'affaires redoutable qu'il était.

La vue d'Hernan, en revanche, lui arracha un sourire. Il lui avait offert un très joli bouquet de fleurs ce matin, et en voyant cela, Jack avait haussé les sourcils d'un air amusé. La position de l'Argentin n'était pas facile : il devait ménager à la fois son associé et son architecte d'intérieur. Par ailleurs, les chiffres étaient là pour leur rappeler qu'il y avait urgence. S'ils ne donnaient pas un coup de collier pour ouvrir à l'automne, la situation risquerait de devenir très critique.

— Arrêtez de bouder, India ! fit Jack d'un ton acerbe. Vous

savez aussi bien que moi que nous manquons de temps. Il faut agir vite, sinon tout va foirer.

Se levant d'un bond, la jeune femme lui fit face.

— Mais j'en ai parfaitement conscience, qu'est-ce que vous croyez ? J'essaie juste de trouver une solution. Je vous assure qu'il y en a une et qu'elle n'est pas si compliquée à mettre en œuvre. Vous voulez bien me laisser vous l'expliquer ?

Elle vit Hernan se balancer d'une jambe sur l'autre, visiblement mal à l'aise. Changeant brusquement de tactique, elle adressa à Jack un sourire charmeur :

— S'il vous plaît, Jack…

Il l'observa un instant, l'air imperturbable, tandis qu'elle attendait sa réponse avec anxiété. Finalement, il se détendit.

— D'accord, dit-il. Mais ne vous embarquez pas dans des explications, je n'ai pas le temps. Apportez-moi une solution dans les vingt-quatre heures — pas une minute de plus — c'est tout ce que je vous demande. Est-ce clair ? ajouta-t-il en jetant un coup d'œil à sa montre.

Ravalant une remarque mordante, elle sourit de nouveau.

— Je vous promets que vous ne serez pas déçu.

Elle se dirigea ensuite vers l'escalier pour prendre son fourre-tout. Elle avait une idée très précise de la solution.

— J'espère que vous allez vite nous sortir de ce mauvais pas, lui glissa Hernan d'un ton anxieux. Comme vous, j'ai envie de préserver l'originalité de l'hôtel.

— Ne vous inquiétez pas, Hernan. C'est comme si c'était fait.

— N'oubliez pas que vous n'avez que vingt-quatre heures, lui rappela Jack. Honnêtement, je pense que vous perdez votre temps.

— Vous me l'avez déjà dit ! répliqua India d'un ton doucereux. Je ne suis pas sourde et je sais lire l'heure. Au fait, je ne dînerai pas avec vous ce soir.

— Vous venez de dire que vous aviez trouvé la solution. Et puis, il faut bien que vous mangiez !

— Oui, je sais, mais j'ai aussi du travail et, contrairement à certains que je ne nommerai pas, je trouve l'art plus intéressant que l'*asado*. Tout ce qui compte pour vous, c'est la cote en bourse de votre compagnie !

— Pour les actionnaires aussi, murmura Jack.

Elle fit semblant de ne pas avoir entendu. Elle savait exactement comment elle devait procéder, et elle était même surprise que personne n'y eût songé.

Jack allait voir à qui il avait affaire.

Jack regarda l'heure pour la énième fois. La nuit n'avait pas été bonne. L'absence d'India avait assombri le dîner, et ensuite il n'avait pas réussi à trouver le sommeil. Fatigué de se tourner et de se retourner dans son lit, il lui avait téléphoné à 3 h 30 du matin, mais elle n'avait pas répondu.

Il se doucha et s'habilla avant de composer le numéro de sa chambre une nouvelle fois. N'obtenant toujours pas de réponse, il se dit qu'elle avait dû passer la nuit au Palacio. Elle en était bien capable, têtue comme elle était ! Ils s'étaient affrontés à plusieurs reprises au cours des jours précédents, et force lui était de reconnaître qu'elle avait souvent raison.

Malgré lui, Jack se surprit à sourire au souvenir de la semaine écoulée. Bon sang, comme elle était sexy lorsqu'elle travaillait ! Perchée sur un tabouret, les cheveux ramenés en un chignon, elle avait cette manière irrésistible de se mordiller la lèvre inférieure... Soudain conscient du tour que prenaient ses pensées,

Jack se ressaisit. Travailler avec India n'était peut-être pas une si bonne idée, finalement, se dit-il en quittant l'hôtel.

Il était encore tôt, à peine 7 heures, en ce dimanche matin. Une ou deux voitures passèrent silencieusement. Jack croisa un piéton qui promenait ses six chiens au bout de six laisses toutes de différentes longueurs. Il appréciait ces heures matinales, mais aujourd'hui, un vague sentiment d'inquiétude lui faisait accélérer le pas. Il traversa la rue, non sans avoir salué le buraliste qui se trouvait à l'angle.

Voyons, qu'est-ce qui l'attirait chez India ? Elle le traitait comme elle aurait traité n'importe quel client, en gardant un ton poli et distant. Et pourtant, il avait pris beaucoup de plaisir à la regarder se mouvoir, à l'écouter parler. Elle éveillait en lui un désir rare. Etait-ce parce qu'elle semblait insensible à son charme ? Peut-être, se dit-il, mais il était suffisamment honnête avec lui-même pour reconnaître que cela faisait des années qu'il n'avait pas ressenti une telle attirance pour une femme. Et ça le contrariait. La solution était pourtant simple : pour en finir avec cette obsession, il lui suffisait de mettre India dans son lit. Après quoi tout rentrerait dans l'ordre. Mais dans l'immédiat, ce n'était guère envisageable : il n'allait pas tarder à quitter Buenos Aires. Il ne pouvait pas rester là indéfiniment. Son avocat lui avait plus ou moins rappelé ses devoirs, et Chad lui avait fait remarquer en riant que seule une femme pouvait être responsable d'une absence aussi prolongée — ce en quoi il avait malheureusement raison.

A grandes enjambées, Jack approcha du Palacio. La grille était ouverte et il entra, l'estomac noué. S'il était arrivé quelque chose… Il ne pourrait jamais se le pardonner !

*
* *

India avait passé la nuit à examiner les plans de l'hôtel avant de s'affaler sur un vieux canapé aux ressorts cassés. Surprise d'avoir réussi à dormir, elle se leva pleine de courbatures et sortit dans le jardin pour aller s'asseoir sur un banc de pierre.

Quel calme ! Même le ronronnement des arroseurs automatiques avait un effet apaisant. Les bruits de la ville lui parvenaient de très loin, comme étouffés. Renversant la tête en arrière, India ferma les yeux sous la caresse du soleil, avec toute la satisfaction que donne le travail accompli. Il fallait juste que l'architecte lui fournisse des mesures précises des moulures qu'elle souhaitait faire ajouter au plafond pour masquer les conduits d'air conditionné, et son projet serait au point.

Fatiguée mais heureuse, elle bâilla, se demandant quelle serait la réaction de Jack lorsqu'il découvrirait à quel point la solution était simple. Ça lui apprendrait à être aussi têtu, se dit-elle. Pendant la semaine qui venait de s'écouler, elle avait eu à de rares moments l'impression de retrouver le Jack de Dunbar. Un Jack prévenant et humain, avec qui elle avait partagé des instants privilégiés et inoubliables devant le feu de cheminée. Mais chaque fois, cette impression s'était très vite évanouie face aux nombreuses divergences qui les avaient dressés l'un contre l'autre.

Elle s'étira paresseusement avant d'appuyer la tête contre le dossier du banc. Peut-être Tia Dolorès avait-elle raison. La vie devait être vécue. Elle n'avait fait que travailler depuis son divorce, en se consacrant corps et âme à la Dolce Vita. Et le prix à payer, c'était la solitude : personne avec qui partager ses joies et ses peines.

Elle se redressa soudain, fourra son carnet à croquis et ses crayons dans son sac et se leva. Après avoir enjambé quelques tas de gravats et contourné le bâtiment, elle arriva devant la façade qu'elle admira une nouvelle fois.

Un atrium de taille reliait la bâtisse d'origine à la nouvelle structure composée de verre et de métal. D'un œil critique, India étudia le fronton métallique qui servait d'attache, et dut reconnaître que les architectes avaient fait du très bon travail. Elle avait devant elle une véritable œuvre d'art qui mêlait de façon harmonieuse l'ancien et le moderne. C'était osé mais réussi, il fallait en convenir.

Elle étouffa un bâillement. Il était temps de rentrer prendre une douche et de se glisser dans un véritable lit. Elle en était à ce stade de ses réflexions lorsqu'une voix à l'accent traînant la fit sursauter.

— Eh bien, vous êtes matinale !

Se retournant brusquement, elle trébucha et faillit tomber, mais deux mains la retinrent juste à temps.

— Hé, restez avec nous ! fit Jack en l'aidant à retrouver son équilibre.

— Vous m'avez fait une de ces peurs ! Je ne m'attendais pas à ce qu'il y ait quelqu'un ici !

Elle remarqua ses cheveux peignés en arrière, encore humides de la douche. Il était rasé de près, et portait un pantalon beige au pli impeccable ainsi qu'un T-shirt d'un blanc immaculé. Elle devait faire piètre figure à côté de lui.

— Vous avez passé la nuit ici ?

— Oui, je me suis endormie sans m'en rendre compte, répondit-elle en tentant de masquer son trouble.

Le visage de Jack était si proche du sien qu'elle se demanda quel effet cela ferait s'il l'embrassait soudain. Le souffle coupé, elle se détourna.

— Que faites-vous ici, de si bonne heure ?

— Je vous cherchais. J'ai appelé votre chambre et les

employés de la réception m'ont dit que vous n'étiez pas rentrée de la nuit. Que s'est-il passé ?

— Je vous l'ai dit. J'ai voulu me reposer un peu sur le sofa et quand j'ai rouvert les yeux, il faisait jour.

Il secoua la tête d'un air désapprobateur.

— Vous vous rendez compte combien il est dangereux pour une femme seule de dormir dans un hôtel en chantier ? Heureusement que nous ne sommes pas à Rio. Au fait, vous avez réussi à trouver une solution ? ajouta-t-il avec un sourire sceptique.

India prit le temps de répondre, savourant à l'avance sa victoire.

— La solution était évidente dès le départ, Jack. Si hier, vous m'aviez laissé le temps de vous expliquer, je vous aurais montré ce que j'avais en tête. C'était juste une question de détail.

— Une question de détail ? répéta-t-il, soudain attentif.

— Nous utiliserons des fausses moulures. C'est un truc qui marche très bien, surtout quand on a des plafonds de cette hauteur. J'ai d'abord eu peur que ça n'alourdisse l'ensemble, mais à la réflexion, je pense que ce sera parfait. On fera passer les conduits derrière les moulures. Ni vu ni connu. Je me demande bien pourquoi personne n'y a pensé, ajouta-t-elle avec un haussement d'épaules. Eduardo pourra donner les plans à l'ingénieur demain : je les ai laissés sur le bureau. Je vous aurais volontiers montré tout ça en détail, mais je suis vraiment épuisée.

— Attendez une minute ! Vous êtes en train de me dire qu'il suffit de quelques fausses moulures pour que le tour soit joué ?

— Exactement.

— Si j'ai bien compris, tous ces gens que nous avons embauchés pour solutionner le problème ont été payés pour rien ?

— On peut dire ça comme ça. Mais vous savez, ce sont des choses qui arrivent souvent.

Elle lui adressa un sourire.

— Vous n'avez pas envie d'aller déjeuner, par hasard ?

— Si, mais dites-moi, comment avez-vous fait pour arriver à cette conclusion ?

— Eh bien, quand il y a un soi-disant problème, j'essaie toujours de voir si je ne peux pas en tirer parti au lieu de chercher à m'en débarrasser.

Jack l'écoutait attentivement.

— C'est une bonne méthode, dit-il.

— En fait, tout ce que nous allons faire, c'est embellir les moulures existantes. L'ensemble aura l'air un peu plus chargé mais sans plus. La hauteur de plafond et les volumes nous le permettent.

Jack resta muet quelques instants, et India se félicita de l'avoir enfin mouché.

— Je peux vous assurer que demain, des têtes vont tomber, reprit-il alors d'une voix dure. Quelle bande d'incapables ! Vous avez une idée de ce que ça nous a coûté ?

— Heu... oui. Je connais très précisément les honoraires de ces professionnels, répondit-elle avec un sourire qui le désarma.

Il lui sourit en retour, les yeux emplis d'admiration.

— Vous avez fait du bon travail, India. A partir de maintenant, c'est vous le boss : je ne dirai plus rien.

Ce fut à son tour d'être stupéfaite.

— Vous êtes sérieux ?

— Croix de bois, croix de fer...

Il la regardait avec, dans les yeux, une lueur rieuse et quelque chose d'autre encore. Quelque chose d'indéfinissable.

Troublée, India baissa la tête et se dirigea vers la grille.

129

— J'essaierai de ne pas vous décevoir, fit-elle.
— Vous ne me décevrez jamais, India !

Ensemble, ils regagnèrent l'hôtel de la jeune femme afin qu'elle puisse prendre une douche et se changer.

— Je me dépêche, dit-elle. Que diriez-vous d'aller déjeuner à San Telmo, ensuite ? Il y a un marché des Antiquaires. Vous y êtes déjà allé ?

— Non.

— C'est génial, vous verrez ! Une sorte de croisement entre le Portobello de Londres et le Marché aux Puces. Ça vous ennuie de m'attendre ? ajouta-t-elle avec un sourire hésitant.

— Allez-y, je vous en prie. J'attendrai aussi longtemps qu'il le faudra.

— Je n'en ai que pour une dizaine de minutes.

Arrivée dans sa chambre, elle ôta ses vêtements en réprimant un rire de satisfaction. Elle était ravie à l'idée de passer la journée avec Jack. Cette perspective lui procurait même un petit frisson d'excitation... Ridicule ! se dit-elle en entrant dans la cabine de douche.

Ridicule ou pas, elle comptait bien profiter de chaque minute de cette journée, qui s'annonçait merveilleuse.

130

5.

Accoudé au comptoir du bar d'où il surveillait les portes de l'ascenseur, Jack commanda un second espresso. Depuis qu'India l'avait quitté pour aller se changer, il n'avait cessé d'être assailli par des images où il la voyait allongée, nue sur son lit. Un véritable supplice de Tantale ! Ça tournait à l'obsession. Il avait beau se dire qu'il ferait mieux de faire ses valises et de filer au plus vite, il savait qu'il n'en ferait rien. Il était bien décidé à tenter sa chance aujourd'hui.

Cinq minutes plus tard, il la vit surgir de l'ascenseur et fut frappé par la fluidité de ses mouvements et le raffinement naturel qui se dégageait de sa personne. Jack était rarement sensible aux tenues féminines mais aujourd'hui, la grâce avec laquelle India portait sa petite jupe blanche, son haut assorti et un sweater bleu marine négligemment jeté sur les épaules lui coupa le souffle.

— Désolée de vous avoir fait attendre ! dit-elle avec un sourire. On y va ?

— D'accord. Je meurs de faim. Ce café m'a plombé l'estomac. Mais c'est toujours mieux que le café cubain.

Jack paya sa consommation, et tous deux se dirigèrent vers la sortie.

Parvenus dans la rue, ils hélèrent un taxi. Jack ouvrit la

porte à India, puis s'installa à côté d'elle sur le siège arrière avant de donner ses instructions au chauffeur. Il eut ensuite tout loisir d'admirer les longues jambes bronzées de la jeune femme. Des jambes comme celles-ci n'étaient pas faites pour être juste admirées. Il les imagina enroulées autour de ses reins... Son imagination commençait à s'emballer lorsque India attira son attention vers quelque chose à l'extérieur. Il se pencha afin de voir ce qu'elle lui montrait et ce faisant, il posa la main sur son genou. Elle ne broncha pas, et il se dit que c'était bon signe.

Oui, c'était vraiment encourageant.

Blotti au cœur de la ville, le marché de San Telmo grouillait déjà de monde. Un groupe de danseurs se préparait pour un spectacle de tango de rue. Un peu plus loin, des ménagères étaient en pleine discussion tandis que les hommes, assis aux terrasses des cafés, se perdaient en conjectures à propos du résultat d'un match de football qui devait se jouer dans la journée.

India et Jack choisirent un café sur la place, ravis de profiter de l'ambiance tranquille qui y régnait. Ils ne parlèrent pas beaucoup, sirotant leur cappuccino et regardant les touristes déambuler à travers les étals ou entrer et sortir des boutiques d'antiquaires.

Leur attention fut attirée par une grosse Anglaise qui portait un large chapeau de paille et qui semblait bousculer son mari, un petit homme fluet à l'air timide.

— Dépêche-toi, Nigel, disait-elle, tu es toujours en train de traîner et à cause de toi, tout le car est en retard !

Jack haussa les sourcils d'un air faussement horrifié et échangea un sourire avec India.

L'invisible barrière qui s'était jusqu'alors dressée entre eux sembla soudain se volatiliser, leur ouvrant de nouvelles perspectives. India porta la tasse à ses lèvres et grimaça de douleur lorsque la chaleur réveilla la blessure qu'elle avait à la main.

— Qu'est-ce qu'il y a ? demanda aussitôt Jack, à qui rien ne semblait jamais échapper.

— Oh, c'est juste une petite coupure ! Il y avait des morceaux de verre dans le bureau et je me suis légèrement blessée, mais rien de grave, dit-elle en tentant de minimiser l'incident.

Il se pencha vers elle pour examiner sa main.

— Vous l'avez nettoyée ? De l'alcool et un pansement, ce ne serait pas du luxe. Ça risque de s'infecter. Je vais demander s'il y a une pharmacie dans le coin.

Sans lui lâcher la main, il fit signe au serveur.

— C'est inutile, Jack, je vous assure ! C'est vraiment une petite coupure de rien du tout.

Mais il ne voulut pas en démordre et, suivant les indications données par le serveur, il emmena India jusqu'à la pharmacie la plus proche située dans une rue transversale.

Après avoir acheté l'alcool et les compresses, Jack fit asseoir India pour nettoyer sa blessure. Embarrassée, elle tenta d'abord de protester.

— L'entaille est profonde, déclara Jack. Restez donc tranquille pendant que je m'occupe de ça. Je vous préviens, ça risque de piquer un peu. Vous êtes prête ?

Elle hocha la tête. D'un air concentré, il versa doucement quelques gouttes d'alcool sur la plaie avant de la tapoter avec du coton.

Il était finalement bien agréable d'avoir quelqu'un pour se soucier de vous, songea India. Elle ne ressentit même pas les picotements annoncés par Jack, et lorsqu'il appliqua le pansement, elle eut l'impression d'une caresse qu'elle aurait aimé voir se prolonger.

133

— Vous voilà sauvée ! fit-il d'un air satisfait.

Ils repartirent tranquillement vers la place. Jack avait passé un bras autour des épaules d'India. Christian aussi avait l'habitude de ce geste, se rappela-t-elle. Mais chez lui, cela marquait plutôt la possession, alors que le bras de Jack était léger et rassurant.

Ils déambulèrent à travers les étals, prenant le temps de regarder les objets et échangeant rires et plaisanteries. A l'angle de la rue, India aperçut dans la vitrine d'un antiquaire une paire de bougeoirs de style georgien. L'ensemble lui plaisait bien et elle se promit de l'acheter au retour. Son attention fut ensuite attirée par une tente qui avait été dressée un peu plus loin et sous laquelle se trouvait un bric-à-brac d'objets et de livres anciens couverts de poussière. Derrière la table branlante sur laquelle se trouvaient empilés des ouvrages de tailles et d'épaisseurs différentes, était assis un vieux monsieur qui portait barbe et lunettes. Tout à sa lecture, il semblait parfaitement étranger à l'agitation alentour.

— Regardez ça, Jack ! s'exclama India en prenant sur l'une des piles un très vieux livre relié en cuir.

Le titre était à peine lisible tant l'ouvrage était ancien. Avec d'infinies précautions, India en tourna les pages jaunies.

— On dirait la première édition du livre de Tobias Smollett, *Les Larmes de l'Ecosse*.

— Vous avez le sens de l'observation, jeune dame ! lui dit le vieil homme dans un anglais impeccable à l'accent d'Oxford. C'est effectivement la première édition de l'ouvrage de Smollett, et c'est une pièce unique. J'avais décidé de le garder mais j'entasse, j'entasse… Vous êtes intéressée par les poètes écossais ? J'ai une excellente édition du *Child's Garden of Verse* et du *Young Lochinvar*, si je ne me trompe pas.

Il se leva et se dirigea d'un pas lent vers l'arrière de son étal.

India baissa les yeux vers le livre qu'elle tenait encore entre les mains. Elle se retrouvait brusquement des années en arrière, dans la maison que ses parents possédaient en Suisse et où, lorsqu'elle était petite fille, elle dessinait pendant que sa mère lui faisait la lecture à voix haute. Elle entendait encore la voix mélodieuse de Lady Elspeth lui réciter ces vers avant de lui expliquer la triste histoire qu'ils racontaient.

Les larmes lui montèrent aux yeux et elle referma doucement le livre avant de le reposer. Il était temps d'avancer, se dit-elle, et de cesser de vivre dans le passé. Ces souvenirs étaient certes agréables, mais le fait de savoir que de tels moments ne se présenteraient plus jamais laissait en elle un vide immense. Repensant à l'avenir probable de Dunbar, elle se dit qu'elle n'avait plus aucune racine, désormais. Et elle eut soudain hâte de partir.

— Allons-nous-en. Nous reviendrons plus tard.

Mais Jack s'était retourné et il s'emparait du livre.

— Et si vous m'en lisiez quelques vers ?

— Je ne crois pas que...

Il perçut le trémolo dans sa voix et dit doucement :

— Bien sûr que vous en êtes capable. S'il vous plaît... Pour moi.

En voyant ses yeux embués, il comprit que sa sensibilité était encore à fleur de peau. Pour elle, Dunbar représentait plus qu'on ne semblait le croire. Il se rappela sa rencontre avec Séréna et l'excitation dont elle faisait preuve à l'idée de vendre le domaine. Quel dommage pour India ! Elle paraissait si attachée à Dunbar ! Chose étrange, elle n'y avait fait aucune allusion depuis qu'ils s'étaient revus. Il se demanda soudain s'il fallait aborder le sujet, puis conclut que ce n'était pas le moment. Peut-être aurait-elle un regard plus favorable sur son projet lorsqu'elle comprendrait ce qu'il avait exactement en tête. Il l'observa avec attention, et se jura de lui confier la rénovation de la propriété si jamais il en faisait l'acquisition.

Il lui mit le livre entre les mains, décidé à l'empêcher de refouler ses émotions. Il était bien placé pour savoir qu'il valait mieux affronter la douleur.

India sembla hésiter un instant avant de se mettre à feuilleter l'ouvrage, à la recherche du passage que lui lisait sa mère. Puis, l'ayant trouvé, elle entama sa lecture d'une voix douce qui éveilla en Jack une émotion profondément enfouie. Il ignorait si c'était le son de sa voix ou le poème lui-même, mais toujours est-il qu'il se sentit saisi d'une profonde nostalgie.

Parvenue au dernier vers, India leva les yeux.

— Smollett a écrit ce poème en 1746, juste après la Bataille de Culloden. Cela a changé l'Ecosse à jamais.

— Vous aimez vraiment l'Ecosse, n'est-ce pas ?

Elle acquiesça, sembla vouloir ajouter quelque chose, mais se ravisa.

— Dunbar est un endroit magnifique. Ça vous ennuierait vraiment s'il était vendu ? demanda Jack.

— Oui, mais je crains que nous n'ayons pas le choix. Changeons de sujet, voulez-vous ? Il ne faudrait pas gâcher cette merveilleuse journée.

— Vous avez raison. Vous voulez bien me lire un autre poème ? Je trouve ça très beau. Ce doit être à cause de mon sang écossais.

— Ah oui, c'est vrai ! Vous avez des origines écossaises, n'est-ce pas ?

— Oui, ça remonte à plusieurs générations.

— On n'imagine jamais l'importance que peuvent avoir nos

racines. Moi-même, je l'ai compris il n'y a pas très longtemps, dit-elle avec un petit sourire.

Jack comprenait très bien ce qu'elle voulait dire. La première fois qu'il avait rendu visite aux Kinnaird, il avait eu le sentiment de rentrer enfin chez lui.

— Je n'avais jamais accordé de réelle attention à cette question des racines, reprit India, mais depuis le décès de maman, les choses ont changé. Peut-être est-ce parce que j'ai peur de devoir rompre avec le passé ?

Sentant l'émotion la gagner de nouveau, elle s'empressa de changer de sujet.

— Ah, voilà un autre passage que j'aime beaucoup ! Laissez-moi vous le lire.

Se laissant bercer par la voix mélodieuse d'India, Jack se trouva transporté en Ecosse. Il se revit aux côtés de la jeune femme lorsque Dunbar lui était apparu dans la brume. Un sentiment étrange s'empara de lui, le même que celui qui l'avait saisi devant le chêne ancien qui se dressait, majestueux et solitaire, dans le parc de la propriété.

Il s'aperçut alors qu'India avait terminé sa lecture. En croisant son regard, il sut qu'ils venaient de partager la même émotion.

— On y va ? demanda-t-il, soudain pressé de changer d'atmosphère.

— Allez-y, je vous rejoins, répondit la jeune femme en caressant le livre du *Young Lochinvar* que le vieil homme lui avait rapporté.

— D'accord. Je vais aller jeter un coup d'œil à ces armes, là-bas.

S'approchant de l'étal chargé de pistolets et d'épées, Jack découvrit un Mausers datant de la Première Guerre mondiale ainsi qu'un Remington 12. Puis son attention fut attirée par un coffret de cuir doublé de soie, dans lequel se trouvait une paire de pistolets de duel à la crosse incrustée de nacre. Il en prit un, le soupesant et se demandant quel effet cela faisait de provoquer quelqu'un en duel et de se retrouver face à lui dans la brume matinale. Certaines situations qu'il avait connues n'étaient pas très différentes d'un duel, se dit-il avec une ironie désabusée, en replaçant l'arme dans son écrin de soie.

— Me voilà ! fit soudain India.

— Regardez donc ces bijoux ! dit Jack en lui montrant les deux pistolets.

— Comme ils sont beaux ! Ils doivent être anciens...

— Début du XIXe siècle, à mon avis.

Elle le regarda avec curiosité.

— Vous avez l'air de vous y connaître. Vous êtes collectionneur ?

— Je pourrais commencer une collection. Récemment, je suis tombé sur des pièces très intéressantes.

— Vous avez des hobbies ?

— Le travail, répondit-il en riant. Le ski et le tennis quand je peux. Mais surtout le travail.

— Il faut savoir prendre du bon temps ! lui dit-elle d'un air taquin.

— Je ne le fais que quand cela en vaut vraiment la peine, jeune dame, répondit-il en la regardant de façon suggestive.

— Me voilà prévenue. Ça vous ennuie si on retourne à la petite boutique là-bas ? J'aimerais voir quelque chose. Tenez, c'est pour vous, ajouta-t-elle avec précipitation.

Jack regarda le petit paquet qu'elle lui tendait.

— Pour moi ? demanda-t-il, embarrassé.

— Ouvrez-le.

Comme Jack s'y attendait, il s'agissait du recueil de poèmes de Smollett. Tournant la couverture, il découvrit l'écriture d'India :

A Jack qui aime tant l'Ecosse.

La dédicace était suivie de la date et du lieu. Jack se sentit étrangement touché par ce geste, et il relut une deuxième fois les mots de la jeune femme.

— Merci. C'est un cadeau merveilleux... Je...

— De rien. Si vous voulez, je peux le mettre dans mon sac, proposa-t-elle avec un sourire.

Jack acquiesça et lui prit le bras pour la guider à travers la foule des touristes et des collectionneurs. Dans la vie, on lui avait offert de nombreux cadeaux qui allaient du briquet Dunhill aux boutons de manchettes en or. Mais celui-ci le touchait particulièrement parce qu'il correspondait à un instant d'émotion intense qu'ils avaient partagé tous les deux et qu'il ressentirait de nouveau à chaque page qu'il tournerait.

— C'est là, fit India en lui indiquant l'échoppe. Il m'a semblé voir une très jolie paire de chandeliers.

Le carillon de la porte tinta, et ils se retrouvèrent dans un espace exigu et sombre, empli de meubles anciens, de tableaux et d'objets en argent.

— Ceux-là ? demanda Jack en lui montrant une paire de candélabres en argent à trois branches, posée sur une commode en acajou.

En acquiesçant, India contourna un cabriolet Recamier tendu de velours rose aux motifs dorés et prit l'un des chandeliers pour l'étudier de plus près.

A la voir si concentrée, Jack fut frappé par ce mélange de douceur et de force qui se dégageait d'elle. Il eut alors une idée. Une fois qu'il aurait acheté Dunbar, il lui demanderait de s'occuper non seulement de la décoration intérieure mais aussi de la restauration. Ça lui ferait certainement plaisir.

Très satisfait de sa trouvaille, Jack réprima un sourire. Tout à l'heure, sur la place, il avait failli annoncer à la jeune femme qu'il allait se porter acquéreur du domaine, mais quelque chose l'en avait empêché. Tant mieux, se dit-il : la surprise n'en serait que plus grande pour elle. Et puis, le fait de s'occuper de l'avenir de Dunbar la rattacherait d'une certaine manière à son héritage.

— C'est ce que vous cherchez ? demanda-t-il en la voyant reposer le chandelier.

— Ça dépend du prix, répondit-elle en se tournant vers l'antiquaire qui se tenait debout derrière un bureau très ouvragé, de style Louis XV.

— *Cuanto valen, señora ?*

La femme s'approcha d'eux pour leur indiquer le prix.

— C'est du vol ! murmura India à l'oreille de son compagnon. Ça n'en vaut même pas la moitié. D'après le sceau, ce ne sont pas vraiment des pièces rares. Elles sont très jolies, mais trop chères. Je suis sûre que je peux trouver les mêmes à Londres.

— Prenez-les, fit Jack.

India secoua la tête en souriant.

— Pas question. Je refuse de me faire arnaquer.

— Mais ils vous plaisent, non ?

— Bien sûr, mais là n'est pas le problème.

Déjà, India se dirigeait vers la porte. Jack, lui, ne bougea pas. Décidément, il ne comprendrait jamais les femmes !

— Mais enfin, India ! Puisqu'ils vous plaisent ! Je suis sûr que vous savez où vous voulez les mettre. Ah, vous voyez ! lança-t-il en la voyant sourire. Je commence à savoir comment vous fonctionnez, India.

Il se tourna alors vers la propriétaire du magasin.

— Jack, vous ne comprenez pas ! reprit India. Oui, ils me plaisent, mais je refuse de mettre un tel prix. Et je ne suis pas du tout d'humeur à marchander. Allons-nous-en : on étouffe ici !

— Non, attendez !

Jack proposa un prix à l'antiquaire.

— *Señor, no se…*, fit-elle en secouant la tête.

— C'est ça ou rien ! déclara Jack d'un ton ferme, en la regardant droit dans les yeux.

La femme haussa finalement les épaules puis, avec un sourire, elle alla emballer les chandeliers.

— Jack, s'il vous plaît ! intervint India qui se trouvait déjà près de la porte.

En le voyant sortir sa carte bancaire, elle se sentit quelque peu mal à l'aise. Il signa le reçu, rangea l'exemplaire qui lui était destiné dans son portefeuille, puis saisit le sac.

— Je vais le porter, c'est lourd.

— Ce n'était pas à vous de les payer ! protesta India, rouge de confusion.

— Et pourquoi pas ? Vous m'avez bien offert un livre ! Comment auriez-vous réagi si j'avais refusé votre cadeau ? demanda-t-il en lui ouvrant la porte.

— C'est différent. Il s'agit d'un livre. Je l'ai fait spontanément, vous savez…

— Je ne veux pas en entendre davantage. Vous m'avez offert un cadeau qui me rappellera toujours cette journée, ce lieu, cet instant, et donc vous. J'aimerais que vous aussi, vous ayez un souvenir de moi.

Ils sortirent, et India sourit à contrecœur :

— Evidemment, présenté comme ça, je ne vois pas ce que je pourrais dire, à part merci.

— De rien. Vous savez quoi ? Que diriez-vous de rentrer à l'hôtel vous reposer un peu ? Ensuite, nous pourrions aller dîner. Ça vous va ?

— D'accord, mais à une condition. On arrête le shopping car un Américain avec plus d'argent que de bon sens est le rêve de tout commerçant !

Jack se mit à rire. C'était bien la première fois qu'une femme tentait de refuser un cadeau. En général, celles qu'il connaissait se débrouillaient toujours pour être du bon côté du trottoir lorsqu'il y avait une bijouterie dans le coin.

D'un œil critique, India examina l'image que lui renvoyait le miroir. Son tailleur de soie beige lui allait bien, mais il manquait encore la touche finale : ses boucles d'oreilles en diamant ainsi que le collier de perles de sa mère. Satisfaite, elle se regarda alors une dernière fois avant de déposer quelques gouttes de parfum derrière ses oreilles.

Elle avait une mine nettement plus reposée que ce matin. Elle s'était allongée en rentrant et, comme Jake l'avait prédit, elle s'était aussitôt assoupie. Jack... La vue du sac contenant les fameux bougeoirs qu'il lui avait offerts l'emplit soudain de tendresse. Comble de la délicatesse, il avait rapidement détourné la conversation, comme si son geste avait été on ne peut plus naturel. Accepter des cadeaux coûteux de la part d'un homme n'était pourtant pas très convenable, et India savait ce que sa mère en aurait conclu : elle aurait pensé que Jack était *intéressé*. Mais pour être honnête, n'était-ce pas elle qui avait des arrières-pensées ? Si un mois auparavant, on lui avait dit que la vue d'un homme qu'elle connaissait à peine ou encore l'odeur de sa peau mêlée à celle de son parfum suffirait à la bouleverser, elle n'aurait pas voulu le croire.

Et pourtant, combien de fois au cours de la semaine passée ne s'était-elle pas surprise à rêver à Jack au lieu de se concentrer sur son travail ? C'était ridicule, puéril même, d'autant plus qu'ils n'avaient cessé de s'opposer l'un à l'autre.

Ce matin, cependant, quelque chose avait changé. Avec beaucoup d'élégance, Jack avait reconnu ses torts, et à San Telmo, elle avait surpris son regard sur elle à plusieurs reprises. Un regard qui n'avait pas manqué de la plonger dans un trouble extrême. Et comme si cela ne suffisait pas, elle avait eu la très nette impression qu'il mesurait parfaitement l'effet qu'il produisait sur elle. Peut-être aurait-elle intérêt à mieux dissimuler ses sentiments, à l'avenir…

A 8 h 05 précises, elle traversa la mezzanine. Jack se trouvait déjà au bar. Il avait l'air détendu, et India dut reconnaître que la chemise rayée blanche et bordeaux et le blazer bleu marine qu'il portait lui donnaient un charme fou. Un sourire aux lèvres, il se leva pour l'accueillir, et prit ses deux mains dans les siennes.

— Bien dormi ?

— Oui, merci, répondit-elle en retirant ses mains.

Jack se tourna vers le serveur.

— Champagne ! Et mettez une fraise avec.

India le regarda, intriguée.

— Comment savez-vous que j'aime le champagne avec des fraises ?

— C'est le genre de choses que je remarque. Où voulez-vous dîner ? Puerto Madero ou bien la Recoleta ?

Ils tombèrent d'accord sur la Recoleta. Voulant profiter de l'agréable fraîcheur du soir, ils décidèrent d'y aller à pied. Longeant l'Avenida Alvear, ils s'engagèrent dans un dédale de rues avant d'arriver sur cette place connue pour ses restaurants avec terrasses et ses cafés. En dépit de l'animation qui y régnait, la ville était plus calme qu'à l'ordinaire car c'était l'époque des vacances et la plupart des habitants s'étaient retirés à Punta del Este ou étaient partis bronzer sous le soleil torride du Brésil.

— J'adore Buenos Aires, déclara India. On dirait un mélange de Londres et de Paris avec une touche de tango en plus.

— Bien vu. La ville est unique. On se croirait plus en Europe qu'en Amérique du Sud.

— Parfois, je me dis que j'aimerais bien y vivre.

— Vraiment ? Moi, les seuls endroits qui me tentent en dehors des Etats-Unis sont Londres et l'Ecosse.

India le dévisagea, surprise :

— L'Ecosse ? Je croyais que vous étiez plutôt du genre à préférer les destinations ensoleillées. Après tout, vous vivez à Miami.

— Ce n'est pas par choix. C'est juste plus pratique.

— C'est la même chose pour moi avec la Suisse, dit India, tandis qu'ils traversaient la rue. J'adore Chantemerle, mais il y manque ce je ne sais quoi de… Vous savez, ce sentiment de permanence, de… racines.

— Oui, je vois ce que vous voulez dire. C'est le genre d'endroit où l'on ne fait que passer.

Elle acquiesça. C'était exactement ça. Cela expliquait pourquoi elle trouvait si difficile de se séparer de Dunbar. La vente allait être un crève-cœur pour elle, même si, comme elle l'avait expliqué à Jack un peu plus tôt, il n'y avait pas d'autre solution. Seul un miracle aurait pu sauver le domaine. Et pour le moment, de miracle, il n'y en avait pas. Soupirant intérieurement, elle songea qu'il valait mieux ne pas laisser ces sombres pensées gâcher sa soirée.

— Ça vous dirait de manger des pâtes ? lui proposa Jack quand ils atteignirent le restaurant. Leurs *fettucine* sont tout simplement délicieux ! Je suis venu ici plusieurs fois avec Hernan. Je sais que ce n'est pas très aventureux de venir toujours au même endroit, mais au moins, on a l'assurance que ce sera bon. Alors… ?

— Va pour les *fettucine* ! répondit India avec bonne humeur. Je meurs de faim ! Cette longue sieste que vous m'avez fait faire m'a affamée. Et vous, qu'avez-vous fait de votre après-midi ?

— J'avais un peu de travail, répondit-il en lui avançant une chaise.

Ils s'assirent tous deux. Dans la lumière du crépuscule, la place s'animait peu à peu des conversations et des rires.

Un sourire espiègle aux lèvres, Jack commanda une seconde flûte de champagne pour India, accompagnée d'une fraise.

— Jack ! protesta la jeune femme en riant, vous n'êtes pas obligé de demander des fraises chaque fois !

— Je sais que je ne suis pas obligé, répondit-il en se penchant vers elle, les yeux luisant à la lumière des bougies, mais j'adore vous regarder la grignoter. Vous êtes tout simplement délicieuse !

Elle fut aussitôt sur ses gardes, consciente de l'intimité qui s'installait entre eux. Lorsque le serveur revint avec leurs consommations, elle décida de mettre la fraise de côté. Ce fruit était devenu potentiellement dangereux.

S'il remarqua son geste, Jack ne fit pas de commentaire. Il se contenta de la regarder d'un air qu'elle ne lui avait jamais vu auparavant. Un air qui la fit se sentir étrangement belle et fragile… Complètement désarçonnée, elle faillit s'étrangler en buvant son champagne, et se mit à tousser.

Se penchant vers elle, Jack lui tapota le dos.

— Ça va ?

— Oui, oui. J'ai simplement avalé de travers.

Mais son explication manquait de conviction.

145

— Ça ne vous serait peut-être pas arrivé si vous aviez mangé la fraise.

— Si vous me reparlez encore de ça…

— O.K ! Pas la peine de monter sur vos grands chevaux ! fit-il en levant les mains en signe de capitulation, sans pouvoir se retenir de rire. Voyons plutôt le menu.

De l'endroit où ils se trouvaient, ils voyaient le parc qui bordait les restaurants. Allongés sur l'herbe, des couples bavardaient ou s'embrassaient dans la lumière du crépuscule. Les accents d'un tango montaient d'un poste de radio portable. Soudain, quelqu'un augmenta le volume et un jeune couple se leva pour danser. La lueur vacillante des bougies projetait des ombres et donnait à leur visage une expression sévère et figée. Subjuguée, India admira la fluidité et la sensualité de leurs mouvements langoureux. Leurs corps minces et bronzés étroitement enlacés, ils semblaient glisser sur la pelouse comme sur le parquet ciré d'une salle de bal. Dans le même temps, India sentait avec de plus en plus d'acuité le regard brûlant de Jack fixé sur elle. Troublée, elle se tourna vers lui, mais elle comprit vite son erreur en se découvrant incapable de détourner les yeux. Cet homme avait le pouvoir de l'hypnotiser.

Jack, de son côté, reporta son attention vers les danseurs. Bercé par le tango, il se dit qu'il aurait aimé comprendre les paroles de la chanson. Quelle sensualité dans les mouvements du couple ! On aurait dit la danse d'amour de deux félins. Mais Jack était encore plus fasciné par l'expression voluptueuse d'India. L'espace d'une seconde, lorsque le tango atteignit son crescendo, il aspira à autre chose qu'une simple aventure sans lendemain. Mais il s'empressa aussitôt de chasser cette idée. Il s'était juré des années auparavant de ne plus jamais s'engager sentimentalement. Jusqu'à présent, il s'en était tenu à cette ligne de conduite.

— Comme ils sont beaux ! s'exclama India tandis que le couple terminait sa danse dans une figure à couper le souffle.

India était semblable au tango, songea Jack. Sophistiquée mais sensuelle. Derrière ses manières réservées, on sentait un volcan de passion dont elle-même n'avait pas conscience. C'était ce qui la rendait si attirante. Il la contempla un instant, tentant d'imaginer son corps souple s'éveillant sous ses caresses et ses pupilles vertes dilatées de plaisir. Perdu dans cette rêverie érotique, il fut brutalement ramené à la réalité par la voix de la jeune femme :

— Au fait, j'ai oublié de vous dire que vous étiez invité à dîner chez Dolorès.

— Pardon ?

— Dolorès, la grand-mère de Gabby et la grand-tante de Hernan, expliqua-t-elle patiemment. L'invitation est pour samedi. Il y aura la mère d'Hernan et ses sœurs. A mon avis, Mama Carvajal pense que vous feriez un bon mari pour l'une de ses filles, ajouta-t-elle, s'efforçant de garder son sérieux.

Jack prit un air horrifié.

— Mon Dieu ! Mais qui lui a mis une pareille idée en tête ?

— Je ne sais pas. Elle doit penser qu'il serait dommage de laisser filer une telle occasion. Un célibataire comme vous, avec la réputation que vous avez…

— Que dois-je faire, à votre avis ? demanda Jack avec une expression si désemparée qu'India se mit à rire.

— Pourquoi ne pas leur dire que vous êtes marié ou encore que vous avez une *novia*… vous savez, une fiancée ?

— Très bonne idée ! Nous leur dirons que vous êtes ma *novia*. Comme ça, le problème sera résolu. Après tout, vous pouvez bien rendre ce petit service à un vieil ami !

— Ah non ! répondit India d'un ton catégorique. Il n'est

pas question que je fasse votre sale boulot. Vous m'avez embauchée en tant qu'architecte d'intérieur, pas pour jouer les figurantes !

— C'est un tout petit service de rien du tout, plaida-t-il d'un ton cajoleur. Ce serait si difficile de prétendre que vous m'aimez ?

— Là n'est pas le problème, répondit-elle en buvant une gorgée de champagne et en croquant la fraise sans même s'en rendre compte.

— Alors, pourquoi ne pas faire semblant ? insista-t-il, tout en essayant de ne pas se laisser distraire par le spectacle d'India mordant dans le fruit.

— Ne soyez pas ridicule, Jack ! Et puis, qui sait ? Vous pourriez tomber sous le charme de l'une des sœurs d'Hernan. Il y en a une qui est absolument superbe. Grande, mince, avec des cheveux longs et des yeux... à vous faire tomber ! Toujours très bien habillée.

Penchant la tête sur le côté, elle continua :

— Mais peut-être Angeles serait-elle davantage votre genre. Elle est adorable. Elle n'a que dix-neuf ans. Elle est certainement plus souple que sa sœur... Je veux parler de son caractère, évidemment !

— C'est bien joli tout ça mais il y a un petit problème.

— Ah bon, lequel ?

— Je n'ai absolument pas l'intention de me marier, et encore moins avec une gamine dont je pourrais être le père. Mais dites-moi, qu'est-ce qui vous fait croire que j'aime les femmes dociles ?

— Je ne sais pas. C'est juste une impression. Après tout, vous aimez bien diriger. Enfin, je peux me tromper, évidemment. En tout cas, vous avez bien fait de me dire que le mariage ne faisait pas partie de vos projets. Comme ça, je pourrai discrètement prévenir Mama Carvajal, ajouta-t-elle avec un regard espiègle.

— Vous êtes trop aimable ! répondit-il d'un air sarcastique.

— Il n'y a pas de quoi.

Jack s'agita nerveusement sur sa chaise. India était vraiment trop sexy ! Heureusement qu'elle ne se rendait pas compte de l'effet qu'elle produisait sur lui.

L'apparition du serveur lui sauva la mise.

— *Fettucine al tuco para la signorina*, dit-il en plaçant cérémonieusement une grande assiette devant India. Et pour vous, *signore*, les *fettucine carbonara, correcto* ?

— Oui, c'est ça. Et apportez-nous une bouteille de Malbec.

— Bien sûr, *signore*. Tout de suite.

Le serveur s'éloigna, circulant avec aisance entre les petites tables rondes.

— J'espère que le vin va vous plaire.

— Je suis sûre que oui. J'espère seulement que je pourrai faire honneur aux *fettucine*. C'est tellement copieux !

— Vous n'avez pas à vous soucier de votre ligne, répondit Jack en admirant son corps magnifique.

En dépit de la pénombre, il sut que ses joues étaient en feu.

— Votre appétit fait plaisir à voir. J'ai horreur des femmes qui ne font que picorer.

— J'avoue que je suis gourmande.

— Chérie, vous êtes la quintessence de ce que doit être une femme. Vous êtes naturelle. La seule autre femme à…

Il s'interrompit soudain en se rendant compte qu'il allait parler de Lucy.

India le dévisagea avec une lueur interrogative dans les

yeux. Elle attendit qu'il poursuive, mais il détourna aussitôt la conversation.

— Elles sont bonnes, ces pâtes, fit-il d'une voix bourrue.

La jeune femme reposa sa fourchette. La soirée avait bien commencé, alors pourquoi laisser les fantômes du passé la gâcher ?

Jack reporta son attention sur la pelouse où un autre couple venait de se lever pour danser un tango.

— C'est encore la même chanson que tout à l'heure, dit-il. Vous comprenez les paroles ? Que disent-elles ?

India écouta avec attention, puis elle regarda son compagnon par-dessus la flamme vacillante de la bougie :

— *Si j'avais un cœur, le cœur que j'ai donné autrefois, et si je pouvais de nouveau aimer comme j'ai aimé autrefois, si je pouvais seulement oublier les peines d'hier, alors c'est toi que j'aimerais...*

Jack en fut bouleversé. Il se dit qu'il aurait mieux fait de se taire. Il savait qu'India attendait des confidences, mais il avait toujours refusé de parler de Lucy. C'était son jardin secret. A l'âge de vingt-deux ans, il avait dû l'enterrer, elle et l'enfant qu'elle attendait, en pleurant silencieusement tandis que chaque pelletée de terre les éloignait davantage de lui. Depuis, son cœur était resté là-bas, dans un petit cimetière du Tennessee.

Il avait essayé de survivre, mais le souvenir de son épouse l'obsédait tant que, pour ne pas devenir fou, il avait rejoint les Equipes Spéciales de l'Armée. Après s'être entraîné pendant des mois, il s'était porté volontaire pour partir en mission... L'espace d'une seconde terrifiante, des images de cette période s'imposèrent à lui, et il lui sembla sentir de nouveau l'odeur obsédante de la mort et la moite fournaise d'une jungle infestée par le choléra.

Le regard doux et tendre d'India le ramena à la réalité. Elle tendit une main timide par-dessus la table.

— Vous n'êtes pas obligé d'en parler, lui dit-elle. Mais il est parfois nécessaire d'affronter son passé. C'est ce que vous m'avez appris ce matin.

Sous la caresse de ses doigts, il se détendit un peu. Puis, à sa grande surprise, il se rendit compte qu'il était enfin prêt à parler du passé, de tout ce qu'il avait perdu et qu'il ne pourrait plus jamais retrouver.

— Ça remonte à plusieurs années maintenant, mais j'y pense toujours. Lucy, je veux dire ma femme, elle était…

Il haussa les épaules, cherchant ses mots.

— Je l'aimais, dit-il finalement. Nous avions grandi ensemble et nous savions que nous étions faits l'un pour l'autre. Elle n'était même pas majeure quand nous avons décidé de nous marier, alors je vous laisse imaginer le scandale que ça a provoqué. Nos parents ne voulaient même pas en entendre parler. Il a donc fallu attendre ses dix-huit ans. (Il sourit, tout à ses souvenirs.) Nous avons eu deux années de pur bonheur, sans aucune dispute. On s'amusait comme des fous. Bien sûr, nous n'étions encore que des gosses et peut-être que ça n'aurait pas duré. Elle attendait un bébé quand elle est morte. Nous avions fait la première échographie juste avant l'accident. J'ai gardé les clichés pendant toutes ces années. Parfois, je les sors et je me demande comment aurait été mon fils s'il avait vécu.

Jack leva les yeux vers India avant de poursuivre :

— On a l'impression qu'on ne se relèvera jamais d'un coup pareil, et puis finalement, on arrive à survivre. Mais il reste toujours cette souffrance et cette colère en nous.

India soupira, hochant la tête avec tristesse.

— Cela a dû être terrible. On ne peut comprendre cette

souffrance que si l'on est passé par là, je suppose, dit-elle en lui prenant doucement la main.

Aussitôt, Jack la retira. Il ne voulait pas de sa pitié. Mais voyant qu'il l'avait blessée, il lui reprit la main et commença à jouer distraitement avec ses doigts.

— Comment avez-vous fait après ? Comment avez-vous réussi à avancer dans la vie ? lui demanda-t-elle, le regard fixé sur la flamme de la bougie.

— Je me suis engagé dans l'armée et j'ai fait des choses assez terribles. Quand je suis revenu, je me sentais comme anesthésié. Ma colère était en partie tombée, et j'ai pu reprendre le dessus. C'est à ce moment-là que je me suis lancé dans les affaires.

Il se rendit compte qu'elle ignorait tout des opérations militaires, de l'odeur du danger, de la mort qui vous guette, de la responsabilité qui vous incombe lorsque vous avez des hommes sous votre commandement.

— Comme je vous l'ai dit, reprit-il, le jour où je vous ai rencontrée, c'était l'anniversaire de la mort de Lucy. C'est pourquoi je n'avais pas la tête à ce que je faisais. Vous êtes entrée dans ma vie et je peux vous assurer que ça m'a fait un bien fou ! Cette période de l'année est toujours très pénible pour moi.

Il contempla ses longs doigts minces. De jolis doigts faits pour caresser... Il eut de nouveau envie de mettre un terme à ces confidences, de l'empêcher d'entrer dans sa vie intime. C'était sa faute : c'était lui qui avait commencé à se livrer. Cela n'aurait pas été très gentil de sa part de se refermer maintenant.

— Comme je l'ai dit, on apprend à avancer, reprit-il. On refait sa vie. La mienne a été entièrement consacrée au travail... Mais ça n'a pas dû être facile pour vous non plus. Vous avez perdu vos deux parents.

— Je ne pense pas que ma situation soit comparable à la vôtre. Ma mère est morte de mort naturelle, c'est dans l'ordre des choses. Et je remercie le ciel qu'elle n'ait jamais été malade. Elle me manque, c'est tout, ajouta-t-elle en buvant son vin à petites gorgées. Je suis maintenant complètement seule.

— Et votre sœur ?

— On ne s'entend pas très bien, toutes les deux. Je suppose qu'elle est bouleversée, elle aussi. Je regrette seulement qu'elle ne m'apprécie pas davantage.

— Elle s'en remettra, répondit Jack d'un ton sec, en pensant à l'importante somme d'argent qu'elle allait recevoir en échange de Dunbar.

Séréna allait devenir une femme riche, et ça la consolerait rapidement de son chagrin, en admettant qu'elle en ait.

— Vous n'êtes pas forcément seule, reprit-il en s'amusant à donner du bout de sa fourchette des formes géométriques aux *fettucine* qui restaient dans son assiette. Ce que la vie vous prend d'un côté, elle vous le redonne de l'autre.

— Vous êtes très philosophe. C'est ce qui s'est passé dans votre cas ?

— Non. Pas vraiment, fit-il d'une voix lente.

— Alors, pourquoi y croyez-vous ? Ça n'est pas très logique.

— Sans doute. Mais je trouve cette idée réconfortante.

— Vous parlez de bienfaits. Encore faut-il autoriser la vie à vous en accorder.

— Comment ça ? demanda-t-il, aussitôt sur ses gardes.

Sentant la conversation glisser de nouveau vers un terrain dangereux, il fit signe au serveur d'apporter une bouteille d'eau. Puis, esquissant un sourire, il s'empressa de changer de sujet.

— Tiens, vous avez fini par la manger, cette fraise !

— Oui, c'est vrai, reconnut-elle en retirant discrètement sa main. Ce doit être l'habitude, je suppose. Au fait, enchaîna-t-elle, consciente qu'il ne se confierait pas plus ce soir-là, les gens de la mairie ont appelé. J'ai laissé un message à Hernan.

Soulagé, Jack la remercia poliment.

Ils continuèrent à bavarder tranquillement, tout en sirotant leur vin. Jack commanda ensuite des espressos, qu'ils burent sans se presser.

— Il est tard, dit-il finalement, en consultant sa montre. Il est peut-être temps de rentrer.

— Merci pour ce merveilleux dîner.

Il attrapa le gilet de soie d'India et le lui passa gentiment autour des épaules avant de prendre son bras pour le glisser sous le sien.

— Cette journée a été formidable, Jack. Je suis ravie d'avoir pu discuter avec vous en tête à tête, pour une fois.

Jack sentit le sang couler plus vite dans ses veines, mais tous ses espoirs furent anéantis lorsque India ajouta :

— C'est toujours positif d'apprendre à mieux connaître les gens avec qui l'on travaille. Les résultats n'en sont que meilleurs.

— Pour vous, notre relation n'est que professionnelle, alors ?

— Non, pas complètement. Mais...

Jack s'arrêta net. Il lui prit les mains avec fermeté et la tourna vers lui doucement.

— Ecoutez, je ne sais pas, dit-elle. Je pense que...

— Arrêtez de penser, Indy, et soyez un peu honnête avec vous-même. Nous voulons tous les deux la même chose.

Puis, sans plus réfléchir, il l'attira à lui et plaqua ses lèvres contre les siennes. Il la sentit se raidir, mais ne renonça pas. Sa bouche était douce, un mélange étonnant de docilité et de résistance. Il s'enhardit, exigeant une réponse qui ne se fit pas attendre. Il sentit India se détendre. D'abord timides, les doigts de la jeune femme remontèrent le long de son cou, puis de sa joue, avant de glisser vers sa nuque en une caresse qui le submergea de désir. Un désir impérieux de sentir sa peau contre la sienne, d'en embrasser chaque centimètre pour la laisser pantelante entre ses bras. Mais qu'avait donc cette femme pour l'ensorceler ainsi ? Cela ne lui était pas arrivé depuis des années. C'était enivrant et effrayant à la fois. Elle était parfaite. Appuyant la main dans le creux de ses reins, il moula son corps contre le sien, prêt à aller plus loin.

Cette fois, pourtant, elle se dégagea brusquement.

— Qu'est-ce qu'il y a ? lui demanda-t-il d'une voix étouffée, contemplant avec intensité l'ovale exquis de son visage que baignait la lumière d'un réverbère.

Dans ses yeux chavirés de désir, il lut l'inquiétude et la confusion, mais aussi quelque chose d'autre qu'il ne parvint pas à déchiffrer.

— Je ferais mieux de rentrer à l'hôtel, murmura-t-elle en détournant le regard.

— Pourquoi ? Ne gâchez pas tout, Indy ! C'est bien ce que nous voulions tous les deux.

— Je ne pense pas que ce soit une bonne chose... Je n'ai pas envie de m'engager, Jack.

— Cessez de vous voiler la face, dit-il d'un ton cajoleur. Nous avons pensé à ça toute la journée. Depuis une semaine, depuis le début même, nous avons envie l'un de l'autre. Vous le savez bien ! Et puis, qui vous parle d'engagement ?

Il la sentit se raidir aussitôt.

— Pour vous, il ne s'agirait donc que d'une partie de jambes en l'air ?

— Et pourquoi pas ? Nous sommes deux adultes consentants, n'est-ce pas ? Quel mal y aurait-il à aller plus loin ? Le sexe, ça peut être très agréable, vous savez ?

— C'est ainsi que vous voyez les choses ? Merci de me prévenir, car moi je ne partage pas votre point de vue. Ce n'est pas parce que vous êtes séduisant et que vous avez l'habitude d'obtenir tout ce que vous voulez d'un simple claquement de doigts que je vais me précipiter dans votre lit. Ma parole, vous vous croyez irrésistible ? Au risque de vous surprendre, je suis capable de me divertir autrement qu'en m'allongeant sur un matelas avec le premier venu.

Sa voix trahissait la colère, et elle se dégagea d'un mouvement brusque.

— Pourquoi vous mettre dans tous vos états ? Vous vous conduisez comme une collégienne.

— Et alors ?

Lui tournant le dos, elle se mit à marcher d'un pas vif en direction de l'hôtel.

— Votre mari ne devait pas savoir ce qu'il faisait en renonçant à vous ! lança-t-il derrière elle. A sa place, je me serais arrangé pour vous satisfaire !

— Inutile de vous donner tout ce mal pour moi, rétorqua India d'un ton glacial. Si vous avez envie de baiser, Jack, il faudra trouver quelqu'un d'autre.

D'un geste rageur, il fourra ses poings dans ses poches avant de lui emboîter le pas. Il savait qu'il avait commis une gaffe, et elle était de taille. Pourquoi refusait-il de voir en India autre chose qu'une simple conquête ?

Parce qu'il lui faudrait alors admettre qu'il avait des sentiments pour elle...

Cette révélation lui fit l'effet d'un coup de massue. Sa relation avec India n'était pas une simple aventure sans lendemain.

Il allongea le pas pour la rattraper, préférant ignorer cette petite voix intérieure qui lui disait qu'il était en train de tomber amoureux. Bien sûr qu'India était différente ! Elle était irrésistible, adorable, délicieuse. Quel idiot il avait été de ne pas le reconnaître ! L'idée de l'avoir blessée et d'avoir agi d'une manière étrangère à sa nature lui était insupportable.

Il parvint à sa hauteur, mais elle continua à marcher, la tête haute et la mine glaciale.

— Je vais vous ramener à l'hôtel, lui proposa-t-il en accordant son pas au sien.

— Je ne vais pas à l'Alvear, mais à l'appartement de Dolorès. J'ai les clés.

— Mais toutes vos affaires sont à l'hôtel !

Elle ne répondit pas et ils continuèrent leur chemin dans un silence tendu. Enfin, Jack prit la parole :

— Je vous présente mes excuses, Indy. Je ne voulais pas vous blesser. Revenez à l'hôtel, s'il vous plaît.

Elle hésita un instant, puis, après lui avoir jeté un bref regard, elle accepta avec froideur.

Jack ne pouvait s'empêcher de la trouver belle. Quel mufle il avait été ! Il percevait sous ses airs dignes un volcan en sommeil, une lave de passion prête à jaillir. Il avait agi trop prématurément, se dit-il, tandis qu'ils pénétraient dans le hall de l'hôtel par la porte à tambour. Il aurait donné n'importe quoi pour pouvoir remonter le temps et effacer ses paroles.

— Je vous dois des excuses, dit-il, alors qu'ils montaient tous les deux dans l'ascenseur. Je suis vraiment désolé.

— D'accord, répondit-elle d'un air altier qui le laissa complètement désemparé et frustré.

— Non, ça ne suffit pas !

Surprise, elle leva les yeux vers lui, et il en profita pour l'attirer contre sa poitrine. Glissant les doigts dans ses cheveux, il la força à incliner la tête en arrière pour le regarder, enivré par l'odeur subtile de son parfum.

— Osez me dire que vous ne me désirez pas autant que je vous désire, et je jure de ne plus vous importuner, chuchota-t-il. Mais soyez honnête avec vous-même, Indy.

— Jack, s'il vous plaît..., commença-t-elle sans se départir de sa raideur.

— Je ne vous ferai pas de mal. Je n'avais pas l'intention de vous forcer. Bon sang, India, vous êtes tellement belle ! Tellement désirable ! Vous aussi vous me désirez. Ayez le courage de le reconnaître. Arrêtons les mensonges, India.

Il vit son expression se fermer complètement. Ses yeux émeraude, qui jusque-là lançaient des éclairs, prirent la froideur du jade.

— O.K., comme vous voudrez, dit-il en relâchant son étreinte tandis qu'en lui la colère et la fierté reprenaient le dessus. Continuez à faire comme s'il n'y avait rien entre nous, si ça peut vous rassurer.

Elle resta silencieuse, les cheveux défaits autour de son visage qui trahissait le tumulte de ses émotions.

Les portes de l'ascenseur s'ouvrirent et ils sortirent dans le couloir.

Avec un bref signe de tête, il lui souhaita bonne nuit, puis ajouta avec un petit rire glacial :

— Je ne vous importunerai plus, c'est promis.

Puis, avec le sentiment d'être légèrement ridicule, il tourna les talons et s'éloigna.

India le regarda partir avant de longer le couloir en direction de sa chambre. Dieu qu'il était odieux ! Fier, arrogant et si imbu de sa personne ! Il lui avait proposé de passer un moment dans son lit comme il lui aurait proposé un digestif.

Elle entra dans sa chambre et se jeta sur son lit, se rappelant le contact de sa main sur son genou ou encore la façon dont il avait joué avec ses doigts. Toute la journée, il n'avait cessé de la toucher, et pour être honnête, elle avait adoré ça !

Elle se redressa brusquement. Peut-être s'était-il cru encouragé par la façon dont elle avait réagi. Rien d'étonnant alors qu'il l'eût traitée comme il l'avait fait. Il devait penser qu'elle était aussi facile à séduire que Séréna et que c'était une constante dans la famille.

Elle donna un coup de poing rageur sur son oreiller et ferma les yeux. Pourquoi fallait-il que cet homme soit tellement insupportable ? Et en même temps si charmant ? Si attirant ?

Elle se sentit rougir dans l'obscurité. Pourquoi diable était-elle descendue à l'Alvear, alors que Dolorès lui avait prêté les clés de l'appartement ?

A sa grande consternation, elle comprit qu'elle l'avait fait uniquement pour être plus près de lui. C'était la première fois qu'elle se comportait ainsi, en obéissant à ses pulsions. Il ne fallait pas que cela se reproduise. Elle allait terminer ce qu'elle avait commencé au Palacio, puis elle retournerait à l'*estancia* le plus vite possible. D'ici là, avec un peu de chance, Jack aurait fait ses valises et serait rentré à Miami.

Elle se leva d'un bond et entra comme un ouragan dans la salle de bains pour se changer et se brosser les dents. Elle en avait assez de Jack Buchanan et de ses sautes d'humeur. Elle n'aurait jamais dû signer ce fichu contrat…

Un peu plus tard, allongée sur son lit, elle revit le regard de Jack quand il lui avait demandé de reconnaître la vérité. Et s'il avait raison en prétendant qu'elle se mentait à elle-même ? Peut-être, mais ce n'était pas une raison pour lui proposer de coucher avec lui ! En tout cas, pas avec le détachement dont il avait fait preuve.

Car c'était ça qui lui faisait mal.

6.

Les jours suivants, l'atmosphère fut particulièrement tendue entre India et Jack. Ils s'évitaient, ne s'adressant la parole que lorsqu'ils y étaient contraints, et encore était-ce sur un ton obséquieux qui révélait fort bien leur malaise.

La situation devenait intolérable, et India avait hâte de terminer son travail. Elle travailla donc avec acharnement et fut prête à quitter Buenos Aires plus tôt que prévu.

Elle avait désespérément tenté de chasser Jack de son esprit. Etait-il le cynique qu'elle voulait qu'il fût ou bien avait-il vu juste en affirmant que leur attirance était réciproque ? En vérité, elle n'avait jamais rien ressenti de tel. Le souvenir de son corps plaqué contre le sien dans l'ascenseur ne la quittait pas, l'empêchant presque de se concentrer. Et le fait de le voir tous les jours n'arrangeait rien. Elle était, cependant, bien déterminée à ne pas baisser la garde. Elle ne voulait surtout pas lui donner la satisfaction d'avoir raison !

Elle prit conscience de l'intensité de son désir le jeudi après-midi, alors qu'elle s'apprêtait à partir. Jack se trouvait dans le bureau où il discutait avec l'architecte. Il se retourna soudain, comme s'il avait perçu sa présence. Leurs regards se croisèrent et cette fraction de seconde suffit à enflammer India, en dépit de ses bonnes résolutions. Elle baissa les paupières, tentant de chasser le flot d'images qui la submergeait, et se tourna avec précipitation vers le réfrigérateur pour se verser un grand verre d'eau froide. Comment pouvait-elle se laisser troubler par un homme qui lui avait clairement fait savoir que seul le sexe l'intéressait ? Il n'avait absolument pas parlé de sentiments. Pour lui, cette attirance était purement physique.

Furieuse et humiliée, elle avala son verre d'un trait avant de ramasser ses affaires. Mieux valait qu'elle s'en aille.

Elle démarra en trombe et se mit à rouler à vive allure, laissant libre cours à sa colère. Il la mettait dans le même sac que Séréna, songea-t-elle en abordant trop vite un virage en épingle à cheveux. Il allait voir ce qu'il allait voir ! Elle continua à rouler à tombeau ouvert jusqu'à ce qu'elle eût atteint la bretelle qui menait à l'*estancia*.

Elle aperçut bientôt les vieilles grilles en fer forgé qui indiquaient l'entrée de la propriété. Heureusement, le week-end allait lui permettre de remettre un peu d'ordre dans ses pensées et ses émotions. Déjà, le spectacle des eucalyptus balançant leur silhouette élancée sous la brise du soir avait sur elle un effet apaisant. Elle prit une profonde inspiration, goûtant la fragrance de leur feuillage parfumé. Elle comprenait maintenant pourquoi les missionnaires qui s'étaient installés dans le pays avaient choisi ce lieu pour établir leur monastère. Le cadre était idéal : un véritable havre de paix.

Elle s'arrêta devant l'entrée de la maison et Juan, le vieux serviteur, sortit aussitôt pour l'aider à décharger ses bagages.

— *Señorita, permitame*, dit-il d'une voix cassée. Laissez-moi porter votre sac.

— *Gracias*, Juan, répondit India avec un sourire.

Elle était horriblement gênée de se faire ainsi servir par un vieil homme dont le corps frêle et voûté était abîmé par l'arthrose, mais elle savait qu'il n'aurait servi à rien de protester.

Après trente ans de service, Juan aurait préféré démissionner plutôt que de laisser une invitée de Dolorès porter elle-même ses bagages. India lui emboîta donc le pas, tout en prenant des nouvelles de sa femme Severina, et de sa fille Lucia qui venait d'avoir un cinquième bébé. Juan lui répondit volontiers, ravi de pouvoir parler de sa famille.

India fut heureuse de retrouver sa chambre avec son lit à baldaquin recouvert d'un édredon travaillé au crochet. Par la fenêtre aux rideaux de dentelle, elle aperçut le ciel flamboyant à l'horizon et prit la ferme résolution de ne plus penser à Jack. Après tout, ce n'était qu'une question de volonté, se dit-elle en accrochant ses vêtements dans la grosse armoire qui devait dater du XVIIIe siècle… Mais malgré tous ses efforts, l'image de Jack ne cessait de la hanter.

— Ça suffit comme ça ! lança-t-elle en apostrophant son reflet dans la glace, frustrée de ne pas avoir sous la main quelque chose à casser — de préférence sur la tête de Jack.

Elle inspira profondément. La meilleure chose à faire était d'aller piquer une tête avant le dîner.

Après avoir enfilé son maillot de bain, elle se dirigea vers la piscine. Avec un peu de discipline et de volonté, elle parviendrait à se reprendre en main. Et d'ailleurs, elle serait bientôt suffisamment occupée par Dunbar pour ne plus penser à Jack.

— Encore ce fichu téléphone ! s'exclama Kathleen en se précipitant dans la bibliothèque. Manoir Dunbar, ici la maîtresse de maison, annonça-t-elle avec cérémonie.

— Kathleen, c'est toi ?

En entendant la voix d'India, Kathleen se crispa légèrement.

— Oui, ma chère, c'est moi. Nous avons eu pas mal de coups de fil récemment… Les gens posent un tas de questions… Je leur réponds directement, sans leur expliquer qui je suis : ils n'en ont rien à faire, tu t'en doutes bien !

— Ah oui, je vois. Bien sûr, tu as raison. Comment ça va à Dunbar ?

— Très bien. Les locataires sont venus payer leur loyer annuel. Ça s'est très bien passé. Séréna est venue prendre le thé dimanche après-midi. Elle était encore avec son Maxi. C'est un drôle de type. Heureusement, ils ne sont pas restés longtemps, ajouta-t-elle tandis que son regard se portait vers l'extérieur, où une voiture venait de s'arrêter.

— Je serai peut-être absente un peu plus longtemps que prévu, annonça India. J'ai accepté de prendre un chantier ici et il n'est pas encore terminé. Peux-tu dire à Me Ramsay que je le contacterai dès mon retour ?

— Oui, ne t'en fais pas. Prends tout ton temps. La dernière fois que j'ai eu Ramsay au téléphone, il m'a assuré que tout allait bien.

La porte s'ouvrit brusquement, livrant passage à Séréna. Posant un doigts sur ses lèvres, Kathleen couvrit le combiné de l'autre main.

— C'est India, chuchota-t-elle.

— J'espère qu'elle se fera avaler par un crocodile ! murmura Séréna en se laissant tomber sur le canapé.

— Tais-toi ! lui dit Kathleen. Elle risque de t'entendre. La ligne est excellente !

— Allô ? Kathleen, tu es toujours là ?

— Oui, oui. C'était juste Mme Walker qui passait. Elle te dit bonjour.

— Embrasse-la de ma part. Et merci pour tout, Kathleen. Je suis rassurée de te savoir là-bas. S'il arrivait quoi que ce soit, tu me préviendrais, n'est-ce pas ? Tu as mon numéro de téléphone ?

— Mais bien sûr ! Ne t'en fais donc pas, trésor. J'ai déjà expliqué à M° Ramsay que tu étais en Amérique du Sud et qu'il ne devait pas s'attendre à avoir de tes nouvelles dans l'immédiat.

— Merci beaucoup, Kathleen. C'est très gentil d'y avoir pensé.

— Il n'y a pas de quoi. Prends bien soin de toi, ma petite Indy.

— Entendu. Et merci encore pour tout. Je ne sais pas ce que je ferais sans toi !

— Au revoir, Indy. A bientôt.

Kathleen raccrocha et se tourna vers Séréna, qui la fixait d'un air narquois.

— Alors, que dit ma très chère demi-sœur ?

— Qu'elle ne peut pas rentrer maintenant. Je lui ai dit que j'avais prévenu Ramsay la dernière fois que je l'avais eu au téléphone.

— Bien. Comme ça, elle n'aura pas l'idée de l'appeler, murmura Séréna comme pour elle-même.

— Pardon ?

— Oh rien ! Je me parlais à moi-même. Au fait, sais-tu si Peter Kinnaird est de retour ?

— Il est toujours en Asie. J'ai rencontré Diana hier chez le boulanger. Elle m'a dit qu'il ne devait pas revenir avant au moins un mois. Tu voulais le voir pour une raison particulière ? demanda Kathleen d'un air détaché, en se penchant pour prendre le journal.

— Ça peut attendre.

— Il y a une très jolie photo d'India dans le *Tatler*, à la page dix. Tu l'as vue ?

164

— India ? Qu'est-ce qu'elle fiche dans le *Tatler* ?

Séréna arracha le journal des mains de Kathleen et dut reconnaître que sa cousine avait raison.

— Mais quel culot ! s'écria-t-elle. Oser écrire qu'elle a hérité de Dunbar avec sa demi-sœur ! Je vais appeler le rédacteur pour me plaindre. Ils n'ont pas à diffuser ce genre d'information !

— Certainement !

— Je vais leur montrer de quel bois je me chauffe ! lança la jeune femme, le regard sombre.

— Tu as raison, déclara Kathleen d'un ton mielleux. Je pense qu'à ta place, je réagirais de la même façon.

Un sourire aux lèvres, elle saisit une tasse sale qui traînait sur la table et s'éclipsa discrètement, laissant Séréna rêver à sa fortune future.

Assis côté passager dans la Testarossa de Hernan qui roulait en direction de Lujan, Jack regardait les *pampas* défiler devant ses yeux. La brise déjà chaude en cette matinée lui caressait le visage, apportant avec elle l'odeur de la terre.

— Toute cette région autour de Buenos Aires est idéale pour l'élevage du bétail et des chevaux, expliqua Hernan. A l'*estancia*, on élève des *Aberdeen-angus* : c'est une race bovine d'origine écossaise. On a aussi du bétail à courtes cornes et des poneys *criollo*. C'est Tio Candido, le cousin de ma mère, qui s'en occupe.

— Depuis quand possèdent-ils la propriété ?

— Depuis plusieurs générations. Les premiers O'Halloran sont arrivés en 1852, et depuis, le domaine a toujours été transmis de père en fils. Ils ont été malins. Ils se sont toujours tenus à l'écart des différents soulèvements politiques, et l'*estancia* a prospéré.

— Qu'est-ce qu'une *estancia* ? demanda Jack. Une sorte de ranch ?

— Pour bénéficier de cette appellation, un domaine doit avoir une superficie supérieure à quatre cents hectares. Les premières *estancias* ont été accordées par la Couronne espagnole. Il fallait des terres pour le bétail des colons. On a commencé à marquer les animaux pour identifier leur propriétaire. Les O'Halloran sont arrivés au moment où les gens commençaient à s'installer.

— O'Halloran ? C'est un nom irlandais, fit remarquer Jack, surpris car il avait toujours imaginé que les Argentins descendaient des Espagnols.

— Il y a plusieurs *estancias* célèbres dans la région, reprit Hernan. Beaucoup appartiennent à des familles écossaises ou irlandaises. Les Gibson, les Maguire, et bien d'autres encore…

Jack se cala confortablement dans son siège et ses pensées vagabondèrent vers India. Il ne l'avait pas revue depuis le jeudi après-midi. Elle devait être au courant de sa venue puisque c'était elle qui lui avait transmis l'invitation. Mais quelle serait sa réaction ? Manifesterait-elle de la colère ? Ou pire encore, de l'indifférence ?

Comme s'il avait lu dans ses pensées, Hernan lui demanda :

— Dis-moi, Jack. Qu'est-ce qu'il y a entre India et toi ? Ne le prends pas mal, mais l'atmosphère était particulièrement lourde au bureau, ces derniers temps. Et puis, India a disparu de la circulation depuis jeudi. Vous vous êtes disputés ?

— On n'a pas la même façon de voir les choses, c'est tout.

— A propos du Palacio ? demanda Hernan en lui jetant un regard amusé. A d'autres ! Je suis peut-être idiot, mais pas aveugle. Ça n'a rien à voir avec le boulot. C'est un truc privé.

— Je ne peux pas me permettre de m'engager sentimentalement, Hernan. Vouloir prendre du bon temps avec une femme comme India, c'est chercher les ennuis en réalité. Et crois-moi, je n'ai pas besoin de ça !

Le ton de Jack n'admettait pas de contradiction. Hernan lui jeta un regard en coin, mais ne répondit pas, et ils continuèrent à rouler en silence. Après avoir traversé un hameau, Hernan tourna à gauche sur un chemin plein d'ornières qui les mena jusqu'à un portail en fer forgé encadré de deux colonnes de pierre.

— Nous voilà arrivés. Tu veux bien aller ouvrir ? demanda Hernan en s'arrêtant devant la grille fermée.

Jack s'exécuta et poussa le portail qui s'ouvrit en grinçant. La Ferrari s'engagea alors dans l'allée bordée d'eucalyptus et, au bout de quelques mètres, la demeure surgit devant eux.

Jack fut agréablement surpris par le porche de pierre voûté et la façade aux teintes ocre brun, patinée par l'âge et recouverte de lierre et d'hibiscus. Sans cette tour qui se dressait au-dessus de la maison, lui donnant l'aspect d'un petit château, on aurait pu se croire face à un couvent. La tour jurait avec le reste, et Jack en fit la remarque à Hernan tandis qu'ils gravissaient tous deux l'escalier menant à la lourde porte à panneaux de l'entrée principale.

— C'est l'œuvre d'un ancêtre excentrique, expliqua Hernan en riant. C'est du plus étrange effet, n'est-ce pas ?

Il tira sur une grosse chaîne usée et la sonnette carillonna à l'intérieur de la maison. Des pas résonnèrent bientôt et la lourde porte s'ouvrit sur une servante de petite taille, aux cheveux grisonnants, vêtue d'un uniforme noir et d'un tablier blanc amidonné.

— *Señor Hernan* ! s'exclama-t-elle en levant les bras au ciel avec un grand sourire édenté. *Que bueno verlo che* ! Quand *Dona* Dolorès m'a annoncé votre venue, j'ai dit à Juan que ça devait bien faire sept mois qu'on ne vous avait pas vu. Mais entrez donc ! dit-elle, en prenant les mains de Hernan entre les siennes et en levant vers lui un visage ridé comme une olive desséchée.

Son sourire exprimait clairement la joie qu'elle avait de revoir Hernan.

— *Donde esta mi tia* ? demanda-t-il avant de se tourner vers Jack pour lui présenter la fidèle servante. Voici Sévérina. Elle est au courant de toutes mes bêtises depuis que j'ai deux ans. On ne peut rien lui cacher.

Apparemment, elle devait être un peu dure d'oreille car Hernan se pencha vers elle en haussant la voix :

— Voici le *señor* Jack : c'est mon associé américain.

Sévérina le salua d'un signe de tête et lui adressa un sourire bienveillant avant de les faire entrer tous deux dans un grand hall carrelé de marbre noir et blanc. De là, ils empruntèrent un couloir aux murs blanchis à la chaux et décorés de têtes de cerfs, d'armes anciennes et de divers tableaux. Ils parvinrent ainsi à un porche où deux marches les menèrent à la principale pièce à vivre. Jack s'immobilisa brusquement, subjugué par le spectacle qui s'offrait à lui. Le parquet était recouvert de tapis orientaux et face à lui se dressait une immense cheminée de pierre qui montait presque jusqu'au plafond. Les meubles, quant à eux, étaient de véritables pièces d'antiquité. Jack leva les yeux vers les lourdes poutres qui traversaient le plafond. Elles étaient belles et imposantes, faites dans du bois de *pauco d'arco*, probablement importé du Brésil au siècle dernier.

Puis son regard se porta vers une femme qui trônait d'un air majestueux sur un canapé.

— *Tia* Dolorès ! s'exclama Hernan en s'approchant d'elle pour l'embrasser. Comme c'est bon de te revoir ! Tu es chaque fois plus jeune et plus belle.

Se tournant vers Jack, il ajouta :

— *Tia*, laisse-moi te présenter Jack Buchanan, mon associé américain dans le projet du Palacio de Grès.

— Monsieur Buchanan, dit-elle dans un anglais parfait à l'accent britannique, tout en lui tendant une main aux longs doigts gracieux. Quel plaisir de vous recevoir à *l'Estancia Tres Jinetes*.

Jack porta la main de Dolorès à ses lèvres, amusé de voir qu'elle le détaillait de la tête aux pieds.

— Merci, madame. Tout le plaisir est pour moi.

— J'ai tant entendu parler de vous, reprit-elle avec un sourire énigmatique qui rappelait celui de la Joconde. Asseyez-vous donc. Séverina va nous apporter du café, ajouta-t-elle en se tournant vers la servante qui attendait, un peu en retrait.

Jack reporta son attention vers le mobilier. Le canapé semblait neuf et jurait avec le reste des meubles, beaucoup plus massifs et austères.

— Comme vous pouvez le voir, monsieur Buchanan, nous refaisons toute la décoration de la pièce. Ma petite-fille Gabby ainsi que son amie India, que vous connaissez, je crois, pensent que l'endroit ressemble à un mausolée.

Avec un soupir, Dolorès porta à sa gorge une main aux doigts ornés de diamants.

— C'est India qui a insisté pour que j'achète ce canapé. Elle trouvait que l'ancien était une véritable horreur. C'est ce qui explique cet étrange mélange de styles. Les filles ont probablement raison. Il faut savoir se débarrasser de ce qui est vieux et laisser entrer la nouveauté. Comme dans la vie, n'est-ce pas ?

— Certainement, murmura Jack, fasciné par le personnage.

— Combien de temps comptez-vous rester à Buenos Aires ? demanda-t-elle en croisant ses jambes minces et bronzées et en allongeant un bras gracieux sur le dos du canapé.

— Je ne sais pas exactement. Tout va dépendre d'Hernan et du projet. Les choses ont l'air de plutôt bien avancer, je pense donc pouvoir rentrer très bientôt.

Tandis qu'il parlait, Jack se disait qu'il avait rarement vu une femme aussi élégante. Elle avait une classe innée, que les années n'avaient pas effacée. C'était une grande dame, une vraie. *Tout comme India*, lui souffla une petite voix intérieure.

Dépité, il se demanda quand la jeune femme allait enfin faire son apparition.

— Vous semblez avoir une vie fascinante, monsieur Buchanan. D'après ce que j'ai entendu dire, vous avez beaucoup de... responsabilités, dit Dolorès avec un sourire entendu.

Elle l'observait attentivement, avec dans les yeux une lueur indéfinissable qui laissait supposer qu'elle savait déjà beaucoup de choses à son sujet.

— Je me rends dans des endroits intéressants, effectivement, répondit-il avec amabilité, mais je passe davantage de temps dans les bureaux de mes associés que sur les sites touristiques. Cela dit, je trouve quand même le moyen de me consacrer à d'autres activités, ajouta-t-il en la gratifiant d'un sourire enjôleur.

— Ah, un homme d'action ! Comme c'est excitant ! s'exclama-t-elle tout en faisant signe à Séverina de poser le café sur la table basse. Vous êtes charmant, et à mon avis très charmeur aussi !

Elle versa le café dans de délicates tasses en porcelaine, et lui en tendit une avant de reprendre en riant :

— Si j'avais eu quelques années de moins, j'aurais eu beaucoup de plaisir à flirter avec vous. Hélas, je dois laisser cela aux plus jeunes. L'as-tu présenté à quelqu'un, Hernan ? Alejandra Fierro de Lima, par exemple. Elle est adorable. C'est une jeune personne très bien élevée. Et bien sûr, ma petite fille Gabriella sera ravie de faire votre connaissance.

Hernan se mit à rire. Agitant un index faussement grondeur, il l'avertit :

— Tia, ne t'amuse pas à jouer les entremetteuses ! Jack est capable de se débrouiller tout seul. Et puis, il n'a pas l'intention de se marier. A moins que je ne me trompe ? ajouta-t-il à l'adresse de Jack, en haussant les sourcils de façon comique.

— Je ne cherche pas à le marier, *querido*, rétorqua Dolorès d'un ton apaisant. Je parlais juste de lui trouver de la compagnie. On ne peut décemment pas le laisser se promener à Buenos Aires sans une escorte digne de ce nom.

— Ne vous inquiétez pas pour moi, madame. J'ai ce qu'il faut, répondit Jack en buvant son café à petites gorgées.

Hernan partit d'un éclat de rire :

— Ah oui, ça c'est vrai ! Il a ce qu'il faut et même plus ! Tu n'approuverais pas certaines de ses fréquentations, mais...

— Tais-toi et bois ton café ! l'interrompit Dolorès en lui donnant une petite tape sur la main avec son éventail en ivoire. Je ne parlais pas de *ça*.

Son regard revint vers Jack.

— Quelle chaleur ! dit-elle en commençant à s'éventer langoureusement. Gabrielle et India sont au bord de la piscine. Vous aimeriez peut-être les y rejoindre après avoir bu votre café, monsieur Buchanan ?

— Appelez-moi Jack, je vous en prie.

— Dans ce cas, appelez-moi Dolorès. Au diable les formalités !

Autrefois, on était beaucoup plus à cheval sur les principes. Maintenant, l'atmosphère est beaucoup plus *relax*.

Jack ne put s'empêcher de l'admirer. Une main de fer dans un gant de velours. Visiblement, c'était une maîtresse femme qui avait l'habitude d'obtenir ce qu'elle voulait.

Elle agita de nouveau son éventail, l'air soudain pensif.

— Votre prénom me rappelle l'un des oncles de mon mari, Jack O'Halloran. Un homme remarquable, très bien de sa personne. Et aussi charmeur que vous, ajouta-t-elle avec un sourire espiègle. Malheureusement, le pauvre s'est fait dévorer par un crocodile dans l'Amazone. Quelle perte cela a été !

Refermant son éventail d'un geste sec, elle se leva.

— Je dois vous laisser, maintenant, mes petits. Ma peinture m'attend. Je me lance dans l'abstrait, et tant pis si ton oncle soutient que c'est une horreur, Hernan. J'en ai assez de peindre des bouquets de fleurs, ajouta-t-elle en haussant les épaules d'un air amusé. Les filles vont s'occuper de vous et je vous verrai plus tard à l'*asado*. Hernan, trésor, tu voudras bien rappeler à Séverina de remonter le Malbec Centenario de la cave ?

— Bien sûr, *Tia*.

Les deux hommes se levèrent et Dolorès quitta la pièce d'un pas majestueux.

— Quelle femme ! s'exclama Jack. Elle devait être très belle dans sa jeunesse. Quant à cette pièce, elle est époustouflante !

Tout en promenant son regard sur les meubles, il s'approcha de la porte-fenêtre d'où l'on avait une vue imprenable sur le jardin et, au-delà, sur les *pampas* qui s'étendaient jusqu'à la ligne d'horizon.

— Ma tante était une très belle femme. C'était la rivale d'Eva Peron. Tu devrais voir ses photos ! Elle est aussi très maligne. Il y a des années, elle a fait faire des copies de tous ses bijoux et placé les originaux dans un coffre à la banque. Heureusement, parce qu'Eva Peron avait un petit faible pour les bijoux des autres.

— Bien joué ! Mais est-elle vraiment de la même génération qu'Evita ?

— Il est formellement interdit de lui demander son âge. Ne te fie pas à son apparence : elle est beaucoup plus vieille qu'elle n'en a l'air... Bon, si on allait voir Gabby et India ? Ou plutôt, non, vas-y toi, je te rejoindrai après. Je vais aller m'occuper du vin de ma tante. Ça risquerait de barder si on oubliait de le chambrer. Au fait, ajouta-t-il d'un ton hésitant, puisque tu n'as pas de vues sur India, ça t'ennuierait si je...

Il laissa sa phrase en suspens et fixa son associé d'un air amusé. Pour la première fois depuis longtemps, Jack ne sut que répondre.

— Où est la piscine ? demanda-t-il d'une voix bourrue.

— Derrière cette véranda que tu vois là-bas, dans la cour.

— O.K. A tout à l'heure.

Hernan lui adressa un clin d'œil avant de partir dans la direction opposée.

La piscine se trouvait entre des pergolas de bois blanc qui disparaissaient sous une profusion de bougainvilliers et d'hibiscus. Il n'y avait personne à l'exception d'une femme allongée sur une chaise longue, de l'autre côté du bassin.

Jack s'avança vers elle. Il était sûr que c'était India, et il se demandait comment l'approcher. Fallait-il faire comme si de rien n'était ? Il n'allait certainement pas s'excuser une nouvelle fois !

Elle était allongée sur le ventre et avait dégrafé le haut de son Bikini. Le regard de Jack s'attarda sur le petit slip blanc avant de remonter le long de son dos. Comme elle était belle avec sa peau lisse et hâlée ! Sa nuque était dégagée et ses cheveux épars reposaient autour de sa tête sur une serviette blanche.

Elle était assoupie et Jack s'approcha sans faire de bruit. Dieu qu'elle était désirable ! Il ne se lassait pas de contempler les courbes de son corps, ses jambes longues et bronzées et la forme parfaite de son petit derrière. L'espace d'un instant, il hésita à la déranger. Elle semblait tellement paisible. Il eut un élan de tendresse qu'il s'empressa aussitôt de réprimer, tentant de se convaincre que son envie d'elle n'était que physique.

Apercevant un flacon de crème solaire posé près de son épaule nue, il s'en empara et en déposa une noisette dans le creux de sa main. Allait-il oser ? La situation ne pouvait pas être pire que ce qu'elle était, après tout. Et puis, ne fallait-il pas qu'elle se protège des rayons du soleil ?

Content d'avoir trouvé cette excuse, il s'accroupit à côté d'elle et commença à lui masser doucement le dos. Quel plaisir de caresser cette peau chaude et soyeuse ! Ses mains glissèrent lentement, frôlèrent le Bikini, avant de remonter sur sa nuque, où elles s'attardèrent.

India remua légèrement, poussant un petit gémissement de plaisir qui le laissa étourdi de désir. Il sentit sa bouche se dessécher, et se demanda s'il avait bien fait de venir. Une voix lui soufflait de se lever et de partir avant qu'il ne fût trop tard. Mais comment aurait-il pu s'en aller alors qu'il n'aspirait qu'à la prendre dans ses bras ? Il ferma les yeux, goûtant au plaisir que lui procurait le contact de sa peau. S'il restait, Dieu seul savait ce qui risquait de se produire !

India, elle, s'abandonnait au plaisir sensuel de ces mains qui lui procuraient un incroyable bien-être.

Elle souleva les paupières avant de brusquement revenir à la réalité. Ce n'était pas un rêve ! Quelqu'un lui caressait bien le dos. Horrifiée, elle se tourna sur le dos d'un geste vif, oubliant que son Bikini n'était pas agrafé.

— Mais qu'est-ce que... Oh, mon Dieu ! s'écria-t-elle, en portant une main à sa poitrine tandis que l'autre cherchait à rattraper le haut du maillot tombé derrière elle.

— Je vous mettais juste un peu de crème, lui dit Jack. Vous ne devriez pas rester ainsi au soleil sans protection. Vous pourriez attraper des coups de soleil. Tenez, laissez-moi vous aider, ajouta-t-il en ramassant le haut du Bikini.

Il se leva ensuite et se plaça derrière elle pour l'aider à l'accrocher.

Désemparée, India le laissa faire. Elle se demandait pourquoi son cœur battait si vite. Et où était passée la colère qu'elle aurait dû éprouver à son encontre ? Jack accomplit sa tâche d'un air détaché, puis s'installa à ses côtés sans y être invité. Dieu qu'il était beau ! se dit-elle. Il portait un pantalon écru et une chemise en jean délavé. Ses yeux étaient encore plus bleus que dans son souvenir, et leur éclat se trouvait accentué par le hâle de son visage. Elle fut de nouveau submergée par une vague de désir : un désir irrépressible, le même que celui qui s'était emparé d'elle dans le bureau, la dernière fois qu'elle l'avait vu, et qui la laissait étourdie. Où étaient donc passées ses bonnes résolutions ? se demanda-t-elle. Etait-ce là toute la discipline et la maîtrise d'elle-même dont elle était capable ?

— Que faites-vous ici ?

— Je suis venu avec Hernan pour l'*asado*. Vous vous rappelez ?

— J'ignorais que vous aviez accepté l'invitation. Personne ne m'en a parlé. Ça doit être encore une manigance de Dolorès !

— Oui, certainement.

India se leva d'un bond.

— Pourquoi êtes-vous venu ? Etant donné les circonstances, je ne pense pas que ce soit une très bonne idée... Dites quelque chose, bon sang !

Elle en avait assez de Jack Buchanan ! Il avait la fâcheuse manie de surgir dans sa vie au moment où elle s'y attendait le moins et de détruire tout l'équilibre précaire qu'elle s'était construit. Mais surtout, elle était furieuse contre elle-même pour avoir oublié cette invitation.

Jack se leva à son tour et attrapa le panier dans lequel India avait rangé sa crème solaire et ses magazines.

— Calmez-vous, Indy. Ne soyez pas fâchée après moi. Je suis ici en mission de paix. Ecoutez, je me suis montré en dessous de tout avec vous, et vous m'en voyez désolé. Je n'aurais jamais dû vous parler comme je l'ai fait, et encore moins vous dire les choses que je vous ai dites. C'était méprisable, et je le regrette vraiment.

Il semblait sincère.

— Je sais que c'est beaucoup vous demander, reprit-il, mais est-ce qu'on ne pourrait pas tout recommencer de zéro ? Faire comme s'il ne s'était rien passé ? Je vous promets de me montrer plus élégant, cette fois !

Il la gratifia d'un sourire si charmeur que son cœur fit un bond dans sa poitrine. Elle se baissa précipitamment vers sa serviette pour tenter de masquer son trouble.

— S'il vous plaît, Indy ! l'implora-t-il.

— Jack, je...

— Donnez-moi une chance de me racheter. Juste une !

Elle se tourna vers lui et, devant son regard suppliant, ne put s'empêcher de sourire. Il lui semblait soudain retrouver le Jack qu'elle avait connu en Ecosse. Peut-être existait-il vraiment, après tout ? Elle le dévisagea un instant, sceptique, avant de lui tendre la main, désarmée par son expression de repentir. Une partie d'elle mourait d'envie de le faire enrager encore un peu. C'était tellement agréable de le voir dans cette position ! A peine ses doigts eurent-ils frôlé les siens qu'elle eut l'impression d'être traversée par un courant électrique qui la laissa complètement étourdie.

— Merci, dit-il en portant la main d'India à ses lèvres pour effleurer l'intérieur de son poignet. Je vous promets que vous ne le regretterez pas. Je suis vraiment désolé de m'être comporté comme un abruti.

— Vous êtes pardonné.

Elle lui rendit son sourire, sans chercher à retirer sa main. Leurs regards restèrent rivés l'un à l'autre et, aussitôt, l'étincelle du désir jaillit entre eux. Jack l'attira doucement dans ses bras. Se nichant contre lui, India eut l'impression d'avoir trouvé sa place. Elle leva son visage, et il déposa un chaste baiser sur ses lèvres avant de reculer.

— On ferait mieux d'y aller, dit-il avec regret. Le repas va bientôt être prêt et Hernan risque d'être là d'une minute à l'autre.

Ils ramassèrent les affaires de la jeune femme et, d'un pas tranquille, prirent le chemin de la maison sous les arcades de la cour. India savait qu'en l'autorisant à rester, elle venait de rendre les armes. Elle acceptait enfin de reconnaître ses désirs.

C'était une journée magnifique et Dolorès se révéla une hôtesse hors pair. Jack ne quitta pas India d'une semelle et s'assit à côté d'elle autour de l'immense barbecue sur lequel mijotait un énorme morceau de viande couvert de sel gemme. Il n'avait pas eu envie de converser avec les vingt autres invités, se contentant d'échanger quelques paroles avec le grand-oncle d'Hernan lorsque celui-ci l'avait emmené voir les poneys dans les écuries. Toutes ses pensées tournaient autour d'India.

— Et si nous allions dîner en ville, ce soir ? lui proposa-t-il en l'attirant à l'écart.

— Pourquoi pas ? Je dois me rendre au bureau demain matin, de toute façon. Eduardo a apporté des modifications aux plans des salles de bains et je veux y jeter un coup d'œil avant l'arrivée des ouvriers.

— Parfait. Nous pourrons partir tous les trois. Allez-vous passer la nuit dans l'appartement de Dolorès ?

— Pas ce soir, non. Il est occupé par ses cousins de Montevideo. Je prendrai une chambre à l'Alvear.

— Aux frais de la compagnie, annonça-t-il avec fermeté.

— Ça n'est vraiment pas la peine, je...

— Chut, ne discutez pas ! C'est moi qui décide. Essayons de trouver Hernan pour voir à quelle heure il compte partir.

Jack avait hâte de se retrouver seul avec elle. *Du calme, mon vieux, du calme !* se dit-il.

Ils longèrent le chemin de terre, passèrent devant le corral avant d'entrer dans le jardin où se trouvait Hernan. Il se déclara prêt à partir.

Au moment de prendre congé, Jack vit Dolorès se pencher vers India pour lui murmurer quelque chose à l'oreille qui la fit rougir. La vieille dame tourna ensuite la tête vers lui et le gratifia d'un sourire qui en disait long.

Le voyage du retour se déroula dans la bonne humeur sur fond de coucher de soleil. Serrés dans la Testarossa, les trois amis riaient et plaisantaient, enivrés par le vent et la vitesse.

— Qu'est-ce qu'on fait, ce soir ? demanda Hernan. On sort ?

Jack donna un coup de coude discret à India.

La jeune femme baissa la tête pour dissimuler son sourire.

— Je crois que je vais aller me coucher tôt, dit-il à son associé.

Il réprima un sourire de triomphe. La voie était libre. Et cette fois, il veillerait à ne pas tout faire rater.

Ce soir-là, Jack et India se retrouvèrent assis côte à côte dans l'ambiance tamisée et enfumée de l'Africa, une boîte de nuit située à proximité de l'Alvear Palace. Jack avait négligemment passé un bras autour des épaules de la jeune femme. India lui jeta un regard en coin. Il était beau à se damner ! Mais il y avait autre chose encore. Elle ne se rappelait pas avoir éprouvé pareille attirance pour un homme. Certes, elle n'avait connu que Christian et ne disposait donc pas de point de comparaison. Mais Jack ne serait que trop heureux de combler ce manque, songea-t-elle, amusée. Elle ne se lassait pas de contempler ses traits séduisants, et elle s'inclina légèrement vers lui pour mieux savourer la caresse de ses doigts sur son épaule nue. Le dîner avait été fort agréable. Jack s'était montré charmant et attentionné, et lorsqu'il avait proposé d'aller prendre un verre, elle avait aussitôt accepté.

Les rythmes endiablés de la salsa laissèrent bientôt place à ceux plus lents d'un romantique boléro.

— J'aime cette musique, dit Jack. On danse ?

Il l'aida à se lever et la guida vers la piste, où il l'enveloppa de ses bras. India se sentit chavirer et frissonna quand la main de Jack remonta le long de son dos jusqu'à sa nuque. Elle nicha la tête dans le creux de son épaule, son corps épousant étroitement celui de son compagnon. Combien de fois, depuis cette fameuse soirée qui avait tourné au fiasco, n'avait-elle rêvé de cette étreinte ? Elle était tellement bien dans ses bras qu'elle aurait aimé que la musique ne s'arrête jamais. Elle était même trop bien, songea-t-elle en constatant avec regret l'emprise qu'il avait sur elle. Il suffisait qu'il la touche pour qu'elle perde toute maîtrise. Comme à cet instant. Le simple contact des doigts de Jack jouant dans ses cheveux lui procurait des frissons de plaisir.

Au diable la prudence ! songea-t-elle — juste avant de se reprendre en se rendant compte qu'elle attendait de cet homme beaucoup plus qu'il n'était prêt à donner. Elle ne voulait pas souffrir de nouveau.

Lui caressant le creux du dos avec tendresse, il la guida dans un coin un peu plus sombre. Elle leva le visage vers lui, prête à accueillir son baiser. Un baiser provocateur, qui exigeait une réponse et qui éveilla en elle une myriade de sensations nouvelles. Ils continuèrent à danser ainsi, pris dans la magie de cet instant que tous deux auraient voulu éternel.

Lorsque la musique cessa, ils se séparèrent à regret. Les yeux brillant d'excitation, India se sentait tout étourdie. Jamais elle n'aurait cru se sentir si bien dans les bras d'un homme. Ni éprouver autant de plaisir à être embrassée. Prise d'un soudain élan de tendresse, elle dut faire appel à toute sa volonté pour ne pas l'enlacer de nouveau.

— Quelque chose ne va pas ? demanda-t-il d'une voix rauque qui la troubla davantage.

— Tout va bien.

— Détendez-vous, chuchota-t-il en la caressant.

Mais la peur de souffrir de nouveau, comme elle avait souffert avec Christian, l'envahit soudain, et elle se raidit.

— Qu'est-ce qui ne va pas, Indy ?

— Rien, rien.

— C'est ce connard qui vous a fait souffrir, hein ? Votre ex-mari ?

Il lui souleva le menton et la força à se tourner vers lui.

— C'est une l'histoire ancienne qui ne mérite pas que l'on revienne dessus, chuchota-t-elle, les yeux brillant de larmes.

— Je ne vous demande pas d'en parler. Juste de vous laisser aller.

Il la reprit dans ses bras, et caressa doucement ses cheveux.

— Qu'est-ce qui vous fait si peur ? demanda-t-il enfin.

Elle haussa les épaules et s'écarta.

— Tout et rien, je suppose. Je sais que c'est stupide. Chloé me dit toujours d'arrêter de trop penser et de prendre la vie comme elle vient. C'est ce que j'essaie de faire. Mais il n'y a pas que le sexe dans la vie, n'est-ce pas ? ajouta-t-elle en lui jetant un rapide coup d'œil pour tenter de déchiffrer son expression.

Sans la quitter des yeux, il alluma un cigare et dit :

— Bien sûr qu'il n'y a pas que le sexe dans la vie, mais c'est important dans une relation. Et ça peut être très agréable, même si vous n'en êtes pas convaincue, ajouta-t-il avec un sourire tendre.

— Que voulez-vous dire ? riposta-t-elle, embarrassée. Je ne suis pas une nonne, vous savez ? J'ai bien conscience que le sexe peut être agréable.

— On devrait essayer, histoire de vérifier, répliqua-t-il alors avec un sourire narquois.

India éclata de rire.

— Vous êtes vraiment impossible, Jack ! Quand allez-vous prendre ce que je dis au sérieux ? Vous êtes tellement arrogant que vous êtes sûr de me faire changer d'avis ! Nous ne voyons pas les choses de la même façon, un point c'est tout.

Contrairement à vous, je ne peux pas dissocier le sexe et les sentiments.

Plongeant son regard dans le sien, il se pencha vers elle :

— Croyez-vous réellement que si nous faisions l'amour, je prendrais ça pour un simple passe-temps ?

— C'est ce que vous m'avez plus ou moins laissé entendre, l'autre soir.

— Oublions l'autre soir. J'ai commis une erreur, que j'ai bien regrettée par la suite. C'était une façon de me voiler la face. J'essaie toujours de ne pas m'impliquer sentimentalement. Et pour vous, qu'est-ce que cela signifierait ?

— Nous ferions peut-être mieux de partir, dit-elle, soudain paniquée, ne sachant que répondre.

— Qu'est-ce que cela signifierait pour vous, Indy ? répéta-t-il.

Elle eut un geste d'impatience.

— Je n'en sais rien ! Je n'ai jamais eu d'aventure comme ça. Vous allez me trouver terriblement ringarde mais, pour moi, le sexe suppose de s'engager, et comme ça n'est pas du tout notre intention, ni à vous ni à moi, je ne vois pas comment nous pourrions nous entendre.

— J'ai envie de vous, Indy. Depuis le premier jour où je vous ai rencontrée. Ce n'est pas seulement une question de sexe. Il y a autre chose, mais je ne sais pas ce que c'est pour le moment.

Il s'écarta brutalement et demanda l'addition. Puis, se penchant de nouveau vers elle, il l'embrassa avec douceur.

— Inutile de précipiter les choses. Laissons faire le temps. Vous verrez.

Ils quittèrent le night-club et regagnèrent l'hôtel dans une ambiance plus détendue, conversant agréablement dans l'ascenseur qui les menait jusqu'à la chambre d'India.

Devant la porte, elle marqua une seconde d'hésitation. Jack la regarda alors avec une lueur amusée dans les yeux, puis il l'attira à lui.

— Je ferais mieux de partir, murmura-t-il d'une voix rauque, les lèvres tout contre ses cheveux.

Elle acquiesça, le visage enfoui dans le revers de son blazer, regrettant de ne pas avoir le courage de franchir le pas.

— Fermez la porte à clé parce que je serais bien capable de revenir ! On se retrouve demain à 8 heures pour le petit déjeuner ?

— D'accord, chef !

— Pas d'insolence, jeune fille ! Sauvez-vous vite avant que je ne change d'avis !

Il effleura ses lèvres d'un dernier baiser et attendit qu'elle entre dans sa chambre.

Refermant doucement la porte derrière elle, India se sentit soudain étrangement vide. Elle s'avança vers la coiffeuse pour retirer ses bijoux et fut surprise par l'éclat de ses yeux. Jack Buchanan représentait décidément une terrible tentation. A présent, au moins, elle savait ce que signifiait l'expression « *marcher sur un nuage* ». Aussi curieux que cela pût paraître, elle commençait à lui faire confiance.

Elle se dévêtit rapidement, se glissa dans son lit et éteignit la lumière. Comme la situation était étrange ! songea-t-elle. Voilà qu'à vingt-huit ans elle se retrouvait seule dans son lit à fantasmer sur un homme qui n'était qu'à quelques mètres d'elle. N'était-ce pas absurde ? N'était-il pas temps qu'elle cesse de trop réfléchir aux conséquences éventuelles de ses actes ? Les paroles de Dolorès, chuchotées à son oreille alors qu'elle quittait l'*estancia*, lui revinrent en mémoire : « Donne-toi une chance, trésor. Il vaut vraiment le coup, crois-moi. » C'était Dolorès tout crachée. Mais elle n'avait peut-être pas tort.

Mais celle à qui India aurait voulu se confier en cet instant, c'était Chloé. Elle aurait tellement aimé pouvoir lui parler ! Quelle heure pouvait-il bien être en Australie ? Avec un peu de chance, il n'était pas trop tard pour essayer de la joindre.

C'est alors que le téléphone sonna. Surprise, India décrocha.

— Allô ?

— C'est moi. Je voulais juste vous souhaiter bonne nuit et m'assurer que tout allait bien.

— Je vais bien, Jack, merci, répondit-elle d'une voix douce.

— Tant mieux. Alors, dormez bien et réveillez-vous en pleine forme. On a du pain sur la planche, demain !

— Je sais. Et je viens juste de me rappeler que je devais me rendre à Rio en fin de semaine pour l'inauguration d'un hôtel. Ça m'était complètement sorti de l'esprit.

Il y eut un silence avant que Jack ne réagisse enfin.

— Et si je vous accompagnais ? proposa-t-il. Rio n'est pas un endroit très sûr pour une femme seule.

— Ne soyez pas ridicule, voyons ! J'y suis déjà allée à plusieurs reprises et il ne m'est jamais rien arrivé. Il suffit de connaître les codes.

— Oui, mais quand même ! Nous pourrions prendre mon avion. Comme ça, je verrais l'hôtel Cardoso. Je dois avoir une invitation quelque part. Et puis, qui sait ? On pourrait éventuellement s'inspirer du Cardoso pour le Palacio.

— Oui, c'est vrai, mais…, répondit-elle d'un ton hésitant.

Tout allait beaucoup trop vite à son goût, d'autant que le souvenir de leur désastreuse soirée était encore vif dans sa mémoire. D'un autre côté, Jack n'avait pas tort. Ce serait une bonne chose qu'il voie l'hôtel…

— Alors, qu'en dites-vous ? On y va ensemble ?

Elle se jeta à l'eau :
— Pourquoi pas ? L'agencement de la Perla pourrait nous donner des idées pour le Palacio, vous avez raison.
— Marché conclu, donc ! Dormez bien, princesse, fit-il d'une voix douce, avant de raccrocher.

C'était la première fois qu'on l'appelait *princesse*, et tant de prévenance n'était pas pour lui déplaire. Et puis, elle se sentait excitée à l'idée de voyager avec lui. Peut-être allait-elle enfin se laisser aller ?

Elle s'endormit aussitôt avec l'étrange sentiment d'être comblée de bonheur. Si comblée, même, que les rêves qu'elle fit cette nuit-là auraient coupé le souffle à Jack.

Raccompagner une femme jusqu'à sa chambre sans l'y suivre n'était vraiment pas dans ses habitudes, songea Jack avec amusement, alors qu'il observait les lumières de l'Alvear depuis sa fenêtre ouverte.

India... Quelle leçon de self-control elle lui imposait ! Aurait-il été si chevaleresque si elle n'avait pas posé sur lui ce regard plein de confiance ? Et si elle ne lui avait pas fait comprendre mieux qu'avec des mots combien elle avait été profondément blessée dans le passé ? Toutes ces considérations ne l'avaient pas préoccupé, jusqu'à présent. Il savait depuis le début qu'elle avait été mariée, mais il avait découvert seulement ce soir la profondeur de sa blessure. Surtout, il avait perçu sa peur panique de souffrir de nouveau. Penser au salaud qu'elle avait épousé l'emplit soudain de colère et, serrant les poings, il quitta la fenêtre.

Il l'accompagnerait à Rio, puis il rentrerait à Miami, décida-t-il. Inutile de prolonger la torture. S'il couchait avec elle et qu'il la quittait ensuite, il ne vaudrait pas mieux que son connard d'ex-mari.

Il se laissa choir dans un fauteuil, indifférent aux bruits de la ville qui s'élevaient jusqu'à lui. Il n'avait pas envie de se coucher. En tout cas, pas dans *son* lit à lui. Poussant un grognement de frustration, il alluma un cigare, pour finalement se rendre compte qu'il n'avait pas non plus envie de fumer.

Il sortit alors son ordinateur portable. Quitte à ne pas dormir, autant consulter son courrier électronique et avancer dans son travail. Il se connecta et lut ses messages. Il y en avait un de Quince qui lui annonçait que leur offre avait été acceptée. Jack en éprouva de la satisfaction. Un autre mail de Chad concernait d'anciens documents de famille qu'il venait de découvrir. C'était son frère tout craché. Passionné de généalogie, il consacrait un temps fou à faire des recherches sur le passé de leurs ancêtres.

Se concentrant ensuite sur tout ce qu'il aurait à faire le lendemain, Jack parvint à chasser momentanément de son esprit l'image de la femme qu'il désirait tant.

Séréna observait Kathleen avec suspicion, se demandant pourquoi elle les avait invités, Maxi et elle, à venir prendre le thé en sa compagnie. Après tout, ce n'était qu'une pauvre parente que sa mère, par sens du devoir, avait tenu à garder auprès d'elle. Séréna renifla d'un air de dédain. Elle n'avait que faire de toutes ces mièvreries sentimentales !

Heureusement, il y avait l'offre de Jack Buchanan. Une offre généreuse que Séréna s'était empressée de signer, rêvant déjà à l'argent qui n'allait pas tarder à gonfler son compte en banque. Elle n'était pas peu fière de la façon dont elle avait embobiné le vieux Ramsay. Dire qu'elle avait réussi à lui faire croire qu'India et elle s'étaient réconciliées et qu'elle avait carte blanche ! Sa bêtise était la bienvenue. Surtout que maintenant, elle était en contact avec les hommes de loi de Buchanan. Il fallait jouer serré et mettre India devant le fait accompli.

— Tu reprendras du thé, Séréna ? demanda Kathleen.

Bon sang ! Comme elle détestait cette sollicitude toute maternelle dont Kathleen faisait preuve en permanence ! A croire qu'elle avait des droits sur Dunbar. Heureusement, cette histoire serait bientôt terminée. Encore un peu de patience, et elle pourrait rabattre le caquet à cette horrible bonne femme. Ramsay avait été clair : nul ne devait être mis au courant de la vente pour le moment... Comme si elle allait vendre la mèche !

— Non, merci, dit-elle en réponse à la question de Kathleen. Par contre, je veux bien encore un morceau de *shortbread*. Il est délicieux. C'est ta recette ?

— En fait, c'est celle de la tante Honoria. Elle me l'a donnée peu de temps avant de mourir. C'était une drôle de femme. Tu te souviens d'elle ?

— Vaguement. Elle était toujours de mauvais poil et elle empestait la naphtaline.

Maxi se mit à rire.

— J'avais une tante comme ça. Tous les étés, nous étions obligés d'aller lui rendre visite à Hambourg. Une vraie mégère ! Je suppose que toutes les familles aristocratiques ont la leur, ajouta-t-il avec une moue de dédain. Heureusement, elle est morte d'une maladie de l'estomac.

Kathleen se força à rire. Puis, tendant les biscuits à Séréna, elle demanda :

— As-tu eu des nouvelles de Jack Buchanan ? Il semblait très intéressé par la maison. Je me demande s'il compte l'acheter.

— Malheureusement non. C'est dommage.
— C'est peut-être aussi bien comme ça, fit Kathleen d'un air affable.

Séréna réprima un sourire, ravie d'avoir réussi à faire avaler ce mensonge à Kathleen. Elle ne lui faisait absolument pas confiance. Il n'aurait plus manqué que cette vieille chouette aille tout répéter à India !

— Ta sœur m'a envoyé une carte de Buenos Aires, reprit Kathleen. Mais je n'ai pas eu de ses nouvelles, depuis.

— Les communications ne sont pas faciles avec l'Argentine, dit Séréna, en retenant un mouvement d'impatience et en se félicitant de l'incroyable sang-froid dont elle faisait preuve.

Son regard fit le tour de la pièce avant de s'arrêter sur le portrait de Lady Elspeth. Elle n'éprouvait aucun remords à l'idée que tout ceci allait bientôt disparaître. Bien au contraire. Elle avait déjà prévu d'investir l'argent de la vente dans des actions qui ne manqueraient pas de lui rapporter gros.

Toujours pour donner le change, elle gratifia Kathleen d'un sourire qui se voulait aimable.

— Ces biscuits sont vraiment délicieux, Kathleen ! On va venir plus souvent prendre le thé, Maxi et moi. Tu as fait de Dunbar un véritable foyer. Je ne sais pas ce que nous ferions sans toi. Tu as le chic pour t'occuper du domaine comme personne.

Elle vit Kathleen rougir sous le compliment et croisa le regard de Maxi. Il suffisait juste de lui passer un peu de pommade. Quelle stupide bonne femme ! Qu'espérait-elle ? Devenir sa confidente ? Cette seule pensée lui donnait envie d'éclater de rire. Dommage qu'elle eût été présente lors de la visite de Jack ! Mais bon, on n'y pouvait rien. C'était une bonne idée, finalement, de venir lui rendre visite cet après-midi, ne fût-ce que pour apaiser ses doutes.

Séréna se força à avaler le dernier biscuit, tout en songeant que bientôt, elle serait à bord de son yacht, aux Caraïbes, en train de siroter des cocktails sur fond de coucher de soleil.

Son rêve n'allait pas tarder à devenir réalité. Elle en était persuadée.

7.

India passa les jours suivants à préparer son voyage à Rio, tandis que Jack faisait deux visites éclair en Uruguay et en Bolivie. Ils ne se revirent donc pas avant le vendredi après-midi, jour du départ pour le Brésil.

Sachant combien une inauguration pouvait être stressante, Jack mit tout en œuvre pour aider India à se détendre, et le vol se passa de façon fort agréable. Une fois sur place, il s'effaça pour permettre à la jeune femme d'effectuer les derniers ajustements.

Il déambulait maintenant dans la salle de réception pleine de monde, réellement impressionné par ce qu'il découvrait. Il y avait bien longtemps qu'il n'avait été aussi agréablement surpris. Cet hôtel dernier cri avait dû coûter une véritable fortune. Jack doutait que Peter et lui pussent en faire l'acquisition.

Il ne connaissait pas grand-chose en histoire de l'art mais il savait reconnaître la classe et la qualité quand il les rencontrait. Le Cardoso Hôtel offrait un mélange subtil d'élégance et de sophistication qui associait fonctionnalité et modernisme. L'expérience lui avait appris que les plus beaux hôtels n'étaient souvent qu'un cadeau empoisonné car leur apparat était un vernis destiné à cacher leurs manques. D'autre part, les investissements de ce type étaient rarement rentables, le coût de la rénovation étant souvent bien supérieur au prix d'achat de l'établissement. En général, Jack fuyait ce genre d'hôtels car il savait qu'ils étaient difficiles à revendre. En admettant même que l'on parvienne à les revendre. Mais le Cardoso n'entrait pas dans cette catégorie, c'était évident.

Il tendit le bras vers le plateau en argent que promenait un serviteur ganté de blanc et, son verre de whisky à la main, il se dirigea vers l'autre bout de la salle. Une femme s'approcha de lui, un sourire enjôleur aux lèvres. En d'autres temps, il aurait répondu à son invitation, mais il semblait dorénavant préférer les beautés sages qui n'hésitaient pas à l'envoyer sur les roses. Une lueur amusée dans les yeux, il vit la femme repartir avec une moue de déception et se fondre dans la foule élégante des jet-setters.

Acharné du travail, Jack avait horreur de l'oisiveté. Il s'empressa donc de terminer son verre, et il était sur le point de quitter son siège lorsqu'il aperçut Nelson Cardoso, le propriétaire de l'hôtel, venir vers lui.

— Jack, mon ami ! Ça fait tellement longtemps ! *Que saudades !* Je voulais venir discuter avec toi depuis le début de la soirée, mais tu sais ce que c'est : je n'ai pas eu un instant à moi ! s'exclama-t-il en ramenant en arrière les rares mèches de cheveux qui lui restaient.

Tout en parlant, il ne quittait pas des yeux ses invités.

— Tu as fait là un sacré boulot, Nelson ! Je suis particulièrement impressionné par la façon dont tu as su marier fonctionnalité et décor. Très bonne façon de réduire les frais de fonctionnement.

— Venant de toi, c'est un compliment, et pas des moindres, répondit Nelson, un sourire radieux aux lèvres. Je sais que tu es très exigeant.

— Impossible de faire autrement : on le paierait trop cher, répliqua Jack sèchement.

Nelson acquiesça avec un sourire entendu.

— Franchement, reprit-il, c'est au talent d'India que je dois tout ça. Et à son ingéniosité. Elle a su nous dépêtrer d'un tas de problèmes... Mais où est-elle donc ? La dernière fois que je l'ai vue, elle discutait avec le Senador Antonio Carlos Magalhaës.

Se penchant vers Jack, il ajouta à voix basse :

— Apparemment, il est venu tout spécialement ce soir pour la féliciter de son travail. Quel triomphe pour nous de voir l'un des hommes les plus influents d'Amérique du Sud honorer notre soirée ! Cela dit, tous les professionnels s'entendent pour chanter les louanges d'India.

— Je sais, c'est pourquoi je la laisse parler affaires. Etablir son réseau de connections, si tu vois ce que je veux dire.

— Allons la rejoindre ! Au fait, *meu amigo*, il faut que je te prévienne. Rio a un drôle d'effet sur les gens. Il y a quelque chose de... magique dans l'air ! Alors, fais attention à toi !

Jack ne releva pas, et évita soigneusement de croiser le regard rieur de Nelson. L'attirance qu'il ressentait pour India n'échappait donc à personne, se dit-il en essayant de repérer la jeune femme dans la foule. Il suivit Nelson qui se fraya un passage avec autorité. L'affluence était telle qu'ils durent lever leur verre très haut au-dessus de leur tête afin d'éviter les collisions.

La lumière accrochait le cristal, et les bijoux de ces dames étincelaient de mille feux dans les miroirs à la française style dix-huitième qui renvoyaient le reflet d'une foule cosmopolite, parée de ses plus beaux atours. Partout ce n'étaient qu'accolades et saluts en plusieurs langues. Des *bellissimo*, des *fabuleux* et des *fablehaft* admiratifs fusaient au milieu des rires et de la bonne humeur. La Perla était indéniablement un succès, et Jack sentit une pointe de fierté à l'idée que ce triomphe était celui d'India. Des gens étaient venus des quatre coins de la planète pour faire pendant quelques jours la fête comme seuls les Brésiliens savaient la faire. Cette soirée si glamour en était le clou.

Il balaya la foule du regard. Des chevelures blondes ou brunes aux boucles brillantes dansaient sur de jolies épaules bronzées. Les tissus des robes de grands couturiers bruissaient et chatoyaient au milieu des smokings noirs. Sous la lumière des lustres de cristal, des corps sveltes se trémoussaient au rythme de *Girl from Ipanema* dont les accents emplissaient tout l'hôtel, depuis le piano bar jusqu'au hall et aux salles de réception.

— La voilà !

Jack suivit le regard de Nelson. Il aurait reconnu ces épaules n'importe où, se dit-il en se dirigeant vers la jeune femme qui se tenait debout près d'une porte-fenêtre dans une robe de soie blanche dont l'échancrure dans le dos descendait jusqu'à la cambrure de ses reins. Le spectacle n'était pas pour lui déplaire. Mais la raideur de la jeune femme lui indiqua que quelque chose ne tournait pas rond. Il accéléra le pas, quittant Nelson qui venait d'être accaparé par des invités. Parvenu à la hauteur d'India, il s'aperçut qu'elle avait le regard rivé vers quelque chose, sur la terrasse. Il tourna les yeux dans cette direction mais ne vit rien en dehors de l'alignement des tables de l'immense buffet disposé sur des nappes de coton et de dentelle blanche. Son regard s'attarda sur les plats chargés de victuailles et les arrangements de fleurs qui entouraient la fontaine à champagne. Le tableau était aussi décoratif qu'appétissant.

Il passa un bras autour de ses épaules, se demandant ce qui pouvait bien la préoccuper.

— Tout va bien ?
— Mmm…

C'est alors qu'il aperçut un mouvement léger dans le feuillage tropical juste derrière le buffet. Il vit quatre silhouettes se glisser furtivement en direction des tables. Instinctivement, Jack porta la main à sa ceinture. Quel idiot il était ! Il aurait dû emporter une arme en sachant qu'il venait à Rio ! Il fit un pas en avant, mais India le retint d'une main.

— Non, ce ne sont que des enfants. Je les observe depuis tout à l'heure. Ils essaient de prendre un peu de nourriture. Imaginez quelle torture ce doit être pour eux de voir cette abondance alors qu'ils meurent de faim ! chuchota-t-elle, emplie de compassion.

— India, on ne peut pas laisser les gens voler ! protesta-t-il à voix basse.

— Ils ne volent pas, ils sont juste en train de manger, les pauvres ! Vous ne feriez pas comme eux si vous étiez à leur place ? rétorqua-t-elle.

— Peut-être, mais là n'est pas le problème. Ça reste du vol. Je vais appeler la sécurité.

Elle l'attrapa par le bras.

— Non, ne faites pas ça ! Je vais aller leur parler. S'il vous plaît, Jack ! Vous allez leur attirer des ennuis. Vous n'avez aucune idée de la situation dans laquelle se trouvent les gens, ici, chuchota-t-elle en se mordillant la lèvre inférieure. J'ai parlé aujourd'hui avec la femme de chambre qui s'occupe de ma suite. Elle a cinq enfants tous âgés de moins de quatorze ans. Son mari l'a quittée. Il s'est envolé. Elle est seule pour s'occuper d'eux. L'un des enfants travaille dans un supermarché. Il gagne soixante-dix dollars par mois. Vous imaginez ? Je ne sais pas comment elle fait pour joindre les deux bouts. En fait, si, je sais, ajouta-t-elle, soudain saisie de colère. Depuis deux mois, elle fait des heures supplémentaires pour pouvoir garder la misérable cahute qu'elle occupe à Morro. Ça se trouve là-haut, dans les bidonvilles. Ce qu'ils appellent les *favelas*.

Du doigt, India indiquait les lumières vacillantes des minuscules habitations entassées les unes sur les autres dans les collines surplombant la ville.

— Indy, je sais que c'est terrible mais on ne peut pas les laisser faire. Ces enfants peuvent être dangereux. Si on les laisse voler de la nourriture, ils n'auront plus de limites. Il y a des règles à respecter si on ne veut pas que ce soit l'anarchie la plus totale.

Au même moment, ils virent Nelson s'avancer vers eux, le visage radieux. Jack resserra son étreinte sur les épaules d'India qui se raidit.

— Nelson, je crois qu'il y a des intrus là-bas, fit-il en indiquant le copieux buffet et la végétation éclairée par des lampes savamment disposées.

Les yeux de Nelson se rétrécirent. Il saisit son téléphone portable et parla rapidement en portugais. Aussitôt, deux gardiens costauds surgirent comme de nulle part et attrapèrent les enfants par la peau du cou.

— Voilà, vous êtes content ? s'exclama India, emplie de colère.

Puis elle tourna un regard implorant vers le propriétaire de la Perla.

— S'il vous plaît, Nelson. Ce ne sont que des enfants affamés. Ne laissez pas ces gardes les malmener.

— Les agents de la sécurité vont simplement appeler la police. Je suis désolé de ce désagrément. Mais ne vous en faites pas : le problème sera vite être réglé.

— Non ! s'exclama India en posant une main sur son bras. Vous ne pouvez pas appeler la police. Imaginez ce que les policiers risquent de leur faire ! Vous ne comprenez pas, Nelson. Ce ne sont pas des voleurs. Ils essaient simplement de manger parce qu'ils ont faim.

Jack croisa le regard de Nelson par-dessus la tête d'India. L'affaire n'allait pas être facile.

— Je sais que c'est un problème, *querida*, répondit Nelson, embarrassé. Mais je ne peux pas me permettre d'avoir des voleurs dans mon hôtel. Que voulez-vous que mes invités fassent ? Qu'ils partagent leur repas avec eux ? India, les gens viennent à Rio pour s'amuser, pas pour s'occuper des problèmes sociaux du Brésil. C'est au gouvernement de régler la question.

— Mais justement ! C'est un problème qui dépasse le gouvernement à cause de la surpopulation.

Elle le regardait droit dans les yeux, tandis que les enfants s'agitaient sous la poigne solide des agents de sécurité qui attendaient les instructions de Nelson.

— Comme vous le faites si bien remarquer, c'est un problème qui nous dépasse tous. Cent quarante millions de personnes vivent au Brésil et la plupart sont pauvres.

Il haussa les épaules, en un geste de résignation.

— Le gouvernement brésilien ne peut pas s'occuper de tous ces pauvres.

— Exactement, rétorqua India en le gratifiant d'un grand sourire. C'est bien parce que le gouvernement est dépassé que nous devons l'aider. Je sais que nous ne sauverons pas le monde, mais au moins, nous pouvons essayer de faire quelque chose pour ces malheureux enfants.

— Ils sont irrécupérables, murmura Jack qui souhaitait en finir.

India se tourna vers lui, telle une déesse vengeresse.

— Comment osez-vous dire une chose pareille ? Est-ce que vous les avez simplement regardés ? Le petit là ne doit pas avoir plus de six ans. Vous doutez réellement que des enfants aussi jeunes puissent changer si on leur donne une chance ?

— Je ne sais pas. Statistiquement...

— Au diable les statistiques ! Elles ne servent qu'à nous donner bonne conscience.

Et avant que Jack n'ait pu l'arrêter, India s'avança vers l'agent de sécurité, un sourire aux lèvres :

— Vous permettez ?

Elle s'accroupit pour se mettre à la hauteur des deux plus jeunes enfants, tandis que leurs aînés n'en menaient pas large. D'un signe de la main, elle ordonna à l'agent de les relâcher. Jack échangea un regard avec Nelson. Exaspéré, ce dernier leva les bras au ciel en un signe de résignation.

India se mit à parler aux deux enfants qui lui répondirent en portugais, d'un ton hésitant.

— Ils sont certainement en train de l'embobiner, murmura Nelson. Ah, les femmes, *meu Deus* ! Toujours sentimentales. C'est absurde.

Jack acquiesça, mais il ne pouvait s'empêcher d'être impressionné par le tour de force d'India. Déjà, les petits avaient l'air différent. Ils ne ressemblaient plus à des vauriens, et leur regard venait de s'illuminer. Frappé par l'expression de leur visage prématurément vieilli, Jack se rendit compte que ces enfants avaient déjà eu leur lot d'épreuves. Cet air, il l'avait déjà vu chez d'autres enfants au cours de ses voyages d'affaires. A sa grande honte, il devait admettre qu'avec la force de l'habitude, il n'y prêtait plus attention.

A ce moment, India se tourna vers Nelson en tenant les deux enfants par la main.

— Ce sont les fils de Marilène, expliqua-t-elle.

— Et qui est cette Marilène ? demanda Nelson, agacé.

— La femme de chambre qui s'occupe de ma suite. Elle

met les bouchées doubles pendant l'inauguration parce qu'elle a besoin d'argent, si bien qu'elle n'a pas le temps de s'occuper des enfants. Les pauvres sont venus la chercher. Ils ont faim, ils n'ont pas mangé depuis hier car leur mère n'a pas été payée. L'épicier ne veut plus leur faire crédit jusqu'à ce qu'elle lui rembourse ses dettes.

Nelson s'agita, mal à l'aise.

— Votre mère n'a pas été payée ? demanda-t-il aux enfants qui secouèrent la tête en le regardant d'un air méfiant.

Nelson jura tout bas.

— Fichue intendance ! Certains doivent se mettre l'argent dans la poche ! Pas étonnant que ce pays aille si mal. Vous essayez de faire les choses bien et la corruption réduit tout à néant !

— Peut-être pourrait-on emmener ces gosses dans les cuisines pour qu'ils mangent correctement ? suggéra Jack.

— S'ils sont bien traités, je n'y vois pas d'objection, répliqua India.

Puis elle s'adressa de nouveau aux enfants pour leur expliquer la situation. Ils secouèrent la tête vigoureusement, visiblement effrayés, mais Nelson donnait déjà ses ordres aux vigiles.

— Vous êtes sûr qu'on ne leur fera pas de mal ? demanda India d'un air méfiant.

— Vous avez ma parole.

La jeune femme poussa gentiment les enfants vers les agents de sécurité qui souriaient maintenant avec bienveillance. La petite troupe se mit en route vers les cuisines dans une atmosphère plus détendue.

Pendant ce temps, Nelson arpentait la terrasse, l'air agité.

— Tu sais quoi, Jack ? India a tout à fait raison. Il va falloir que je sois plus vigilant, à l'avenir.

India sourit.

— Je vous fais confiance pour ça. Ce n'est pas facile d'avoir un œil sur tout. Merci pour ce que vous avez fait, c'était très gentil. Mais dites-moi, Nelson. Est-ce qu'il n'y a pas autre chose que nous pourrions faire pour ces enfants ? Ils sont souvent livrés à eux-mêmes pendant que leur mère travaille. Ils ne sont pas seuls dans ce cas. Je me disais qu'on pourrait peut-être ouvrir une sorte de crèche ou de centre d'accueil pour tous les enfants dont les mères travaillent ici. Qu'en dites-vous ?

— En théorie, c'est une très bonne idée, mais elle n'est pas réalisable. Un tel projet a un coût, et nous ne sommes pas une organisation caritative.

— Il a raison, déclara Jack. Nelson est avant tout un homme d'affaires. Il doit raisonner en terme de rentabilité.

Jack regretta aussitôt ses paroles.

— C'est tout ce que vous trouvez à dire ? lui reprocha India d'un ton glacial. Vous préférez ne rien voir, ne rien entendre. Vous soulagez votre conscience en faisant des dons, un point c'est tout.

Puis elle se tourna vers Nelson et ajouta à son intention :

— Je reconnais que c'est mieux que rien, mais je crois qu'il faut s'engager de façon plus personnelle. C'est ce que j'ai appris ici. Je n'en avais pas conscience avant, mais ces problèmes-là vous fichent une vie en l'air.

— Je ne vois pas comment je pourrais m'engager de façon plus personnelle, répliqua Nelson en échangeant un regard avec Jack.

— Simplement en ouvrant un centre d'accueil pour les enfants de vos employés, répondit-elle. Nelson, vous pouvez aider ces gens !

Son regard implorant tentait d'éveiller chez l'homme d'affaires le sens de la justice.

— Mais ça me coûterait une fortune ! s'exclama-t-il. L'hôtel n'est même pas encore amorti, et il ne le sera pas avant au moins un an et demi. Après, il faudra commencer à faire des bénéfices et...

— Je sais, l'interrompit India dont le regard espiègle allait de Jack à Nelson. Mais on peut toujours lancer une souscription !

— Ça nous reviendrait encore plus cher. Pour ça, il faut organiser des bals de charité et Dieu sait quoi encore ! Mais je vais y réfléchir, fit-il d'un ton qui se voulait conciliant. Bon, retournons à l'intérieur, maintenant, vous voulez bien ?

— Attendez ! Si je trouve l'argent, vous promettez d'ouvrir ce centre ?

— Mais bien sûr ! Nous aimerions beaucoup vous aider, *querida*.

Jack assistait à la scène, intrigué. Il connaissait India suffisamment pour savoir qu'elle avait une idée précise en tête.

— Vous promettez ? insista la jeune femme.

— Mais oui, très chère. Comment pourrais-je dire non à une jolie femme comme vous ? Trouvez-moi l'argent et je m'engage à ouvrir ce centre.

— Très bien. Alors, voilà pour commencer, fit-elle en lui tendant un chèque qu'elle venait de sortir de son sac à main. Vous pouvez vous y mettre tout de suite.

— India, ne soyez pas ridicule ! C'est le chèque que je vous ai donné ce matin : le solde dû pour le magnifique travail que vous avez fait ici. Ne soyez pas stupide !

— J'insiste, répliqua la jeune femme fermement. Je regrette de ne pas pouvoir vous donner plus, mais j'ai certaines charges en ce moment.

— Indy, je ne peux pas accepter. *Ay meu Deus do céu* ! Mon Dieu, quelle situation ! gémit Nelson en agitant le chèque. Je ne peux pas accepter ça... Dis quelque chose, Jack !

India se tourna aussitôt vers Jack et le regarda d'un air implorant. Visiblement, elle attendait un soutien de sa part.

— Quel est le montant du chèque ?

— Vingt-mille dollars, répondit Nelson d'un air désolé.

— Je verse la même somme si tu accèdes à la demande de cette jeune dame, fit Jack d'un ton calme, en venant se placer derrière India et en mettant une main ferme sur son épaule.

Si elle était prête à mettre le salaire durement acquis d'un travail dans une cause qu'elle croyait juste, la moindre des choses était de la suivre. La rénovation de son yacht n'aurait qu'à attendre.

— *Nossa, Santa Maë* ! s'exclama Nelson d'un air inquiet, en se passant une main sur le front. C'est complètement absurde, Jack ! Elle ne comprend pas qu'ils sont des milliers à… Et voilà que tu t'y mets, toi aussi !

— Tu auras le chèque demain matin sur ton bureau.

Imperturbable, Jack soutint le regard de Nelson.

— Et n'oubliez pas le mien, ajouta India en se baissant pour ramasser le rectangle de papier qui était tombé par terre.

Nelson secoua la tête vigoureusement.

— Non, je ne peux pas accepter, India. C'est le fruit de votre travail. Vous avez vos propres problèmes. Cette hypothèque dont vous m'avez parlé…

— Ne vous en faites pas pour ça. L'acompte que vous m'aviez versé suffit largement.

Elle tendit la main vers lui avec un sourire qui le désarma.

— Si l'on ne peut rien faire pour ceux qui souffrent, Nelson, alors à quoi ça sert de vivre ?

Le regard du Brésilien alla de Jack à India. Puis, la gorge serrée par l'émotion, il finit par reprendre le chèque.

— D'accord, mes amis, j'accepte. Je mettrai la même somme

que vous. Merci de m'avoir rappelé que j'avais des devoirs envers mes concitoyens.

Sa voix se brisa tandis qu'il glissait le chèque dans sa poche.

India se jeta à son cou.

— Nel, je savais que vous étiez un homme d'honneur ! Merci d'avoir été si compréhensif.

Puis, se tournant vers Jack, elle ajouta avec un sourire timide :

— Merci à vous aussi. C'est tellement généreux de votre part !

Jack la dévisageait avec intensité. L'amazone combative à qui ils avaient eu affaire quelques instants plus tôt était redevenue une jeune femme charmante.

— Tout le plaisir est pour moi, princesse, murmura-t-il. Si nous allions prendre un verre, maintenant ?

— Je dois vous laisser, dit Nelson avec un sourire. Jack, prends bien soin d'India et, s'il vous plaît, plus de cas sociaux pour ce soir !

Il leva les bras au ciel d'un air faussement désespéré avant de s'éclipser, laissant ses deux amis seuls.

India leva lentement les yeux vers Jack puis, à sa grande surprise, elle se haussa sur la pointe des pieds pour lui déposer un baiser sur les lèvres. Un baiser empreint de douceur qui exprimait toute la reconnaissance qu'elle avait envers lui. Ils venaient de partager un moment unique dans l'accomplissement d'une action digne et louable. Elle l'en remerciait.

Jack contempla son joli visage aux traits exquis. Elle était si belle ! Insaisissable et sensuelle. Et elle était sienne — du moins pour le moment. D'un geste possessif, il lui enlaça la taille.

— Allons prendre ce verre, fit-il, la gorge sèche.

Les émotions de la soirée lui avaient donné soif.

— J'espère que vous ne m'en voulez pas, dit India d'un ton hésitant.

— Vous en vouloir ? Mais de quoi ? Je vous ai trouvée époustouflante ! Vous avez eu raison de faire ce que vous avez fait. Vous avez une sacrée volonté, mademoiselle Moncrieff ! Et en ce qui concerne l'hôtel, vous avez fait du bon travail. Quel succès !

La prenant par le bras, il la guida jusqu'à la salle de réception. Ce soir, il venait de découvrir une nouvelle facette de la personnalité d'India. Elle avait non seulement un talent incontestable mais également le cœur sur la main. Elle n'avait pas hésité à renoncer à ses vingt mille dollars pour une cause qu'elle estimait juste. Nul doute qu'elle aurait donné davantage si elle l'avait pu.

Quand cesserait-elle donc de le surprendre ? se demanda-t-il, admiratif. Force était de constater qu'elle avait peu à peu réussi à se glisser sous l'armure dont il s'entourait, et il avait bien envie ce soir de la laisser gagner son cœur. La sincérité de sa compassion pour ces malheureux enfants avait réveillé quelque chose de profondément enfoui en lui. India était en train de lui réapprendre la générosité.

Il remarqua ses yeux brillant de larmes et la prit dans ses bras. Comme il aurait aimé pouvoir l'emmener loin d'ici pour être seul avec elle ! Il était touché par son altruisme, mais il voulait aussi qu'elle pense à elle.

— Vous ne pouvez pas sauver la planète entière, India, fit-il en lui caressant les cheveux. Au moins, l'hôtel crée des emplois. Trêve de sensiblerie, donc, ajouta-t-il en prenant un fort accent du Sud qui la fit sourire.

— Ça vous plaît de jouer les méchants, n'est-ce pas ?

— Non. Et je n'ai pas envie de passer le reste de la soirée à me chamailler avec vous.

Tout en laissant un bras autour de ses épaules, il s'écarta légèrement d'elle tandis qu'ils pénétraient dans le salon empli de monde.

— Attendez-moi là, je vais nous chercher à boire.

Il allait s'éloigner lorsqu'elle s'exclama :

— Bon sang, vous êtes drôlement autoritaire !

Tandis qu'il se demandait comment prendre sa remarque, elle ajouta en souriant d'un air moqueur :

— Allez vite nous chercher à boire, Jack ! Vous aurez peut-être la chance de me retrouver ici si vous êtes assez rapide !

Il s'approcha du bar et réussit au bout d'un certain temps à attirer l'attention du barman. Puis, pendant qu'il attendait d'être servi, il se tourna légèrement de côté pour voir si India l'attendait toujours. Il croisa son regard et ils restèrent là, comme envoûtés, perdus dans la contemplation l'un de l'autre, indifférents à ce qui les entourait. Les yeux de la jeune femme semblaient contenir une promesse qu'il attendait depuis fort longtemps. Peut-être parviendrait-il ce soir à avoir raison de sa réserve et de ses peurs ? Il sentit un frisson d'excitation le parcourir à la perspective d'allumer enfin ce brasier qui — il le sentait — couvait en elle.

Il saisit les deux verres lorsqu'un cri strident lui vrilla les tympans.

Il y eut un mouvement de panique. Jack se figea, tous ses sens en alerte. Un autre cri suivit et, désespérément, il en chercha la cause. Au même moment, une femme trébucha sur lui, et il pesta tout bas tandis qu'il perdait India de vue. Il aida la femme à retrouver l'équilibre sans quitter la foule des yeux.

C'est alors qu'il les vit. Trois hommes armés et cagoulés qui, avec la pointe de leur mitrailleuse, repoussaient la foule. A en juger par leur smoking, ils avaient dû pénétrer dans l'hôtel en se faisant passer pour des invités.

Jack retrouva instinctivement les réflexes appris des années plus tôt et qu'il croyait oubliés.

L'un des hommes cria :

— *Niguém meche, tudo mundo calado.*

— Que dit-il ? chuchota Jack à l'oreille de son voisin.

— De ne pas bouger et de la fermer.

Jack évalua la situation, jaugeant d'un coup d'œil la position des agresseurs et la distance qui le séparait d'eux. Il y avait trois hommes en vue et certainement deux autres qui devaient surveiller l'entrée. Ils étaient nerveux, à en juger par leur regard qui ne cessait d'aller des portes-fenêtres vers la porte principale. Jack tenta de repérer India. Son cœur se serra lorsqu'il l'aperçut, coincée dans la foule, paniquée. Elle se tournait d'un côté et de l'autre. Visiblement, elle le cherchait, elle aussi. Devant son impuissance à la rejoindre, il sentit le désespoir le gagner.

L'homme encagoulé criait de nouveau.

— Que dit-il, cette fois ? demanda Jack à son voisin.

— Tout le monde doit mettre ses bijoux et son portefeuille dans le sac qu'ils vont faire passer.

Jack étudia la pièce. Quelle erreur de ne pas avoir apporté d'arme avec lui ! se reprocha-t-il une nouvelle fois. Deux des agresseurs gardaient les sorties, tandis que le troisième faisait passer un sac de papier marron dans lequel les gens glissaient leurs objets précieux. Des femmes pleuraient et l'atmosphère était électrique.

Un nouveau regard vers India fit comprendre à Jack qu'il ne pouvait rien faire pour la rejoindre. *Ne jamais laisser vos émotions embrouiller votre raisonnement.* Il lui semblait encore entendre le sergent marteler ces paroles pendant les longs mois d'entraînement. Un conseil qui lui avait bien servi par la suite.

En quelques secondes, Jack retrouva les réflexes qu'il pensait avoir laissés dans les jungles d'Amérique Centrale, dix ans auparavant. Il savait ce qu'il avait à faire, et commença à évaluer ses chances de s'échapper. On pouvait compter sur les agents de sécurité engagés par Nelson. Jack savait que ces hommes étaient aguerris. Une unité de police spécialisée dans les opérations paramilitaires devait être également en route, probablement contactée par Nelson. Mais il leur faudrait une diversion pour pouvoir prendre la situation en main. C'était à lui de la fournir. Il avait conscience de la nécessité d'agir avec prudence. Ce genre de situation pouvait rapidement tourner au carnage. L'espace d'une seconde, l'image de cadavres sous la pluie battante s'imposa à lui. Puis il revit la voiture encastrée sous le camion, le tas de ferraille, les secours dégageant le corps sans vie de Lucy...

Jack revint brusquement à la réalité. Un peu plus loin, une femme d'un certain âge, portant une robe couleur saphir, était en train de batailler avec le fermoir de son collier. D'un geste brusque, le bandit le lui arracha, puis la poussa violemment à terre. La femme s'écroula sous les regards horrifiés de l'assemblée.

Jack se concentra sur la tâche à accomplir. L'une des portes-fenêtres sur la droite était entrebâillée. S'il pouvait l'atteindre et pousser l'un des hommes sur la terrasse, ça laisserait peut-être le temps aux forces de police d'intervenir. Ça valait la peine d'essayer car les choses étaient en train de se gâter.

Avec désespoir, il reporta son attention sur la foule. Si seulement India pouvait regarder dans sa direction... Enfin, il réussit à capter son regard. Il y lut de la peur, même si elle paraissait calme. Silencieusement, il tenta de lui transmettre ses sentiments. Il voulait lui faire comprendre combien elle comptait pour lui. Puis il détourna lentement les yeux.

Il avait besoin de sang-froid et de concentration pour réussir. Il s'arma de courage. Il devait compter avec les gestes des agresseurs, avec son instinct et aussi les indications de son voisin. Il attira son attention en tirant doucement sur sa manche, et lui indiqua du regard la porte-fenêtre entrouverte. L'homme acquiesça d'un signe de tête imperceptible. Profitant de la confusion générale, ils se mirent à reculer lentement vers la fenêtre. L'homme qui tenait le sac était encore loin d'eux. Ses compagnons lui crièrent quelque chose et l'un d'eux tira une salve en l'air.

Plus que quelques pas et Jack pourrait sortir sans être vu. C'est alors qu'un mouvement reflété dans l'un des miroirs dorés attira son attention. Ce n'était pas le fruit de son imagination. D'un coup de coude, il prévint son voisin. La porte vitrée trembla et un autre voleur, portant l'uniforme d'un vigile, entra en trombe.

— *Estao Chegando* ! cria-t-il.
— Que dit-il ? chuchota Jack.
— Il dit qu'ils arrivent.

Il y eut alors des coups de feu à l'extérieur. Rapidement, Jack se jeta à terre, entraînant avec lui son compagnon d'infortune. Puis il se mit à ramper en direction du bar, au milieu de la confusion et de l'agitation générales. Il venait à peine d'atteindre le comptoir lorsqu'une balle siffla à son oreille. Il plongea derrière le bar, le cœur battant à tout rompre. Les bandits tiraient maintenant en tous sens pour tenter de contrôler la foule, furieux de ne pouvoir s'échapper en raison de l'arrivée de la police et du GIGN. Ce serait un miracle s'il n'y avait pas de victimes.

Depuis le début, Jack craignait ce mouvement de panique.

Les bandits pouvaient s'affoler d'une minute à l'autre et ouvrir le feu sur la foule. L'espace d'une seconde, il ferma les paupières, les serrant très fort et priant — ce qu'il n'avait pas fait depuis des années — pour qu'il n'arrive rien à India.

Puis il s'empressa de chasser l'image de la jeune femme de ses pensées. Il devait absolument reprendre son sang-froid.

Des gouttes de sueur lui coulèrent dans les yeux tandis qu'il se tapissait derrière le bar, cherchant à savoir d'où provenaient les coups de feu. Il aperçut le barman, recroquevillé dans un coin, et par signes, lui demanda s'il y avait un pistolet quelque part. D'un geste de la tête, celui-ci lui indiqua l'angle du comptoir au-dessus de sa tête. Jack leva lentement le bras, et sa main tâtonna sur le marbre froid. Les secondes lui parurent des siècles. Il avait l'impression que sa peau brûlait sur le bloc de marbre. Enfin, ses doigts rencontrèrent le métal dont le contact lui était familier. Tous ses muscles tendus, il récupéra l'objet, mais à sa grande déception, ce n'était qu'une cuillère. La sueur perla de nouveau à son front. La pièce était brusquement devenue étouffante, l'air irrespirable.

A tâtons, Jack reprit sa recherche. Là, c'était l'évier, quelques rondelles de citron vert, une planche à découper... Un coup d'œil vers le barman lui apprit qu'il était sur la bonne voie. Enfin, ses doigts se refermèrent sur le Beretta. Il s'en empara aussitôt, retira le cran de sécurité et redressa légèrement la tête pour évaluer la situation.

Les bandits se trouvaient disséminés au milieu de la foule. L'horreur et la surprise se lisaient sur les visages que la peur faisait transpirer. Difficile de maîtriser des assaillants qui n'étaient pas regroupés. Jack calcula son tir.

C'est alors que l'impensable se produisit. Atterré, il vit l'un des bandits surgir d'on ne savait où, saisir India d'une poigne de fer et lui appliquer son arme contre la tempe. Deux de ses acolytes lui crièrent quelque chose mais il ne s'en préoccupa pas, resserrant son étreinte un peu plus.

Jack replongea derrière le bar. Du calme, se répéta-t-il en tentant de reprendre son souffle. Ce n'était pas le moment d'agir de manière irréfléchie. Mais pourquoi fallait-il que ce fût India ? Pourquoi elle ? Le cauchemar allait-il recommencer ?

Horrifié, il se rendit compte que la vie de la jeune femme se trouvait entre ses mains.

Tenant l'arme avec fermeté, il passa de nouveau la tête par-dessus le comptoir. Le bandit qui retenait toujours India lui tira brusquement la tête en arrière. Jack se décida alors. Se redressant, il ajusta son tir et appuya sur la détente.

Le coup de feu retentit dans la salle de réception, tandis que la balle atteignait sa cible. Touché en plein front, le bandit s'écroula, entraînant India dans sa chute. Du sang gicla sur la robe de la jeune femme, et une flaque d'un rouge brillant se forma sur le sol en marbre blanc.

D'autres coups de feu suivirent. Des portes claquèrent. Il y eut des cris de triomphe et des pleurs de soulagement, tandis que les forces de police qui avaient fait irruption dans la pièce maîtrisaient enfin les assaillants.

Jack sauta par-dessus le bar et, fendant la foule, se précipita vers India qui se trouvait toujours immobile sous le cadavre de son agresseur. La distance qui les séparait lui parut interminable.

Enfin, il fut à ses côtés et, les mains tremblantes, repoussa le corps inerte du bandit.

— Tout va bien, trésor, tout va bien, chuchota-t-il d'une voix rauque en la prenant dans ses bras et en s'assurant qu'elle n'était pas blessée.

Il repoussa les mèches de cheveux humides plaquées sur son visage, riant de soulagement tandis qu'il la berçait. Elle était peut-être un peu trop pâle, mais ça devait être le choc, se dit-il pour se rassurer.

India souleva les paupières, et la boule que Jack avait dans la gorge se desserra. Il ferma les yeux, indifférent à la foule, ivre de bonheur. Elle était saine et sauve ! Il ne l'avait pas perdue, et c'était tout ce qui comptait à ses yeux.

Tout à la joie de la retrouver vivante, il ne s'aperçut pas que le barman s'était approché. Surexcité et les yeux emplis d'admiration, ce dernier faisait un compte rendu détaillé et haut en couleurs des exploits de Jack. Les invités impressionnés se mirent à applaudir d'enthousiasme.

C'est alors que Nelson arriva en courant. Rongé d'inquiétude, il s'accroupit aux côtés de Jack.

— Mon Dieu ! s'écria-t-il. Comment va-t-elle ?
— Bien. Elle est juste choquée.
— Tu veux que j'appelle une ambulance ? Il faut la sortir d'ici. Il y a trop de bruit.

Opinant de la tête, Jack souleva India dans ses bras. La tête de la jeune femme était nichée dans le creux de son épaule.

L'orchestre reprit dans une atmosphère d'excitation générale. Des couples commencèrent à danser au rythme endiablé d'une samba, et le champagne coula à flots. Une femme qui riait de façon hystérique faillit renverser son verre sur Jack. Mais celui-ci continua son chemin, portant India dans les bras, tandis que Nelson leur frayait un passage à travers la foule qui reculait respectueusement.

C'est à peine si Jack prit garde aux remerciements et aux accolades qu'on lui adressait. Tout ce qu'il voulait, c'était quitter cet endroit et se retrouver au calme avec India.

*
* *

Revenant lentement à elle, India eut d'abord conscience du parfum discret de draps propres et de sa gorge irritée. Puis, les souvenirs affluèrent. Les cris, la musique, le contact du métal froid sur sa tempe, les doigts se resserrant sur sa gorge... Elle se redressa en hurlant, le corps baigné d'une sueur froide.

Aussitôt, Jack fut à ses côtés. La prenant dans ses bras, il murmura d'un ton rassurant :

— C'est fini, chérie. Vous êtes saine et sauve. C'est juste le choc.

— Je ne me souviens pas... Je... Mais où étiez-vous, Jack ? Je vous cherchais. J'étais sûre que vous feriez quelque chose... Et puis, je vous ai vu viser. J'ai cru que j'allais mourir...

Jack lui souleva la tête et lui mit un autre oreiller sous la nuque.

— C'est fini. Il ne peut rien vous arriver, maintenant.

Il se baissa et déposa un baiser sur ses lèvres.

— Jamais je ne permettrai qu'il vous arrive malheur. Jamais, murmura-t-il.

Complètement désorientée, elle laissa sa tête aller contre l'oreiller. Son regard fit le tour de la pièce et dans la lumière tamisée de la lampe de chevet, elle reconnut les épais rideaux blancs et les palmiers qui se détachaient dans l'encadrement des fenêtres. Elle sut alors qu'elle se trouvait dans sa suite, et se rendit compte qu'elle était complètement nue sous les draps. Jack avait dû la déshabiller après l'avoir mise au lit. Elle sentit le rouge lui monter aux joues en le regardant revenir avec un verre d'eau à la main. Elle frissonna au souvenir du sang, de sa robe maculée et du corps qui s'écrasait sur elle. Elle était parfaitement consciente que Jack lui avait sauvé la vie.

Il s'assit sur le bord du lit et elle remarqua alors sa chemise sale et déchirée, son nœud papillon qui n'était plus qu'un chiffon de satin noir complètement défait. Lorsqu'il se pencha vers elle pour la faire boire, elle nota la coupure sur sa joue ainsi que son regard empreint d'inquiétude.

Effleurant légèrement la blessure, elle murmura d'une voix rauque :

— Il ne faut pas laisser ça comme ça.

— Ne vous en faites pas pour moi, je vais bien. Buvez, plutôt, ordonna-t-il en portant le verre à ses lèvres desséchées.

Il y avait tant de tendresse dans son regard et dans son sourire qu'India crut que son cœur allait cesser de battre.

Il fallait se rendre à l'évidence, se dit-elle. Elle l'aimait.

Se renversant sur ses oreillers, elle le dévisagea. Avec fascination, elle le vit se pencher vers son poignet et effleurer des lèvres la blessure qui s'y trouvait.

— Jack ? murmura-t-elle enfin. Lorsque vous étiez derrière ce comptoir, vous ne vous êtes pas dit que vous pouviez manquer votre coup et me tirer dessus ?

— Pardon ?

Il la regardait d'un air amusé.

— Vous n'auriez pas pu manquer votre coup ?

— A cette distance ? Avec un 9 mm ? Vous plaisantez ! Il n'y avait aucun risque.

— Vous avez l'air drôlement sûr de vous ! dit-elle avec un sourire empreint de tendresse, amusée de voir qu'elle l'avait piqué dans son orgueil de mâle.

— Bien évidemment que je suis sûr de moi ! On ne s'amuse pas à tirer dans une telle situation si l'on n'est pas sûr de ce que l'on fait. Je n'aurais pris aucun risque, chérie. Surtout pas avec quelqu'un qui m'est aussi précieux que vous !

De l'index, il lui caressa les lèvres.

— Vous êtes toujours en train de critiquer ma façon de manier les armes. Honnêtement, les deux fois, il me semble que je m'en suis plutôt bien tiré, non ?

— Oui, c'est vrai, reconnut-elle, soudain consciente de l'intimité qui naissait entre eux, embarrassée par l'intensité de son regard et par sa propre nudité sous les draps.

— J'espère qu'il n'y aura pas de troisième fois, murmura-t-il d'une voix voilée en laissant sa main descendre doucement le long de sa gorge.

India retenait son souffle, tout son corps tendu vers cette caresse qu'elle attendait avec une impatience renouvelée. Elle relâcha le drap qu'elle tenait serré contre sa poitrine, prête à laisser la main de Jack poursuivre à son gré.

Mais il s'arrêta net et croisa son regard.

— J'ai tellement envie de vous, Indy ! Tellement ! Et je sais que vous aussi. Il ne peut plus y avoir de faux-semblants entre nous. Je sais que vous venez d'avoir la plus belle peur de votre vie et je n'ai pas envie de profiter de la situation. Je ne veux pas vous faire faire des choses que vous risqueriez de regretter par la suite.

— Je vous assure que je ne regretterai rien, chuchota-t-elle, en fermant les yeux et en levant la tête vers lui pour accueillir son baiser passionné, bien consciente qu'elle attendait ce moment depuis longtemps, qu'elle le voulait aussi ardemment que lui.

Elle le laisserait l'aimer, l'emmener vers des territoires inconnus, même si cela devait la changer à jamais.

Jack avait l'impression d'être un collégien plein d'hésitations et pourtant, il avait bien l'intention de faire de cette nuit un moment mémorable pour tous les deux. Il la dévorait du regard. Elle était si féminine, nue sous les draps, ses cheveux épars sur l'oreiller, baignée par la lumière qui venait d'Ipanema et se reflétait dans les portes-fenêtres... D'un certain côté, elle lui faisait penser à une enfant sur le point de faire une découverte. Jack savait que cette réserve cachait une vulnérabilité et un tempérament de feu. Ce sourire hésitant qu'elle lui adressait était irrésistible !

Il sentit les battements de son cœur s'accélérer et se pencha un peu plus vers elle. Son pouce descendit doucement jusqu'au creux de son cou, effleurant sa peau soyeuse. Avec des gestes lents, il repoussa le drap, et vint caresser ses petits seins fermes, éveillant en elle une foule de sensations.

Les réactions d'India exacerbèrent son désir. Il avait envie de lui faire l'amour violemment et sauvagement, d'atteindre en elle cet endroit qu'il savait lui appartenir à lui et à lui seul. Mais il se retint, prenant le temps de l'embrasser, de la caresser et de la faire vibrer, bien décidé à la combler.

Lorsque ses doigts atteignirent leur destination, India se cambra avec un gémissement de plaisir et ferma les paupières. La bouche de Jack abandonna alors la sienne et descendit doucement vers ses seins. Sa langue s'attarda sur les mamelons, jouant avec eux et les titillant. India frémit et s'abandonna, tout son corps tendu vers celui de Jack.

Il releva la tête pour la regarder, désireux de goûter chaque instant et chaque sensation. Ses caresses se firent plus hardies, la menant vers le bord d'un précipice vertigineux. Echevelée, le regard assombri par le plaisir, elle s'y laissa tomber, emportée dans un tourbillon de sensations qui la laissa pantelante de désir. Elle cria alors le nom de Jack.

Il se leva et retira sa chemise d'un geste impatient. Il avait hâte maintenant de sentir sa peau contre la sienne. Instinctivement, il sut qu'elle découvrait des territoires inconnus, et cette idée exacerba son désir.

— Jack ! fit-elle d'une voix rauque.
— Chut, laisse-toi aller ! lui dit-il doucement.

Il s'allongea à ses côtés, reprenant ses caresses jusqu'à ce qu'il la sentît prête. Il entra doucement en elle, les yeux rivés aux siens, attentif à ne pas l'effrayer. Mais ce fut elle qui, l'enlaçant de ses jambes et se cambrant contre lui, exigea qu'il vienne plus profond.

Il laissa alors libre cours à son désir.

Bouche contre bouche et peau contre peau, ils tentèrent d'apaiser cette faim qu'ils avaient l'un de l'autre. Une faim insatiable qui dévorait Jack depuis le premier jour de leur rencontre. Ce n'est qu'en entendant son gémissement de plaisir et de plénitude qu'il se laissa complètement aller en elle, submergé par la passion et les sentiments qu'elle lui inspirait et qu'il avait cherché à fuir pendant si longtemps.

Et pour la première fois depuis plusieurs années, il se sentit de nouveau entier.

Allongée aux côtés de Jack, India lui caressait les cheveux, étonnée encore de voir avec quel naturel il se comportait. C'était comme s'il n'y avait rien de plus normal que de se retrouver ainsi dans le même lit, somnolents et heureux après la nuit mouvementée qu'ils avaient vécue. Sans parler du dénouement…

Elle sourit, complètement épuisée. Mais c'était une bonne fatigue, songea-t-elle en sentant ses muscles endoloris. Il lui avait promis un voyage comme elle n'en avait jamais connu, et il avait tenu parole, la menant vers des sommets de sensations et d'émotions.

Jack s'étira et se roula sur le côté. Mais elle ne voulait pas qu'il s'éloigne d'elle. Il dut le sentir car il l'attira vers lui et elle se blottit dans le creux de son bras, sa jambe enroulée autour de la sienne.

— Fatiguée ? murmura-t-il en emprisonnant son sein dans la paume de sa main, comme s'il faisait cela depuis des années.

— Mmm… Délicieusement fatiguée, répondit-elle.

Elle appréciait ce geste familier. Elle se demanda alors s'il avait trouvé la nuit aussi époustouflante qu'elle.

— Tu devrais te reposer un peu, lui conseilla-t-il d'une voix endormie, en lui caressant la joue de sa main libre.

Mais elle n'avait pas envie de dormir. Il lui avait fallu vingt-huit ans pour découvrir les clés de ce mystère. Le sommeil pouvait attendre ! Elle avait plutôt l'intention de poursuivre son exploration…

Elle promena ses ongles le long de la colonne vertébrale de Jack, et fut ravie de voir qu'il réagissait aussitôt.

— Indy, si tu fais ça, je…

— Oui ?

Elle commençait à apprécier ce nouveau pouvoir qu'elle se découvrait. Elle pouvait donc elle aussi le mener vers des sommets vertigineux. Ils pouvaient s'y retrouver tous les deux…

Oh, comme elle l'aimait ! Mais elle retint les paroles qui lui montaient aux lèvres. Ce n'était pas le moment. Pas encore. Et lorsque Jack pénétra en elle une nouvelle fois, elle poussa un soupir de plaisir et cessa de se poser des questions.

Il serait bien temps d'aviser demain.

8.

India se pelotonna contre l'épaule de Jack tandis que l'avion prenait de l'altitude.

Bientôt, Rio ne fut plus qu'une grande masse d'eau, de végétation et de béton qui s'étendait depuis le Pain de Sucre et le Christ Rédempteur dont les bras ouverts semblaient embrasser la ville jusqu'aux *favelas* qui s'entassaient sur les collines escarpées.

Quel soulagement de quitter la chaleur moite qui vous collait à la peau ! Le jet piqua vers le sud et la végétation dense fit peu à peu place aux formes géométriques des champs de blé de Parana qui s'étendaient sur des kilomètres et des kilomètres. Après avoir survolé le Rio Grande do Sul, ils aperçurent les grandes étendues de pâturages verts qui leur indiquèrent qu'ils étaient arrivés en territoire argentin.

Détendue, India songeait aux journées qui venaient de s'écouler et aux moments inoubliables passés au bord de la piscine ou au lit, à discuter à bâtons rompus ou à s'aimer éperdument, comme s'ils avaient voulu rattraper le temps perdu...

Elle contempla Jack qui était absorbé par l'étude d'un dossier. Comme il était séduisant lorsqu'il prenait cet air d'homme d'affaires !

Elle l'aimait. C'était aussi simple que ça. Une vérité qu'elle gardait en elle, comme un secret précieux. Il n'y avait pas eu de promesse ni de mots d'amour échangés, seulement des gestes de tendresse et de passion. En dépit de cela, elle se sentait plus comblée et plus heureuse qu'elle ne l'avait jamais été.

Elle poussa un soupir de bien-être et son regard se posa sur les mains de Jack. Des mains puissantes et douces dont les caresses suffisaient à l'enflammer, à allumer en elle un véritable brasier. Ces quelques jours lui avaient révélé l'existence d'une autre Indy. Une découverte à la fois excitante et effrayante.

Jack dut se rendre compte qu'il n'était pas de très bonne compagnie car il s'excusa soudain.

— J'ai bientôt fini, dit-il.

Il l'embrassa, puis reprit sa lecture.

Au bout de quelques minutes, il rangea ses papiers et lui prit la main. Ils ne parlèrent guère. Ils n'en avaient pas besoin. Ils jouissaient de cette merveilleuse intimité, de cet état de grâce dont seuls les amoureux ont le secret. Moments de partage et de complicité qui ne s'embarrassaient pas de mots.

Doucement, sans la quitter du regard, Jack porta la main d'India à ses lèvres et lui embrassa les doigts l'un après l'autre.

— Arrête ! lui dit-elle.

Mais le ton n'était pas convaincant.

— Pourquoi ?

— Mais enfin, Jack ! Nous sommes dans un avion : il y a Jonathan et l'équipage.

— Et alors ? C'est *mon* avion ! fit-il en lui caressant des lèvres l'intérieur du poignet.

— N'empêche que c'est très gênant… Au fait, quand pars-tu pour Miami ? demanda-t-elle pour changer de sujet.

— Tu as hâte de me voir partir ?

— Mais non, bien sûr que non !

— Bon, tant mieux. Cela dit, il va bien falloir que j'y aille, expliqua-t-il sur un ton de regret. J'ai négligé mes affaires trop longtemps. Chad et Quince sont en pétard. Et tout ça, c'est ta faute, ajouta-t-il en souriant tandis que ses mains se faisaient plus hardies.

— Ma faute ? reprit India d'un air faussement innocent, ravie de l'entendre parler ainsi.

— Tu sais très bien qu'à cause de toi, je n'arrive plus à me concentrer sur mon travail.

— Et ça t'ennuie ?

— Pas du tout. Bien au contraire !

Il glissa la main derrière sa nuque et l'attira à lui.

— Il faut juste que je fasse attention à ne pas devenir complètement accro, murmura-t-il, sa bouche contre la sienne.

Son baiser, d'abord tendre, se fit impérieux tandis que sa main cherchait sa poitrine. Elle frémit lorsque son pouce se mit à titiller son mamelon à travers le chemisier et le soutien-gorge, et elle se sentit fondre de plaisir. Elle s'abandonna alors complètement. L'espace d'un instant, elle eut l'impression d'être sur un nuage, mais lorsque la main de Jack glissa entre ses cuisses, elle se recula brusquement et tenta d'avoir l'air digne.

Il haussa un sourcil interrogateur.

— Jack, ce n'est ni le moment ni l'endroit.

— Ne t'inquiète donc pas. Tiens, regarde, comme ça, personne ne nous dérangera, fit-il en appuyant sur un bouton.

L'équipage de Jack était bien discipliné, songea India. A croire qu'il avait l'habitude de ce genre de situations. A combien de femmes Jack avait-il fait l'amour dans ce fichu avion ? se demanda-t-elle avec une petite pointe de jalousie. C'était peut-être gênant vis-à-vis de Jonathan et de l'équipage, mais c'était tout de même l'expérience la plus excitante qu'il lui eût été donné de vivre, elle devait bien le reconnaître.

Cessant de protester, elle s'abandonna complètement.

Un peu plus tard, sous le regard amusé de Jack, elle tenta de remettre un peu d'ordre dans sa tenue.

— Tu as faim, princesse ?
— Un peu.
— Tu devrais avoir une faim de loup après un tel exercice ! lui fit-il remarquer en riant.

Il se pencha vers elle et lui boutonna son chemisier.

— Est-ce que je peux appeler Jonathan, maintenant ?

Elle acquiesça, et il appuya sur un bouton. Aussitôt, le steward fut à leurs côtés.

Quelques instants plus tard, Jack attaquait un gros steak tandis qu'India dégustait une tranche de saumon fumé accompagnée d'une flûte de champagne.

— C'est délicieux ! fit-elle entre deux bouchées. Au fait, l'autre jour, tu as promis de me parler de Chad et de Quince.

Jack reposa son couteau et sa fourchette et songea à celui qu'il considérait plus comme un fils que comme un frère.

— Chad a six ans de moins que moi. Il est tout le contraire de moi. C'est quelqu'un qui a les pieds sur terre ; il est solide et il n'y a pas plus franc que lui. Il est marié à la même fille depuis huit ans.

— Pourquoi dis-tu que vous avez des caractères opposés ? Tu me sembles être également quelqu'un de fiable, et je suis sûre que si les choses avaient été différentes, tu serais encore marié avec *la même fille*.

— Probablement. Nous avons peut-être plus de points communs qu'il n'y paraît. En tout cas, Chad et sa femme

Marilyn ont la fille la plus adorable qui puisse exister. Elle s'appelle Molly. C'est ma filleule, expliqua-t-il avec fierté. Tu feras bientôt leur connaissance quand tu viendras à Miami.

Il se rendit compte qu'il avait vraiment envie de la présenter à sa famille. Il tendit la main vers la crème et en ajouta une bonne cuillerée sur sa pomme de terre avant de poursuivre ses explications :

— Quince est un vieux pote à moi que j'ai retrouvé un beau jour alors que je ne m'y attendais pas. Nous avons grandi ensemble dans le Tennessee. Je cherchais quelqu'un qui ait des connaissances juridiques pour m'aider dans la gestion d'Astra, et voilà qu'il se présente comme candidat. Je n'en croyais pas mes yeux quand je me suis rendu compte que c'était lui !

— Tu veux dire qu'il ne t'avait pas prévenu ?

— Non. Il s'est contenté d'envoyer un CV anonyme, comme tout le monde. J'avais déjà décidé qu'il était le meilleur candidat quand je me suis rendu compte que je le connaissais.

— C'est incroyable !

— Effectivement. Quince vient d'un milieu défavorisé. Ce n'est pas facile de grandir dans le Sud quand on est noir. Heureusement, les choses changent, même si tout n'est pas encore parfait.

— Y a-t-il encore beaucoup de discrimination ?

— Encore trop à mon goût, mais je crois que le Sud est en train de bouger. C'était dur pour Quince, à l'époque, parce qu'il devait s'occuper de sa mère qui était veuve ainsi que d'une sœur et d'un frère plus jeunes. Nous nous étions perdus de vue après la mort de Lucy. Il a obtenu une bourse pour être dans l'équipe de football de l'université et après, il a fait une école hôtelière. Et il a suivi des études de droit tout en travaillant. Il allait aux cours du soir. C'est un type incroyable. Il a réussi à envoyer son frère et sa sœur à la fac. Son frère, d'ailleurs, est en psychiatrie à Harvard. Je ne sais pas ce que nous ferions sans Quince, ajouta-t-il avant de consulter sa montre. Atterrissage dans quinze minutes, annonça-t-il.

— Et Chad ? Vous habitez tout près l'un de l'autre, à Miami ?

— Pas très loin. Ils ont une maison dans Coconut Grove, un coin un peu bohème et artiste, avec de la végétation tropicale. Marilyn adore les plantes. Tu verrais leur jardin ! Je suis sûr que tu t'entendras bien avec eux.

C'était bien la première fois qu'il avait envie de leur présenter l'une de ses amies. India serait complètement à sa place, là-bas, se dit-il. La maison de son frère lui rappelait ces choses simples de la vie qui semblaient toujours lui échapper.

— D'après ce que tu m'en dis, ils ont l'air charmants.

— Ils le sont.

Tout en parlant, il nota qu'elle avait légèrement changé. Il y avait comme une nouvelle étincelle en elle qui l'emplit de fierté.

— Mais à ton tour. Parle-moi de Séréna et de toi.

— Il n'y a pas grand-chose à dire. Elle n'a pas apprécié le fait que ma mère se remarie. Ça n'a pas dû être facile pour elle. Comment réagirais-tu si la famille de ton père ne cessait de critiquer le remariage de ta mère et de traiter ton beau-père de parvenu ?

Avec un sourire désabusé, elle ajouta :

— Séréna n'a jamais pris la peine d'apprendre à connaître mon père. Elle n'a pas pu se rendre compte à quel point c'était un homme formidable.

— Tu as de la peine par rapport à la propriété ? demanda-t-il d'une voix douce, en lui prenant la main et en la pressant avec gentillesse.

— D'une certaine manière, oui. Mais il y a tellement de

dettes ! Je crains qu'il ne faille se résoudre à l'idée de vendre. Je ne suis pas encore remise, c'est tout.

En voyant son petit sourire vaillant, Jack sentit son cœur se serrer. Heureusement, il y avait ce projet de rénovation, songea-t-il. Il pourrait bientôt le lui apporter sur un plateau, et cela suffirait peut-être à atténuer sa peine. Dunbar… Aux dernières nouvelles, les choses se présentaient plutôt bien. Il était sur le point de lui en parler, mais quelque chose le retint. Mieux valait lui faire la surprise.

Il jeta un coup d'œil par le hublot.

— On est presque arrivés. Bon sang, je n'ai pas vu le temps passer ! s'exclama-t-il en regardant India avec un sourire.

— C'est vrai ?

Jack rit en voyant ses joues rouges de confusion. Il l'attira alors vers lui.

— Viens là, belle tentatrice !

Il la fit asseoir sur ses genoux, et boucla la ceinture de sécurité sur eux. Puis, il la prit dans ses bras, la serrant très fort, tandis que l'avion effectuait sa lente descente sur l'aéroport d'Ezeiza.

— Voilà Hernan ! s'exclama India en quittant l'appareil. Comme c'est gentil à lui de venir nous chercher !

Ils descendirent l'escalier, et une lueur amusée dans les yeux, Jack regarda Hernan approcher.

— Quelle tête tu fais ! s'exclama-t-il. La nuit a été dure ?

Mais Hernan ne lui rendit pas son sourire. Lorsqu'il ne fut plus qu'à quelques pas d'eux, Jack remarqua son air hagard et la lueur d'angoisse qui assombrissait son regard. Il se figea, et une sueur froide lui couvrit le front. Le policier qui était venu lui annoncer l'accident de Lucy avait exactement la même expression.

— Qu'est-ce qu'il y a, Hernan ?
— Jack...

Hernan semblait avoir du mal à trouver ses mots.

— Je ne sais pas comment t'annoncer ça... Je...
— Qu'est-ce qu'il y a ? s'écria Jack, soudain paniqué. Bon sang, parle !
— Ton frère...
— Chad ? Quoi Chad ? Il lui est arrivé quelque chose ?
— Il a eu un accident.
— Quand ? Où ? Il va bien ?
— Ce matin. Il revenait de Key West avec Marilyn. Ils ont été pris dans des rafales de vent, ce qu'on appelle des cisaillements, tu sais...

Hernan leva les mains en un geste de désespoir, les yeux brillant de larmes.

Un silence s'ensuivit. Jack prenait lentement conscience de ce que cela impliquait.

— Et Marylin ?
— Elle aussi, répondit Hernan en croisant le regard de Jack. Je n'arrive pas à y croire. Je me suis même demandé si c'était vrai mais Quince a appelé. Il a essayé de te contacter toute la matinée. Apparemment, il n'a pas réussi à te joindre en cours de vol.
— Passe-moi le téléphone ! ordonna Jack d'une voix éteinte, en se dirigeant vers la voiture.

Hernan et India le suivirent en silence.

— Je ne pense pas que ça serve à grand-chose, dit Hernan. Toutes les lignes sont occupées. Attends plutôt qu'on soit en ville.
— Je pars pour Miami tout de suite.

Collection **BEST SELLERS**

2 romans GRATUITS
+
2 cadeaux

Nous vous offrons **2 romans gratuits** pour vous faire découvrir le plaisir de recevoir les *Best-Sellers* à domicile ! c'est une offre à ne pas manquer !

Le premier colis est entièrement gratuit pour vous faire découvrir les avantages du Service Lectrices. Il est composé uniquement de cadeaux : deux romans, une adorable peluche et un cadeau surprise. Ensuite nous vous enverrons 3 livres à consulter tous les mois. Vous ne payerez ces romans que si vous décidez de les garder, sinon vous ne nous devrez rien. Vous pourrez même les lire et nous les retourner sous 10 jours, vous n'aurez alors rien à payer.

GRATUIT

2 livres
(photos non contractuelles)

+

1 adorable peluche

+

1 cadeau surprise

Regardez vite au dos ▲

Oui, envoyez-moi mes **2 livres gratuits** choisis parmi les meilleurs romans de la Collection Best–Sellers, et **mes cadeaux** : une adorable peluche et le cadeau surprise. En répondant à cette offre, j'accepte de recevoir ensuite 3 romans au format de poche, de la Collection Best-Sellers, simplement à consulter. Chaque livre, de plus de 300 pages, me sera proposé au prix exceptionnel de 6,27€ (au-lieu de 6,60 €). La participation aux frais de port n'est que de 2,50 € par colis. Je n'ai aucune obligation d'achat et je peux retourner les livres sans rien vous devoir, ou annuler tout envoi futur, à ma guise. Il en sera ainsi tous les mois tant que je le voudrai. Dans tous les cas, je conserverai mes cadeaux.

N° ABONNÉE (SI VOUS EN AVEZ UN): ⊔ ⊔⊔⊔⊔⊔⊔⊔

☐ Mme   ☐ Mlle

NOM...PRÉNOM ....

ADRESSE...

....

CODE POSTAL : ⊔⊔⊔⊔⊔

VILLE : ....

N° DE TÉLÉPHONE : ⊔⊔⊔⊔⊔⊔⊔⊔⊔⊔

EMAIL : .... @ ....

E7EEØ1

Merci de votre confiance. Votre colis gratuit vous parviendra 20 jours environ après réception de cette carte.

Le Service Lectrices vous écoute
du lundi au jeudi de 9h à 17h
et le vendredi de 9h à 15h,
au 01 45 82 44 26
www.harlequin.fr

Edi 2018

Cette offre – soumise à acceptation - est valable en France métropolitaine uniquement jusqu'au 30 novembre 2007 à raison d'une demande par foyer. Prix susceptibles de changement. Réservé aux lectrices de plus de 18 ans qui n'ont pas encore demandé de livres gratuits.

Conformément à la loi Informatique et Liberté du 6 janvier 1978, vous disposez d'un droit d'accès et de rectification aux données personnelles vous concernant en vous adressant au : Service Lectrices Harlequin - BP 20008 - 59718 Lille cedex 9.

© Harlequin S.A. 83/85 boulevard Vincent Auriol/75646 PARIS cedex 13-R.C. Paris Siret   *éditionsHarlequin*® est une marque déposée de Harlequin S.A.

BEST SELLERS

Service Lectrices HARLEQUIN
Autorisation 30091
59789 LILLE cedex 9

Ne pas affranchir

DÉTACHEZ SELON LES POINTILLÉS ET POSTEZ AUJOURD'HUI MÊME.

— Jack, allons plutôt à l'Alvear ou dans mon appartement. Tu pourras appeler de là-bas.

— Je dois absolument partir maintenant.

Il fit brusquement demi-tour et se dirigea à grands pas vers l'avion où Jonathan se trouvait encore.

— Nous partons dans une demi-heure.

— Une demi-heure, monsieur ?

— C'est ça.

Jack gravit rapidement l'escalier et entra dans le cockpit.

— Refaites le plein, Bob. Je dois me rendre à Miami.

Le pilote se retourna, les sourcils froncés :

— Vous allez bien, Jack ?

— Je dois rentrer chez moi.

Bob le dévisagea un instant avant de se lever.

— Ça risque de prendre plus d'une demi-heure. Je ne sais pas quelles sont les conditions pour refaire le plein, mais je vais me renseigner.

Se retournant, Jack aperçut India qui l'attendait, les yeux assombris par le chagrin. Le choc de la nouvelle lui avait fait oublier jusqu'à l'existence de la jeune femme.

— Rentre en ville avec Hernan, Indy. Excuse-moi mais je dois partir.

— Je suis tellement désolée pour toi, murmura-t-elle.

Il hocha la tête d'un air absent.

Bob, qui s'était mis en contact avec la tour de contrôle, sortit du cockpit.

— Mauvaises nouvelles, Jack. On ne pourra décoller qu'en début de soirée. Il faut que je vérifie les moteurs. Je ne voulais pas le faire à Rio.

Il regarda Jack avec sollicitude.

— Quelque chose ne va pas ?

Les deux hommes se connaissaient depuis suffisamment

longtemps pour que Jack accepte de partager sa peine avec lui.

— C'est Chad. Il rentrait de Key West. Ils ont été pris dans des rafales, des cisaillements…

— Mon Dieu ! s'exclama Bob, soudain livide, comprenant ce que cela signifiait.

L'expression de Jack lui indiqua que l'issue avait été fatale.

— Emmenez-moi à Miami le plus vite possible.
— Ce ne sera pas avant au moins trois heures.
— D'accord, je vais aller chercher mes affaires, dit Jack machinalement.

Il redescendit l'escalier dans un état second.

Ils montèrent dans la voiture d'Hernan et foncèrent en direction de Buenos Aires. Le visage fermé et livide sous son hâle, Jack ne disait mot. Assise à ses côtés, India était également silencieuse. Elle aurait aimé pouvoir trouver des paroles de réconfort, mais elle savait qu'il n'en existait pas. Rien ne pouvait soulager la perte d'un être cher. D'après le peu que Jack lui en avait dit, il aimait énormément Chad et Marylin.

Elle se devait d'être forte pour lui. Il avait besoin de soutien, même s'il ne semblait pas s'en rendre compte pour le moment. Elle tendit la main et, d'un geste hésitant, la plaça sur celle de Jack. En dépit de son absence de réaction, elle décida de ne pas la retirer. Elle voulait tellement partager sa peine !

Jack appela de nouveau Quince depuis son portable. N'obtenant pas de réponse, il jura entre ses dents. Pourquoi ce fichu téléphone ne fonctionnait-il pas ? Il n'arrivait toujours pas à croire à l'affreuse réalité. Peut-être y avait-il encore un espoir ? Peut-être s'était-on trompé en identifiant l'appareil ?

Peut-être Chad et Marylin étaient-ils chez eux, sains et saufs ? Mais au plus profond de lui, il savait que tout était perdu.

Il imagina Marylin, les yeux agrandis par la peur, et Chad qui tentait de contrôler l'appareil, puis se tournait vers sa femme dans une tentative désespérée pour l'aider.

Il ferma les yeux et tenta de se représenter l'avion qui piquait vers les rochers et s'abîmait dans l'océan au milieu d'un nuage de fumée, avant que les flots ne se referment sur eux. Accablé par cette vision d'horreur, il se passa une main sur les yeux. Ça ne pouvait pas être vrai. Le cauchemar n'allait pas recommencer ! Pas Chad, pas lui !

Puis les souvenirs déferlèrent. Chad coincé dans le cerisier alors qu'il tentait de faire redescendre le chat. Chad et lui allant à la chasse, se disputant. Marylin avec son regard rêveur et son sourire. Il avait été leur garçon d'honneur. Il se rappela le moment où Marylin avait dit oui de sa petite voix rauque. Puis, l'hôpital. Chad et lui faisant les cent pas dans le couloir, toute la nuit. L'inquiétude, l'impatience, alors qu'ils attendaient tous deux que Marylin donne naissance à… Molly !

Il se redressa brusquement. Molly ! Accablé par le chagrin, il l'avait complètement oubliée : toutes ses pensées étaient tournées vers le couple dont la jeune vie venait de s'achever dans le fond de l'océan. Avec effroi, il prit la pleine mesure de ce qui venait d'arriver.

Ce fut dans un état second qu'il gagna la suite qu'il occupait à l'Alvear. Tel un automate, il s'assit à son bureau.

— Chéri ?

Levant les yeux, il découvrit le visage ravagé de chagrin d'India.

— Molly…

Il eut toutes les peines du monde à prononcer son prénom.

— Si elle n'était pas avec eux, elle se retrouve complètement seule, maintenant.

— Quelle horreur ! La pauvre chérie !

Les larmes aux yeux et le visage empreint de compassion, India s'agenouilla devant Jack.

— Tu veux que je t'accompagne ?

La voix d'India semblait lui parvenir de loin. Il prit soudain conscience du sens de ses paroles. Il avait tellement l'habitude de faire les choses seul qu'il ne savait s'il devait accepter sa proposition. Et pourtant, il se sentait si las, fatigué de devoir toujours tout porter seul. Voilà que cette femme à qui il avait livré une partie de lui-même se disait prête à partager avec lui non seulement les bons moments mais aussi les mauvais. Il hésita. C'était trop lui demander. L'idée de l'avoir à ses côtés, cependant, lui procurait un peu de ce réconfort dont il avait tant besoin.

— Tu ferais ça ?

— Bien sûr, répondit-elle en se levant.

— Tu es sûre ?

— Mais évidemment, chéri ! Attends-moi un instant, je vais préparer mes affaires.

Elle lui pressa les mains une dernière fois et il la regarda partir. Il lui serait éternellement reconnaissant de ce geste.

Il tenta ensuite de se concentrer sur Molly. Etait-elle en vie ? Et si oui, est-ce qu'elle savait déjà ? Quelqu'un l'avait-il prévenue ou bien était-elle encore en train de jouer avec insouciance chez des amis en pensant que son papa et sa maman allaient bientôt rentrer ?

Jack poussa un grognement de souffrance. Pourquoi eux ? Pourquoi ? La colère le saisit, et il abattit son poing sur l'accoudoir du fauteuil. Puis il se leva et se mit à faire les cent pas dans la chambre. Il n'y avait décidément pas de justice en ce monde. Fallait-il toujours qu'il perde les êtres qui lui étaient chers ?

Assis dans le bureau calme et lumineux du révérend de l'école épiscopale St Marc, Jack se demandait nerveusement comment on annonçait à une enfant de sept ans qu'elle ne reverrait plus jamais ses parents. Il avait connu des moments difficiles dans sa vie mais aucune des épreuves qu'il avait traversées ne l'avait préparé à cette tâche accablante. Son regard fit le tour de la pièce, cherchant avec désespoir une lumière, un guide. Pour la deuxième fois en quelques jours, il mit la tête entre ses mains et pria.

Où devait-il l'emmener ? Chez elle, dans une maison où Chad et Marylin ne reviendraient plus ? Chez lui, dans son appartement ? Et s'il l'emmenait quelque part avec India pour lui faire oublier ? Mais on n'oubliait jamais : on apprenait seulement à vivre avec sa douleur.

Peut-être aurait-il dû consulter un psychologue avant de venir, un pédopsychiatre qui lui aurait expliqué comment se comporter dans une telle situation ? Il avait tellement peur de s'y prendre mal, de la traumatiser avec ses explications maladroites.

Elle était sous sa responsabilité, maintenant. C'était à lui de s'occuper d'elle, de l'aimer. Chad pouvait reposer en paix. Jack faisait le serment de prendre soin de son enfant et de veiller à ce qu'elle surmonte cette épreuve le mieux possible. Il l'accompagnerait pas à pas, et il ferait tout pour qu'elle en sorte indemne.

Il pensa soudain à India. Le fait de savoir qu'elle l'attendait à l'hôtel Grand Bay l'apaisa. Il l'avait à peine vue depuis leur arrivée. Pourtant, il savait qu'elle était là pour lui. C'était son rocher de Gibraltar au milieu de la tempête qui agitait sa vie.

Il se prépara alors mentalement, puisant au fond de son âme toute la force et le courage d'affronter l'épreuve qui l'attendait. Il devait être solide pour Molly.

Au même moment, quelque chose d'étrange se produisit. Jack n'avait jamais cru aux forces surnaturelles, mais là, alors qu'il se trouvait dans cette petite pièce, le regard tourné vers le jardin, il eut le sentiment très net que Chad et Marylin se trouvaient à ses côtés, lui soufflant de ne pas s'inquiéter, de suivre son instinct, comme cela lui avait toujours réussi.

Quand la porte se rouvrit sur le Révérend Raymond, Jack savait qu'il était prêt.

Enfin c'était fini. Les derniers jours avaient été particulièrement éprouvants. Mentalement et physiquement exténué, Jack avait trouvé refuge dans son appartement de Miami où India et Molly l'avaient accompagné. Son regard se posa sur la jeune femme qui se trouvait assise sur le canapé en face de lui. Il se rendait compte qu'elle occupait maintenant une place importante dans sa vie. Rosa, la servante nicaraguayenne qui s'occupait de la petite fille depuis sa naissance, avait apporté ses affaires jusqu'à l'appartement sans oublier le chaton et le saint-bernard.

Ils avaient bordé Molly dans la chambre d'amis qu'India, en un temps record, avait transformée en un petit nid douillet. India lui avait lu une de ses histoires préférées. Bercée par la voix de la jeune femme et les caresses de Jack sur ses boucles blondes, la petite avait fini par s'endormir, sa poupée et son ours en peluche serrés contre elle.

Jack savait qu'il n'aurait jamais pu affronter les épreuves

de ces derniers jours sans le soutien d'India. Elle avait été présente à chaque instant, discrète mais disponible. Sa force et sa douceur avaient été un véritable réconfort, non seulement pour lui mais aussi pour Molly.

Il se renversa dans son fauteuil. Jamais il ne pourrait oublier cet instant de cauchemar où il avait fallu annoncer à la petite fille la terrible nouvelle.

Un contact humide sur sa main lui fit baisser les yeux. C'était Bart, le chien.

— Je crois que son maître lui manque, dit Jack à l'adresse d'India.

Il le caressa affectueusement, et Bart leva vers lui ses grands yeux tristes.

— Comment ça va, vieux ?

Jack allongea les jambes sur l'ottomane et sourit à India. Il était trop fatigué pour parler. Il lui semblait que chaque muscle de son corps était endolori, comme s'il avait couru pendant toute une semaine sans s'arrêter. Molly s'était réveillée les deux nuits précédentes en criant et en appelant ses parents. Chaque fois, il avait passé le reste de la nuit à ses côtés, à la calmer, à l'aider à traverser cette vallée sombre dans laquelle ils avaient été tous les deux jetés brutalement. Lui, du moins, était mieux armé pour affronter les ombres de la nuit.

— Tu as besoin de te reposer, Jack, dit soudain India d'une voix calme et apaisante. Je vais te chercher un verre.

Elle se glissa derrière lui et commença à masser les muscles crispés de ses épaules.

— Mmm, ça fait du bien, murmura-t-il dans un soupir.

— J'ai trouvé Molly si courageuse ! Tu as vu comme elle a été forte, pendant les obsèques ?

— Oui, elle est formidable... Mon Dieu ! Comment vais-je m'en sortir ? Tu crois que je vais y arriver avec elle ? gémit-il en fermant les yeux, heureux de se laisser aller sous les doigts magiques d'India.

— Bien sûr que tu vas y arriver ! répondit-elle d'un ton calme et assuré. Tu es beaucoup plus fort que tu ne le crois. Tu seras un très bon père pour elle. Tu l'es déjà. Regarde comme elle s'accroche à toi ! Tu es son réconfort.

Il secoua la tête d'un air dubitatif.

— Je ne sais pas. J'ai plutôt l'impression que c'est à toi qu'elle s'accroche. Tu sais la prendre. C'est une sacrée responsabilité d'élever un enfant tout seul. Bon sang ! Je n'ai aucune expérience. En plus, c'est une fille !

— Cesse de te faire du mauvais sang. Tu as bien réussi à la calmer hier, après tous ces cauchemars. Tu devrais l'entendre parler de toi !

— C'est vrai ?

Il se sentait rassuré. Peut-être finirait-il par y arriver ?

India mit fin à son massage par un petit baiser dans le cou. Sa présence était devenue tellement naturelle que Jack en venait à oublier que tout cela allait bientôt prendre fin.

Il se leva d'un air las et enlaça la jeune femme. C'était comme si des années s'étaient écoulées en quelques jours, et il se demanda comment il supporterait son absence. Il allait se sentir seul, c'était sûr.

— Bon, allons manger un morceau.

— Bonne idée ! Je m'occupe des sandwichs. Du thon, ça te va ?

— Comme tu veux, princesse, fit-il en la serrant dans ses bras avant de la laisser partir.

Tels des parents anxieux, ils s'arrêtèrent devant la chambre de Molly pour voir si tout allait bien. India remonta doucement les couvertures sur la petite fille, et laissa la chatte, Jemima, s'installer à l'autre bout du lit où elle se mit à ronronner d'un air protecteur. Le cœur gros, Jack resta quelques instants à regarder sa nièce. Puis, sur la pointe des pieds, ils quittèrent la chambre pour gagner la cuisine. Jack mit un CD d'Enya, et les premiers accents de la musique celte s'élevèrent, doux et apaisants. Il se dirigea vers le bar pour leur préparer deux whisky pendant qu'India confectionnait les sandwichs.

— J'adore cette musique ! déclara la jeune femme en jetant vers Jack un coup d'œil inquiet, préoccupée de le voir triste.

Il but une gorgée de whisky. Son appartement semblait différent depuis qu'India était arrivée. On avait enfin l'impression qu'il était habité, se dit-il en étouffant un bâillement.

Son esprit ne cessait de revenir sur les événements des derniers jours. Il sentit son cœur se serrer en repensant à la petite main de Molly agrippant la sienne. Lorsque les cercueils étaient passés dans l'allée de l'église emplie de monde, elle avait levé vers lui de grands yeux interrogateurs qui exprimaient son incompréhension. Cela avait été un moment surréaliste, comme si lui et Molly, avec India en arrière-plan, s'étaient trouvés dans une bulle, partageant la même peine incommensurable. Une peine dont ils étaient les seuls à pouvoir sonder la profondeur.

Au moment de quitter l'église, il avait senti ses petites jambes se dérober sous elle. Alors, il s'était baissé pour la soulever dans ses bras. La tête enfouie dans son épaule, elle avait suivi son père et sa mère jusqu'à leur dernière demeure.

Jack se força à revenir à l'instant présent. Un coup d'œil à l'horloge lui indiqua qu'il était déjà tard. Il étira les bras. Tous ses muscles étaient ankylosés en raison du stress et du manque de sommeil.

— Et voilà ! fit India en plaçant une assiette devant lui. Il faut que tu manges, chéri, ajouta-t-elle d'une voix tendre. Tu dois reprendre des forces. Pour elle et pour toi.

Il lui prit la main par-dessus le marbre du bar.

— Je ne t'ai pas suffisamment exprimé ma reconnaissance, Indy. Je regrette que tu aies eu à subir tout ça.

Ils s'étaient à peine parlé au cours des derniers jours, mais sa présence lui avait été extrêmement précieuse.

— Merci pour tout, ajouta-t-il.

— Tu n'as pas à me remercier, Jack. C'est par choix que je suis là. Je veux être à tes côtés.

— Tu es une femme formidable, India.

Se penchant vers elle, il lui caressa tendrement la joue.

— Je ne pensais pas pouvoir de nouveau m'attacher à quelqu'un. Je sais que je t'ai négligée, ces derniers temps, mais…

— Arrête de t'inquiéter pour moi. Ce n'est pas ça, la priorité.

Elle lui planta un baiser sur les lèvres avant de reprendre :

— Mange ton sandwich. Ensuite, j'appellerai un taxi pour rentrer à l'hôtel.

— Non, c'est moi qui te reconduis.

La regardant grignoter son sandwich, il nota les cernes sous ses yeux. Elle avait travaillé d'arrache-pied, veillant à ce que le déménagement de Molly s'effectue rapidement et dans la sérénité. Puis elle avait passé de longs moments à jouer avec la petite fille et à la consoler. Elle avait fait en sorte d'aplanir toutes les difficultés qui avaient pu surgir dans leur nouvelle existence. Pour la première fois depuis longtemps, il avait quelqu'un avec qui partager sa peine et sa rage, quelqu'un qui comprenait.

— Tu ne crois pas que tu ferais mieux de rester avec Molly ? Ce serait aussi simple que je prenne un taxi, dit-elle en débarrassant les assiettes.

— Non, je tiens à te reconduire. Rosa est là pour s'occuper de la petite si elle se réveille.

Avant de sortir, ils se rendirent une dernière fois dans la chambre de Molly. Elle dormait paisiblement à la lueur de la veilleuse qui se trouvait sur la commode. Ils s'en retournèrent alors silencieusement, attentifs à ne pas la déranger dans son sommeil si fragile.

India passa sa robe de chambre puis ouvrit les portes-fenêtres pour sortir sur la terrasse. Les lumières de Dinner Key Marina illuminaient la baie. Quelques voitures longeaient le bord de mer, en direction de Coconut Grove.

Elle était trop énervée pour dormir. Trop tendue. Elle avait mis de côté ses propres soucis pour se consacrer corps et âme à Jack et à sa nièce.

Mais là, dans le calme de la nuit, elle repensa à Dunbar. Elle avait bien conscience qu'il lui fallait retourner chez elle. Il était temps de faire face à ses propres obligations. Peut-être était-ce égoïste de sa part de se préoccuper d'un simple bout de terre alors que Jack et Molly souffraient tellement. Mais cela faisait partie de ses responsabilités. Elle ne pouvait pas s'y dérober.

Ses pensées revinrent vers Jack. Comme la vie avait été cruelle avec lui ! Mais aussi, comme ils étaient devenus proches au cours de cette dernière semaine ! En dépit de sa souffrance qui était encore à vif, il avait pris la peine de lui exprimer son attachement. Les paroles qu'il avait prononcées ce soir lui étaient allées droit au cœur. Il lui avait ouvert la porte de son âme et l'avait laissée partager sa douleur. Il avait réussi à surmonter sa crainte de s'attacher à quelqu'un et de le perdre.

Elle aspirait de tout son être à le retrouver. Comme elle

aurait aimé pouvoir rester à ses côtés ! Quelques jours lui avaient suffi pour s'attacher également à Molly. Tous deux allaient lui manquer terriblement. Plus elle prolongerait son séjour et plus la séparation serait difficile. Il fallait partir et faire ce qui devait être fait.

Peut-être l'avenir serait-il différent, songea-t-elle en rentrant dans sa chambre. Pour l'heure, ils n'avaient guère le choix.

9.

En arrivant à Chantemerle, India fut aussitôt frappée par l'odeur de lavande séchée et de pins. Si elle adorait voyager et travailler à l'étranger, elle appréciait toujours le moment où elle retrouvait sa maison sur les bords du lac de Genève.

Le jour était à peine levé lorsqu'elle entra dans le salon. Elle tira les rideaux de soie indienne et contempla la vue qui s'offrait à elle. Au-delà du jardin, on apercevait le lac dont les eaux tranquilles scintillaient sous les premiers rayons du soleil. Les Alpes, au sommet coiffé de blanc, se détachaient dans la lumière matinale. C'était un tableau dont elle ne se lasserait jamais. Elle était reconnaissante à sa mère de lui avoir laissé ce havre de paix. Elle en avait particulièrement besoin en ce moment. C'était son refuge, un refuge dans lequel elle revenait en se sentant plus vivante que jamais. Et c'était ça qui comptait.

Elle poussa un soupir en se remémorant l'instant où Jack et elle s'étaient séparés. Il l'avait tenue dans ses bras pendant un long moment, sans rien dire, comme s'il était en train de perdre une partie de lui.

— Je n'arrive pas à croire que tu pars, avait-il murmuré, la bouche contre ses cheveux. Ça va être sacrément vide sans toi, princesse. J'ai l'impression que tu as toujours vécu ici.

Puis il l'avait légèrement écartée de lui pour la regarder.
— Promets-moi que tu vas revenir.
— Je ne serai pas partie longtemps, avait-elle chuchoté.
Comme elle l'aimait ! Elle voulait embrasser toutes les rides de chagrin qui marquaient son visage.
— J'ai un drôle de pressentiment. Comme s'il ne fallait pas que je te laisse partir...
Il avait secoué la tête, troublé.
— Excuse-moi, avait-il ajouté. Il s'est passé tant de choses que je crains qu'il ne t'arrive malheur à toi aussi.
— Ne t'inquiète pas, chéri. Que veux-tu qu'il m'arrive ? Qu'il *nous* arrive ?
— Indy, je ne supporterais pas de te perdre. Je...
Comme elle aurait voulu qu'il le dise ! Qu'il prononce ces trois petits mots qu'elle avait envie de dire, elle aussi.
— Princesse, il faudra qu'on parle, toi et moi. Pas maintenant, pas ici, mais bientôt. Tu voudras bien partir avec moi quelques jours ? Juste toi et moi ?
India avait alors aperçu Molly qui accourait vers eux, suivie de Rosa et Bart.
— Bien sûr, chéri. Promets-moi de bien prendre soin de toi !
Molly était arrivée et India s'était agenouillée pour embrasser la petite fille. Elle avait caressé Bart et donné à Rosa les dernières recommandations concernant les médicaments que la petite prenait pour son allergie.
India s'en était allée avec l'image de Molly sur les épaules de Jack. Elle avait vu les boucles d'or danser, tandis que la petite fille agitait la main vigoureusement en guise d'au revoir. Même Bart avait les oreilles pendantes, comme si le départ d'India le chagrinait.
La jeune femme dut reconnaître qu'elle avait laissé une

partie d'elle là-bas, à Miami. Il ne lui avait fallu que quelques jours pour s'attacher à ces êtres qu'elle connaissait à peine. C'était désormais pour eux qu'elle respirait, qu'elle s'inquiétait et qu'elle riait... Ils étaient devenus sa raison de vivre.

Les pensées d'India revinrent vers Dunbar. Elle ne pouvait plus se permettre de faire traîner les choses. Il fallait prendre le taureau par les cornes... Elle se demanda pourquoi seul Dunbar lui donnait ce sentiment de plénitude et d'harmonie. Elle n'éprouvait pas ça à Chantemerle, par exemple.

La raison en était simple. Elle ne faisait que passer à Chantemerle, alors qu'à Dunbar, il y avait ce sens de la continuité, cet attachement viscéral pour la terre des ancêtres. Dunbar était son héritage, un lien très fort, que seuls le temps, les liens du sang et la transmission des légendes pouvaient créer.

Mais il fallait se faire une raison. Elle ne pourrait pas garder Dunbar. Donc, inutile de tergiverser. Par égard pour les locataires, les serviteurs et même Séréna, elle se devait d'agir. Ce n'était ni juste ni correct de les faire attendre ainsi. Heureusement, elle avait réussi à lever l'hypothèque qui pesait sur Chantemerle. Cela ferait un souci de moins.

Le soleil se levait maintenant dans toute sa splendeur, illuminant les pics déchiquetés. India tira la porte-fenêtre et sortit dans le froid mordant. Elle ne pouvait retenir ses larmes. Avec un frisson, elle ramena sa veste autour d'elle et s'avança sur la terrasse jusqu'au gazon. Elle se baissa pour ramasser quelques feuilles fripées. Un bougainvillier serait du plus bel effet, se dit-elle. Elle en parlerait au jardinier, la prochaine fois qu'elle le verrait.

Deux cygnes prirent leur envol et c'est à peine si l'on entendit le bruissement de leurs ailes. Ils se posèrent sur les rochers au bord de l'eau. Là, comme chaque année, ils allaient construire leur nid...

La sonnerie du téléphone vint interrompre le cours de ses pensées, et elle se dépêcha de rentrer, laissant la fenêtre ouverte pour aérer la pièce. Qui pouvait bien appeler à une heure aussi matinale ? Peut-être Jack ? Le cœur battant, elle décrocha.

— Allô ?

Il y eut un silence, puis une voix féminine qu'elle eut d'abord du mal à reconnaître demanda :

— India ?

— Oh, c'est toi, Séréna !

Elle était doublement déçue.

— India, je suis désolée de te téléphoner si tôt…

Irritée, la jeune femme sentit ses muscles se crisper. C'était bien sa veine ! Elle n'avait vraiment pas besoin de Séréna, alors qu'elle venait à peine de rentrer chez elle, complètement épuisée.

— India ? Tu es toujours là ? J'ai essayé de te joindre plusieurs fois, reprit Séréna d'une voix exceptionnellement chaleureuse.

Résignée, India poussa un soupir. Que pouvait bien lui vouloir sa sœur ?

— J'étais absente, expliqua-t-elle d'un ton froid.

— Je sais, ta secrétaire me l'a dit.

Séréna sembla hésiter, puis elle ajouta :

— Ecoute, il faut que je te parle.

— Est-ce que je peux te rappeler un peu plus tard ? Je viens à peine d'arriver et je suis épuisée.

— Je suis vraiment désolée ! J'aurais dû y penser. Mais bon, comme je t'ai au bout du fil, autant t'en parler maintenant. Ce ne sera pas long.

— Bon, d'accord, si tu veux.

India avait conscience de son ton désagréable, mais elle ne

s'en soucia pas. Elle se laissa tomber dans un fauteuil près du téléphone et attendit.

— Nous avons eu une offre pour Dunbar, annonça Séréna précipitamment.

India se redressa brusquement, la main crispée sur l'accoudoir du fauteuil. Les choses allaient beaucoup trop vite ! Elle venait à peine de se faire à l'idée de vendre...

— Quel genre d'offre ? demanda-t-elle d'un ton sceptique.

Elle savait que sa sœur était prête à tout lorsqu'il s'agissait d'argent.

— Je ferais mieux de t'expliquer, dit Séréna d'un ton qui se voulait apaisant. En fait, c'est plutôt une surprise.

India écouta attentivement, bien déterminée à trouver la faille.

— Qui veut acheter ?

— L'acheteur est le président d'une compagnie internationale.

— Et comment sait-il que nous voulons vendre ?

— Téléphone arabe. Il doit y avoir un tas de gens qui se demandent ce que nous allons faire de Dunbar. Ils doivent bien se douter que nous allons vendre.

— Mmm...

Séréna avait peut-être raison. Tout Edimbourg devait être en train de s'interroger sur le devenir de la propriété... Mais au fond, elle n'était qu'à moitié convaincue par cette explication.

— Combien en propose-t-il ? demanda-t-elle à contrecœur, accablée à l'idée de savoir Dunbar entre les mains d'étrangers.

— Tu ne me croiras peut-être pas, mais il est prêt à monter assez haut. Il veut y habiter avec sa famille. Pas tout le temps, bien sûr : seulement le week-end et pendant les vacances.

C'est super, non ? C'est bien ce que tu voulais : une famille plutôt qu'un spéculateur, non ? Tu sais qu'on n'a pas le choix, hein ?

India tentait de réfléchir très vite. Tout était si soudain !

— Je vais peser le pour et le contre et je te rappellerai dans quelques jours. Au fait, tu n'en as parlé à personne, j'espère ? Ramsay nous a bien recommandé d'être discrètes. Apparemment, maman avait eu les mêmes instructions. Inutile d'en parler à Kathleen ou au personnel. Je n'aimerais pas qu'ils se mettent à paniquer dès maintenant.

— Ça ne me viendrait même pas à l'idée ! Mais essaie de faire vite, India. Il ne faudrait pas que l'on perde notre acheteur éventuel, surtout que nous n'aurons même pas à payer de frais d'agence. Ils sont prêts à mettre le prix que maman avait arrêté quand elle avait fait évaluer le domaine. C'est fou, non ? Ils n'ont même pas cherché à négocier. Même Ramsay — et tu sais quel vieux schnock il est — eh bien, même lui était tout excité !

— Je vais y réfléchir et je te rappelle.

India raccrocha, abasourdie. C'était bien la première fois que Séréna était aussi agréable avec elle.

Tout en réfléchissant à la conversation qu'elles venaient d'avoir, India alla dans la cuisine et ouvrit le réfrigérateur. Elle se servit un jus d'orange et s'assit sur le tabouret de bar pour le boire, notant machinalement la présence de plusieurs moineaux qui s'étaient rassemblés sur la terrasse. Elle se rappela les paroles de sa mère concernant sa demi-sœur. « Séréna a un bon fond. Son problème, c'est un complexe d'infériorité. Elle s'arrangera avec le temps »... Fallait-il croire que leur mère avait raison et que son décès avait finalement contribué à faire prendre conscience à Séréna des liens réels qui les unissaient ?

Avec une moue dubitative, India se leva pour jeter quelques

miettes de pain aux moineaux. Elle gardait toujours du pain sec à cet effet dans un sac près de l'évier.

Les oiseaux se précipitèrent aussitôt sur le festin. Mais avant qu'ils aient pu y goûter, un gros freux noir fondit sur eux. Bousculant les moineaux, il s'empara des plus gros morceaux, laissant peu de chance aux malheureux qui, en dépit de leurs tentatives désespérées de prendre quelques miettes, ne réussirent pas à déjouer sa vigilance. Fatso — ce fut le nom qu'India lui trouva — se pavanait sur la terrasse en se rengorgeant comme un maître d'hôtel pompeux. Gare à celui qui osait toucher à son bien ! Même dans le monde animal, songea India, il y avait des brutes qui profitaient de la faiblesse des plus faibles.

Elle vida son verre de jus d'orange et repensa à sa sœur. Si Séréna était prête à faire le premier pas, elle-même devait faire l'autre, songea-t-elle. En mémoire de leur mère. Elle savait que Lady Elspeth avait été peinée de la mésentente qui existait entre ses deux filles. S'il fallait tourner la page, India était prête à le faire. Mais d'abord, elle voulait en savoir un peu plus au sujet de cette proposition que Séréna avait décrite comme étant l'offre du siècle. Elle en toucherait un mot à Me Ramsay. Car Séréna avait toujours eu le don de faire des arrangements avec la vérité.

India ramassa ses affaires et monta l'escalier raide qui menait à l'étage. La vue du lac par la fenêtre du minuscule salon fit naître un sourire sur ses lèvres. Que penserait Jack s'il voyait le cadre dans lequel elle vivait ? Elle tenta de se l'imaginer assis sur le petit canapé rembourré, les jambes reposant sur l'ottomane qui se trouvait devant la cheminée.

Elle entra dans sa chambre et posa ses bagages sur le lit.

Puis elle ouvrit l'une des valises et déballa avec précaution une photo de Jack et Molly qu'elle avait prise elle-même, lors d'un match de base-ball et qu'elle avait fait encadrer.

Des yeux, elle chercha un endroit où l'installer. La commode Bauern qu'elle avait achetée à Munich lui parut idéale. Ça lui permettrait de les voir depuis son lit.

Elle plaça le cadre dans un angle et recula pour contempler le visage de ces êtres devenus chers pour elle. Elle avait également rapporté d'autres photos qui la représentaient avec Gaby et Dolorès. Elle en disposa certaines sur la table basse à côté de piles de magazines de décoration, et d'autres sur les étagères remplies de livres.

Consultant sa montre, elle se dit qu'il était encore trop tôt pour appeler Jack et Molly. Ils devaient être profondément endormis. Elle se mordit la lèvre, souriant à l'idée de Molly blottie dans son petit lit aux rideaux de dentelle blanche tandis que Jack, vêtu d'un caleçon et de son T-shirt Miami Heat, devait être allongé de tout son long dans son lit immense.

Si elle se dépêchait, elle aurait peut-être le temps d'aller faire une promenade avant l'arrivée de sa secrétaire Michelle et de son architecte Philippe. Elle enfila un caleçon noir, un grand pull gris, des chaussettes de tennis et des baskets. Elle quitta alors la maison, traversa le jardin et se faufila à travers un trou dans la haie qui donnait sur un étroit chemin de halage en bordure du lac. Elle se mit à marcher d'un pas vif. La plupart des maisons devant lesquelles elle passait avaient leurs volets fermés. Les propriétaires ne reviendraient qu'au printemps. Tout était calme dans ce paysage hivernal. Le froid était vivifiant. A chaque pas, India voyait le visage de Jack. Comme il lui manquait ! Sa présence, le contact de sa peau… Elle aurait donné n'importe quoi pour être à ses côtés. Comment avait-elle fait pour vivre aussi longtemps sans lui ? se demanda-t-elle en lançant un galet dans l'eau. En tout cas, elle ne s'était jamais sentie aussi vivante !

Au bout de quelques kilomètres, elle fit demi-tour, l'esprit toujours occupé par le souvenir de Jack. Elle aurait aimé qu'il fût là, à l'attendre dans son lit avec une belle flambée dans la cheminée. Elle l'aurait rejoint, se serait glissée auprès de lui, et il l'aurait prise dans ses bras. Son regard rivé au sien, la transperçant jusqu'au fond de son âme, il l'aurait pénétrée doucement.

« Arrête de te conduire comme une collégienne ! » se dit-elle en entrant dans la maison. Il fallait vraiment qu'elle cesse de rêvasser. Elle avait d'autres choses à faire, tout de même !

Elle grimpa l'étroit escalier de bois menant au loft et, du regard, embrassa cette vaste pièce dans laquelle elle avait l'habitude de travailler. Des planches à dessin, des plans, des esquisses, un nombre incalculable de crayons Rotring, des largeurs de tissus multicolores, satin, chintz, garnitures... C'était ça la Dolce Vita.

India s'approcha de la planche à dessin de Philippe. Elle savait qu'il était sur un nouveau projet pour un client qui souhaitait refaire le salon de son chalet à Gstaad.

Après avoir étudié l'esquisse, elle alla à son bureau de style Directoire sur lequel des piles et des piles de dossiers l'attendaient. Voyons, par quoi allait-elle commencer ? Elle s'assit avec un soupir. Il fallait d'abord rattraper cinq semaines de courrier.

Après avoir lu quelques lettres, India décida d'attendre l'arrivée de Michelle pour s'occuper du reste. Autant appeler Me Ramsay tout de suite. Elle composa le numéro et, coinçant le combiné entre l'oreille et l'épaule, lut les invitations qu'elle avait reçues en attendant qu'il décroche.

— Bonjour, India Moncrieff à l'appareil. Pourrais-je parler à Me Ramsay, s'il vous plaît ? demanda-t-elle en jetant deux cartons d'invitation dans la corbeille.

— Un instant, je vous prie, fit une voix agréable à l'accent écossais.

— Mademoiselle India ? Maître Ramsay. Quel plaisir de vous entendre !

— Bonjour, Maître. J'ai bien reçu votre fax.

— J'espère que vous avez fait bon voyage.

— Très bon, merci, répondit India poliment.

Puis elle ajouta d'un ton lugubre :

— Je crains que nous n'ayons pas le choix, Maître. Il va falloir se résoudre à vendre.

— En effet. Il ne semble pas y avoir d'autre solution.

— Séréna m'a parlé d'une offre. Le président d'une compagnie internationale… Vous êtes au courant ?

— Oui. Pour être honnête avec vous, je crois que c'est la meilleure solution. C'est une offre excellente que je vous conseille d'accepter, même si c'est difficile pour vous. J'attends d'être contacté par le département juridique de la compagnie. Ils sont…

— Faites le nécessaire, dit India avec précipitation.

Elle ne voulait pas en entendre davantage. Plus tôt elle se détacherait de Dunbar, mieux cela vaudrait.

— Je suis sûre que vous ferez au mieux, reprit-elle. Séréna m'a dit que l'acheteur était prêt à payer le prix fort. Je trouve ça surprenant. Qui est-ce ?

— Je n'ai pas son nom, malheureusement, répondit le notaire sur un ton d'excuse. L'achat au nom d'une compagnie offshore permet à ces magnats de garder l'anonymat. Nous ne connaîtrons son nom qu'au moment de signer, et encore !

— Bien sûr ! dit India. Ça tombe sous le sens. C'est la seule façon pour ces investisseurs d'échapper au contrôle fiscal. Mais je suis quand même surprise qu'il achète sans avoir vu le lieu !

— Des gens sont venus visiter pour lui, m'a dit Lady Séréna.

— C'est vraiment curieux ! L'achat d'une propriété aussi importante vaut quand même le déplacement... Enfin, c'est son problème, pas le nôtre. Il faudra que nous venions vous voir, Séréna et moi, pour le partage des biens meubles. Je vais essayer de caler ça dans mon emploi du temps. Je vous tiens au courant, Maître.

— Très bien. Comme vous êtes revenue, nous n'aurons pas besoin de procuration.

— De procuration ?

— Oui. Je suppose que vous signerez vous-même l'acte de vente.

— Bien sûr ! Faites-le-moi parvenir le moment venu et je vous le renverrai par retour de courrier.

Me Ramsay devait se faire vieux, se dit India. Il n'avait jamais été question de procuration... Enfin, pour une fois, Séréna avait dit vrai. Peut-être était-ce le destin qui voulait que Dunbar fût vendu si rapidement et acquis — elle l'espérait — par une famille. Bon, autant clore le sujet pour le moment, se dit la jeune femme avec une pointe de nostalgie.

Se renversant dans son fauteuil, elle consulta sa montre. Elle essaierait d'appeler Chloé un peu plus tard dans la journée, mais elle n'était pas sûre de pouvoir la joindre : son amie était toujours par monts et par vaux, prise dans un tourbillon d'activités qui la menait de Sydney à New York.

India tendit de nouveau la main vers le téléphone. Elle ne pouvait plus attendre pour appeler Jack : elle était trop impatiente.

Il décrocha et le son de sa voix endormie suffit à balayer tous ses soucis. Dunbar, Séréna... plus rien n'existait hormis cette voix qui l'enveloppait d'une caresse chaude, lui procurant un sentiment de bien-être et de sécurité. Le seul fait de savoir que Jack faisait désormais partie intégrante de son quotidien donnait un sens à sa vie.

Plus tard cet après-midi-là, Jack se trouvait dans son bureau et attendait qu'India décroche à l'autre bout de la ligne. Il tenta de se l'imaginer blottie sur le canapé et vêtue d'une chemise de nuit. Il ne l'avait jamais vue en chemise de nuit, songea-t-il, amusé. Seulement habillée ou encore nue dans ses bras... Cette pensée lui rappela la chaleur de son corps et le soyeux de sa peau...

— Allô ?
— Comment ça va depuis tout à l'heure ? demanda-t-il en revenant à la réalité.

Ils s'étaient parlé trois heures auparavant.

Il l'entendit rire à l'autre bout du fil.

— Tu as passé une bonne journée, princesse ? demanda-t-il à voix basse, en se balançant dans son large fauteuil de cuir noir placé devant la fenêtre qui donnait sur la baie de Miami.

Mais au lieu du panorama, c'était le visage d'India qu'il voyait.

— Ça s'est plutôt bien passé dans l'ensemble. J'ai essayé de rattraper mon retard et...

Il perçut une note d'hésitation dans sa voix.

— Quelque chose ne va pas ? lui demanda-t-il avec une pointe d'inquiétude.

— Non, ce n'est rien. J'ai dû prendre une décision aujourd'hui. Ce n'était pas facile. Enfin, je t'en parlerai plus tard. Il faut que j'arrête d'y penser...

— Comme tu veux. Si tu estimes que c'est la bonne décision...

— Je n'en étais pas persuadée il y a encore quelques semaines, mais maintenant je dirais oui. Oui, c'est la bonne décision, reprit-elle d'une voix plus ferme.

Il la sentit hésiter de nouveau et se demanda si elle allait se confier à lui. Il ne voulait surtout pas la bousculer. Son instinct lui disait que c'était encore trop tôt. Elle finirait par s'ouvrir à lui le moment venu. Il lui donna alors ce qui était à ses yeux le meilleur conseil :

— Fais comme tu le sens. Ça ne pourra que marcher.

— D'accord. Je ne veux pas t'ennuyer avec ça. Comment était ta journée à toi ?

Il eut envie de lui dire qu'elle ne l'ennuyait jamais, mais il préféra lui faire une description amusante du départ de Molly pour l'école. Il lui rapporta également une conversation téléphonique qu'il avait eue avec Eduardo au sujet du Palacio de Grès, avant de lui dire combien il regrettait qu'elle fût à des milliers de kilomètres de lui dans son chalet suisse. Il aurait tellement voulu pouvoir la toucher. Son départ avait laissé un grand vide en lui. Sa présence avait été un véritable confort pendant les moments difficiles qu'il venait de passer. Il espérait pouvoir lui rendre la pareille.

Peut-être en aurait-il l'occasion avec Dunbar dont il comptait lui faire la surprise… Chaque fois, il mourait d'envie de lui en parler, mais il se retenait pour ne pas gâcher l'effet de surprise. La perspective de ses yeux brillant de joie et d'anticipation valait la peine de patienter encore un peu.

Cinq jours plus tard, India fut réveillée à 6 heures du matin par la sonnerie stridente du téléphone. Elle décrocha, encore à moitié endormie.

— Salut, paresseuse ! C'est moi !

— Bon sang, Chloé ! Quelle heure est-il ?
— Environ 6 heures. Devine où je suis.
— A en juger par l'heure, tu dois être à Tokyo, répondit India en bâillant.
— Perdu. Je suis à l'aéroport de Genève. Dans une heure, je débarque chez toi. A tout de suite !

India s'étira, puis se leva avec un sourire sur les lèvres. Elle aurait dû se douter que son amie pouvait arriver sans crier gare.

Quarante-cinq minutes plus tard, le café venait juste de passer lorsqu'une voiture s'arrêta devant la porte. Chloé en descendit, balança ses valises dans le hall et entra dans la cuisine.

— C'est génial d'être ici ! s'exclama-t-elle en serrant son amie dans ses bras.
— Je suis contente que tu sois venue. J'ai un tas de choses à te raconter ! lança India en lui versant une tasse du puissant breuvage noir.

Chloé ferma les yeux et inspira profondément.

— J'adore cette odeur ! J'ai hâte que tu me parles de toi ! Au fait, j'arrive de Bangkok... Mais où est Jack ?
— Au lit, je suppose. C'est la nuit, à Miami !
— Arrête de faire l'idiote : tu as parfaitement compris ce que je voulais dire ! Alors, comment ça s'est passé ? C'était super, non ? Je suppose que tu es complètement dingue de lui, maintenant ! Je ne t'avais pas dit qu'il était génial ?
— Et tu avais raison ! affirma India en riant.

Chloé émit un long bâillement.

— Je tombe de sommeil ! Ça t'ennuie si je vais dormir un peu ?
— Bien sûr que non ! Je t'ai préparé la chambre à côté de la mienne. Viens, on va monter tes valises ensemble et tu pourras faire une petite sieste.

Quelques minutes plus tard, India souriait en regardant son amie qui s'était recroquevillée dans le lit et s'était aussitôt endormie comme une masse. C'était Chloé tout craché ! se dit la jeune femme avec tendresse. Un véritable ouragan. Aujourd'hui ici, demain ailleurs. Mais toujours présente quand on avait besoin d'elle. Très protectrice, même, lorsque ses amis rencontraient des difficultés. India ferma les rideaux, puis quitta la chambre sur la pointe des pieds.

Un peu plus tard dans la journée, Michelle déposa une grosse enveloppe arrivée en express sur le bureau d'India. En apercevant l'adresse écossaise, la jeune femme comprit aussitôt qu'il s'agissait du compromis de vente. Avec un soupir, elle saisit le coupe-papier au manche incrusté de perles et décacheta l'enveloppe. Une fois sa signature apposée, elle ne pourrait plus faire machine arrière.

Elle sortit la liasse de documents et commença à les compulser. D'un regard distrait, elle parcourut les termes du contrat, s'arrêtant de temps à autre pour boire une gorgée de café. Et tout à coup, elle reposa sa tasse avec brusquerie et se pencha pour reprendre les papiers. Rapidement, elle retrouva l'article qui indiquait le nom de l'acquéreur. Tenn Holdings, compagnie offshore dont le siège se trouvait à Curaçao. Elle fronça les sourcils. Ce nom lui disait quelque chose. Elle était certaine de l'avoir déjà vu ou entendu quelque part. Mais où ?

Elle resta ainsi de longues minutes, le front plissé, pianotant sur le bureau. Puis Michelle arriva avec une longue liste de tâches à accomplir, et India mit l'enveloppe de côté à contrecœur.

Ce ne fut que plus tard, alors qu'elle s'apprêtait à descendre pour voir si Chloé était réveillée, qu'elle se rappela dans quel contexte elle avait entendu ce nom. Elle s'arrêta net tandis qu'un doute affreux l'assaillait. Le regard fixé sur le classeur en face d'elle, elle hésita, sentant une sueur glacée lui couler le long du dos et ses mains devenir moites. Tremblante, elle se dirigea vers l'armoire. Elle appréhendait ce qu'elle risquait d'y découvrir. Mais elle devait en avoir le cœur net ! Elle déglutit et ouvrit le tiroir métallique qui contenait les chemises kraft. Elle finit par trouver ce qu'elle cherchait. Le dossier marqué « Argentine ».

Les mains tremblantes, elle sortit le contrat du Palacio de Grès et, se tournant vers la fenêtre, elle se mit à lire.

10.

Le cœur battant, India compara le contrat qu'elle tenait entre les mains à celui qu'elle venait de recevoir d'Ecosse. L'incrédulité le disputait en elle à la stupéfaction. Et pourtant, non, elle ne rêvait pas. La mention « Tenn Holdings » figurait en caractères gras sur chacun des feuillets. Elle se rappelait encore combien ce nom l'avait intriguée, la première fois qu'elle l'avait entendu.

— Pourquoi Tenn ? avait-elle demandé à Jack.

— C'est l'abréviation de Tennessee, avait-il répondu d'un ton bourru.

Mais il n'y avait certainement aucun rapport entre cette société et celle de Jack, se dit-elle. De telles coïncidences n'étaient pas si rares, après tout.

— Regarde ça, Chloé, c'est vraiment très étrange, dit-elle à son amie qui feuilletait un magazine, assise sur le divan. La compagnie qui veut acheter Dunbar porte le même nom que la société offshore de Jack. Et toutes les deux ont leur siège à Curaçao.

— C'est impossible, répliqua Chloé. Il ne peut pas y avoir deux sociétés offshore qui portent le même nom au même endroit. Même moi, je sais ça. Au fait, tu étais au courant que Fergie avait sa propre émission de télé, maintenant ? La casquette d'animatrice lui va vraiment bien. Je l'ai rencontrée l'autre jour à New York : elle m'a paru très sympa.

— Chloé, un peu de sérieux, s'il te plaît ! C'est important.

— Désolée, dit la jeune femme en reposant son magazine. Qu'est-ce qui ne va pas, Indy ? Tu es toute pâle !

India se leva vivement, l'esprit agité de mille pensées contradictoires.

— Hé, tu ne te sens pas bien ?

Chloé comprit alors tout ce qu'impliquait la découverte faite par son amie.

— Oh, mon Dieu ! s'écria-t-elle. Tu ne crois tout de même pas que Jack...

La question resta en suspens, jusqu'à ce qu'elle secoue la tête d'un air catégorique.

— Non, Indy. Ce serait trop tiré par les cheveux. Oublie ça. Jack n'est pas capable d'une chose pareille. Pete m'a dit un jour qu'il n'avait jamais eu affaire à un type plus réglo que lui. Il y a forcément une explication.

— Non. Tu viens toi-même de le faire remarquer : deux sociétés offshore ne peuvent pas porter le même nom. Et puis, il y a Séréna. Rappelle-toi, c'est elle qui m'a téléphoné pour me parler de cette offre. Je crois — non, j'en suis certaine — que Jack et elle ont eu une liaison. Elle me l'a bien fait comprendre, d'ailleurs. Lui, par contre, il se montre très évasif à ce sujet et il refuse même d'en parler.

Les jambes en coton, elle se rassit et fixa Chloé sans la voir.

— Et s'il ne cherchait depuis le début qu'à mettre la main sur Dunbar ? C'est peut-être pour ça que... Oh, Chloé, je crois que je ne supporterais pas...

Eclatant en sanglots, elle enfouit son visage dans ses mains. Chloé se précipita aussitôt vers elle.

— Arrête, Indy. Il y a sûrement une erreur quelque part et je suis sûre que tu te fais du mal pour rien. Calme-toi…

Elle lui secoua doucement le bras, avant de poursuivre :

— Appelle-le. Ça clarifiera la situation.

Mais India ne l'écoutait plus, trop occupée qu'elle était à se remémorer l'attitude de Jack et de Séréna dans la bibliothèque de Dunbar, les soudaines démonstrations d'amitié de sa demi-sœur juste avant son départ, et puis le coup de téléphone qui lui avait appris à son retour qu'une offre d'achat se présentait. Tout cela ne pouvait être le fruit du hasard. Peut-être la présence de Jack à Buenos Aires et son désir de la faire travailler sur le Palacio de Grès faisaient-ils partie d'un plan qu'il avait élaboré pour acquérir Dunbar. Peut-être tous les instants qu'ils avaient partagés au cours des semaines passées participaient-ils d'une énorme farce parfaitement mise en scène…

— S'il te plaît, Chloé, murmura-t-elle après être restée un long moment immobile, crispée sur sa chaise. Cherche l'explication, tu veux bien ?

— D'accord. Je vais demander à Michelle de se renseigner.

Quelques instants plus tard, India observa Michelle en train de parler au téléphone comme elle aurait regardé une scène extérieure à sa propre vie. Puis la secrétaire raccrocha et se tourna vers elle. Avant même qu'elle eût prononcé un mot, India devina à son expression ce qu'elle allait lui dire.

— C'est la même société, n'est-ce pas ? murmura Chloé.

Michelle hocha la tête. Il n'y avait rien à ajouter.

La sonnerie de la porte d'entrée retentit soudain, et brisa le silence pesant qui s'était installé.

— Tu attends quelqu'un ? demanda Chloé.

— Non, personne... Aïe, j'avais oublié ! s'écria India en fermant les yeux. Giordano devait passer ce matin. Vous voulez bien aller lui ouvrir ? Je ne peux pas lui parler dans cet état.

— Pas question, répondit fermement Chloé. Descends t'occuper du marquis. Pendant ce temps-là, Michelle et moi effectuerons quelques recherches supplémentaires. Tu ne peux rien faire pour le moment, de toute façon. Il faut qu'on étudie un peu plus le problème avant d'entreprendre quoi que ce soit.

— Tu as raison, reconnut India, réconfortée par le pragmatisme de son amie.

— Ça va ? s'enquit Michelle en lui prenant le bras pour la soutenir. Tu arriveras à descendre l'escalier toute seule ?

— Oui, oui. Je vais bien, merci. Chloé a raison : regardez ce que vous pouvez trouver d'autre toutes les deux.

Elle s'engagea dans l'escalier d'un pas hésitant puis, gênée de faire attendre aussi longtemps son visiteur, elle se hâta d'ouvrir la porte.

C'était bien le marquis Ambrognelli. Le dos bien droit et la mine digne, comme à l'accoutumée, il portait un manteau dont le col en velours noir offrait un contraste saisissant avec les cheveux blancs qui encadraient son noble visage. Bien qu'elle fût bouleversée pour d'autres raisons, India eut un coup au cœur en voyant combien il avait vieilli. Pauvre Giordano ! Il ne s'était toujours pas remis de la mort de Lady Elspeth et il ne s'en remettrait sans doute jamais. Elle le salua chaleureusement, et garda ses mains entre les siennes un long moment sans rien dire, émue par les souvenirs du passé qui affluaient soudain à sa mémoire.

Giordano Ambrognelli avait discrètement courtisé sa mère après que celle-ci se fut retrouvée veuve. Ami proche de la famille, c'était lui qui avait baptisé la société d'India la Dolce Vita, et lui encore qui l'avait poussée à ignorer la désapprobation de Christian en poursuivant jusqu'au bout ses ambitions. Sans son aide, jamais elle n'aurait trouvé le courage de se lancer dans une telle entreprise.

— Ne restez pas dehors par un froid pareil, lui dit-elle enfin. Entrez, nous serons mieux dans le salon.

— Très bien. Tino…

Il se tourna vers son chauffeur, qui attendait patiemment près de la voiture.

— *Sì, Signore Marchese ?*

— La *Signorina* India et moi allons discuter un peu ensemble. Allez donc au village m'acheter le *Financial Times*, s'il vous plaît, et revenez me chercher, disons… dans une heure environ. *Va bene ?*

— *Sì, Signore Marchese, con piacere*, répliqua l'employé en inclinant légèrement la tête.

— Comme ça, précisa Giordano à l'intention d'India, il pourra déguster tranquillement un cappuccino dans le salon de thé à côté du kiosque à journaux. Conduire un vieillard doit être très ennuyeux, certains jours.

India sourit et l'aida à ôter son manteau. Il portait un costume impeccablement coupé et une cravate dont il rectifia le nœud devant un miroir. Il lui offrit son bras, et tous deux se dirigèrent vers le salon d'un pas que l'âge de Giordano rendait de plus en plus lent.

Quel homme adorable ! songea la jeune femme. En parfait gentleman, il se souciait d'abord d'autrui et ne tenait jamais rien pour acquis. Alors qu'ils traversaient la salle à manger, elle nota le regard amusé qu'il posait sur le fatras de marchandises entassées sur la table d'époque Georges IV.

— C'est pour la Dolce Vita, lui expliqua-t-elle en haussant les épaules. Je suis désolée, tout est sens dessus dessous, ici.

— *Cara mia*, je suis un vieil homme. Je ne me formalise plus de choses aussi futiles que l'ordre ou le désordre.

Il se tourna légèrement pour la dévisager avec attention.

— En revanche, reprit-il, je m'inquiète de te voir si triste, si... Comment aurait dit ta mère ? *Come se dice ?* Echevelée ?

— Je sais, j'ai une tête à faire peur aujourd'hui.

— Je n'irais pas jusque-là, ma chère, dit-il en lui pressant amicalement le bras. Une femme aussi belle ne peut être décrite en ces termes. Disons plutôt que je te trouve la mine soucieuse.

— Je vais bien, Giordano, affirma-t-elle avec une feinte gaieté, bien déterminée à tout faire pour empêcher ses préoccupations de gâcher cette visite.

Sachant qu'il aimait les hauts dossiers, elle le fit asseoir près du feu sur un fauteuil de style Régence, et s'installa elle-même sur le large canapé en se rappelant les nombreuses heures qu'ils y avaient passées ensemble. Pendant quelques instants, seuls les cris intermittents des mouettes et le bruit des voiliers du port de Pully brisèrent le silence.

— Tu sais, India, dit alors le marquis en examinant la pièce avec admiration, ma mère était une riche héritière qui a consacré une grande partie de son existence et de sa fortune à rénover le palazzi de mon père — un palais aussi magnifique que délabré. Ta maison me fait penser à elle. Vous avez toutes les deux le même goût, le même raffinement.

Il sortit soudain une paire de lunettes de sa poche et les chaussa en se penchant vers un tableau qui venait de capter son attention.

— Magnifique ! s'exclama-t-il. Ce n'est pas un Bruegel, mais...

— Malheureusement non, confirma India. Ce tableau était accroché dans le petit salon de ma mère, vous vous souvenez ?

Elle me l'a donné, ainsi que la plupart des objets que vous voyez ici.

Mélancolique, elle lui montra l'horloge en chrysocale qui ornait le manteau de la cheminée, et la tapisserie d'Aubusson pendue à l'autre bout de la pièce.

— Elle tenait sans doute à ce qu'ils te reviennent, dit-il en secouant tristement la tête. Quel dommage qu'elle ait dû se séparer de certains trésors ! J'aurais aimé l'aider davantage, mais elle s'y opposait, la plupart du temps.

Parce qu'elle ne voulait pas qu'il sombre dans la mélancolie, India se leva brusquement.

— Mince, Giordano, quelle piètre hôtesse je fais ! Je ne vous ai même pas demandé si vous souhaitiez boire quelque chose. Que voulez-vous que je vous serve ? Un café ? Un verre de Xérès, peut-être ?

— Je ne devrais pas, mais, ma foi… Il est 11 h 45, alors je peux bien m'autoriser une petite goutte de Xérès, comme aurait dit ma chère Elspeth.

Il soupira et ferma les yeux en prononçant son nom.

— Elle me manque tant, poursuivit-il. Tu sais, de toutes les douleurs que nous devons surmonter au cours de notre vie, la perte d'un être cher est sans conteste la plus terrible.

— En effet, répondit doucement India en lui tendant son verre et en se rasseyant.

Elle ne pensait pas seulement à sa mère, mais aussi à Jack et à l'épreuve effroyable que venait de subir la petite Molly.

— Merci, ma chère India, dit Giordano en lui pressant la main. J'ai beaucoup souffert de ne pas pouvoir assister à ses funérailles. J'aurais tant voulu être là pour lui faire mes adieux, mais mon médecin s'y est formellement opposé. J'avais parlé à Elspeth, la nuit qui a précédé son… départ. Nous avions évoqué son retour à Lausanne pour la saison et son désir d'être rentrée avant le bal de Noël de la comtesse. Mais je me souviens qu'elle m'avait paru un peu préoccupée.

— Préoccupée ? répéta India en se redressant sur son siège. Vous a-t-elle dit pourquoi ?

— Non. Si j'ai bonne mémoire, elle ne se sentait pas très bien depuis quelques jours. Rien de sérieux, cependant. Juste quelques nausées. A part ça, elle semblait en forme. C'est plutôt le ton de sa voix qui m'a alerté.

India hésita un instant, puis se décida à lui parler de la lettre qu'elle avait trouvée à Dunbar.

— Vous savez, Giordano, j'ai découvert quelque chose d'étrange en Ecosse, commença-t-elle.

— Ah oui ? dit-il, soudain sur le qui-vive. Raconte-moi.

— J'étais dans la chambre de maman — je voulais lui dire un dernier au revoir, précisa-t-elle avec un faible sourire qui lui valut un signe de tête compatissant du vieil homme — quand je suis tombée sur un message oublié sur son bureau. Il m'était adressé mais il était incomplet, comme si quelqu'un avait interrompu maman au moment où elle l'écrivait. Il était daté du jour de sa mort, donc je suppose qu'elle l'a rédigé quelques minutes seulement avant d'être terrassée par sa crise cardiaque.

— Mais en quoi ce message t'a-t-il inquiétée ? demanda Giordano en se penchant pour poser son verre sur la table d'une main tremblante.

— Attendez, je vais aller le chercher !

— Oui, approuva-t-il. J'aimerais beaucoup le lire.

India se dirigea vers le petit secrétaire où elle rangeait sa correspondance personnelle et en sortit une feuille qu'elle tendit au marquis. Elle s'installa ensuite sur un tabouret à côté de lui et guetta sa réaction.

— A votre avis, pourquoi craignait-elle qu'on l'espionne ? demanda-t-elle avec anxiété lorsqu'il eut terminé sa lecture.

Les seules personnes qui devaient être présentes à Dunbar ce jour-là étaient Séréna et son petit ami Maxi. Kathleen, elle, était chez ma grand-tante Moira.

— C'est très curieux, murmura Giordano en étudiant le message avec soin. Elle ne m'a pas du tout parlé de ça. Mais tu as raison, ces mots montrent qu'elle était préoccupée — presque effrayée, même. Ce qu'elle avait à te dire devait être très important pour qu'elle veuille te voir le plus vite possible...

Il reposa la feuille et regarda la jeune femme bien en face.

— India, est-ce que par hasard tu soupçonnerais Séréna et son petit ami de quelque chose ? demanda-t-il gravement.

— Non, pas vraiment. Mais je viens juste d'apprendre — ou plutôt, j'ai de bonnes raisons de croire — que Séréna a tenté de vendre Dunbar sans m'en informer. Je pense que Maxi et elle avaient fini par exaspérer maman. Tous deux avaient pratiquement emménagé chez elle et je sais que ça lui pesait. Seulement, de là à soupçonner quoi que ce soit... Non.

Ou du moins, pas jusqu'à ce jour, songea-t-elle en se rappelant soudain les documents qu'elle avait laissés à l'étage et leurs multiples implications. Tout cela faisait-il partie d'un seul et même plan machiavélique ?

— J'aurais dû assister à l'enterrement, dit Giordano. Peut-être aurions-nous découvert quelque chose, alors ?

— C'était impossible, voyons ! Un tel voyage aurait été de la folie. Novembre est un mois glacial en Ecosse, et maman n'aurait certainement pas voulu que vous attrapiez froid pour elle.

— *Lo so, cara.* Je sais.

Mais les pensées du vieil homme devaient déjà avoir pris une autre direction parce qu'il enchaîna aussitôt :

— Dis-moi, ce Maxi... S'agit-il de quelqu'un que je connais ?

— Oui. C'est un Lowendorf. L'un des frères de Gunther von Lowendorf, le financier, pour être exacte.

— Oui, je vois. J'ai bien connu son grand-père. C'était un homme très érudit qui occupait une chaire d'économie à l'université de Heidelberg et à la Sorbonne. Gunther est très réputé, lui aussi, dans son domaine.

— Eh bien, Maxi ne leur ressemble en rien, et je crois que sa famille lui a tourné le dos. Ce qu'il fait avec Séréna, ou ce que ma sœur attend de lui, voilà qui est un mystère pour moi.

— Me permets-tu de conserver un exemplaire de cette lettre, India ? Peut-être que j'aurai une idée plus tard.

— Bien sûr !

De nouveau, Giordano sembla se plonger dans de lointaines pensées, et India se demanda s'il était en train de se souvenir de Lady Elspeth telle qu'il l'avait vue si souvent, élégamment assise sur le divan, charmante et gracieuse parmi les coussins recouverts de chintz, entourée des nombreux cadres en argent contenant les photographies de sa famille et de ses amis. Mais en relevant la tête, elle fut surprise de voir que Giordano l'observait attentivement, comme s'il cherchait à sonder son âme. Elle baissa aussitôt les yeux en espérant qu'il ne s'était pas aperçu de son trouble.

— Dis-moi, que s'est-il passé à Dunbar ? Allez-vous garder la maison, Séréna et toi ? J'imagine qu'elle se montre exigeante et capricieuse, comme d'habitude. Elspeth m'avait parlé des problèmes qui avaient découlé de son remariage.

Il eut un sourire désabusé.

— Ah, ces Anglais, ils sont si rigides ! En Italie, une grande fortune peut faire oublier bien des péchés.

— Je crains que nous ne devions nous séparer de Dunbar.

— Moi aussi, hélas. Avez-vous un acheteur en vue, ou allez-vous faire appel à une agence ?

— Il y a un acheteur potentiel, répondit India sans pouvoir dissimuler son agitation. Je...

Elle leva les bras dans un geste de désespoir.

Le marquis se pencha alors et prit sa main entre ses doigts tremblants.

— India, ta mère veille sur toi, j'en suis certain. Je fais dire des messes quotidiennes pour elle. Je sais qu'elle serait triste de te voir ainsi, *cara*. Tu dois réagir et aller de l'avant.

Sa voix plaintive s'était faite plus forte, et l'énergie qui se dégageait de ses paroles venait contredire la fragilité de son corps affaibli.

— Ménagez-vous, Giordano, je vous en prie ! lui dit India d'une voix implorante.

Mais il continua, comme s'il sentait que sa détresse était plus profonde qu'elle ne voulait bien l'avouer.

— Je suis un vieil homme, India. Je n'ai plus beaucoup de temps à vivre et pour être honnête, j'en suis soulagé. La vie a changé. Chaque jour, je lis la rubrique nécrologique dans les journaux, et je constate chaque fois que quelqu'un est mort.

Il haussa les épaules.

— Quelquefois, il s'agit d'un ami à moi ou d'une simple connaissance. Mais chacun de ces décès me ramène à la réalité. Il y a dix ans déjà que mon fils Giacomo est mort d'un cancer... Enterrer son enfant est quelque chose de contre-nature pour des parents. Et maintenant, ma chère Elspeth est partie.

— Vous me répétez d'aller de l'avant, Giordano, mais vous aussi vous devez vivre. Pensez à ces endroits où vous aimez aller et à tout ce que vous pouvez encore faire.

Il la regarda avec bienveillance.

— Mon enfant, ce n'est pas ça l'important. Ce qui compte, dit-il en levant un doigt fragile, c'est l'âme. Tu as raison, il faut continuer à vivre. Mais nous devons le faire chacun à notre façon. J'occupe simplement mon temps en attendant que Dieu se décide à me faire figurer à mon tour dans la rubrique nécrologique des quotidiens.

Il eut un petit rire triste.

— Et quand ce moment arrivera, je veux que tu te souviennes que je m'en vais sans regret. Sache, *bella*, que cette vie qui te paraît aujourd'hui si vibrante et intense peut devenir un lourd fardeau avec le temps. Il faut savoir s'arrêter parfois pour regarder autour de soi, poser sur les lieux et les gens un regard qui vient de l'intérieur. Il faut saisir chaque bonheur que Dieu nous envoie et profiter pleinement de chaque moment. Sinon, les regrets finissent par devenir nos seuls compagnons.

Il s'interrompit soudain pour lui montrer du doigt l'horloge en chrysocale flanquée de statuettes représentant des figures mythologiques.

— Tu vois cette horloge ? Chaque jour, chaque heure et chaque seconde, les aiguilles tournent sans répit, emportant avec elles des moments qui ne reviendront jamais. Tu dois remplir ces moments de joie et d'amour, India. Si ton travail te rend heureuse, alors travaille dur. Si tu rencontres l'homme de ta vie, aime-le et chéris-le sans crainte. Ne laisse pas une fierté insensée influer sur ton destin.

— Mais comment pourrais-je savoir ?

Retirant sa main de celle du marquis, India se leva brusquement et, les poings serrés, elle fit quelques pas devant la cheminée. Elle ne se sentait plus capable de réprimer la tempête d'émotions qui la secouait intérieurement.

— Comment pourrais-je jamais savoir ce qui est vrai et

ce qui ne l'est pas ? s'écria-t-elle. Comment avoir confiance quand je doute à chaque instant ?

Giordano attendit quelques secondes avant de répondre :

— Le seul conseil que je puisse te donner est de suivre ton instinct.

— C'est bien ce qui m'effraie, répondit-elle avec amertume.

— Les choses ne sont pas toujours ce qu'elles paraissent, reprit le vieil homme en lui jetant un regard perçant. Parfois, on fait des déductions qui nous semblent évidentes et absolues, mais souviens-toi qu'il faut toujours considérer l'autre aspect des choses. Lorsque la souffrance nous aveugle, il faut laisser passer du temps pour y voir plus clair. Certaines vérités demeurent cachées jusqu'au moment où elles doivent être révélées, et jusqu'à ce que certaines leçons aient été apprises. La vie, *cara*, n'est rien d'autre qu'une suite de leçons, et la plupart d'entre elles nous sont données de manière fort inattendue.

India ne put retenir ses larmes, tant elle était touchée par ces conseils qu'il lui prodiguait en prévision d'un temps où elle pourrait en avoir besoin et où il ne serait plus là pour les lui donner.

— Merci, Giordano, murmura-t-elle.

— Ne me remercie pas, *carina*. Je ne fais que partager avec toi le peu que j'ai appris durant mes quatre-vingt-deux années d'existence. Fais-en bon usage, c'est tout.

Avec un sourire fatigué, il se laissa aller en arrière sur son siège.

— Je vais devoir y aller, à présent, dit-il après avoir bu une dernière gorgée de Xérès.

Soudain, il semblait vraiment faire son âge, remarqua India.

— Ce cher Dr Kovats m'attend, expliqua-t-il. C'est grâce à elle que je suis encore en vie et en bonne santé.

India lui offrit son bras pour qu'il y prenne appui, et tous deux traversèrent de nouveau le hall dallé de pierres jusqu'à la porte d'entrée. Au passage, India demanda discrètement à Michelle de faire une photocopie de la lettre, puis elle aida Giordano à remettre son manteau avant de lui ouvrir la porte.

Tino attendait déjà dehors, les épaules rentrées contre le froid. Il s'approcha pour soutenir le marquis et l'empêcher de glisser sur les pavés verglacés.

— *Ciao, cara mia*, à bientôt, dit Giordano en pinçant la joue de la jeune femme comme il avait coutume de le faire, bien des années plus tôt. Et en attendant, je ne saurai trop te recommander d'aller chez le coiffeur, de t'acheter une jolie robe et de remettre un peu de vie sur ce joli visage.

— D'accord, Giordano.

Elle l'étreignit spontanément au moment où Michelle s'approchait d'eux.

— Oh, la lettre ! s'exclama-t-elle en prenant la copie des mains de sa secrétaire.

— Ah oui, c'est vrai !

Giordano prit le document, le plia soigneusement et le glissa dans la poche intérieure de son manteau.

India resta ensuite sur le pas de la porte et agita la main tandis que l'immense Mercedes montait silencieusement la petite pente et prenait à droite la route de Vevey.

Elle ferma alors la porte, regardant le hall vide sans le voir. Non, elle était incapable d'attendre plus longtemps : elle devait savoir à quoi s'en tenir au sujet de Tenn Holdings.

Aussitôt, elle grimpa l'escalier quatre à quatre.

— Alors ? demanda-t-elle en rejoignant Chloé.

— Je suis désolée, Indy, lui répondit son amie, mais j'ai

bien peur que tu aies raison. Michelle a téléphoné à Curaçao. Il s'agit de la même société que celle qui figure sur ton contrat pour le Palacio de Grès. Je ne peux pas le croire ! Ça doit être une erreur. Jack n'est pas comme ça.

— J'ai fait faire une recherche approfondie, ajouta Michelle en lui tendant un fax, comme à regret.

India lut le document deux fois. Quand elle eut fini, elle sentit ses dernières lueurs d'espoir sombrer et se muer en une rage froide.

— Le salaud ! s'écria-t-elle, envahie par la colère et l'humiliation. Il a dû décider d'acheter la propriété après que je la lui ai fait visiter. Quelle idiote j'ai été !

Elle éclata d'un rire amer.

— Séréna et lui ont probablement mis leur plan au point quand ils sont rentrés à Dalkirk. Voilà pourquoi il a accepté de partir avec elle sans faire d'histoires : ça me paraît tellement clair, à présent ! Seigneur, comment ai-je pu être aussi aveugle ?

Elle se mit à arpenter la pièce, parlant autant pour elle-même que pour Chloé et Michelle.

— Après tout, j'avais été claire : il n'était pas question que Dunbar soit transformé en hôtel. Opportuniste comme il l'est, Jack n'a certainement pensé qu'à ça pendant la demi-heure qui a suivi le retour de Séréna, conclut-elle avec amertume. Vous vous rendez compte ? Pendant tout ce temps, j'ai travaillé avec lui, j'ai fait l'amour avec lui, je l'ai écouté me raconter ses problèmes… Et pendant tout ce temps… Non, je ne peux pas croire que j'aie laissé une chose pareille m'arriver une deuxième fois.

Sa voix se brisa et elle se laissa tomber sur le sofa en enfouissant son visage entre ses mains. Quelques instants s'écoulèrent ainsi dans un silence pesant jusqu'à ce qu'elle lève les yeux vers Chloé en soupirant.

— Le plus douloureux pour moi, c'est qu'il ait agi de façon délibérée. Tu vois un peu jusqu'où il est capable d'aller pour parvenir à ses fins ? Jusqu'à m'impliquer dans la restauration du Palacio de Grès et me faire entrer dans sa vie !

— Ce n'est pas vrai, répliqua Chloé avec chaleur. Je suis sûre qu'il voulait que tu t'occupes de ce projet : il n'aurait pas pu trouver quelqu'un de meilleur que toi... Indy, il y a forcément une erreur quelque part. Et tout ce qui s'est passé à Miami... je suis sûre qu'il était sincère. Je ne serais pas surprise d'apprendre que Séréna est derrière tout ça et qu'elle a abusé Jack d'une façon ou d'une autre.

India eut un rire ironique.

— Séréna n'a pas ce genre de compétences. Elle peut être méchante et rusée, mais elle n'est pas aussi intelligente ! Non, dit-elle en secouant la tête, j'ai bien peur que ce « coup de théâtre » ne soit l'œuvre de Jack Buchanan.

Elle roula le fax en boule, l'écrasant comme elle aurait voulu le faire avec sa douleur. Elle avait permis à Jack d'entrer dans son univers, elle lui avait accordé sa confiance et elle avait fait ce qu'elle s'était juré de ne plus jamais faire. Ce qui était arrivé avec Christian aurait dû être un avertissement suffisant, mais non, il avait fallu qu'elle recommence. A cet instant, elle se détestait d'avoir permis à Jack de lui faire du mal.

Et pour couronner le tout, son manque d'expérience en matière de sexualité avait dû beaucoup l'amuser. Elle était furieuse. Jack avait sans doute été très content de lui quand il avait compris qu'il la troublait — c'était un bonus par rapport à l'objectif qu'il poursuivait. En elle, la colère et l'humiliation livraient bataille à une douleur profonde, et quand elle entendit sonner sa ligne privée, elle refusa de décrocher, persuadée qu'il s'agissait de Jack.

Inquiète, Chloé tournait autour d'elle, essayant désespérément de la consoler. En vain.

— Comment a-t-il pu se montrer aussi cruel ? M'utiliser ainsi, moi et la pauvre petite Molly ? reprit India. Quand je pense que je me suis arrangée pour être disponible, que je me suis occupée de lui, comme une imbécile ! Dire que je me croyais heureuse, enfin…

— Il n'y a rien de mal à ça, Indy. Il était temps que tu aies une véritable expérience avec quelqu'un, tu ne crois pas ?

La gorge nouée, India ne put répondre. Elle s'approcha de la fenêtre et regarda les eaux agitées du lac. Dehors, l'orage qui s'annonçait était au diapason de son humeur. Jack ne lui avait-il pas appris le plaisir ? Ne lui avait-il pas laissé croire que ses sentiments étaient aussi profonds que les siens ? Admettre que tout cela n'était que mensonge lui déchirait le cœur.

Mais lentement, telle une forteresse qui se mettait en place, ses mécanismes de défense prenaient le dessus. Que Jack Buchanan aille au diable ! S'il pensait qu'elle allait en rester là et encaisser le coup sans broncher, il allait avoir une surprise plutôt désagréable. Il n'était pas le seul à pouvoir élaborer une stratégie.

L'esprit à présent suffisamment clair pour réfléchir, India regagna son bureau. Oui, elle allait faire regretter à Jack le jour de sa naissance.

— Je sais exactement ce que je vais faire. D'abord, écrire quelques lettres, et ensuite, passer au plan B.

— Je n'aime pas ça, Indy, répliqua Chloé, mal à l'aise, tout en jetant un coup d'œil à Michelle qui leur faisait signe qu'elle partait.

India ne remarqua même pas le départ de sa secrétaire.

Concentrée sur ses pensées, elle alluma la lampe de bureau, tandis que de lourds nuages noirs commençaient à obscurcir le grenier aux poutres basses.

Elle prit une feuille de papier et rédigea une lettre destinée à Mᵉ Ramsay. Après l'avoir tapée sur son ordinateur, elle l'imprima et l'inséra dans le fax. Puis elle décrocha le téléphone pour joindre Hernan dans son appartement de Buenos Aires. Jamais elle ne s'était sentie aussi meurtrie et déterminée à la fois. Ce qu'elle avait subi avec Christian était un enfantillage, à côté. Mais il est vrai qu'il n'avait jamais suscité en elle des sentiments aussi forts que ceux qu'elle avait éprouvés pour Jack.

Une rage froide et sauvage la submergea de nouveau à cette pensée. Le temps où elle courbait la tête et acceptait les coups sans rien dire était terminé.

Elle tira brutalement sur la feuille qui s'était coincée dans le fax. Elle voulait que Jack connaisse la même douleur que celle qu'elle ressentait aujourd'hui, qu'il soit humilié, comme elle, qu'il éprouve une angoisse aussi profonde et déchirante que la sienne. Elle espérait le voir ramper à ses pieds, et elle se promettait de savourer chaque seconde de ce spectacle. Quel qu'en fût le prix.

Trois jours plus tard, India se tenait immobile et regardait Michelle parler avec Jack au téléphone en jouant son rôle à la perfection. India se contentait de hocher la tête quand sa secrétaire lui adressait une grimace interrogative. Jack avait mérité le traitement qu'elle lui réservait, elle en était convaincue.

Elle imagina sa colère et sa surprise en apprenant qu'elle était partie avec un autre homme. Ou bien était-il simplement contrarié par l'échec de son plan ? Soudain, un doute ténu s'insinua dans son esprit, mais elle le chassa aussitôt et attendit que Michelle eût terminé de jouer la scène qu'elles avaient répétée avec soin. Pas d'excuses, pas de retour en arrière. Elle savait exactement ce qu'il fallait faire.

— Alors, comment a-t-il réagi ? demanda-t-elle avec anxiété quand Michelle eut raccroché.

— Il a dit que ce n'était pas possible. Que tu ne lui avais pas dit que tu partais skier, et que Hernan était à Buenos Aires.

— Parfait ! Toute l'astuce réside là. Hernan *n'est pas* à Buenos Aires. En ce moment, il skie à Zermatt, comme tu le lui as dit.

— Il était furieux, Indy, expliqua Michelle en secouant la tête d'un air dubitatif.

— J'espère que tu sais ce que tu fais en lui parlant de toi et de Hernan Carvajal, intervint Chloé d'un air sombre. Et surtout que tu ne le regretteras pas. Toute cette histoire pourrait très bien n'être qu'un malentendu provoqué par Séréna. Si j'étais toi, j'essaierais au moins de me renseigner et de lui donner une chance.

— Pas question ! En tout cas, Michelle, tu as été parfaite. Je suis certaine qu'il a cru tout ce que tu lui as dit.

— Oui, répondit la secrétaire d'une voix triste. J'en suis certaine, moi aussi.

— Quant au pauvre Hernan, ajouta Chloé, je n'aimerais pas être à sa place si Jack parvient à le joindre.

— Hernan est assez grand pour se défendre. Quant à avoir des regrets, je ne me fais pas de souci, répliqua India avec un rire amer. Aux yeux de Jack, je n'étais qu'un passe-temps amusant et surtout très utile. Mais s'il pense pouvoir m'écarter et continuer à faire ses coups en douce, il se trompe lourdement.

Michelle haussa les épaules et se tourna vers son ordinateur.

— Si tu le dis ! Mais il avait vraiment l'air furieux. Et Séréna, au fait ? Tu vas l'appeler et essayer de l'interroger ?

Au même instant, elle vit que la lumière rouge de son téléphone clignotait.

— Justement, ta sœur cherche à nous joindre ! annonça-t-elle à India. Je pense que c'est l'occasion d'en savoir plus.

— J'avais dit que je ne prendrais plus ses appels.

— Il vaudrait mieux lui tirer les vers du nez, tu ne crois pas ?

India se cala dans son fauteuil. Michelle avait raison. Il était temps de découvrir quel rôle exact Séréna avait joué dans cette histoire sordide.

— Très bien, je prends l'appel. Désolée d'avoir râlé.

— Ne t'en fais pas. Je te la passe.

— Enfin ! s'exclama Séréna sur un ton dramatique. Je suis heureuse que tu acceptes enfin de me parler. Quelque chose de terrible vient de se produire.

— J'en déduis que Me Ramsay t'a informée que je ne vendrais jamais Dunbar à Jack Buchanan ! lança sèchement India, tout en s'interrogeant sur les mensonges que Séréna allait tenter de lui faire avaler.

Dans le même temps, elle posa les pieds sur son bureau, chevilles croisées, comme Jack aimait le faire.

— Oui, il me l'a dit. Bien sûr, c'est ma faute. *Entièrement* ma faute. Quel monstre, ce type ! Je n'aurais jamais dû lui faire confiance. Si tu savais comme je suis désolée, India !

Séréna soupira avant de reprendre :

— Quand je pense à la situation dans laquelle tu t'es retrouvée, ma pauvre ! Si je ne m'étais pas montrée aussi stupide, tout cela aurait pu être évité.

— Je suis peut-être idiote, Séréna, mais comment aurais-tu pu éviter quelque chose que tu as toi-même organisé ? Tu m'as menti l'autre jour, au téléphone. Tu as inventé une histoire bidon pour que j'accepte de vendre Dunbar, alors que tu étais de mèche avec Buchanan. Je dois dire qu'à vous deux, vous avez une belle imagination.

— Non, tu ne comprends pas ! gémit Séréna. Tu te trompes.

— Je ne crois pas, répondit India d'un ton brusque, irritée par cette comédie. Vous aviez manifestement tout planifié, Jack et toi. Tu savais que je ne voulais pas vendre, sauf peut-être à une famille, et j'avais clairement dit à Jack qu'il était impensable pour moi de voir la propriété transformée en hôtel. Je suppose que vous vous êtes consultés pour trouver ce plan monstrueux. Evidemment, c'était très intelligent de sa part de m'impliquer dans le projet du Palacio de Grès, mais ça va lui coûter une jolie somme. Au fait, c'était son idée ou la tienne ?

Elle eut un rire cassant et poursuivit sur sa lancée :

— Je suppose que le rituel de séduction était programmé depuis le début, lui aussi. Tu as dû lui donner tous les détails au sujet de Christian parce qu'il a très bien su comment s'y prendre avec moi. Heureusement que je lis les contrats de A à Z et que j'ai une bonne mémoire des noms, sinon vous m'auriez complètement menée en bateau.

— Non, non, je t'en prie ! implora Séréna. Ce n'est pas ce que tu crois, India. J'ai fait ça par désespoir. Je ne voulais pas te blesser ni qu'il arrive quoi que ce soit de ce genre. Seulement, je suis fauchée, moi. Tu sais que nous devons vendre Dunbar, mais tu ne veux pas l'admettre. Jack m'avait promis… Il m'avait dit que la propriété était très importante pour son frère et sa famille, et je l'ai cru sincère.

India l'entendit renifler au bout du fil. Elle attendit, se demandant ce que sa sœur lui réservait encore.

— Il m'avait dit qu'il te verrait à Buenos Aires, qu'il te

convaincrait de… Oh, mon Dieu, c'est trop affreux ! Comment ai-je pu laisser un tel désastre se produire ?

— Peu importe, c'est fait. Et maintenant, c'est à moi de réparer les dégâts.

— Mais, India, une offre pareille ne se représentera pas !

— Il a prétendu que c'était pour Chad ? demanda India d'un air songeur.

— Oui. Il comptait y vivre et ouvrir un petit hôtel, pour des invités en quelque sorte, répondit Séréna sans grande conviction. Jack m'a expliqué que, pour des questions d'impôts, son frère achèterait la propriété par l'intermédiaire d'une société offshore. Je ne devais en parler à personne sous prétexte que c'était un secret, mais il m'a assuré que tu comprendrais.

— Alors, tu savais qu'il voulait transformer Dunbar en hôtel ? Et tu étais également au courant de notre relation ?

Séréna marqua un temps d'arrêt avant de répondre :

— Oui… Pour être honnête, j'ai été un tout petit peu jalouse. Tu comprends, il me plaisait bien… Quand son frère a été tué, j'ai pensé que toute l'affaire allait tomber à l'eau. Je lui ai demandé ce qui allait se passer et il m'a répondu… En fait, c'est à ce moment-là qu'il a insisté pour que je ne te dise rien. Je…

— Séréna, tu n'espères tout de même pas que je vais croire cette histoire à dormir debout ? Bien entendu que vous avez planifié ça ensemble depuis le début ! Mais Jack Buchanan est la dernière personne à qui je vendrai Dunbar. Tant pis si je dois perdre beaucoup d'argent. Je préférerais encore que la maison brûle plutôt que de voir cet homme en franchir le seuil. Tu peux lui transmettre le message, avec mes compliments.

— Je te jure que c'est faux ! Je savais plus ou moins qu'il y avait un projet d'hôtel, mais il m'avait dit que son frère et sa femme voulaient s'installer à Dunbar avec leur petite fille. Tu dois me croire ! Jack peut se montrer si convaincant.

Sur ce point, on ne pouvait pas lui donner tort, songea India avec amertume.

— Quand il m'a demandé de signer la promesse de vente, reprit Séréna, je lui ai dit qu'il nous fallait aussi ton accord. Il a répondu que c'était une simple formalité et qu'on s'occuperait de ça après.

— Et tu n'as pas eu l'idée de me contacter ?

— J'avais peur que tu fasses annuler la vente. Tu sais, tu n'es pas dans la même situation que moi. Tout ce que j'ai, à présent, c'est ma part de la propriété et ce minable fidéicommis Hamilton, qui me permet à peine de m'en sortir.

India l'entendit se mettre à pleurer.

— Jack m'a menti à moi aussi, gémit Séréna. Et maintenant, il veut que l'accord soit respecté. Il prétend que ce serait une escroquerie, sinon. D'autant plus qu'il a déjà contracté des emprunts auprès de plusieurs banques. Je ne sais pas quoi faire... Peut-être qu'on devrait lui vendre Dunbar et ne plus s'en occuper.

— Je parie que tu en es capable.

India sentait de nouveau la colère monter en elle. Séréna avait-elle été assez stupide — ou assez rusée — pour signer un accord qui les engageait à vendre ? Mais oui, bien sûr qu'elle l'avait fait ! Elle s'était engagée à fond, en espérant qu'il serait impossible de faire marche arrière.

Dans quel pétrin elle les avait mises ?

— As-tu une copie de la promesse de vente ?

— Oui, je dois avoir ça quelque part, répondit Séréna en reniflant.

— Faxe-la-moi dès que possible. J'ai besoin de la lire.

— Ça ne servira à rien. Jack est déterminé à aller jusqu'au bout.

— Séréna, le jeu est terminé. Envoie-moi tout de suite ce foutu document ou je vous colle un procès à tous les deux.

— Ce matin, il a répété à Me Ramsay qu'il n'abandonnerait pas Dunbar.

— Il aurait pu tout aussi bien le dire au pape, je m'en moque. Faxe-moi la promesse de vente. De mon côté, je vais parler à Me Ramsay. Tu as vraiment le don de tout gâcher, tu sais ? Je suppose que tu es contente de toi ?

— Je suis désolée, murmura sa sœur d'une voix angoissée. Si seulement je ne m'étais pas tournée contre toi ! Mais je pensais que tu ne me comprendrais pas si je te parlais de mes problèmes d'argent.

— Si tu as besoin d'argent, je t'en enverrai, mais il faut d'abord que je discute avec Me Ramsay. Je te rappelle après.

— D'accord. Je suis vraiment navrée… Je n'ai jamais voulu que les choses se passent de cette façon. Je désirais vendre, mais pas t'empoisonner l'existence…

— On en reparlera plus tard. Envoie-moi le document.

Le cœur battant, India raccrocha et prit une profonde inspiration. Jack était un manipulateur, un mercenaire qui agissait de sang-froid. S'il avait vraiment fait en sorte de signer un accord avec Séréna sans qu'elle le sache, ça voulait dire qu'il était encore plus retors qu'elle ne l'avait cru.

Mais elle n'avait pas le temps de se complaire dans les regrets. A présent, elle savait ce qu'elle avait à faire. Plus tôt elle s'y mettrait, mieux ce serait.

Séréna raccrocha d'un air maussade et posa son menton dans ses mains.

— Elle refuse de vendre Dunbar à Jack. Maintenant, ça va vraiment chauffer.

— Ce ne sont que des mots ! affirma Maxi. Etant donné la situation, elle n'a pas vraiment le choix.

— Tout serait tellement plus simple si elle n'était pas là, maugréa Séréna.

— Exact. Tu viens de faire une remarque très judicieuse.

— Pas vraiment. Notre plan n'a pas marché et elle va redoubler de vigilance, dorénavant. Oh, merde, si on rate cette vente, c'est la catastrophe ! Il faut absolument que je trouve un moyen de la faire changer d'avis.

Elle demeura pensive quelques instants, avant de se tourner vers son amant.

— A quoi penses-tu, Maxi ?

— Juste deux ou trois idées qui me viennent comme ça, répondit-il d'un air vague. Quand ce sera le moment, on en parlera.

— Je commence à en avoir vraiment marre de cette histoire !

Maxi s'appuya contre le montant de la porte. Il fallait être patient, c'était là le secret. Et justement, il avait des trésors de patience en réserve. Il observa Séréna en se demandant jusqu'où il pouvait aller. Elle était instable, ce qui signifiait qu'il allait devoir faire preuve de la plus grande prudence pour éviter qu'elle ne fasse tout rater. Il serait plus prudent de procéder lentement, songea-t-il, tout en réprimant le petit sourire qui lui venait aux lèvres. Mieux valait tard que jamais.

11.

En trois jours, Jack n'avait eu aucune nouvelle d'India. Tous ses appels étaient restés sans réponse. Et pour finir, il y avait eu cette horrible conversation téléphonique avec sa secrétaire.

Ça ne pouvait pas être vrai… Elle ne pouvait pas l'avoir trompé, pas après tout ce qui s'était passé entre eux. Et avec Hernan, en plus ? C'était inconcevable.

Exaspéré, Jack se leva et regarda un long moment la photographie d'India et de Molly, dont la vue provoquait en lui une multitude d'émotions. Non, il devait y avoir une erreur.

Il détourna le regard vers les grandes fenêtres de son bureau, cherchant désespérément une raison logique à ce qui s'était produit. Mais il était incapable d'en trouver une, tout comme il était incapable d'accepter ce qu'il venait d'entendre.

C'était forcément un mensonge, se répétait-il comme une litanie, pour lutter contre le malaise qui l'envahissait. Il devait s'agir d'un malentendu : sa secrétaire avait probablement confondu et India était en réalité partie skier avec une amie. Pourtant, cette femme avait été affirmative. Et comment expliquer le fait qu'il ne parvenait pas à joindre India ? Le pire, c'était ce silence complet.

Un coup frappé à la porte lui fit brusquement tourner la

tête. Au fond, il était heureux que quelque chose vienne le distraire de ses soucis.

— Entrez.

Quince passa la tête dans l'entrebâillement. Il avait l'air perplexe.

— Je ne comprends pas, annonça-t-il en brandissant ce qui ressemblait à un fax.

— Quoi donc ? demanda Jack en retournant s'asseoir à son bureau.

— Je viens de recevoir ce fax d'Ecosse. C'est Ramsay, le mandataire de Dunbar, qui l'a envoyé, expliqua Quince en fronçant les sourcils. Il dit que la vente n'aura pas lieu.

— Quoi ? s'exclama Jack.

— C'est dingue, poursuivit Quince. Ecoute ça : « En raison de circonstances imprévues... » — c'est ce point que je ne comprends pas — « l'une des parties désapprouve la vente. » Quelles parties ? Tu m'avais bien dit que Séréna était l'unique propriétaire de Dunbar ?

— Montre-moi ça ! dit Jack en tendant la main pour s'emparer du fax.

Pendant qu'il étudiait attentivement le document et qu'il en saisissait les implications possibles, le pressentiment d'un désastre imminent s'empara de lui. Il posa violemment le fax sur le bureau et leva les yeux vers Quince.

— Appelle Ramsay, dit-il d'une voix calme, alors que son cœur battait à tout rompre. Demande-lui qui sont exactement les propriétaires de Dunbar, et les raisons pour lesquelles ils refusent la vente. Dis-lui que nous avons en notre possession un accord signé par Séréna, et essaie de savoir s'il est applicable.

— Bien, répondit Quince en reprenant le fax.

— Appelle d'ici.

— D'accord.

Quince lui jeta un regard interrogateur.

— Tu te sens bien ?

— Oui. Mais je tiens à éclaircir cette histoire, répondit Jack d'une voix qui, il l'espérait, ne trahissait pas trop son impatience.

Pourtant, il se sentait accablé et horrifié. Séréna lui avait-elle menti ? India était-elle également propriétaire de Dunbar ? Mais non, c'était impossible... Les rares fois où le sujet avait surgi dans la conversation, India lui avait fait comprendre clairement qu'elle n'aimait pas parler de Dunbar. Cela lui avait paru compréhensible dans la mesure où il pensait qu'elle avait été écartée de la succession et privée d'un domaine qu'elle chérissait. S'était-il trompé en faisant cette supposition ?

Un frisson le parcourut, et il se frotta les yeux. Un instant, il se demanda s'il n'était pas au milieu d'un affreux cauchemar dont il allait bientôt s'éveiller.

Il se dirigea vers sa boîte à cigares marquetée, posée sur le bureau. Fumer l'aiderait peut-être à contenir son anxiété alors qu'il suivait chaque mot de la conversation téléphonique que Quince était en train de passer.

— Nous ne parvenons pas à comprendre les raisons de cette rétractation, disait-il. Comme vous le savez, nous avons un accord signé par la propriétaire.

Jack mit un certain temps à allumer son cigare, tant il était nerveux.

— Que voulez-vous dire par *deux* propriétaires ?

Il y eut un long silence, pendant lequel Quince changea le combiné d'oreille.

— Vous voulez dire que les deux sœurs ont chacune hérité d'une moitié ?

Jack ferma les yeux. Le choc était tellement violent que la voix de Quince ne lui parvenait plus que de très loin.

— Mais on ne nous a jamais éclairés sur ce point. C'est plutôt le contraire, en réalité : mon client a été scandaleusement trompé. Lady Séréna a signé un document de son plein gré établissant… Que voulez-vous dire ? Qu'est-ce qui vous surprend ?… Oh, je vois… Oui, c'est un problème, en effet. Je vais devoir vous rappeler après avoir discuté de la situation avec mon client, qui s'est déjà lancé dans certaines opérations pour conclure cette vente.

Lorsque Quince raccrocha, Jack ne prit même pas la peine de lui poser la question. Il se pencha en avant et attendit, serrant et desserrant les poings.

— Nous avons un gros problème, déclara Quince. Il semble bien que Séréna donne du fil à retordre à tout le monde. Elle t'a dit qu'elle était la seule propriétaire, n'est-ce pas ? Eh bien, devine quoi ! Sa sœur l'est tout autant qu'elle. Ramsay est vraiment contrarié. Séréna lui a apparemment menti en lui faisant croire qu'India était d'accord pour vendre. Elle a prétendu que sa sœur lui avait demandé de s'occuper de l'affaire et d'en régler les moindres détails.

Frappé de plein fouet par toutes ces révélations, Jack s'assit dans un silence sinistre. D'une façon ou d'une autre, India avait découvert qu'il était en train d'acheter Dunbar, et elle en avait conclu qu'il la menait en bateau. Ou pire : que Séréna et lui étaient complices. Pourtant, elle le connaissait intimement. Elle ne pouvait pas le croire capable d'une telle duplicité !

— Qu'est-ce que Ramsay a dit d'autre, Quince ?

— Eh bien, c'est là que l'histoire devient plus étrange encore. Il semble qu'India ait d'abord été d'accord pour la vente, mais qu'après avoir reçu le contrat, elle se soit rétractée. Elle a chargé Ramsay d'annoncer aux acheteurs qu'elle n'avait aucune intention de leur céder la propriété, ni aujourd'hui ni demain. C'est complètement fou...

Quince leva les bras au ciel avant de reprendre :

— Que se passe-t-il ? India ne savait pas que tu voulais acheter Dunbar ? Bon sang, vous avez passé assez de temps ensemble ! Vous avez sûrement dû en discuter.

— Elle pense que je l'ai trompée, murmura Jack, atterré, comme s'il se parlait à lui-même. Je ne sais pas comment elle l'a appris, mais on se retrouve dans un sacré pétrin.

— Sans blague ? rétorqua Quince avec aigreur. Nous avons contracté ce prêt, hier, et nous avons signé le contrat pour ce fichu terrain de golf, d'un montant de...

— Je connais le montant, répliqua Jack d'un ton brusque, en se rappelant que Quince n'avait cessé de lui conseiller d'attendre avant de prendre de nouveaux engagements. Je n'ai pas besoin que tu me le répètes. Mais il y a pire que ça.

— Je ne vois pas ce qui pourrait être pire, marmonna Quince en secouant la tête.

Perdu dans ses pensées, Jack se leva de nouveau et se mit à arpenter la pièce.

— Elle doit croire que je lui ai menti. Merde ! s'écria-t-il en passant une main rageuse dans ses cheveux. Si seulement j'avais parlé à Indy au lieu de me taire pour lui faire la surprise...

Quince lui jeta un regard ébahi.

— Quelle surprise ? demanda-t-il, stupéfait. Je suis désolé, Jack, mais je ne comprends rien à cette histoire. Tu veux dire que tu n'as jamais avoué à India que tu allais acheter Dunbar ? Mais pourquoi, bon sang ?

— Je pensais qu'elle avait été écartée de l'héritage et que c'était pour ça qu'elle ne voulait jamais parler de la propriété. Séréna m'avait affirmé qu'elle était l'unique propriétaire, et tout ce que j'ai entendu autour de moi semblait confirmer ses dires.

Pourquoi aurais-je douté d'elle ? Sans compter qu'à chaque fois que j'essayais d'aborder le sujet avec India, elle s'enfermait dans le mutisme, comme si ça la rendait malheureuse. Voilà pourquoi j'ai eu cette idée.

— Quelle idée ? demanda Quince d'une voix remplie d'appréhension.

— J'ai pensé qu'une fois l'affaire conclue, je pourrais lui confier la restauration du domaine, expliqua Jack. Comme ça, elle aurait participé de près au projet. Après tout, il s'agit de son histoire.

— Laisse-moi comprendre. A ton avis, India s'imagine que tu lui mens depuis le début dans le seul but d'acquérir Dunbar ?

Jack hocha la tête d'un air désolé.

— J'en ai peur. Elle ne prend plus mes appels depuis trois jours, et il y a une heure, sa secrétaire m'a appris qu'elle était partie skier avec Hernan Carvajal. On dirait bien qu'ils se sont offert une lune de miel, conclut-il amèrement.

Quince émit un long sifflement.

— Tu crois Hernan capable de faire une chose pareille ?

— Il est prêt à tout lorsqu'il s'agit d'India, rétorqua Jack en écrasant son cigare avec colère. Et s'il est resté à Buenos Aires, c'est parce qu'il savait dans quel sens le vent allait tourner.

— Pourquoi tu ne l'appellerais pas à son bureau ? Tout ça n'est peut-être que du bluff. Si India est persuadée que tu t'es servi d'elle, va savoir ce qu'elle a imaginé pour se venger ! Les femmes peuvent être diaboliques dans ces cas-là.

— Tu crois ?

Jack était sceptique, mais comme cette hypothèse était la seule à laquelle il pouvait se raccrocher, il prit aussitôt le téléphone et composa le numéro de Hernan en espérant le trouver à son bureau.

283

Une secrétaire lui répondit d'une voix enjouée :

— Non, M. Buchanan est parti skier en Suisse. Puis-je prendre un message ?

— Oui, dites-lui que…

Mais Jack s'arrêta à temps et raccrocha brutalement.

— Alors ? lui demanda Quince.

— Ils sont partis skier.

— Je vois… Elle avait tellement l'air d'être amoureuse de toi… Je veux dire, pense à tout ce qu'elle a fait pour toi, Jack. Elle ne peut pas être aussi inconstante. En tout cas, elle ne m'a pas du tout fait cette impression. Ce serait plutôt l'inverse.

Il lança à Jack un regard inquiet.

— N'empêche qu'elle aurait dû t'appeler pour savoir la vérité, ajouta-t-il.

— Je ne comprends pas, moi non plus, dit Jack en pressant ses pouces contre ses tempes dans l'espoir de faire cesser son mal de tête lancinant. Elle ne peut pas balayer comme ça ce qui s'est passé entre nous. Je ne l'aurais jamais crue capable d'une chose pareille… Seigneur ! Je n'avais rien ressenti de comparable depuis… depuis la mort de Lucy…

Il avait prononcé ces derniers mots d'une voix calme, mais l'image d'India dans les bras d'un autre homme le rendait fou.

Soudain, il frappa la table du poing.

— Je ne le tolérerai pas ! Je ne vais pas rester les bras croisés pendant que ce salaud est avec elle. Elle est à moi, bon sang !

— Tu ne peux pas faire grand-chose, lui fit remarquer Quince avec compassion.

Il ramassa le fax et se leva.

— Nous ne sommes pas au Moyen Age, reprit-il. Elle ne

t'appartient pas, Jack. Elle a le droit de partir en vacances avec qui elle veut sans que tu puisses t'y opposer.

— Au diable…

Jack s'interrompit, conscient qu'il se comportait de façon stupide.

— Tu as raison. Il n'y a rien à faire, n'est-ce pas ? dit-il avec un rire cassant. Je n'ai plus qu'à m'asseoir ici pendant qu'elle…

Mais il ne pouvait supporter l'idée que Hernan fût en train de la toucher, de la caresser, de la posséder. Soudain, il en voulut à India de ne pas lui avoir fait suffisamment confiance pour au moins entendre sa version des faits.

Il revint à la fenêtre et regarda dans le vide. L'image d'India ne cessait de s'imposer à lui. Il la voyait nue, se cambrant contre le corps d'Hernan comme elle l'avait fait avec lui ; il voyait ses yeux emplis d'un plaisir infini, celui qu'il s'était cru seul à pouvoir lui donner.

Il lâcha soudain une bordée de jurons, laissant la colère soulager son amour-propre en miettes et son cœur douloureux. Ne savait-il pas depuis le début qu'il aurait dû prendre son temps ? Et pourtant, il avait agi contre son instinct, en s'imaginant qu'elle lui faisait confiance et que le lien qui les unissait était unique. Quelle plaisanterie ! Au premier signal de détresse, sans un regard en arrière, elle se jetait dans les bras d'un autre.

Sous le regard circonspect de Quince, Jack se tourna brusquement et frappa le mur avec son poing.

— Je vais faire appliquer ce foutu contrat signé avec Séréna, tu m'entends ? Je n'abandonne pas Dunbar. Je ferai ce qu'il faudra. Elle va très vite apprendre ce dont je suis capable quand je veux quelque chose, acheva-t-il avec un rire amer.

Le fait qu'India ne l'eût pas jugé digne de confiance le blessait cruellement. Le reste n'était qu'une question de dignité.

Pendant les jours qui suivirent, Jack ressentit une colère sans précédent qui, d'une certaine façon, supplantait son douloureux sentiment de perte. Pour ne rien arranger, l'image d'India le poursuivait en permanence. Au début, il avait voulu ôter toutes les photos qu'il possédait d'elle. Comme si, en les détruisant une à une, il avait pu la faire disparaître de son existence. Mais il savait ce qu'elles représentaient pour Molly. Et puis, quand bien même il les aurait enlevées, l'odeur d'India flottait toujours dans l'appartement, comme si elle avait réussi à imprégner toutes les pièces de sa présence durant son court séjour. Les bougies, les pots-pourris parfumés qu'elle avait mis dans des bols de verre, les fleurs que Rosa changeait tous les jours pour respecter les instructions de la jeune femme — tout lui rappelait India.

Au début, Molly n'avait cessé de parler d'elle, jusqu'au jour où il lui avait déclaré sèchement qu'il ne voulait plus en entendre parler. Impuissant et confus, il avait aussitôt regretté ses paroles en voyant les yeux de la petite fille se remplir de larmes. Ce soir-là, au coucher, elle avait refusé de l'embrasser pour lui souhaiter bonne nuit.

Plus le temps passait, et plus sa colère et son sentiment d'avoir été trahi grandissaient. De quel droit India lui avait-elle tourné le dos, comme si tout ce qu'ils avaient vécu ensemble n'était qu'une histoire sans importance, si insignifiante qu'on pouvait faire une croix dessus à la moindre tempête ? Il ne parvenait à prendre du recul que dans les rares moments où il recouvrait une partie de son calme. Il en profitait alors pour s'organiser et prendre des décisions. Mais il parvenait toujours à la même conclusion : il n'y avait rien à faire. Des initiatives avaient été prises à son insu, sans qu'il eût voix au chapitre.

Mais du moins pouvait-il se battre pour défendre ce qui lui appartenait, songea-t-il un jour en entrant dans le salon où Quince devait venir le retrouver.

Il alluma les lampes et s'assit au bar.

Quince avait expédié de nombreux documents et des lettres aux avocats écossais, afin d'établir des preuves écrites. La prochaine étape, ce serait le procès. Vu la situation financière du domaine, India et Séréna ne mettraient pas longtemps à céder, et cette idée le remplissait d'une sinistre satisfaction.

Déterminé à surmonter ce qu'il considérait à présent comme une faiblesse, il essayait d'éviter de penser à India. Mais il était à cran, et prêt à sortir de ses gonds au moindre prétexte.

Impatient de parler à Quince, Jack jeta un coup d'œil à sa montre. Maintenant qu'il avait décidé de donner le coup de grâce, il avait hâte de se mettre au travail.

Il se tourna pour choisir un whisky sur l'étagère et fronça alors les sourcils en examinant les bouteilles derrière le bar : quelque chose n'allait pas. Mais presque aussitôt, un léger sourire se dessina sur ses lèvres. Plusieurs bouteilles avaient été déplacées pour faire de la place à des fioles colorées portant des étiquettes faites à la main. Sur l'une d'elles on pouvait lire « wisky » et sur une autre « shampagne ». Une troisième, dépourvue d'étiquette, celle-là, contenait une étonnante mixture violette.

Tout en entendant la sonnette retentir au loin, Jack ne put retenir un petit rire plein de tendresse en imaginant Molly en train de jouer au « barman ».

Soudain, tandis qu'il se dirigeait vers la porte d'entrée, il crut voir le visage de son frère surgir devant lui. Et sa détermination à gagner cette bataille s'en trouva encore renforcée.

Quince se tenait sur le seuil, vêtu d'un pantalon blanc, d'un polo et d'un pull rouge négligemment jeté sur ses épaules.

— Eh bien, eh bien... Tu as un rendez-vous ? demanda Jack en le regardant de la tête aux pieds.

Quince éclata de rire.

— Non, pas de rendez-vous. Juste un dîner sur un yacht du port, l'*Andromeda*. Tu en as déjà entendu parler ? Il est à quai à Bayside. C'est un incroyable bijou de technologie, probablement l'un des voiliers les plus intéressants que j'aie jamais vus. Il mesure plus de trente mètres de long. Je t'assure qu'il vaut le détour.

— J'ai autre chose en tête pour le moment.

Il se plaça derrière le bar, tandis que Quince s'asseyait en face de lui sur l'un des hauts tabourets en cuir et chrome.

— Quoi de neuf ? demanda Jack en servant un bourbon à son ami.

— Au sujet de l'Ecosse ?

— Non, au sujet de la Mongolie-Extérieure, répliqua Jack d'un ton sarcastique.

Quince leva la main en riant.

— Au temps pour moi !

Il fit tournoyer le liquide dans son verre avant de poursuivre, et Jack devina qu'il avait une mauvaise nouvelle à lui annoncer.

— Parle donc !

— Il semble qu'India veuille vous faire un procès, à toi et à Séréna, pour vous être associés dans le but de l'escroquer et de la dépouiller de son bien, répondit lentement Quince.

Jack posa son verre sur le comptoir.

— Quoi ?

— Tu m'as bien entendu, répondit Quince en posant sur Jack un regard scrutateur. Apparemment, elle n'hésitera pas à se retourner contre vous deux si elle le juge nécessaire. Ramsay est très contrarié par toute cette histoire, et il pense qu'il serait temps de parvenir à un accord à l'amiable. Franchement, si tu veux mon humble avis, je trouve qu'il a raison.

— Un accord à l'amiable ? s'exclama Jack avec colère. Et puis quoi encore ? Elle n'a aucun argument valable. Le tribunal...

— Le tribunal entendra le témoignage de Séréna. Et celui-ci sera édifiant, si j'en crois la description que tu m'as faite de cette jeune femme. Elle dira que tu l'as menacée et que tu as exercé un chantage sur elle pour l'obliger à tromper sa propre sœur.

— Bon sang ! C'est ridicule. Ça ne tiendra pas devant un bon avocat. Je vais...

— Jack, l'interrompit Quince avec douceur, en le regardant droit dans les yeux. Tu dois laisser tomber. Ça n'en vaut pas la peine. Si tu veux un hôtel en Ecosse, trouve un autre endroit, mais il est temps de tirer un trait sur Dunbar. Crois-moi, ce sera mieux pour toi.

— Tirer un trait sur Dunbar ? Et laisser India et Séréna triompher ? Tu plaisantes ? Je me battrai jusqu'au bout. Je me moque de ce qu'elles racontent. J'ai toujours remporté mes procès et ce n'est pas une garce qui va me faire perdre celui-là...

— Maîtrise-toi, Jack ! Les sentiments et les affaires ne font pas bon ménage, tu le sais très bien. Et puis, tu as d'autres choses à faire, par exemple prendre soin de ta nièce ou gérer la succession de Chad. Tu es tellement obsédé par cette histoire que tu négliges ceux qui ont besoin de toi. Et tout particulièrement Molly. Tu n'es plus tout seul, à présent. Ne te laisse pas aveugler par cette affaire, Jack. Je te propose d'appeler Ramsay demain et de l'informer que nous laissons tomber.

— Il n'en est pas question ! J'irai jusqu'au bout. Et même si je laissais tomber, je ferais tout pour récupérer l'argent que nous avons mis dans le terrain de golf.

Jack savait qu'il avait l'air puéril en prononçant ces mots, mais c'était plus fort que lui : India l'obsédait complètement.

— Où est-elle ? demanda-t-il soudain. Toujours en lune de miel avec Hernan, je parie ?

— Pour autant que je sache, répondit Quince, elle est à Dunbar.

Jack fut si surpris qu'il reposa son verre.

— A Dunbar ? Comment est-ce possible ?

— C'est ce que Ramsay m'a confié. Selon lui, elle a décidé de prendre les choses en main jusqu'à ce qu'un acheteur convenable se présente.

— Bon sang, je suis un acheteur convenable ! s'écria Jack avec rage.

— Pas de son point de vue. Elle veut quelqu'un qui habitera Dunbar, qui en fera son foyer. Et elle refuse que ce soit toi, de toute façon.

— Foutaises !

Jack vida son verre dans un silence lugubre.

— Cette propriété ne mérite pas que tu te mettes dans un état pareil, déclara Quince avec calme. Renonces-y, ça vaudra mieux.

— Pas question ! Je veux que cette vente soit signée et officialisée.

— Tu sais ce qui va se passer, dans ce cas ? India te fera un procès et les choses ne feront qu'empirer. Alors qu'à ce stade, nous pouvons probablement récupérer ce que nous avons investi.

Ignorant les sages paroles de Quince, Jack s'éloigna brusquement du bar.

— Elle veut employer la manière forte, hein ? Pas de problème en ce qui me concerne. Nous allons leur mettre le plus de pression possible. En commençant par racheter une partie de leurs dettes. Tu as le dossier ?

— En bas, dans ma voiture. Je peux aller le chercher si tu veux.

— Oui. Voyons la liste de leurs créanciers.

— Tu es sûr de vouloir t'engager là-dedans, Jack ? demanda Quince, visiblement peu enthousiaste. Je n'aime pas du tout le regard que tu as en ce moment.

Jack hocha la tête d'un air sombre et but son verre d'une traite.

— Puisque Mlle India Moncrieff est déterminée à engager les hostilités, elle va découvrir que je peux frapper très fort. Apporte-moi ces documents, Quince. Je suis curieux de voir comment elle va réagir en apprenant qu'elle doit débourser très vite quelques milliers de livres si elle ne veut pas que je fasse saisir la propriété. Peut-être deviendrai-je un acheteur convenable, à ce moment-là ! conclut-il avec un rire sans joie.

— Tu es conscient qu'il n'y aura pas de retour en arrière possible, une fois que la procédure sera lancée ? l'avertit Quince, qui regrettait visiblement de lui avoir parlé de sa conversation avec Ramsay.

— J'en suis parfaitement conscient. Va chercher le dossier et mettons-nous au travail.

— D'accord, j'y vais.

Une fois seul, Jack se demanda pourquoi India était à Dunbar et non pas en Suisse en train de skier avec Hernan. Mais il n'eut pas le temps de s'interroger très longtemps car Quince revint très vite avec les documents, et ils passèrent l'heure suivante à les étudier dans les moindres détails.

— Regarde, dit Quince en montrant à Jack les copies de

billets à ordre. Ils sont tous là, si tu veux vraiment continuer sur cette voie. Je pense qu'ils pourraient être rachetés sans trop de difficultés. En particulier, les prêts personnels.

— Je vais y réfléchir. Tu as sûrement raison, nous ne devons pas nous précipiter, déclara Jack d'une voix bourrue.

Le fait qu'India fût soudainement revenue en Ecosse ne cessait de l'intriguer, au point de détourner son attention du plan de bataille qu'il avait décidé de suivre.

— A toi de voir, dit Quince, un peu surpris par le changement de ton de son ami. Mais ça me paraît plus raisonnable, en effet.

— Nous en reparlerons lundi, déclara Jack en se levant. Vas-y, maintenant, et amuse-toi bien à ce dîner.

Une fois arrivé à la porte, Quince se retourna. Il semblait hésiter à ajouter quelque chose.

— Oui ? lui demanda Jack, sur le qui-vive.

— Il y a autre chose. Je sais que c'est dur… mais il faudrait vider le bureau de Chad, répondit Quince, mal à l'aise. Nous aurons besoin de la place, la semaine prochaine. J'ai pensé que tu voudrais t'en occuper toi-même et j'ai donc interdit à quiconque d'y entrer.

— Je sais, dit Jack en soupirant. Je m'y mettrai dans la soirée ou bien demain. En tout cas, le bureau sera libre lundi.

— Si tu as besoin d'aide, appelle-moi.

— Merci. Je sais que je peux compter sur toi, mais je dois le faire tout seul.

Quince acquiesça, et les deux hommes se serrèrent la main en silence, conscients l'un et l'autre de l'épreuve que cette tâche représentait.

*
* *

Quelques heures plus tard, incapable de se détendre, Jack jeta un coup d'œil à sa montre. Rien ne l'intéressait à la télévision, le livre qu'il lisait l'ennuyait et il était trop tôt pour se coucher.

Songeant qu'il avait sans doute le temps d'aller mettre de l'ordre dans les papiers de Chad, il se dirigea vers son bureau et ouvrit le tiroir de droite afin d'en sortir une boîte à bijoux en velours. A l'intérieur se trouvait la chevalière qu'il avait doucement retirée du doigt de son frère avant que celui-ci ne fût porté en terre. Il hésita un instant avant de la glisser à son doigt… Oui, il fallait qu'il range les affaires de Chad. Ce serait douloureux, quel que soit le moment, alors pourquoi pas maintenant ?

Sa décision prise, il attrapa un pull et alla frapper à la porte de Rosa.

— Je m'absente un petit moment, annonça-t-il. Couchez-vous sans m'attendre.

— *Sí, Señor Jack, está bien.*

La soirée était agréable, la température fraîche, et Jack descendit Brickell Avenue sous un ciel clair. Biscayne Bay miroitait sous la pleine lune et les lumières des immeubles du centre-ville.

Arrivé à l'église St Jude, il prit à droite et longea le rivage en contemplant la ligne d'horizon du centre de Miami et ses éclairages au laser qui se reflétaient dans l'eau sombre. Des rires lui parvinrent d'un yacht qui se dirigeait vers Rickenbacker Causewayn, et un feu d'artifice éclata dans le ciel en une pluie de couleurs éclatantes. Déterminé à accomplir sa mission, il accéléra le pas, évitant de justesse une dame qui promenait ses trois énormes chiens.

Un silence profond régnait autour de l'immeuble, et ses pas résonnèrent sur le sol de marbre quand il passa devant le gardien pour gagner l'ascenseur. Une fois dans les locaux, il se dirigea directement vers le bureau de Chad. Après un moment d'hésitation, il ouvrit la porte, actionna l'interrupteur et regarda autour de lui. Le fait que rien n'eût été déplacé conférait à la pièce une atmosphère envoûtante, à tel point qu'il s'attendit presque à voir son frère se matérialiser devant lui. Pris d'un frisson, il se retourna rapidement avec le sentiment que quelque chose d'étrange l'avait traversé. Il n'y avait personne, bien sûr.

Il se détendit un peu en se disant que ce n'était pas l'imminence d'un danger qui le perturbait, mais une impression de déjà-vu, la même que celle qu'il avait ressentie à Dunbar, puis de nouveau en ce dimanche mémorable, à San Telmo.

Il secoua la tête. Il était épuisé et son imagination lui jouait des tours, voilà tout. Avec un soupir, il se mit à l'ouvrage, commençant par trier les piles de papiers sur le bureau de Chad. Tout ce travail inachevé ! pensa-t-il avec tristesse, en rangeant les documents dans les dossiers correspondants. Puis il se reprit. Songer à tout ce qui aurait pu être ne lui ramènerait jamais Chad...

Après qu'il eut vidé plusieurs tiroirs, son regard fut attiré par la chevalière qu'il avait enfilée. Aussitôt, les souvenirs affluèrent... Leur grand-père avait donné cette bague à Chad, qui était pourtant le cadet, en arguant du fait qu'il était le seul à se préoccuper de l'histoire de leur famille.

Jack ôta la chevalière et la fit tourner entre son pouce et son index pour l'étudier avec attention. Il allait la remettre à son doigt quand la lumière de la lampe fit soudain ressortir les armoiries gravées dessus. Des armoiries qui avaient quelque chose d'étrangement familier. Il les avait déjà vues, il en était certain, mais où ?

Tout à coup, l'excitation s'empara de lui et il se leva brusquement, comme poussé par une force invisible vers l'armoire où Chad rangeait ses documents les plus importants. Il ouvrit les battants et inspecta les étagères remplies de vieux bibelots éparpillés parmi les dossiers et les grandes enveloppes en papier kraft. La douleur le transperça, tandis qu'il contemplait avec tendresse tous ces objets dont la plupart lui rappelaient de poignants souvenirs. Mais une sorte d'urgence intérieure l'incitait à continuer, et pour cela, il devait mettre ses sentiments de côté.

Il dégagea une pile de papiers pour atteindre une boîte marron abîmée portant la mention « Documents de famille ». Son instinct lui soufflait que c'était ce qu'il lui fallait. Il la sortit et s'assit sur le sol, en proie à une étrange appréhension au moment de soulever le couvercle.

La grande boîte était pleine de vieilles reliques : un petit vase vénitien qui se trouvait jadis dans le salon de ses parents, une vieille montre à gousset ayant appartenu à son oncle, et plusieurs enveloppes épaisses. L'une d'elles, surtout, particulièrement usée, attira son attention. Il la saisit d'une main tremblante et, avec délicatesse, déplia les vieux documents craquelés contenus à l'intérieur. Ils étaient si décolorés par le temps que Jack dut les approcher de la lumière pour tenter de les déchiffrer.

Soudain, il repensa au courriel que lui avait envoyé Chad. Son frère n'avait-il pas découvert quelque chose qui présentait un rapport évident avec Dunbar ?

La gorge sèche, Jack s'appuya contre le mur et commença à lire avec impatience.

12.

La lettre, écrite en Caroline, était datée de janvier 1747. Bien que l'encre brune soit devenue presque illisible, on pouvait encore distinguer la signature : Mhairie.

A la vue du prénom, Jack sentit son cœur battre plus fort. Manifestement, la missive était adressée au fils de Mhairie, Robert, et rédigée pendant les derniers moments de la jeune femme. Frappé par la coïncidence des prénoms, Jack marqua une pause.

Au même moment, son regard tomba sur la chevalière qu'il avait au doigt, et il fronça les sourcils. Il lui semblait bien avoir déjà vu quelque part les armoiries qui figuraient sur cette bague. Mais oui, il s'en souvenait maintenant ! C'était au moment de la visite du domaine. C'était le même emblème qui se trouvait au-dessus des rayonnages de la bibliothèque de Dunbar. L'excitation le gagna et, fébrilement, il mit de côté la lettre pour ouvrir les autres documents.

Il y avait là le testament de Mhairie — celle-ci léguait tous ses biens à son fils —, l'acte de naissance de Robert, daté de décembre 1746, ainsi que l'acte de mariage de Mhairie Stewart et de Sir Robert Dunbar. Le mariage avait été célébré en mars 1746 à Kranach, et Jack se demanda où cela pouvait bien être.

Tripotant nerveusement les documents, il se mit à réfléchir. Quel lien pouvait exister entre sa famille à lui et celle des Dunbar ? Il tenta de se remémorer les histoires que leur grand-père leur racontait. Il se rappelait bien ces agréables soirées d'été sous le porche où, assis dans le rocking-chair, il sirotait du thé glacé en écoutant d'une oreille distraite les récits du vieil homme. Récits qui l'avaient toujours fait sourire ou piaffer d'impatience car le jeune homme qu'il était n'avait que faire du passé. Comme il regrettait maintenant de ne pas avoir été aussi attentif que son frère qui, blotti contre les genoux du vieil homme, avait toujours bu ses paroles ! Ah oui, c'était vraiment dommage ! Une écoute plus soutenue lui aurait peut-être permis de répondre à certaines questions, aujourd'hui. Notamment, il aurait pu savoir s'il existait un lien de parenté entre lui et les Dunbar.

Il parcourut le bureau du regard, prenant soudain conscience de détails auxquels il n'avait jamais prêté attention auparavant. La pièce était emplie de reliques : des photos jaunies, un fauteuil au tissu brodé qui était l'œuvre d'une arrière-grand-mère et que Chad avait rapporté de la maison familiale, d'anciennes cartes d'Ecosse qui avaient appartenu à leur grand-père et qui, disait-on, dataient de plusieurs siècles. Et tandis qu'il était assis là, par terre, entouré des objets que son frère avait chéris, Jack sentit la tristesse l'envahir.

Il se rappela alors la dernière conversation téléphonique qu'il avait eue avec Chad, la veille du drame.

— Tu as eu mon *mail*, n'est-ce pas ? Il faudra que je te montre quelque chose quand tu reviendras. Tu ne vas pas en croire tes yeux, avait dit son petit frère en riant. Et si ça ne t'apprend pas à être moins pragmatique, alors c'est à désespérer. Ce n'est pas un hasard si Dunbar est entré dans ta vie.

— De quoi s'agit-il ? avait demandé Jack.

— Tu verras. C'est quelque chose que j'ai découvert au sujet de Dunbar. Je veux juste vérifier deux ou trois détails avant de t'en parler.

Jack se rappela également que Chad s'était montré très intéressé lorsqu'il avait évoqué le domaine, la première fois.

— Tu veux dire D-U-N-B-A-R ? s'était-il exclamé en fronçant les sourcils.

A l'époque, Jack n'y avait guère prêté attention...

Se levant, il remit la boîte à sa place sur l'étagère, dans l'armoire. Puis, après avoir fait une photocopie des documents, il les replaça dans leur enveloppe et enferma le tout dans le coffre-fort. Envahi par les souvenirs de San Telmo et du vieux chêne, il éprouva soudain le besoin de se retrouver à l'air libre, et ce fut d'un pas vif qu'il regagna son appartement.

Après avoir vérifié que Molly était bien endormie, avec Bart et Jemina au pied de son lit, il se versa un cognac et se retira dans son bureau où il alluma la lampe de chrome. S'asseyant dans son vieux fauteuil au cuir élimé — seul souvenir qu'il ait conservé de son enfance —, il eut comme un mouvement d'hésitation. Puis, après une bonne gorgée de cognac, il entreprit de lire les lettres.

Une heure après, il les repliait, les yeux humides. C'était le dernier message d'une mère mourante à son fils. Un message émouvant, au contenu incroyable !

Un post-scriptum, ajouté à l'une des missives rédigées en 1832, expliquait que Robert Dunbar, fils de Mhairie, avait été adopté par les Buchanan dont il avait ensuite pris le nom.

Une fois de plus, Jack eut devant les yeux l'image du vieux chêne émergeant de la brume. Peut-être s'était-il tenu à l'endroit dont Mhairie parlait dans sa lettre ?

Il se leva, gagna son bureau et plaça l'ensemble des lettres dans le tiroir du bas qu'il ferma soigneusement à clé. Il devait absolument en avoir le cœur net, et il n'y avait qu'un seul moyen de découvrir la vérité. Il s'en chargerait dès lundi. Il existait des méthodes scientifiques permettant de déterminer avec précision si des documents étaient authentiques ou non. Son instinct lui disait que son attachement pour Dunbar n'était pas le fruit du hasard.

Perdu dans ses pensées, il garda longtemps les yeux fixés sur le tiroir. Si la lettre de Mhairie Dunbar n'était pas un faux, ce serait alors un sacré concours de circonstances !

Mais inutile de se perdre en conjectures, se dit-il. Toute cette histoire n'était certainement qu'une légende.

Dix jours plus tard, Jack se retrouva au pied du chêne dont les branches couvertes de bourgeons se détachaient à peine dans la lumière grise de l'aube naissante. Il se demandait s'il avait bien toute sa tête car quel homme sensé se glisserait ainsi dans une propriété privée à 5 heures du matin, à la recherche d'un trésor qui aurait été enfoui deux cent cinquante ans plus tôt ?

Il jeta un regard furtif autour de lui. Pourvu que personne ne l'ait vu !

Profitant de l'obscurité, il avait quitté Dalkirk alors que tout le monde était encore endormi, coupant à travers champs pour se retrouver dans le vallon dans lequel il avait rencontré India, la première fois. Souriant au souvenir de la jeune femme qui avait réagi vivement au fait qu'il eût violé une propriété privée, il se demanda ce qu'elle dirait, maintenant, en le voyant gravir la côte qui menait au domaine.

Se laissant guider par son instinct, Jack parvint au pied de l'arbre. Le jour n'allait pas tarder à se lever : il devait agir vite.

Tournant le dos à l'énorme tronc, il sortit son compas. Lorsqu'il eut trouvé l'ouest, il corrigea sa position et avança de dix-huit pas, suivant les instructions qui figuraient dans la lettre de Mhairie. Puis, après avoir déblayé un amas d'herbe humide, de feuilles mortes et de brindilles, il marqua l'endroit auquel il était ainsi parvenu. Il s'agenouilla alors et sortit la pelle télescopique qu'il avait achetée dans un magasin spécialisé en matériel de camping. Le vendeur s'était montré curieux quant à l'usage qu'il allait en faire. Il l'aurait certainement pris pour un fou s'il lui avait expliqué qu'il comptait partir à la recherche d'un trésor en Ecosse ! Cette idée le fit sourire et l'aida à se détendre un peu. Il commença alors à creuser.

Au début, ses mains tremblèrent tandis qu'il soulevait de lourdes pelletées de terre humide à laquelle se mêlaient des morceaux de racines. Puis l'excitation prit le dessus. Il creusa avec plus d'ardeur, n'hésitant pas à prendre les mottes de terre à pleines mains lorsque la pelle se révélait inefficace. Bientôt, ses ongles furent maculés de terre.

Il creusa ainsi sans relâche pendant dix bonnes minutes avant de marquer une pause. Il commençait à faire jour et il n'avait toujours rien trouvé. Frissonnant dans l'air glacial du petit matin, il se dit qu'il perdait certainement son temps. Il décida néanmoins de poursuivre encore un peu. Si au bout de quelques pelletés, il n'avait toujours rien trouvé, il rentrerait à Dalkirk et oublierait toute cette histoire.

C'est alors que la pelle heurta quelque chose de dur. Le cœur de Jack fit un bond dans sa poitrine, et un frisson le parcourut. Envolé le sentiment de ridicule ! Il était tout excité, maintenant. Il marqua un temps d'arrêt, comme pour mieux prendre la mesure de ce qui était en train de se passer. Il savait qu'il était sur le point de faire une découverte capitale. Puis il reprit sa recherche. Déblayant la terre autant qu'il put, il dégagea un ancien coffre-fort dont le poids le surprit lorsqu'il le remonta. Le couvercle était à peine fermé par un vieux verrou rouillé qui s'effritait même par endroits. On avait l'impression que la personne qui avait enfoui ce coffre avait à peine pris le temps de le fermer correctement.

Hormis quelques endroits où le bois était pourri, il semblait avoir relativement peu souffert du passage du temps. Complètement abasourdi par sa découverte, Jack contemplait cette boîte qui avait été placée là deux cent cinquante ans auparavant. Il sortit un mouchoir de sa poche, et nettoya avec beaucoup de respect les quelques traces de terre qui y étaient encore collées, en proie à un tourbillon de questions auxquelles il n'avait pas de réponse. Avec des gestes lents, il s'affaira sur le verrou rouillé qui résista d'abord, comme s'il était réticent à révéler ses secrets. Enfin, il céda.

Comme avec les lettres, Jack eut un moment d'hésitation. Il avait le sentiment de violer l'intimé de ses ancêtres — si tant est qu'ils fussent réellement ses ancêtres. Mais au fond, n'était-ce pas là leurs volontés ? N'était-ce pas eux qui souhaitaient que leur héritage fût découvert un jour ? Apparemment, ni le jeune Rob ni ses descendants n'étaient jamais revenus en Ecosse. Peut-être le sort avait-il voulu que cette tâche lui incombe à lui, Jack Buchanan ? Peut-être était-ce son destin que de révéler au grand jour ce secret qui était resté enfoui pendant des siècles ?

Il jeta un regard autour de lui. Tout était silencieux, et les nappes de brume qui s'élevaient de la terre durcie par le givre flottaient tels des spectres, conférant à la scène un caractère presque irréel. Jack reporta son attention sur le coffre dont il souleva doucement le couvercle. Celui-ci s'ouvrit avec un long grincement.

Bouche bée, Jack put alors contempler le satin couleur crème qui enveloppait le contenu de la petite caisse. A l'exception d'une légère décoloration, le tissu était encore intact. Avec d'infinies précautions, il en repoussa les bords et découvrit une petite bourse au cuir élimé. Au tintement métallique qu'il entendit au moment de la soulever, il comprit pourquoi la caissette lui avait paru si lourde. Desserrant les cordes, il découvrit, fasciné, des pièces d'or qui avaient été frappées en 1715. Jack savait que c'était l'année de la première révolte car il avait passé les jours précédents à se documenter sur cette période de l'Histoire de l'Ecosse.

Subjugué, il regarda les écus lui couler entre les doigts, taches d'or étincelant sous les rayons argentés du soleil qui transperçaient la brume.

Relevant la tête, il se dit qu'il ferait mieux de se dépêcher. C'est alors que quelque chose placé au fond du coffre attira son attention. Il remit d'abord les pièces à leur place avant de sortir une longue feuille de parchemin ancien, semblable à celui qui avait été utilisé pour la rédaction des lettres. Il découvrit également une toute petite boîte dont il souleva le couvercle. Il émit alors un long sifflement car l'écrin contenait une chevalière en tout point identique à celle qu'il avait au doigt. Il y avait également un autre anneau en argent, au motif compliqué, incrusté d'améthystes et de diamants. Apparemment, une bague de femme. Lentement, il prit la chevalière et la compara à la sienne. Aucun doute, elles étaient identiques. Le cœur battant à tout rompre, il la glissa à son petit doigt et constata — mais il s'y attendait — qu'elle lui allait parfaitement.

Avec d'infinies précautions, il replaça le tout dans le coffre, de crainte de voir les documents se désagréger. Il fallait reconnaître, cependant, qu'ils étaient en bon état, en dépit des deux cent cinquante années passées sous terre. Pour la première fois, Jack se rendit compte de ce qu'était vraiment le passage du temps.

Les saisons s'étaient succédé, des enfants avaient joué sous cet arbre, des amants s'étaient embrassés à l'ombre de son feuillage, des duels avaient peut-être même eu lieu à cet endroit, et cependant, rien n'était venu déranger ces missives qui avaient reposé là pendant des siècles, attendant d'être découvertes.

Jack replaça les mottes de terre et les touffes d'herbe. Après avoir comblé le trou, il le couvrit de feuilles mortes et de branches cassées. Puis, prenant le coffre-fort sous son bras, il se releva et jeta un dernier regard à la demeure qui se dressait de l'autre côté de la pelouse, aussi mystérieuse et magique que la première fois où il l'avait découverte aux côtés d'India. Il se demanda si la jeune femme dormait encore derrière l'une de ces fenêtres dont les vitres étincelaient lorsque le soleil réussissait à percer les nuages.

Il resta un long moment ainsi, à respirer l'air puissant des Lowlands, prêtant l'oreille aux premiers gazouillis dans les branches qui bruissaient au vent. Soudain, il eut une vision de cette terre telle qu'elle avait dû être avant la construction du manoir. Ces champs, cette herbe et ce chêne, immuables, avaient dû traverser les siècles.

Fermant les paupières, Jack s'interrogea sur le hasard qui l'avait amené ici. Ou peut-être n'était-ce pas vraiment le hasard, se dit-il avec une ironie désabusée. Au même moment, il entendit quelqu'un siffler au loin. Craignant d'être repéré, il s'immobilisa net. Comme il ne se passait rien, il décida que ça devait être le fruit de son imagination, et se dépêcha de rebrousser chemin.

Il prit la direction du vallon, l'esprit de nouveau occupé par India. Il était curieux tout de même que deux êtres presque étrangers à Dunbar fussent ainsi jetés au milieu des tourments de son histoire. Il était encore plus curieux qu'India et lui réagissent aussi intensément lorsqu'il était question du domaine.

Il entra d'un pas vif dans le vallon, ralentissant instinctivement à l'endroit où la jeune femme s'était évanouie.

Mais il était inutile de ressasser le passé. Il fallait aller de l'avant et faire ce qui devait être fait.

— C'est complètement ridicule ! déclara Me Ramsay en hochant la tête énergiquement. Complètement ridicule ! Ce gentleman, ce M. Buchanan prétend qu'il a des droits sur le domaine.

Il eut un rire moqueur.

— Il dit qu'il descend de Rob Dunbar et qu'il possède des documents susceptibles de le prouver.

— Qu'est-ce que ça signifie exactement ? demanda India.

Elle se trouvait à Dunbar depuis trois semaines, consacrant tout son temps à l'apprentissage de la gestion du domaine. Mais depuis que Me Ramsay l'avait appelée pour lui faire part de la requête de Jack, elle était incapable de se concentrer sur autre chose.

— Le domaine Dunbar a été déclaré inaliénable par votre ancêtre, William Dunbar, en 1302, peu avant son décès. Nous avons les registres. J'ai épluché les archives de la famille. Tous les descendants mâles font référence au testament de William, à l'exception de Fergus Dunbar, décédé en 1783. Aucune référence au testament d'origine ni chez Fergus ni chez ses héritiers par la suite, depuis David, son fils, jusqu'à votre oncle Thomas. Le domaine serait allé au frère cadet de votre mère, le père de Lady Kathleen, si ce dernier n'était pas décédé trois jours avant lui. Ainsi, sans héritier mâle, la propriété est passée à Lady Elspeth, la fille aînée du dernier héritier mâle, puis à vous.

» Le testament stipule que le domaine doit être légué à l'aîné des garçons afin d'assurer la lignée et de garder la propriété dans la famille. M. Buchanan affirme qu'il est désormais le seul descendant mâle se réclamant de la lignée de Rob Dunbar. Il prétend que le fils de Rob et Mhairie Dunbar a vu le jour en Amérique. Comme vous le savez, Rob Dunbar est mort à la bataille de Culloden — c'est du moins la version officielle.

— C'est parfaitement absurde ! s'exclama Séréna dans un mouvement de colère. Il suffit donc qu'un stupide Américain se présente ici pour nous voler nos terres !

— Je suis d'accord avec vous, Lady Séréna. *Absurde* est bien le terme, et nous allons le prouver, affirma l'homme de loi avec un sourire hautain.

— Et comment ? demanda India avec curiosité.

— Il y a prescription lorsque le droit n'a pas été exercé pendant un certain temps fixé par la loi, soit vingt et un ans et une vie après le décès du dernier héritier. Pour être valable, la requête aurait dû être déposée pendant ce délai.

— Expliquez-vous ! lança Séréna en s'agitant sur le canapé. Et de grâce, évitez le jargon juridique !

— Cela signifie que toute requête aurait dû être déposée du vivant de Fergus Dunbar ou dans un délai de vingt et un ans suivant son décès.

— En fait, vous êtes en train de nous dire que le soi-disant lien de parenté de Buchanan avec Rob ne l'avancera pas à grand-chose.

— Exactement, Lady Séréna.

— Alors, pourquoi tant d'inquiétude ?

— Il n'y a pas lieu de s'inquiéter, effectivement. Je verrai les avocats de M. Buchanan et nous réglerons cela en une demi-heure tout au plus. S'il décide d'aller plus loin — ce dont je doute —, le juge les renverra en Amérique, lui et ses prétentions tirées par les cheveux, déclara Ramsay avec un sourire satisfait.

India le regarda avec un certain scepticisme. Elle le trouvait décidément pompeux.

— Je ne pense pas que M. Buchanan se lancerait dans une telle entreprise sans être sûr de son fait, dit-elle d'un air songeur. Il a dû prendre toutes les précautions juridiques nécessaires.

— Certainement, répondit Ramsay. Il a un bon cabinet d'avocats derrière lui. La renommée de Henderson, Stewart et Mackay n'est plus à faire. Mais je crains que même Mackay ne puisse pas changer les lois écossaises pour M. Buchanan, ajouta-t-il avec un petit rire satisfait.

— Tu vois, India ? Il ne peut s'appuyer sur rien. Quel sale type, quand même ! Venir ici pour essayer de nous voler ce qui nous appartient... C'est juste une façon d'avoir Dunbar gratos.

— Il était prêt à en donner un bon prix, rétorqua India, mal à l'aise. D'ailleurs, c'est toujours le cas, il me semble.

— Et tu as refusé ! lui reprocha Séréna d'un air pincé. Si tu avais accepté, on n'en serait pas là !

India resta songeuse tandis que sa sœur allumait nerveusement une cigarette.

— Vous vous rendez compte que nous sommes peut-être de la même famille ? Qui nous dit qu'il n'est pas l'un de nos cousins ? Nous devrions peut-être y réfléchir à deux fois. Ce n'est pas juste de l'exclure de cet héritage s'il a certains droits.

— Mais tu délires, ma pauvre ! Puisqu'on te dit que juridiquement, il ne peut rien ! Bon sang, il faut toujours qu'il y ait de la famille qui surgisse au mauvais moment !

— Merci, répliqua India sèchement.

— Flûte ! Je ne disais pas ça pour toi. S'il te plaît, India, ne te fâche pas ! Maintenant qu'on a réussi à s'entendre, on ne va pas laisser un étranger s'immiscer entre nous.

— Lady Séréna a raison. Il ne serait pas convenable de donner des droits à un étranger. Inutile de s'inquiéter. La loi va s'occuper de lui. Maintenant, mesdames, si vous le permettez, je dois partir. Je vous tiendrai au courant, mais je suis sûr que d'ici la fin de la semaine, nous aurons réglé la question. J'ai entendu dire, mademoiselle Moncrieff, que vous aviez rencontré M. MacInnes. Tout est-il à votre convenance ? Si je peux vous être utile en quoi que ce soit, n'hésitez pas. Les locataires semblent ravis que vous preniez les rênes, ajouta-t-il avec un sourire poli.

— Oui, je vais m'occuper du domaine jusqu'à ce que nous connaissions le nom du futur acquéreur. Avez-vous contacté les agents immobiliers ?

— Il vaut mieux ne rien faire avant d'avoir réglé le problème avec M. Buchanan. Par ailleurs, il y a toujours ce compromis qui a été signé, ajouta-t-il avec un regard en direction de Séréna qui devint rouge pivoine. Vous savez que l'offre de M. Buchanan tient toujours, ajouta-t-il en marquant une pause avant d'atteindre la porte. Il est prêt à payer le prix fort, mademoiselle Moncrieff. Je crois que vous devriez y réfléchir sérieusement. Il y a peu de chance que vous ayez une offre semblable avant longtemps.

— Je crains qu'il ne me soit pas possible d'accepter l'offre de M. Buchanan, répliqua India d'un ton ferme.

— Quoi ? Tout ça parce que tu as couché avec lui ? lança Séréna.

Le feu aux joues, India vit l'expression choquée de Me Ramsay. Elle le raccompagna jusqu'à la porte en tentant de faire bonne figure.

— Merci pour tout, Maître. Etes-vous vraiment sûr que M. Buchanan n'a aucune chance d'obtenir gain de cause ?
— Ce serait absurde.

La jeune femme referma la porte derrière lui et s'avança vers la fenêtre. Elle avait besoin de retrouver son calme, et elle ne remarqua même pas les nouveaux bourgeons ni le tapis de perce-neige qui couvrait la pelouse du jardin. Tout son esprit était occupé par Jack. Elle le revoyait tenant le Beretta 9 mm, à Rio. Un homme de sa trempe ne montait pas au front sans avoir assuré ses arrières. Possédait-il une information que sa sœur et elle n'avaient pas ?

— On peut savoir à quoi tu penses ? demanda Séréna d'un ton caustique, depuis le canapé où elle était assise.
— J'ai du mal à croire qu'un homme comme Jack se lance dans une telle entreprise sans être sûr de lui. Il doit sûrement y avoir quelque chose.
— Tu le connais mieux que moi, après tout... Moi, je ne l'ai *étudié* que de façon rapide.
— Séréna, ma liaison avec Jack n'a rien à voir avec l'affaire qui nous préoccupe. De toute façon, c'est terminé.
— Tant mieux. Tu aurais dû m'écouter quand je te disais que c'était juste un séducteur. Quant à ses prétentions, c'est de la foutaise ! Buchanan est un Américain frustré qui rêve d'appartenir à la noblesse écossaise. C'est plus fort qu'eux. Après tout, ils n'ont pas d'aristocratie, les pauvres ! Je suppose qu'ils rêvent tous d'avoir un titre ! ajouta-t-elle en gloussant. On va certainement découvrir que *son* Rob Dunbar n'était qu'un berger de Galshiels qui portait le même nom. Il y a peut-être des centaines de Rob Dunbar ? Qui te dit que ce ne sont pas simplement les bâtards de William ?

India eut une moue dubitative et ne répondit pas.

Séréna se leva d'un bond. Le sourire qu'elle arborait était démenti par la lueur dure de son regard.

— Allons déjeuner. J'aimerais ensuite avoir ton avis sur cette argenterie que j'ai trouvée dans le cellier. Ça fait partie de tes spécialités, n'est-ce pas ?

Décidément, Séréna était transparente et son revirement soudain pouvait faire sourire, songea India en la suivant dans la salle à manger.

Inutile de se lancer en conjectures concernant la demande fondée ou non fondée de Jack. Bientôt, ils en auraient le cœur net. En attendant, India était heureuse de se retrouver à Dunbar, même pour quelques jours, et même si sa quiétude était troublée par la nouvelle de la présence de Jack à Dalkirk.

Décidément, il était difficile de lui échapper ! Le fait de le savoir à la fois proche et lointain la plongeait dans un tumulte d'émotions. Hantée par son image, elle était partagée entre l'envie de se précipiter dans ses bras et la ligne de conduite qu'elle s'était donnée.

Comme si les choses n'étaient pas assez compliquées, voilà que Jack prétendait être leur cousin ! Fallait-il le prendre au sérieux ? Elle ne pouvait pas laisser ses sentiments personnels interférer. Si Jack avait des droits sur Dunbar, elle n'avait pas le droit de le priver de son héritage. Non, elle ne pouvait pas lui infliger le même sort que celui qu'elle avait elle-même subi.

Cela ne signifiait pas qu'elle le laisserait transformer Dunbar en hôtel. Il n'en était pas question. Elle était plus que jamais déterminée à empêcher Jack de réaliser ce rêve. Ils devraient juste trouver un moyen de tenir jusqu'à ce qu'un acquéreur crédible se présente.

*
* *

— C'est plus qu'embêtant ! s'exclama Séréna à l'adresse de Maxi confortablement installé devant la télévision. Tu te rends compte ? Cette idiote a même dit que si nous étions cousins, il était normal qu'il obtienne une part de Dunbar. Maxi, il *faut* vraiment agir ! L'affaire est en train de nous échapper, je le sens !

— Mm...

Maxi prit le verre de vin qu'elle lui tendait sans quitter des yeux le match de football qu'il était en train de regarder.

— Il est peut-être temps de passer à la vitesse supérieure, dit-il enfin en se tournant vers elle. Tu sais, tu peux décrocher le jackpot si tu te débrouilles bien !

— Comment ça ? Je ne comprends pas.

Elle le regardait attentivement. Il était tellement intelligent !

— Toi, tu mijotes quelque chose ! fit-elle en agitant l'index.

Elle vint s'asseoir à côté de lui sur le canapé, et posa la main sur sa cuisse.

— Tu sais que tu es terriblement séduisant quand tu prends ton air de conspirateur ? murmura-t-elle en sentant le désir monter en elle.

Elle se mit à rire comme une collégienne. S'il y avait une personne capable de se débarrasser des obstacles, c'était bien Maxi. Il allait faire d'elle une femme riche, elle le sentait. Tout excitée à cette idée, elle lui passa la langue sur les lèvres tandis que d'une main, elle descendait la braguette de son pantalon.

Baissant la tête pour se protéger du vent qui soufflait en rafales puissantes, Jack descendit l'escalier en compagnie de

Quince. Ils s'engagèrent tous deux sur un trottoir couvert de pavés gris.

— Que penses-tu de cet entretien ? cria-t-il pour se faire entendre par-dessus le bruit du vent.

Les bourrasques étaient tellement fortes qu'en face d'eux, un parapluie se retourna tandis qu'un homme tentait désespérément de retenir son chien.

— Ça s'est bien passé, à mon avis, répondit Quince en s'accrochant au parapluie qu'il avait acheté à St Andrews. Quel fichu temps ! Tu ne préfères pas investir dans un hôtel aux Caraïbes plutôt qu'ici ?

— Le temps ne me gêne pas vraiment. On était gâtés en matière de pluie quand on était dans le Tennessee, tu te souviens ?

— Oui, mais j'ai perdu l'habitude. J'avoue qu'un rayon de soleil ne me dérangerait pas. Tu sais, je crois que tu es fou ! A ta place, j'essaierais d'arranger les choses avec India. C'est à cause de ça qu'on est ici aujourd'hui, non ?

Jack se hérissa. Quince n'avait pas entièrement tort.

— Quelles que soient les raisons, je n'ai pas l'intention de faire machine arrière, dit-il. Quelle heure as-tu ?

Quince secoua la tête en signe de désapprobation.

— Midi trente. Où doit-on retrouver Peter ?

— Au Café Royal.

— Bien. Je meurs de faim. De plus, je dois passer deux ou trois coups de fil aux Etats-Unis. Je refuse d'utiliser mon portable dehors par ce temps !

Les deux amis poursuivirent leur chemin en silence, et arrivèrent dans Prince's Street. La rue grouillait de passants revêtus d'imperméables aux couleurs ternes.

Jack leva les yeux vers le château qui se dressait sur un promontoire à l'extrémité du Royal Mile. Cette ville était tellement chargée d'Histoire ! se dit-il. Même les boutiques de touristes n'arrivaient pas à gâcher cet effet.

Parvenus à la Place St Andrews, ils prirent une rue sur la droite pour arriver au Café Royal. Peter les attendait déjà.

— Alors, comment ça s'est passé ? leur demanda-t-il.

— Super ! répondit Jack en exagérant un peu.

Tout en retirant son imperméable, Quince leva un sourcil ironique et croisa le regard amusé de Peter.

— Il est complètement cinglé ! fit-il en étudiant le menu. Mais connaissant Jack, je suis sûr qu'il réussira à leur faire admettre qu'il est un de leurs cousins éloignés. L'objectif de cette démarche, je l'ignore encore, ajouta-t-il avec un regard dubitatif à l'adresse de son ami. Même si l'affaire va jusqu'au tribunal, il est capable de gagner le procès. Je l'ai toujours vu obtenir ce qu'il voulait.

Haussant les épaules, Jack appela le serveur, tandis que Quince s'éloignait, son portable collé à l'oreille.

— Il n'arrête jamais ! dit Jack avec un sourire attendri.

— Je ne sais pas comment vous vivez, fit Peter avec un air qui se voulait désapprobateur. Vous ne vous arrêtez même pas pour manger. Ce coup de fil ne pouvait pas attendre ?

— Il faut croire que non. Tu sais ce que sont les affaires.

— C'est vrai, reconnut Peter. Au fait, j'ai reçu les plans de Jakarta, ce matin.

— Désolé, mais il faut que je vous quitte, les gars ! annonça Quince en refermant son portable d'un coup sec.

— Et le déjeuner ? s'écria Peter, surpris.

— Ce sera pour une autre fois. Merci quand même ! fit Quince en leur adressant un large sourire. Mais que ça ne vous empêche pas de profiter de votre repas. Si je me débrouille bien, je réussirai à attraper le prochain vol pour Miami. J'ai des choses à régler au niveau du contrat avec Chicago. Ça ne se passe pas comme je veux... Jack, si tu n'y vois pas d'inconvénient, je vais prendre ta voiture pour aller récupérer mes affaires chez Peter. De là, je filerai à l'aéroport.

— Dommage que tu sois obligé de partir aussi vite ! dit Peter en se levant pour lui serrer la main. On aurait pu aller pêcher ensemble, ce week-end.

— Une autre fois, j'espère. Jack, je t'appellerai de Heathrow.

— Ça marche.

Une fois Quince parti, Jack sortit son paquet de cigarettes et voulut en offrir une à Peter.

— Non, merci, dit-il. J'ai arrêté. C'est aussi ce que tu devrais faire.

— Peut-être.

— J'ai quarante-six balais. Il est temps que je me prenne en charge.

— Toi, tu as une bonne raison pour t'arrêter, fit remarquer Jack d'un air songeur.

— Je suis sûr que tu pourrais trouver des centaines de raisons, toi aussi.

— Par exemple ?

— Molly. Et Astra. Où en serait la compagnie sans toi ?

— Elle ne s'en porterait que mieux ! répliqua Jack avec un sourire énigmatique.

— Foutaises ! s'exclama Peter en regardant son verre d'un air embarrassé.

— Pourquoi es-tu si inquiet à mon sujet ?

— Tu es mon ami.

— Est-ce que j'ai l'air d'avoir besoin qu'on s'inquiète pour moi ?

— Maintenant que tu le dis, oui. Diana et moi, on t'aime vraiment beaucoup. Va savoir pourquoi !

— Diana est quelqu'un de très bien.
— India aussi.

Jack tira sur sa cigarette.

— C'est curieux que tu dises ça, fit-il en sentant renaître sa colère, comme chaque fois que l'on évoquait la jeune femme devant lui. C'est aussi l'idée que j'avais d'elle. Mais plus maintenant. India est certainement la femme la plus adorable que j'aie jamais rencontrée, mais c'est aussi une menteuse de première qui n'a pas hésité à me tromper dès que j'ai eu le dos tourné. Dommage ! ajouta-t-il en écrasant sa cigarette qu'il trouvait maintenant amère.

Il y eut un court silence, puis Peter reprit :

— Excuse-moi de me montrer curieux, mais tu n'as pas eu le moindre coup de foudre depuis... depuis le décès de ta femme ?

— Non. Je me suis consacré à mon travail.

— Et tu as bien réussi !

— Tu crois ? fit Jack d'un air moqueur, en commençant à manger.

— Tu n'es pas content d'avoir réussi ?

— Peut-être. Il m'arrive de me demander à quoi ça sert. Autrefois, je me disais que s'il m'arrivait quelque chose, Chad prendrait la relève. Mais maintenant, tout ça n'a plus aucun sens. Sauf peut-être pour Molly.

Les deux hommes continuèrent leur repas en silence. Lorsqu'ils reprirent leur conversation, ce fut pour aborder des sujets neutres.

Après le déjeuner, ils retournèrent à Dalkirk. Jack remarqua que le paysage avait commencé à changer. Lentement, les collines s'habillaient de blanc et de mauve. L'air plus doux et le ciel plus clair annonçaient le printemps.

Après avoir franchi le portail de Dalkirk, Peter s'arrêta pour échanger quelques mots avec Bob Mackintosh, son régisseur. Jack l'observa un instant, intrigué par la facilité avec laquelle son ami avait réussi à établir des relations basées sur la confiance non seulement avec son personnel mais également avec ses locataires. Il semblait prendre à cœur toutes les affaires du domaine, et Jack eut l'impression de revenir au Moyen Age, à l'époque où le seigneur se portait garant de la vie de tous ceux qui étaient sous sa responsabilité.

Devançant Peter, il entra dans le hall. Des éclats de rire leur parvenaient du salon. On entendait également le piano. Jack ôta son imperméable, le posa sur une chaise et s'avança vers la porte entrouverte. Il arrivait juste à point pour le thé, se dit-il, amusé par la régularité des Britanniques.

A peine eut-il poussé la porte qu'il s'immobilisa net, abasourdi. Prenant appui contre le montant de la porte, il observa la scène qui s'offrait à lui, pris dans un tourbillon d'émotions.

Si seulement le spectacle qu'il avait sous les yeux pouvait durer toujours ! se dit-il avec une immense nostalgie.

13.

India chantait des berceuses en s'accompagnant au piano, à côté d'une Molly rayonnant de joie, tandis que les petites Kinnaird jouaient aux chaises musicales. Diana, elle, était pelotonnée sur le canapé près de la cheminée.

Un beau tableau, se dit Jack en sentant sa gorge se serrer. Les deux êtres qu'il aimait le plus au monde se trouvaient là, côte à côte. Comme elles allaient bien ensemble !

Puis, la réalité lui apparut soudain. Il avait l'impression d'être un intrus. Tout était devenu impossible... Il hésita à entrer, sachant que sa présence ne pourrait que rompre cette belle harmonie.

Il s'apprêtait à rebrousser chemin lorsque Diana leva les yeux et l'aperçut.

— Jack ! s'exclama-t-elle. Quelle agréable surprise ! Je ne t'attendais pas si tôt ! Quince est déjà parti. Mme MacClean est dans tous ses états parce qu'il n'a même pas pris le temps de déjeuner.

Elle glissa un regard gêné vers India avant de reprendre avec un grand sourire :

— Mais entre donc ! Viens boire une tasse de thé avec nous !

En entendant Diana prononcer le nom de Jack, India

avait brusquement cessé de jouer. Jack tressaillit devant son expression abasourdie. En croisant son regard, il lui sembla y lire une foule d'émotions, mais déjà elle avait repris son masque imperturbable et le regardait d'un air glacial.

Molly accourut vers lui, et il se pencha pour la soulever dans ses bras.

— Alors, on est sage, ma petite citrouille ?

— Oui, répondit la fillette en nouant les bras autour de son cou pour le serrer très fort. Regarde, Jack : Indy est là ! C'est super, non ?

Elle redescendit et, le prenant par la main, l'entraîna vers le piano.

India se tenait immobile, les mains croisées sur les genoux, digne et lointaine. Et pourtant, comme elle semblait vulnérable ! se dit-il. Elle n'avait pas le droit d'avoir l'air si fragile, si… désarmante.

Jack tenta de puiser en lui un peu de colère. En vain. Il fut pris du désir impérieux de la prendre dans ses bras, de la toucher. Au diable le reste ! Il s'approcha d'elle, notant chaque détail : le pull en cachemire vert qui rehaussait l'éclat de ses yeux, le collier de perles autour de son cou délicat… Elle était vraiment à sa place ici, se dit-il. Pour masquer son embarras, il fit mine de jouer avec Molly.

Diana se leva.

— Où est Peter ?

— Il rentre la voiture au garage.

— Il va nous falloir d'autres tasses ! Caroline, ma chérie, fit-elle à l'adresse de sa fille aînée, cours à l'office chercher une tasse pour papa et une pour oncle Jack.

India se leva. Ils étaient si proches l'un de l'autre que Jack sentit son parfum, une fragrance qu'il aurait reconnue entre mille. Elle lui tendit alors la main dans un geste froid et distant. Ses doigts effleurèrent à peine les siens.

— Bonsoir. Nous ne t'attendions pas, dit-elle platement.

— Je suis rentré plus tôt que prévu, répondit-il en s'emparant de sa main fermement, comme s'il ne comptait pas la lâcher. C'est bon de te revoir ! Continue à jouer, s'il te plaît. C'était beau.

Il chercha sur son visage un signe, quelque chose qui aurait pu le renseigner sur ses sentiments. Il était comme un homme mourant de soif et placé devant une source pétillante dont on lui interdirait l'accès.

Elle rejeta sa demande avec un sourire d'excuse. Un petit sourire poli qui ne monta même pas jusqu'à ses yeux. Jack se sentit mortifié. Il regrettait ce moment de faiblesse.

— India va rester ici longtemps, oncle Jack ! lança soudain Molly. Est-ce que nous aussi on peut rester, dis ? Comme ça, on fera des choses ensemble, et la maison d'Indy n'est pas très loin, et elle dit que je peux aller chez elle quand je veux, et...

La petite fille sautait partout, visiblement excitée de les revoir ensemble.

— Hé, du calme, petit moulin à paroles ! s'exclama Jack en riant.

Il se baissa pour se mettre à sa hauteur et aussi pour se donner le temps de reprendre ses esprits. Le seul fait de tenir un instant la main d'India dans la sienne l'avait bouleversé. Il se demanda si elle avait ressenti la même chose. Dieu ! Que n'aurait-il pas donné pour savoir ce qui se passait derrière ce masque de froideur qu'elle lui opposait ! Il l'observa du coin de l'œil tandis qu'elle se précipitait vers Caroline pour rattraper une soucoupe sur le point de tomber.

— Ah, quel plaisir de vous voir tous réunis ! India, toujours aussi superbe !

Peter venait d'entrer dans le salon. Il déposa un petit baiser sur la joue de la jeune femme avant de rejoindre son épouse sur le canapé. Jack surprit le bref regard qu'ils échangèrent, un de ces regards de communion et de partage, révélateur de la bonne entente qui existait entre eux. Comme il enviait leur bonheur ! Peter et Diana possédaient tout ce qui lui manquait, à lui.

D'un air absent, il prit la tasse de thé qu'on lui tendait et s'approcha du feu.

— Merci, Henny.

Il adressa un petit sourire à la cadette des Kinnaird qui l'avait servi.

— De rien, répondit-elle en imitant l'accent de Molly, ce qui déclencha l'hilarité générale.

— Elle le fait très bien ! déclara India en évitant le regard de Jack. Elle sera certainement douée pour les langues.

— Tu crois ? Moi, j'étais plutôt nulle, dit Diana en étalant de la confiture de fraise sur le scone de son mari. Contrairement à Peter. N'est-ce pas, chéri ?

— Ça peut aller, répondit Peter avec un sourire modeste. Et toi, Jack ?

— J'ai encore des progrès à faire dans ma propre langue ! répliqua l'intéressé avec une pointe d'humour.

Surtout se détendre, ne pas laisser voir l'effet qu'India lui faisait ! Après tout, c'était elle qui l'avait plaqué, et même *trompé* ! En l'imaginant dans un lit avec Hernan, Jack eut envie de briser sa tasse dans la cheminée. Il se retint tant bien que mal, but quelques gorgées de thé et se força à converser poliment avec les personnes présentes. Mais intérieurement, il bouillait !

Avec beaucoup d'habileté, Peter et Diana évitèrent tous les sujets sensibles. Dunbar ne fut évoqué qu'une fois. Cela concernait un problème de clôture mitoyenne qui avait besoin d'une réfection. Peter déclara qu'il enverrait son intendant examiner ça le lendemain.

Pendant que les adultes parlaient, les filles jouaient ensemble aux petits chevaux. Sam, le setter irlandais de Peter, s'était allongé aux côtés d'India qui lui caressait la tête.

Si seulement il était possible de remonter le temps ! se dit Jack. Mais c'était malheureusement impossible. C'est alors que sa combativité reprit le dessus. Il n'était pas question d'abandonner la partie aussi facilement. On allait voir ce qu'on allait voir !

India ne toucha pas à son cake et fit de son mieux pour paraître calme. Quand elle avait aperçu Jack dans l'embrasure de la porte, elle avait cru à une hallucination. Elle avait failli courir vers lui et se jeter à son cou pour retrouver la chaleur de ses bras puissants. Mais Molly l'avait devancée, et le charme avait été rompu.

India se demandait maintenant comment prendre congé de Peter et Diana, d'autant qu'elle n'avait plus de véhicule pour rentrer chez elle. En effet, M. MacInnes l'avait déposée chez les Kinnaird après qu'elle eut laissé sa voiture au garage pour faire effectuer une vidange.

— India, tu devrais rester dîner avec nous ! Peter te raccompagnera après, proposa Diana.

— Merci, mais si ça ne t'ennuie pas, je vais appeler MacFee et voir si son taxi est libre. Je préfère rentrer. J'ai plein de courrier en retard, et certains faxes doivent absolument partir demain matin pour Buenos Aires.

— Je suis sûr que ton employeur peut t'accorder quelques heures de repos, glissa Peter avec un grand sourire.

Puis, se tournant vers Jack, il demanda :

— Alors, qu'en dis-tu ? Elle peut rester ?

— Bien sûr, c'est une bonne idée, répondit Jack d'un ton neutre.

India se leva, déterminée à partir.

— Je suis désolée, j'aurais aimé me joindre à vous, mais il faut vraiment que je rentre. Non, Peter, inutile de me raccompagner, ajouta-t-elle en le voyant se lever. Je vais appeler MacFee. Je suis sûre que tu as une foule de choses à faire, et Diana est en train d'essayer une nouvelle recette de tarte Tatin : elle ne peut donc pas bouger, elle non plus.

— Dommage que tu ne restes pas pour la goûter ! dit Diana.

— A ce rythme, je ne vais plus entrer dans mes vêtements ! Je n'arrête pas de manger depuis que je suis ici. Tous ces puddings et ces gâteaux que Mme Walker confectionne... J'ai déjà dû grossir, je le sens.

— Ça te va très bien, en tout cas.

India se tourna brusquement vers Jack. Il la dévisageait de la tête aux pieds, ouvertement, la déshabillant du regard, avec dans les yeux une expression de possession qui semblait vouloir dire qu'il connaissait chaque centimètre de son corps.

— Personne ne t'a demandé ton avis, fit-elle d'un air hautain, en se sentant rougir.

— Non, mais je le donne quand même, répliqua-t-il avec un large sourire qui donna à la jeune femme envie de le gifler.

Une envie qu'elle oublia aussitôt en entendant Peter demander :

— Jack, ça t'ennuie de reconduire India ? J'y serais bien allé, mais j'attends la visite de Mackintosh. Il doit venir à 6 heures.

— Avec plaisir, répondit Jack en réprimant aussitôt un sentiment de triomphe.

Bouillant intérieurement, India jeta un regard meurtrier à Peter. Ah, ces hommes ! Toujours solidaires, quelles que soient les circonstances.

Elle dut admettre qu'elle n'avait guère le choix. Autant se soumettre avec toute la dignité dont elle était encore capable.

Molly se serra contre elle et lui fit promettre de revenir. La petite lui manquait terriblement, mais il était hors de question de remettre les pieds chez les Kinnaird, maintenant que Jack était de retour.

Ils allèrent jusqu'au garage, et Jack en sortit une Porsche grise flambant neuve.

— Je ne savais pas que Peter roulait en Porsche, maintenant ! A moins que tu ne l'aies louée…

— C'est la mienne. Je l'ai achetée.

La nouvelle stupéfia India. Il prévoyait donc de rester un certain temps…

— Tu essaies d'impressionner les habitants du coin avec ton fric ?

— Absolument pas. Je cherche seulement à me rendre d'un point A à un point B le plus vite possible.

Son calme ne fit qu'attiser la colère d'India. Elle aurait préféré une bonne dispute à ce silence glacial. Pour ne rien arranger, son cœur battait à tout rompre.

Quelques minutes plus tard, ils sortirent de l'enceinte de la propriété, et India fronça les sourcils en constatant qu'ils n'avaient pas pris la bonne direction. Elle glissa un regard à Jack mais, dans l'obscurité de la voiture, son expression était indéchiffrable.

— Tu sais que ce n'est pas la bonne direction ? demanda-t-elle d'un ton froid.

— Oui.

— Comment ça *oui* ?

Elle se tourna vers lui, les yeux étincelant de colère.

— Ramène-moi tout de suite à la maison, Jack. Je ne veux aller nulle part avec toi !

Il ne daigna pas répondre.

— Un gentleman ne ferait pas ça ! s'écria-t-elle en désespoir de cause.

— On a besoin de parler.

— Ça, c'est ce que tu penses ! Mais moi, j'estime que je n'ai rien à te dire. Absolument rien ! Si tu veux quelque chose, adresse-toi à mes avocats.

Devant son silence obstiné, India serra les poings, les yeux emplis de larmes de rage et de frustration. Elle était en train de perdre son sang-froid, mais peu importait ! Au point où elle en était…

— Si tu crois que je vais…

— Tout ce que je veux, c'est que tu viennes dîner avec moi, déclara-t-il d'un ton calme. En souvenir du bon vieux temps. Ecoute, India, il faut vraiment que nous discutions. Il y a eu trop de malentendus entre nous…

— Ce n'est pas mon avis. Et si tu t'imagines que tu vas me mettre dans ton lit en souvenir du bon vieux temps, je préfère te dire que tu te trompes lourdement.

Quittant la départementale, Jack s'engagea dans une clairière et arrêta soudain le moteur. Il resta un moment silencieux avant de se tourner vers India.

— Tu veux bien m'écouter ?

— J'en ai assez de tes bobards ! Je sais que tu es très doué pour embobiner tout le monde — y compris les Kinnaird — mais moi, tu ne peux plus m'avoir. J'en ai assez de tes mensonges !

— *Mes* mensonges ? Tu oses dire que j'ai menti alors que c'est toi qui t'es jetée dans les bras d'un autre homme dès que j'ai eu le dos tourné ? Tu es allée aux sports d'hiver avec lui. Vous êtes sortis ensemble, vous avez...

— Comment oses-tu ? s'écria-t-elle, outrée, avant de se rappeler l'histoire qu'elle avait inventée au sujet de sa pseudo-relation avec Hernan.

Au ton de sa voix, elle comprit qu'elle l'avait blessé dans sa fierté.

— C'est donc ça, hein ? Ton orgueil masculin en a pris un coup. Eh bien, laisse-moi te dire une chose. Je me suis amusée comme une folle avec Hernan. Pas une minute je ne me suis ennuyée. D'ailleurs, si c'était à refaire, je le referais et...

Elle n'eut pas le temps de continuer. Se penchant vers elle, Jack la prit dans ses bras avec fermeté.

— Je ferais mieux de te rafraîchir la mémoire avant que l'envie d'aller te balader ne te reprenne, fit-il d'une voix rauque, les yeux brillant de colère.

Puis il prit sa bouche pour un baiser impérieux et exigeant.

India n'opposa qu'une molle résistance. Elle avait déjà perdu tous ses moyens. A sa grande consternation, elle sentit tout son corps s'embraser. S'abandonnant complètement, elle poussa un gémissement de plaisir tandis que les mains de Jack se glissaient avec agilité sous son pull.

Il murmura son nom. Elle eut l'impression que le temps s'arrêtait. Avec avidité, elle chercha le contact de sa chevelure épaisse entre ses doigts. Ses mains s'accrochèrent à ses muscles tendus tandis qu'elle se laissait enivrer par l'odeur de sa peau.

— Il faut qu'on aille jusqu'au bout, murmura-t-il d'une voix voilée.

Il baissa alors la tête et, repoussant son pull et son soutien-gorge, il prit un mamelon entre ses lèvres expertes.

India tentait vainement de ne pas perdre pied. Elle savait qu'elle devait l'arrêter, mais elle en était bien incapable. Ses étreintes lui avaient tellement manqué !

Le faisceau d'une lampe torche vint interrompre cet interlude.

— Merde ! s'exclama Jack en se redressant brusquement.

Rajustant rapidement son pull, India se sentit soudain honteuse et horrifiée. Le faisceau lumineux se rapprocha. Aussitôt, Jack glissa une main sous le siège, prêt à passer à l'action.

Un coup frappé à la vitre de la voiture fit sursauter la jeune femme.

— Ça va ? fit une voix bienveillante à l'accent écossais.

Poussant un soupir de soulagement, Jack baissa sa vitre.

— Bonsoir, sergent.

— Ah, c'est vous, monsieur Buchanan !

L'officier porta la main à son couvre-chef en guise de salut.

— Tout va bien ?

Il se pencha et dirigea sa lampe torche sur India.

— Bonsoir, mademoiselle Moncrieff. Ravi de vous revoir. Vous n'avez pas de problème de moteur ?

— Non. Je raccompagne seulement Mlle Moncrieff chez elle, expliqua Jack.

Le sergent hocha la tête avec un sourire. Puis il se gratta la tempe, l'air intrigué :

— Mais Dunbar est de l'autre côté, monsieur.

— Je sais. Je me suis trompé. J'ai tourné du mauvais côté en quittant Dalkirk. Mlle Moncrieff m'en a fait la remarque et je me suis arrêté pour faire demi-tour. Je ne suis pas encore habitué à la région.

L'officier de police eut un sourire compréhensif.

— J'admets que ce n'est pas facile de s'y retrouver au début, dit-il. C'est vrai que vous allez faire de Dunbar un hôtel, monsieur Buchanan ?

La question hérissa India. Même la population locale était au courant du projet ! Décidément, il lui avait menti sur toute la ligne !

Lorsque l'agent se fut éloigné, elle avait repris le contrôle d'elle-même. Elle s'en voulait d'avoir succombé si facilement.

— Dis donc, on l'a échappé belle ! s'exclama Jack en remettant le contact.

Apparemment, il ne s'était pas aperçu de son changement d'humeur. Tant mieux, se dit-elle rageusement. Elle allait attendre qu'il l'eût raccompagnée pour lui dire ce qu'elle avait sur le cœur. Pas question de prolonger ce tête-à-tête nocturne en pleine campagne. Connaissant Jack, elle savait qu'il ferait tout pour obtenir gain de cause.

Se penchant vers elle, il lui caressa la joue avant de démarrer en trombe. Il roula à vive allure, comme s'il avait hâte d'arriver. Toute à sa colère, India ne disait mot. Qu'il continue à penser qu'il avait réussi à l'embobiner, se dit-elle. La déception ne serait que plus amère.

La voiture s'arrêta dans un crissement de pneus. Jack en descendit et fit le tour pour ouvrir la portière à sa passagère. Mais celle-ci ne l'avait pas attendu : elle était déjà près de la porte d'entrée.

— Je boucle la voiture et j'arrive, dit-il.
— Pour quoi faire ?
— Eh bien, je...
— Si tu avais prévu d'entrer, tu peux faire une croix dessus, fit-elle d'un ton glacial. La propriété ne t'appartient toujours pas, que je sache. Les documents dont tu fais état sont peut-être des faux, qui sait ? Peut-être Séréna avait-elle raison en disant que tout ça n'est qu'une mise en scène pour essayer d'avoir le

domaine à un meilleur prix. Quant à te laisser entrer dans un autre but… Je ne vois pas pourquoi je ferais ça.

Elle sortit sa clé et tenta de dissimuler le tremblement de ses mains.

— Hernan sera là dans quelques jours. Je ne pense pas qu'il apprécierait de… Enfin tu comprends…

En dépit de la faible lueur des lanternes, elle le vit se raidir. Une lueur de rage s'alluma dans ses yeux et il fit un pas vers elle.

— Arrête ! dit-elle en levant la main.

Il stoppa net.

— A quoi tu joues, India ? Qu'est-ce qu'il y a, bon sang ? Tu en avais autant envie que moi, tout à l'heure. Ce qu'il y a eu entre nous ne veut donc rien dire pour toi ? Je suis prêt à oublier ce que tu m'as fait.

Quel toupet il avait ! Il se comportait comme si elle lui appartenait et comme si elle lui devait des excuses…

— Arrête tes conneries, India ! Je te connais comme personne.

— Tu penses me connaître, mais tu te trompes. Si tu crois que je vais te laisser livrer Dunbar à des hordes de touristes… Quant à ta mansuétude, tu peux la garder. J'ai besoin de changement. Les hommes, ce n'est pas ce qui manque.

Elle lui jeta un regard noir, heureuse de voir qu'elle avait fait mouche.

— Bonne nuit, Jack. Je n'ai plus rien à te dire. Ni maintenant ni jamais. A ta place, je remballerais mes prétentions stupides et je rentrerais chez moi.

Elle se précipita à l'intérieur et claqua la porte. Puis, s'appuyant contre le battant, elle éclata en sanglots. Qu'avait-elle fait ? Pourquoi ce stupide mensonge avec Hernan ? Cela ne risquait-il pas de nuire au travail qu'ils faisaient au Palacio de Grès ?

Elle se laissa lentement glisser sur les dalles froides et, entourant ses genoux de ses bras, elle y enfouit sa tête. Elle tremblait de tous ses membres. Si au moins la haine qu'elle prétendait éprouver à son égard pouvait être réelle !

Quelques minutes plus tard, elle entendit le grondement courroucé du moteur de la Porsche suivi du crissement des pneus sur le gravier. Elle venait de fermer la porte à son plus cher désir. La douleur la frappa de plein fouet. Elle avait cru autrefois que Christian lui avait brisé le cœur, mais elle avait compris par la suite que seule sa fierté avait été meurtrie.

La véritable blessure de son cœur, c'était aujourd'hui qu'elle se l'était infligée.

Assis dans la voiture, Jack fulminait. Il était partagé entre le désir d'étrangler India et celui de l'embrasser.

Il tourna la clé d'un geste brusque.

— Je vais te faire regretter ça, India, marmonna-t-il entre ses dents.

Il n'y aurait plus de pardon, plus d'excuses. Dorénavant, ce serait la guerre ouverte.

Il ne décoléra pas pendant le trajet du retour. Comment osait-elle le ridiculiser, jouer avec ses sentiments et, indirectement, avec ceux de Molly ?

Il prit un virage sur les chapeaux de roues et se rendit compte qu'il roulait beaucoup trop vite lorsque les phares d'une autre voiture surgirent en face de lui. Quelques minutes plus tard, il laissait sa voiture au garage et gagnait la maison.

Dans le couloir, il croisa Peter qui raccompagnait Mackintosh.

— Te revoilà ! India est bien rentrée ? Jack, ça va ? ajouta Peter devant son visage fermé.

— Non, ça ne va pas, merde !

Peter lui fit signe de parler moins fort.

— Diana a horreur que l'on dise des gros mots devant les filles, expliqua-t-il sur un ton d'excuse. Allez, viens boire un verre dans mon bureau. On dirait que tu en as besoin.

Jack suivit son ami et se laissa choir dans un large fauteuil de cuir devant la cheminée. D'un air morose, il regarda les flammes pendant que Peter leur versait deux verres de whisky.

— Bon sang ! s'exclama-t-il soudain en abattant son poing sur l'accoudoir du fauteuil. Comment ose-t-elle ?

Il laissa échapper un chapelet de jurons.

— Tu parles d'India ? demanda Peter en lui tendant son verre.

— Non, de Cendrillon. Mais bien sûr que je parle d'India, qui veux-tu que ce soit ? Encore et toujours India ! Que dis-tu d'une femme qui te tombe dans les bras et qui, dans la seconde qui suit, t'envoie paître ?

— Heu, je pensais que vous réussiriez à dissiper les malentendus.

— Je n'arrive toujours pas à y croire, poursuivit Jack comme pour lui-même. J'étais prêt à lui pardonner, et tout ce qu'elle trouve à me dire, c'est qu'elle n'en a rien à faire ! Qu'est-ce qu'elle croit ? Que je vais rester là comme un crétin pendant qu'elle couche avec un autre ?

— Tu crois vraiment que c'est son genre ? dit Peter d'un ton dubitatif.

— Tu vis sur une autre planète ou quoi ?

Incapable de rester assis, Jack se leva et se mit à faire les cent pas.

— J'avais à peine le dos tourné qu'elle s'envoyait en l'air

avec Hernan. Je n'aurais jamais cru ça de lui : il m'avait l'air d'être un type bien. C'est bien la preuve qu'on ne peut faire confiance à personne !

— Excuse-moi si je te parais curieux, mais quel est le problème exactement entre India et toi ? Je sais que vous n'êtes pas d'accord au sujet de Dunbar, mais je ne connais pas le fin mot de l'histoire.

Jack eut une seconde d'hésitation puis, s'appuyant sur le manteau de la cheminée, il exprima en vrac tous ses griefs.

Quel soulagement de pouvoir se confier à quelqu'un !

Vingt minutes plus tard, il se sentait déjà mieux.

— J'ai l'intention d'intenter un procès pour faire reconnaître mes droits. J'en ai autant qu'elles. Dès demain, je lance la procédure. Je veux Dunbar. Tu comprends, Peter, c'est comme un coup du destin. D'abord, toi et moi devenons associés, puis amis. Ensuite, tu m'invites ici et je tombe sous le charme de l'Ecosse. Je rencontre India, je tombe amou... J'ai une liaison avec elle. Je trouve les papiers et on découvre que Jamie Kinnaird, ton ancêtre, était le meilleur ami du mien. Comment expliques-tu ça ?

Au même moment, Diana passa la tête par la porte.

— Je peux ? Je prendrais bien un verre de sherry.

Elle sourit à Jack d'un air entendu.

— Mais continue, je t'en prie ! Je me demandais justement quand la cocotte allait exploser.

Peter sourit à son tour et lui fit signe de venir s'asseoir à côté de lui.

— Nous étions en train de parler de toutes ces coïncidences qui ont amené Jack ici. Il a raison. C'est tout de même incroyable que Roy Dunbar et Jamie, mon arrière-arrière... enfin je ne sais plus ce qu'il était exactement... Oui, c'est une sacrée coïncidence ! Il faut que je te dise, Jack : j'ai vraiment été ému en lisant ces lettres et le journal de Mhairie.

— Moi aussi, dit Diana. Je pleurais, à la fin. Pauvre Mhairie ! J'avais vraiment de la peine pour elle. Et pour Rob aussi, bien sûr. Mais l'image de cette pauvre femme, seule, enceinte, sur une terre étrangère, sans nouvelles de son mari... C'est épouvantable !

Elle frissonna et posa sa main sur celle de Peter.

— Mais tu sais, chéri, je ne crois pas aux coïncidences.

Elle accepta le verre que Jack lui tendait et continua :

— Je suis persuadée que Rob y est pour quelque chose depuis le début.

— Tu veux dire qu'un fantôme est en train de nous manipuler et de décider de nos vies ? Allons, Diana ! répondit Jack avec un rire nerveux, en se passant une main dans les cheveux.

— Ce n'est pas tout à fait ça, répondit-elle d'un air songeur. Seulement, certaines âmes ne peuvent reposer en paix tant qu'elles n'ont pas accompli les tâches qui les retiennent ici-bas.

— Tu crois vraiment ça ?

Jack se rappelait les nombreuses fois où il avait ressenti une présence étrange à ses côtés.

— Diana croit en la réincarnation, expliqua Peter avec une moue sceptique.

— A ta place, je ne jouerais pas trop les blasés, répliqua-t-elle d'un ton cinglant. Ce n'est pas toi qui as rêvé de Jamie ? Si mes souvenirs sont bons, tu m'as même dit que si ton ancêtre ne t'avait pas prévenu qu'il y avait des problèmes dans l'une des fermes, eh bien, on aurait été dans le pétrin !

Peter devint rouge pivoine.

— Oui, bon... J'ai cru à l'époque que... Mais c'était peut-être mon imagination.

— Ton imagination ? Mais non ! Tu sais très bien que

c'était Jamie. On en a longuement parlé, toi et moi. Ne fais pas semblant de ne pas y croire parce que Jack est là et qu'il ne croit pas aux esprits. Du moins, pas encore…

— Je n'ai jamais dit que je ne croyais pas aux esprits, répliqua Jack d'un air songeur.

— C'est simple comme bonjour, reprit Diana en les regardant tous les deux et en hochant la tête. Tout ce qui vous arrive est le fait de Rob. Il veut que la propriété revienne à qui de droit. Je ne sais pas ce que ça signifie vraiment, mais j'ai l'impression qu'India et toi faites partie de son plan. Il va se passer quelque chose. Quelque chose d'inattendu.

Diana se tut. Elle semblait loin, maintenant, comme si elle lisait dans l'avenir.

— Je ne vois pas ce qui pourrait arriver, ma chérie, dit Peter d'un ton prosaïque. Lorsque Jack ira à l'audience, le juge tranchera, voilà tout.

— Je sais bien, mais… C'est juste un pressentiment, quelque chose que je ne peux pas expliquer.

— Tu penses que je ne devrais pas porter plainte ? demanda Jack. Je comptais y aller demain.

— Ecoute, tes raisons ne sont pas les bonnes, déclara Diana en plantant son regard dans le sien.

Jack détourna les yeux, soudain mal à l'aise.

— Je n'ai pas le choix, marmonna-t-il.

— Que tu dis ! rétorqua Diana. En fait, tu vas en justice parce que tu es furieux contre India, voilà la vérité. Tu lui en veux de ne pas être à tes pieds !

— Diana !

— Laisse-moi parler, Peter Kinnaird ! A quoi cela sert-il d'être amis si on ne peut pas se dire nos quatre vérités ?

Peter jeta à Jack un regard d'excuse.

— Tu as raison, Diana, concéda Jack, mais les choses sont allées trop loin. Je ne peux plus faire marche arrière.

— Ah, les hommes ! s'exclama-t-elle en les regardant d'un air désapprobateur. C'est votre fichue fierté qui vous perd ! Je suis persuadée que vous pouvez régler cette affaire sans aller au tribunal. Du moins, vous pourriez essayer. India est une personne raisonnable. Quant à Séréna, tout le monde sait qu'on peut l'acheter.

— Non ! lança Jack. Il est trop tard. On a franchi le point de non-retour, ce soir. Je ne peux plus reculer.

Avec un soupir, Diana leva les mains en un geste de résignation.

— Dans ce cas, il n'y a plus rien à dire. Les choses finiront par se tasser d'elles-mêmes. C'est ce qui arrive toujours. Bon, allons dîner avant que Mme MacClean ne se fâche.

Diana embrassa son mari et prit Jack par le bras.

— Ne t'inquiète pas, tout va rentrer dans l'ordre au moment où tu t'y attendras le moins.

Lui tapotant la main d'un geste maternel, elle ajouta :

— Tu y verras plus clair demain matin, crois-moi.

14.

Mais les jours passèrent sans apporter d'amélioration.

L'humeur de Jack était à l'unisson de ce ciel gris qui déversait inlassablement ses trombes d'eau.

Les filles semblaient avoir la bougeotte et dans la cuisine, Mme MacClean ne cessait de rapporter les propos des uns et des autres, commentant les réactions de chacun devant une Diana à bout de nerfs.

La bataille au sujet de Dunbar avait mis le village en émoi. On faisait des paris sur celui qui allait gagner le procès. Au *Hog and Hound*, le pub local, on n'avait pas connu une telle animation depuis des années. Il y avait les partisans des descendants de Fergus, pour qui l'ancienneté de ces derniers justifiait qu'ils conservent le domaine. Cependant, pour M. Hunter, le boucher, qui se considérait comme l'historien et la mémoire du village, le descendant de Rob devait être désigné comme propriétaire légitime. Et peu importe qu'il fût étranger. M. Hunter parlait au nom de la majorité, disait Mme MacClean. Cette affaire avait même intéressé la presse *people,* et un journaliste américain avait tenté d'obtenir des informations auprès de la population locale. Mais la gouvernante de Dalkirk avait veillé au grain et fait en sorte de renvoyer ce curieux sans qu'il pût obtenir le moindre renseignement. Il fallait le reconnaître, Dunbar était devenu LE sujet de conversation.

Conscient d'être l'objet de tous les regards, et épuisé par cette bataille qui l'opposait à India, Jack passait des journées mornes à regarder les arbres du parc ployer sous les bourrasques de vent.

Il sentait bien la colère de Diana qui ne supportait plus les commérages et qui lui en voulait de ne pas avoir scolarisé Molly en Ecosse, puisqu'il prévoyait de prolonger son séjour.

Elle avait raison, bien sûr. Il savait aussi que son amie désapprouvait l'action en justice qu'il avait intentée. Elle ne lui avait rien dit à ce sujet, mais les regards désapprobateurs qu'elle lui lançait de temps à autre étaient suffisamment éloquents.

Bref, Jack se sentait étrangement seul. Dunbar semblait creuser un fossé entre lui et ses amis.

Le seul point positif dans toute cette affaire, c'était la rapidité et l'efficacité de son avocat, Me Henderson. Astra étant entre les mains de Quince qui le tenait régulièrement informé, Jack n'avait plus qu'à se concentrer sur Dunbar. Parviendrait-il à atteindre son objectif ? Et que ferait-il ensuite s'il avait gain de cause ? Maintenant, il comprenait mieux la réticence d'India à transformer le manoir en hôtel. Cette demeure familiale était également la sienne, et il se découvrait des scrupules qu'il n'avait pas auparavant.

Tout à ses pensées, il regarda distraitement le jardinier traverser la pelouse. Vêtu d'un grand ciré et de bottes en caoutchouc, l'homme semblait indifférent à la pluie qui continuait à tomber. Il se baissa et ramassa une brindille. Même sous l'averse, la pelouse de Dalkirk devait rester impeccable.

Quittant la fenêtre, Jack retourna à son bureau. Qu'aurait pensé Rob de toute cette affaire ? se demanda-t-il. Aurait-il approuvé ? Peut-être que non. Il eut un sourire désabusé. Les temps avaient changé et les affaires étaient les affaires.

Au moins l'audience de demain permettrait-elle de faire avancer les choses. Mais c'était une piètre consolation comparée à la frustration qui le gagnait lorsqu'il pensait qu'India n'était qu'à quelques minutes de lui, à la fois si proche et si lointaine, emmurée dans ses convictions, elle aussi. Apparemment, elle était bien décidée à conserver Dunbar, et elle apprenait à gérer le domaine. Pour la énième fois, Jack se demanda si Hernan allait réellement venir la retrouver, et cette pensée déclencha en lui une rage folle. Tant mieux si ce procès pouvait lui mettre des bâtons dans les roues ! se dit-il en tripotant nerveusement un presse-papier en argent. Tant que l'affaire ne serait pas réglée, India ne pourrait pas racheter la part de Séréna. C'était déjà ça.

En mettant suffisamment de pression sur elle, il réussirait peut-être à la faire céder. Séréna, il en faisait son affaire puisqu'elle ne demandait qu'à vendre. Elle savait que son offre à lui était supérieure à ce que sa sœur — ou n'importe qui d'autre — pouvait lui proposer.

Mais India aurait-elle les moyens de racheter la part de sa sœur ? Aucun doute : elle ferait tout pour réunir l'argent. Bon sang, pourquoi refusait-elle de reconnaître qu'elle n'était pas de taille à se mesurer à lui sur le plan financier ?

Il consulta sa montre. Il avait un entretien avec un précepteur éventuel pour Molly, une certaine Mlle Finlay. L'idée ne plaisait pas du tout à la petite fille qui s'était écriée avec colère qu'elle préférait aller à l'école.

Jack soupira en se rendant compte qu'il semblait s'être mis à dos toute la population féminine du comté, depuis India jusqu'à Mme MacClean. Décidément, les choses n'allaient pas très fort pour lui, en ce moment.

Il fouilla sa poche, à la recherche de son paquet de cigarettes, puis se rappela qu'il n'en avait plus. Sous la pression de son entourage, il avait arrêté de fumer. Que ce soit Peter, Diana, Molly ou les petites, tout le monde s'était montré impitoyable à son égard. Il n'avait pas eu le choix. Il se rendait compte maintenant qu'il était secrètement fier de lui de ne pas avoir craqué depuis deux semaines. L'arrêt du tabac était loin d'être aussi difficile qu'il se l'était imaginé.

Il en était à ce point de ses réflexions lorsqu'il entendit la sonnerie stridente du téléphone. Comme personne n'allait répondre, il décrocha.

— Manoir Dalkirk.

— Pourrais-je parler à Jack Buchanan, s'il vous plaît ?

En reconnaissant la voix à l'autre bout du fil, il se hérissa.

— Oui, Hernan, c'est moi, répondit-il d'un ton sec.

— Je te cherche partout ! Mais où étais-tu passé ?

— Qu'est-ce que tu veux ?

Il sentit Hernan hésiter à l'autre bout du fil.

— Il y a certaines choses dont nous devons parler au sujet du Palacio de Grès.

— Vas-y, je t'écoute. Au fait, comment se sont passées tes vacances au ski ?

Hernan ne sembla pas remarquer le ton sarcastique de son associé.

— C'était super ! Le pied ! Belle poudreuse. Et je ne te parle pas de l'après-ski ! s'exclama-t-il en riant.

— Ouais, c'est ce qu'on m'a dit.

— Tu sais ce que c'est ! Je n'étais pas seul... Bon sang, Jack ! Cette fille a un corps sublime ! Tu aurais dû la voir skier. Elle a une façon de bouger, aussi bien sur les pistes qu'au lit ! Il faut une sacrée pêche pour la suivre, aussi bien la nuit que le jour !

Jack eut du mal à se contenir et serra très fort le combiné. Quel salaud ! Comment osait-il ?

— En quoi puis-je t'être utile, Hernan ?

— Il vaut peut-être mieux que je t'envoie un fax. Mais j'avais envie d'avoir de tes nouvelles. Ça fait un bail qu'on ne s'est pas parlé.

— Effectivement.

— Au fait, comment va India ?

— Je suis sûr que c'est une question à laquelle tu peux répondre mieux que moi ! lança Jack d'un ton cinglant en raccrochant brusquement au nez de son associé.

Quel culot il avait, ce type ! Heureusement qu'il ne l'avait pas sous la main, sinon il lui aurait mis son poing dans la figure !

Le téléphone sonna de nouveau et Jack décrocha, prêt à batailler.

— Jack ?

Hernan semblait perplexe.

— Qu'est-ce qu'il y a, vieux ?

— Qu'est-ce qu'il y a ? Je vais te dire ce qu'il y a ! Tu attends que j'aie le dos tourné pour séduire la fille avec laquelle je sors. Tu l'emmènes au ski pour des vacances à la noix. Non content de me poignarder dans le dos, tu viens faire le fanfaron et te vanter de tes prouesses avec elle ! Dommage que tu ne sois pas là pour qu'on règle ça d'homme à homme.

Il y eut un long silence au cours duquel Jack reprit son souffle, soulagé d'avoir dit ce qu'il avait sur le cœur.

— Tu veux bien t'expliquer ? répliqua Hernan d'une voix glaciale.

— M'expliquer, moi ? C'est un peu fort ! C'est plutôt à toi de m'expliquer pourquoi tu as fait ça. Je savais qu'elle t'intéressait, tu as été suffisamment clair à ce sujet, mais toi, tu n'ignorais pas que je sortais avec elle. Qu'est-ce qui s'est passé, Hernan ? Tu voulais prouver que tu étais le plus fort ?

— Jack, je ne savais pas que Brigitte t'intéressait. Elle ne m'a jamais rien dit. Je... En fait, quand je t'ai proposé de sortir avec nous ce fameux soir, tu as dit que tu préférais aller te coucher et qu'à l'occasion, on verrait. Je...

— Brigitte ? Mais de quoi tu me parles ? Pas de bobards, s'il te plaît, Hernan. Tu sais très bien qu'il est question d'India !

Jack se rendit compte qu'il criait, et il se força à baisser la voix.

Un autre silence s'ensuivit. Puis Hernan dit :

— C'est certainement un malentendu, Jack. Je n'ai pas revu India depuis que vous avez quitté Buenos Aires. Je l'ai appelée une fois quand j'étais à Zermatt, et c'est tout. Je ne vois pas de quoi tu parles.

Pris d'un étourdissement, Jack s'assit lourdement dans le fauteuil de Peter.

— Ne déconne pas avec moi, Hernan !

— Je ne déconne absolument pas ! La dernière fois que j'ai entendu parler d'India, c'est par sa secrétaire. J'ai appris qu'elle s'était rendue en Ecosse. Tu ne l'as pas vue ?

— Tu es sûr que tu n'es pas allé aux sports d'hiver avec India ? demanda Jack d'un ton empli de méfiance.

— Je te le jure ! C'est Brigitte que j'ai emmenée à Zermatt. Tu sais, ce mannequin suédois qui avait un petit cul du tonnerre...

— Oui, c'est vrai, je me rappelle, maintenant ! Je..., bredouilla Jack, à la fois confus et soulagé. Bon sang, je suis vraiment désolé, Hernan ! C'est un horrible malentendu. Je te rappellerai un peu plus tard.

Il raccrocha et resta un long moment debout devant la fenêtre à regarder par-delà les champs en direction de Dunbar.

Elle lui avait menti.

Soudain, il se mit à rire. Elle ne l'avait pas trompé !

Finalement, il se leva et se dirigea vers la porte en sifflotant l'air de *Dixie* — preuve que les choses étaient en train de s'arranger.

Le jour de l'audience, il faisait un temps gris typiquement écossais. En regardant par la fenêtre, India se dit qu'elle n'avait peut-être pas mis la tenue appropriée. En effet, son tailleur crème et ses chaussures à hauts talons beiges n'étaient pas ce qui convenait le mieux à cette météo peu clémente. En comparaison, le choix de Séréna — une jupe et un manteau en tweed — semblait beaucoup plus judicieux.

— Ne t'en fais pas, lui dit sa sœur. Tu es classe, comme d'habitude, et tu vas faire craquer le juge.

Depuis quelque temps et pour une raison obscure, Séréna était tout sucre et tout miel avec elle.

— Tu n'auras qu'à mettre ton imper s'il pleut à verse, intervint Kathleen, assise à l'arrière de la voiture.

Les trois femmes devaient passer récupérer Maxi à son appartement avant de se rendre au tribunal. India n'avait guère envie qu'il assiste à l'audience, mais comme Séréna avait accepté de passer la nuit à Dunbar pour pouvoir l'accompagner au tribunal le lendemain, il semblait difficile de se montrer désagréable.

— Heureusement qu'on est parties de bonne heure ! fit remarquer Séréna. On risque de ne pas trouver de place pour se garer. Maxi pourra nous déposer, comme ça on ne sera pas en retard. Mais regardez-moi ce temps pourri ! ajouta-t-elle avec une moue dégoûtée devant la pluie qui venait de redoubler d'intensité, rendant la visibilité quasi nulle.

— M⁵ Ramsay doit nous attendre à l'intérieur, leur dit Kathleen.
— Ça facilitera les choses. Tu es inquiète, India ?
— Un peu, oui. Je ne sais pas ce que Jack mijote.
— A ta place, je ne m'en ferais pas. Je ne vois pas quelles preuves il peut apporter, après deux cent cinquante ans.
— Tu as peut-être raison.

Mais India était loin d'être rassurée. Après le désastre de leur dernière rencontre, elle craignait de le revoir. Dieu lui était témoin qu'elle avait fait tous les efforts possibles pour ne plus penser à lui et pour le considérer comme un ennemi. Mais elle ne parvenait pas à empêcher les souvenirs agréables de se glisser dans les brèches de ce mur qu'elle avait érigé autour d'elle. Lorsque cela se produisait, elle se répétait que Jack n'était qu'un requin qui ne cherchait qu'à lui voler son héritage.

Maxi déposa les trois femmes devant le tribunal. Ses manières étaient si courtoises qu'India se demanda si elle ne rêvait pas. Elle prit une profonde inspiration pour calmer les battements accélérés de son cœur. Elle avait les nerfs à fleur de peau. Elle lissa son tailleur, redressa les épaules et, en compagnie de Séréna et Kathleen, elle monta les marches du palais de justice. Telle une reine, elle entra, la tête haute, sans un regard ni à droite ni à gauche.

— Bonjour, mesdames ! lança M⁵ Ramsay en se levant pour les accueillir.

A côté de lui se trouvait l'avocat, M⁵ Duncan. Après les présentations d'usage, les trois femmes furent priées de s'asseoir du côté de la défense.

— Nous n'en aurons pas pour longtemps, dit le notaire avec un sourire confiant.

India ne leva pas les yeux en entendant la partie adverse entrer. Elle sentit un frisson la parcourir, et sut que Jack regardait dans sa direction. Mais elle garda obstinément les yeux fixés sur les documents qu'elle tenait à la main.

L'audience allait commencer.

Elle ferma les yeux quelques instants, se demandant si Jack était aussi nerveux qu'elle. Probablement pas, se dit-elle avec amertume. Elle savait que tout ce qui l'intéressait, c'était ce fichu hôtel. Eh bien, ce n'était plus de leur ressort, maintenant. L'avenir de Dunbar était entre les mains de cette cour.

Jack salua ses avocats avant de s'asseoir à son tour. Un regard en direction d'India lui indiqua qu'elle était extrêmement tendue. Mais Dieu qu'elle était belle ! Royale et digne. Elle savait donner le change, il fallait le reconnaître. Un sentiment de fierté l'envahit à l'idée que cette femme, en apparence si calme et si posée, s'était retrouvée pantelante de désir entre ses bras. Il se rengorgea en se disant qu'il avait le pouvoir de la faire chavirer de plaisir.

Tout à ses souvenirs, il faillit oublier la raison de sa présence au tribunal. Quel bonheur de savoir qu'elle ne l'avait pas trompé ! Elle lui appartenait à lui et à aucun autre homme. Maintenant, il ne restait plus qu'à trouver un moyen de se réconcilier avec elle…

Jack était tellement perdu dans ses pensées qu'il ne remarqua même pas l'entrée du juge. Un coup de coude de Mackay, le plus jeune de ses avocats, le ramena à l'instant présent. Avec précipitation, il se leva. Dunbar était loin de ses préoccupations. Pour tout dire, la possession du domaine ne lui semblait plus aussi importante.

Il vit le juge — un homme corpulent d'un certain âge — entrer d'un pas vif. Sa perruque blanche et sa robe rouge qui flottait derrière lui lui donnaient un air majestueux.

Lorsque la cour eut pris place, Mᵉ McLaughlan se leva, et le temps sembla s'arrêter. En le voyant vêtu de sa robe noire et de sa perruque blanche, Jack eut l'impression d'être transporté des siècles en arrière. C'était la première fois qu'il se retrouvait dans une salle d'audience comme celle-ci, sans ordinateur ni micro ni caméra. Tous ces gadgets du modernisme semblaient à des années lumière.

— Monsieur le président, commença McLaughlan en soulevant précautionneusement les documents anciens placés sous cellophane, voici les preuves que nous aimerions apporter à l'appui de notre requête.

Connaissant par avance la longueur de ces préambules, Jack n'écouta que d'une oreille distraite, laissant ses pensées dériver vers India. Il la regarda du coin de l'œil, cherchant à croiser son regard, mais à aucun moment elle ne tourna la tête vers lui. Apparemment, elle avait choisi de l'ignorer complètement. C'était étrange, songea Jack, de se dire qu'il existait un vague lien de parenté entre eux. Cela ne changeait rien pour lui. Il la considérait toujours comme sienne. Que n'aurait-il donné pour franchir la distance qui les séparait et la prendre dans ses bras, la tenir contre lui, s'enivrer de l'odeur de sa peau et goûter à ses lèvres ?

Il s'obligea à se concentrer sur l'affaire en cours. McLaughlan était sur le point de terminer son préambule, et s'apprêtait à présenter la requête.

— Monsieur le président, les faits sont simples. Robert Dunbar, héritier légitime du domaine de Dunbar, a été cruellement assassiné, non pas par le clan des Sassenach ou des Lowland, comme on le pensait, mais par quelqu'un de sa famille.

L'avocat marqua une pause avant de reprendre :

— Je demande à la cour la permission de lire cette lettre écrite de la main de Rob et adressée à sa femme Mhairie, qu'il avait envoyée dans les Colonies — en Caroline, pour être précis —, à peine un mois avant l'événement funeste qui a affecté le cours de notre histoire dans le sens que nous connaissons.

L'homme de loi se tut de nouveau et, d'un geste solennel, leva la lettre qu'il tenait entre les mains afin que tout le monde puisse la voir.

— Permission accordée, fit le juge.
— Objection, monsieur le président !

Me Duncan se leva aussitôt, et Ramsay s'éclaircit la gorge.

— Je veux entendre la requête du demandeur.
— Mais, monsieur le président, répliqua Duncan, quelle importance peut avoir une lettre ou même la bataille de Culloden ? *Res ipsa loquitur* — les faits sont là.
— Contestez-vous l'authenticité de ladite lettre ? demanda le juge en le fixant du regard.
— Oui, monsieur le président.

Il y eut un murmure dans la salle.

— Maître McLaughlan, avez-vous une preuve de l'authenticité de ces documents ? demanda le juge.
— Oui, monsieur le président. Après de nombreux tests et beaucoup de recherches, le Pr Mackintosh de l'Université d'Edimbourg a confirmé que ces documents étaient des originaux. Ils ont été également vérifiés par la police scientifique de Miami en Floride, l'Université d'Edimbourg et Scotland Yard.

Il renifla, puis, jetant un regard en direction de Me Duncan, ajouta :

— Nous pouvons appeler le Pr Mackintosh à la barre des témoins, si vous le souhaitez, monsieur le président.
— Hum. Maître Duncan, souhaitez-vous réellement procéder

au contre-interrogatoire du témoin ? demanda le juge en feuilletant l'épais rapport déposé devant lui par le greffier.

L'homme de loi tourna son regard vers Ramsay qui fit « non » de la tête.

— Non, monsieur le président. Nous ne contesterons pas l'authenticité de ces découvertes. Inutile de faire perdre son temps à la cour, ajouta-t-il d'un ton sec.

— Pouvons-nous procéder à la lecture de ladite lettre ? demanda alors McLaughlan d'un ton patient.

— Objection ! s'écria Duncan en se levant de nouveau, sa perruque légèrement de travers. En quoi la lecture de ces griffonnages écrits il y a plusieurs siècles pourrait-elle nous faire avancer ?

— Maître Duncan, dit le juge Mackenzie en nettoyant les verres de ses lunettes à l'aide d'un grand mouchoir blanc, vous venez de dire que vous ne contestiez pas l'authenticité des preuves apportées. Par conséquent, il est logique d'en écouter la lecture, à moins que le texte ne soit inintelligible.

Duncan se rassit près de Ramsay, l'air renfrogné, et les chuchotements cessèrent.

McLaughlan s'éclaircit la gorge et s'avança. Il reprit la parole d'une voix profonde et calme :

— La lettre dont je me propose de vous faire la lecture a été écrite par Sir Robert Dunbar de Dunbar à l'intention de sa femme Mhairie, en 1746, peu après la défaite de Culloden.

« Mon amour,

» Le soleil s'est de nouveau couché sur le règne des Stuart, probablement pour toujours. Les troupes qui devaient venir de France ne sont jamais arrivées, et le Prince s'est enfui par delà les mers.

» Tant d'hommes sont morts à la bataille de Culloden qu'il

faut un cœur plus solide que le mien pour supporter la vue de toutes ces pertes ! Nous avons enterré de nos propres mains ton père, Struan, ainsi que ton frère, Douglas, dans le hameau au-dessus de la maison Ballehoy. C'est un miracle si nous avons réussi à les ramener à la maison, mais je ne voulais pas les laisser errer comme les autres âmes qui hanteront désormais cette plaine baignée de sang.

» Ma très chère Mhairie, si jamais tu lis ces lignes, tu comprendras que plus rien ne sera jamais pareil en terre d'Ecosse. Ceux d'entre nous qui ont survécu sont des hommes définitivement brisés, dépossédés de leurs armes et réduits à l'état de bétail pour servir les Sassenach et autres traîtres qui se trouvent entre nous.

» Mon temps est proche, ma douce Mhairie, mais sache que je pars en paix avec le Seigneur et moi-même. Mon seul regret est pour toi, mon amour, et pour l'enfant que tu portes.

» Enseigne-lui nos traditions. Les Dunbar qui me suivent sont des traîtres à notre noble cause, mais qu'il sache que son père est toujours resté fidèle au vrai roi d'Ecosse.

» Si aujourd'hui, il t'est donné de lire ces lignes, c'est bien parce que tu as suivi mes conseils en te rendant jusqu'au chêne Dunbar. Ces terres appartiennent à notre fils : elles lui reviennent de droit. Qu'il soit béni et que Dieu fasse qu'il puisse en réclamer la jouissance une fois que tout cela sera fini et que règneront des hommes de sagesse.

» Mes forces faiblissent. J'emporte avec moi la caresse de tes douces lèvres, le souvenir de notre amour et la conviction de te retrouver au paradis. C'est par la main de la traîtrise que je me meurs aujourd'hui, mais je sais au fond de mon cœur qu'un jour viendra où le mal sera réparé. De même qu'un jour, l'Ecosse retrouvera sa souveraineté.

» Prends bien soin de notre tout petit, ma chère Mhairie. Je veillerai sur toi.

» Ton époux qui t'aime,

Robert. »

McLaughlan se tut, tentant d'évaluer l'effet que sa lecture avait produit sur l'auditoire devenu muet.

India porta la main à sa gorge serrée. Elle voyait très bien la scène : les jeunes amoureux séparés par des événements sur lesquels ils n'avaient aucune prise. Elle n'était pas surprise d'apprendre que Rob s'était battu jusqu'au bout aux côtés de son roi.

Jetant un regard à Jack, elle se demanda jusqu'à quel point il tenait de son ancêtre. Il semblait calme et pensif, comme s'il voyait loin dans le passé.

La voix de M^e McLaughlan les ramena à la réalité.

— La seconde lettre est également de Rob, mais adressée à son fils, Votre Honneur. Voulez-vous que je la lise ?

— Faites, je vous prie.

Un nouveau silence s'installa, tandis que l'auditoire était suspendu aux lèvres de l'avocat.

« Mon fils bien-aimé,

» Je ne verrai jamais ton petit visage maculé d'herbe et de boue lorsque tu joueras dans la fougère, pas plus que je ne serai là lorsque, portant fièrement le kilt, tu t'en iras au champ de bataille, mais tu seras toujours présent dans mon cœur.

» Ma dernière heure approche. Bientôt, le Seigneur me rappellera à lui et je devrai partir. Prends soin de ta chère mère, veille à ce qu'elle ne manque de rien.

» Je fais le vœu qu'un jour, toi ou l'un de nos descendants, lisiez cette lettre et compreniez l'étendue de la traîtrise dont j'ai été victime. Vous réclamerez alors ce qui vous revient de droit.

» Conserve précieusement le certificat de mariage qui est actuellement entre les mains de ta mère. Tu es mon seul et unique héritier. Je te désigne comme mon légataire universel.

» Que mon fils sache que ce n'est nullement une blessure de guerre qui me vide de mon sang, mais un coup infligé par une main traître, celle de mon cousin Fergus.

» J'ai confié à mon plus cher et fidèle ami, Jamie Kinnaird de Dalkirk, la tâche d'enfouir ces lettres et mon or au pied de notre chêne ancestral. Tant que cet arbre se dressera là, il y aura toujours un Dunbar pour fouler ces terres. Tel était le serment fait par notre aïeul, William, il y a plusieurs siècles.

» Je pars en paix, mon fils, avec l'assurance qu'un jour, les torts seront réparés et que toi ou l'un des nôtres reprendra possession de ces terres. Mon âme ne reposera vraiment que lorsque ce jour viendra.

» Ton père aimant,

Robert. »

India refoula les larmes brûlantes qui lui montaient aux yeux. C'était de sa famille, de ses ancêtres dont il était question. Les malheurs de Rob éclairaient d'une lumière nouvelle les événements atroces dont elle avait lu autrefois le récit dans des livres d'Histoire, événements qui la touchaient soudain de façon bien plus personnelle, éveillant en elle un écho profond, comme si ce qui s'était passé ne datait que d'hier. Si Mhairie n'était pas partie en Amérique…

Elle tourna légèrement la tête et croisa le regard de Jack. Elle sut alors que c'était le destin qui l'avait envoyé ici pour réparer une terrible injustice. Rob, par la puissance de son esprit, avait-il poussé Jack à venir réclamer son dû ?

Elle détourna les yeux, complètement abasourdie par cette révélation. Cet attachement qu'il avait pour l'Ecosse, sa rencontre et son association avec Peter Kinnaird qui n'était autre que le descendant de Jamie Kinnaird, tout cela faisait sens, maintenant... Mais alors, pourquoi cette volonté de transformer la demeure en hôtel ?

Et s'il utilisait ce récit tragique pour arriver à ses fins ? se demanda-t-elle, soudain prise d'un horrible doute.

Elle reporta son attention sur l'avocat qui venait de s'approcher du juge.

— Ces documents, ajoutés à ceux qui sont déjà en votre possession, viennent en appui de notre demande, Votre Honneur, dit ce dernier en tendant au juge Mackenzie les photocopies des deux lettres.

Le plus grand silence régnait sur la salle d'audience, et le cœur d'India battait si fort qu'elle se demanda si le juge ne l'entendait pas. Deux ou trois personnes se mouchèrent discrètement. McLaughlan avait lu les lettres avec tellement de conviction et d'émotion que le public en avait été bouleversé.

— Avez-vous d'autres pièces à verser au dossier ? demanda le juge après s'être éclairci la gorge.

— Non, Votre Honneur.

— C'est à vous, maître Duncan, dit alors le juge en se tournant vers la défense.

L'avocat se leva et s'adressa au magistrat avec un sourire empreint de compassion.

— Votre Honneur, je suis — tout comme cette cour, je suppose — touché par ce récit pathétique que nous a lu mon vénérable confrère.

Il marqua une pause pour mieux produire son effet.

— Cependant, nous ne pouvons permettre à nos sentiments de fausser notre jugement. Vous conviendrez qu'il faut revenir à la véritable raison de ce procès. D'autant plus qu'il y a prescription. En effet, la loi écossaise stipule bien que nul ne peut prétendre à un bien, passé le délai d'une vie et vingt et un ans. Nous sommes en l'an de grâce 2000, et les documents sur lesquels la partie adverse fonde sa requête remontent à 1746. Si mes calculs sont bons, il apparaît que plus de deux cent cinquante ans se sont écoulés depuis la rédaction de ces lettres. La Cour ne semble donc avoir d'autre choix que celui de rejeter cette demande.

Sûr de son effet, Me Duncan retourna à sa place dans un bruissement de robe.

— Bien parlé ! lui glissa Ramsay à l'oreille.

M^e McLaughlan se leva à son tour.

— Votre Honneur, c'est au nom de l'équité et de la justice que mon client adresse sa requête. C'est dans le seul but de réparer une injustice commise il y a deux cent cinquante ans que nous nous présentons devant cette Cour. Les pièces versées au dossier montreront à Votre Honneur que mon client Jack Buchanan est l'héritier légitime de Dunbar.

Des murmures parcoururent la salle.

India attendit la réaction du juge qui remonta ses lunettes sur son nez d'un air songeur. Elle se demanda si l'appât du gain suffisait à motiver Jack dans sa démarche. S'était-il lancé dans cette procédure fastidieuse par pur esprit vénal ?

Serrant les poings, elle se mordit la lèvre inférieure, atterrée de constater qu'elle ne pouvait pas s'empêcher de jeter un coup d'œil de son côté.

Soudain, elle vit son regard à lui se poser sur ses mains, et elle s'obligea aussitôt à desserrer les poings. Il lui adressa alors un baiser du bout des doigts. Le geste ne dura qu'une fraction de seconde, mais cela suffit à la troubler, et elle sentit le rouge lui monter aux joues. Des images de Rio lui revinrent en mémoire : les lèvres de Jack sur les siennes, et ses yeux rivés aux siens tandis qu'ils faisaient passionnément l'amour... Elle baissa la tête, le visage caché derrière ses cheveux, et tenta de se concentrer sur les paroles de McLaughlan.

— Je pourrais vous lire la lettre que Mhairie Stewart, Lady de Dunbar, a laissée à son fils, mais ce serait redondant, disait-il. Rob avait laissé pour instruction de retrouver les documents enfouis au pied du chêne de Dunbar, à seize pas à l'ouest pour être précis. Instruction que mon client a suivie il y a un peu plus d'un mois. Que Votre Honneur, que la Cour entendent cette voix d'outre-tombe. Ne doit-on pas respecter les dernières volontés d'un mourant ? Est-il juste de spolier un homme de ses droits ? Un homme qui, je vous le rappelle, n'a pas hésité à risquer sa vie pour le véritable et légitime roi d'Ecosse, un homme qui est tombé, non pas sur le champ de bataille, mais par une main parente et traîtresse !

McLaughlan parlait avec passion et détermination.

— Rob Dunbar avait affirmé que son âme ne pourrait reposer en paix tant que cette injustice ne serait pas réparée. Par quel hasard du destin mon client, Jack Buchanan, est-il devenu l'associé et l'ami d'un homme ici présent, Sir Peter Kinnaird de Dalkirk, dont l'ancêtre, Jamie Kinnaird, n'était autre que le meilleur ami de Rob Dunbar ? Un ancêtre qui, à la demande de son plus cher ami, est allé enfouir ces documents au pied de ce chêne ! Des documents qui sont restés là pendant plus de deux cent cinquante ans, attendant que justice soit faite... Est-ce réellement un concours de circonstances ?

L'avocat regarda alors le juge au fond des yeux.

— Il nous incombe, Votre Honneur, de réparer le mal qui a été fait. Il faut permettre à Rob Dunbar de reposer enfin en paix ! Comme nous l'avons fait remarquer au début de cette audience, nous demandons à la Cour de prendre sa décision dans un esprit de justice et d'équité. La propriété foncière est un droit inaliénable contre lequel le simple passage du temps et les lois humaines ne peuvent rien.

L'avocat termina son discours avec panache, puis regagna sa place et s'épongea le front.

India vit Jack échanger un regard avec Peter, et les larmes lui montèrent aux yeux. Ce lien qui les unissait avait été transmis à travers les âges : un lien indéfectible, presque fraternel, qui était l'héritage de leurs ancêtres. Tout était clair, maintenant, se dit-elle.

M̂ᵉ Duncan se leva, et sa robe faillit accrocher le coin de la table.

— Votre Honneur, objecta-t-il, je n'arrive pas à croire que mon vénérable confrère puisse défendre une requête aussi absurde. Il n'y a pas grand-chose à dire si ce n'est que toute décision qui irait en défaveur de mes clientes bafouerait deux cent cinquante ans de législation écossaise.

L'expression du juge Mackenzie était indéchiffrable.

— La séance est suspendue jusqu'à lundi matin 10 heures ! déclara-t-il.

Sur ce, il se leva et quitta la salle par une porte privée.

India le regarda partir, tout en songeant au chêne de Dunbar. Elle eut un sourire en se représentant Jack debout à l'aube, en train de creuser pour tenter de découvrir le trésor de son ancêtre.

Elle poussa un soupir. Dunbar aurait dû les rapprocher au lieu de les séparer, se dit-elle en quittant la salle en compagnie de Séréna et de Kathleen. Elle s'interdit tout regard en direction de Jack, mais ne put s'empêcher de tendre l'oreille pour capter ses paroles au moment de passer à sa hauteur.

— Eh bien, messieurs ? Quelle est votre opinion sur le verdict à venir ?

— Difficile à dire, monsieur Buchanan. On ne peut pas prévoir la réaction du juge. Mais vous aviez raison à son sujet : c'est un fervent indépendantiste écossais féru d'Histoire.

— Je ne sais pas dans quelle mesure ça pèsera dans la balance, mais une grande partie du clan Mackenzie a été massacrée à la bataille de Culloden, fit remarquer quelqu'un.

— Je doute que ça change grand-chose, glissa Henderson. Le juge ne laissera jamais ses sentiments personnels influencer son jugement.

— Eh bien, il ne nous reste plus qu'à attendre, conclut Jack en se levant. Bon week-end, messieurs, et à lundi !

Il se dirigea vers Peter qui l'attendait près de la porte, mais soudain, il regarda en direction d'India.

L'ignorant superbement, elle passa son chemin.

Après tout ce qu'elle avait appris aujourd'hui, elle comprenait mieux pourquoi il tenait tant à récupérer Dunbar. Evidemment, si cette histoire était vraie, il avait autant de droits que Séréna et elle. Une chose la chiffonnait, cependant. Quelles étaient les motivations réelles de Jack ? Eprouvait-il sincèrement un lien avec cette terre ou bien tout cela n'était-il qu'un stratagème pour parvenir à ses fins ? Si tel était le cas, décida-t-elle avec colère, elle ferait tout pour lui mettre des bâtons dans les roues.

Elle suivit Ramsay et Duncan dans le couloir en se disant que Jack n'avait probablement aucun respect pour le passé. Il se contentait d'utiliser les malheurs de son ancêtre — en admettant qu'il s'agisse bien de son ancêtre — pour obtenir ce qu'il voulait. Mais Rob était également son ancêtre à elle, et elle était fermement décidée à remplir ses obligations envers lui.

— Quelle histoire ! s'exclama Séréna. Qu'en pensez-vous, maître Ramsay ? Croyez-vous qu'ils ont une chance de gagner ?

Tout en parlant, elle fit signe à Maxi qui attendait près de la voiture au bas des marches du palais de justice.

— Ne vous inquiétez pas, Lady Séréna. C'était un bon plaidoyer, et je n'en attendais pas moins de M⁰ McLaughlan, mais la loi est la loi. On ne peut pas la contourner.

— Vous êtes sûr ? demanda India en l'observant attentivement.

— On ne peut jamais être sûr, mademoiselle, mais un verdict en faveur de la partie adverse serait extrêmement surprenant.

La jeune femme remarqua que l'assurance dont l'homme de loi avait fait preuve jusque-là semblait avoir disparu. Il paraissait en effet plus circonspect.

— Séréna, on ferait mieux de partir ! intervint Maxi.

— Oui, d'accord. Allez, Kath, inutile de traîner !

— Tiens, il pleut ! Ouvre donc le parapluie, Séréna, fit Kathleen avant de se tourner vers les deux hommes de loi. Maître Ramsay, maître Duncan, à lundi, 10 heures. Au revoir !

Ils échangèrent tous une poignée de main. C'est alors que le regard d'India tomba sur Jack. Il se passait une main sur le visage comme elle l'avait souvent vu faire, s'attardant au niveau du menton, signe qu'il était perdu dans ses pensées. Ce geste familier l'émut, mais elle se détourna. Peter se trouvait juste derrière lui, et elle se dit qu'ils devaient tous les deux être en train de concocter leurs plans monstrueux pour faire de Dunbar un hôtel.

Elle s'éloigna, furieuse que les dernières volontés de Rob soient exploitées d'une manière si perfide. C'était révoltant, et Jack n'était qu'un salaud qui méritait d'être pendu haut et court.

Ouvrant la portière d'un geste brusque, elle monta dans la voiture et prit place sur la banquette au cuir élimé, aux côtés de Kathleen. La Volvo démarra et se fondit dans la circulation de midi. Qu'ils complotent, Peter et lui ! se dit-elle, furieuse. Lundi, on verrait bien ce qui sortirait de tout ça !

— Ça n'a pas l'air d'aller, fit remarquer Séréna en l'observant dans le rétroviseur intérieur.

— Mais si, tout va bien. Je trouve seulement détestable que Jack en vienne à de telles extrémités. Il a traîné nos ancêtres dans la boue par simple appât du gain. Bien sûr, si c'est vraiment notre cousin, il a des droits, lui aussi, ajouta-t-elle d'un air pensif, sans voir le regard furtif qu'échangeaient Maxi et Séréna, ni le sourire forcé de Kathleen.

— C'est vrai que c'était bien trouvé de sa part, concéda Séréna, mais ça ne le mènera pas très loin.

— L'argent est tout ce qui compte, de nos jours, fit remarquer Maxi.

— Libre à vous de penser ça ! rétorqua sèchement India, mais pour moi, il y a des choses plus importantes.

— Tu démarres au quart de tour ! De toute façon, il n'y a aucun risque qu'il gagne le procès, affirma Séréna.

— Là n'est pas le problème. Je n'arrive pas à croire que l'on puisse en venir à de telles extrémités et jouer avec les sentiments des gens pour…

India s'interrompit net, se rendant compte qu'elle était en train de se trahir.

Séréna se tourna vers elle pour l'observer avec curiosité.

— Je ne vois pas en quoi il a joué avec tes émotions. A moins que tu en pinces encore pour lui ?

India détourna le regard, furieuse d'avoir dévoilé ses sentiments devant ces deux-là. C'était vraiment la chose à ne pas faire !

— Je suis juste révoltée par son attitude. C'est un requin, cet homme-là !

— Il a autant de chance de gagner le procès que de gagner au loto. Toute cette affaire est complètement ridicule ! Nous aurons gain de cause, je peux te l'assurer ! J'ai hâte de voir la tête qu'il va faire quand le juge annoncera son verdict, lundi ! s'exclama Séréna avec un rire aigu.

India se sentit brusquement lasse. Elle avait hâte de rentrer.

— Tu devrais nous laisser à la station de taxis, suggéra-t-elle. Ça t'éviterait de faire tout ce chemin.

— Oh non, trésor ! Il n'en est pas question ! On peut vous ramener, Kath et toi. N'est-ce pas, Maxi ? On reviendra à Edimbourg après le thé.

Le ton de Séréna était plein de sollicitude. Elle semblait vouloir se mettre en quatre pour éviter à sa sœur toute contrariété. Quant à Maxi, on aurait dit un vautour en train de guetter sa proie.

Quel dommage que l'audience soit tombée un vendredi ! Il fallait patienter tout le week-end ! D'un autre côté, cela lui permettait de profiter encore un peu de Dunbar. Chloé avait téléphoné la veille pour annoncer son arrivée prochaine. La perspective de revoir son amie réjouissait India. En attendant, elle se sentait bien seule, alors que les autres étaient tous réunis à Dalkirk. Le dernier endroit au monde où elle se serait rendue en ce moment !

Elle poussa un soupir. Se remémorant l'expression de M⁰ Ramsay, elle sentit comme une inquiétude la gagner. Jack n'avait-il vraiment aucune chance de gagner le procès ?

15.

Au lieu du week-end tranquille qu'elle avait prévu, India passa son temps entre le lit et la salle de bains, prise de violents vomissements.

Telle une mère poule, Kathleen s'occupa d'elle, lui apportant du bouillon et diverses tisanes.

— Ma pauvre chérie ! geignit-elle pour la cinquantième fois, le visage marqué par l'inquiétude. Ça doit être le curry que nous avons mangé au restaurant indien !

India hocha faiblement la tête. Elle était trop lasse pour se soucier de la cause réelle de son malaise. Tout ce qu'elle voulait, c'était que ça cesse. Chaque fois qu'elle se mettait debout, la tête lui tournait et son estomac se soulevait. Ni les remèdes de Mme Walker ni ceux de Kathleen ne semblaient faire le moindre effet.

Le lundi matin, elle se leva péniblement et fit la grimace en découvrant son visage livide dans le miroir. Elle devait absolument prendre sur elle pour affronter les événements de la matinée. A 9 heures, elle se força donc à descendre, but tant bien que mal une tasse de thé et s'obligea à grignoter un toast.

— Séréna ne devrait plus tarder, annonça Kathleen en ouvrant les rideaux de la salle à manger pour regarder dans l'allée.

J'espère que son humeur est toujours aussi exquise, ajouta-t-elle, les lèvres pincées. Je me demande ce que ça cache.

— Elle cherche peut-être à se racheter ?

— Ça m'étonnerait. Je pense plutôt qu'elle manigance quelque chose.

— Cesse de t'inquiéter, Kathleen. Séréna n'est pas aussi mauvaise qu'elle en a l'air.

— On verra. De toute façon, nous avons d'autres chats à fouetter. Je me demande quel sera le verdict. Buchanan doit se préparer à perdre, je suppose.

Elle revint vers la table et servit à India une autre tasse de thé.

— Je n'en sais rien, dit la jeune femme. Et pour être honnête, je me sens tellement à plat ce matin que je m'en fiche.

— Ma pauvre petite ! dit Kathleen avec un sourire affectueux. Ne t'inquiète pas : tu vas reprendre du poil de la bête. Je regrette de ne pas t'accompagner, mais je préfère rester ici. Mme Walker a beau être une perle, rien ne remplace le travail que l'on fait soi-même. Sans compter que je dois faire l'inventaire du linge… Tiens, j'entends une voiture : ça doit être Séréna.

Il y eut un crissement de pneus. En effet, c'était la Volvo de Séréna. La jeune femme était ponctuelle.

India se leva péniblement. Elle espérait que ses jambes n'allaient pas la trahir. L'air frais du dehors lui fit un peu de bien.

— Je suis désolée que tu ailles si mal, dit Séréna en refermant la portière. Tu n'es pas enceinte, au moins ?

— Non, répondit India avec un rire faible. Il n'y a pas de danger.

Elle agita faiblement la main en direction de Kathleen, debout telle une sentinelle en haut des marches.

— Fais attention, alors : c'est peut-être un virus !

— Possible, mais je n'ai aucun autre symptôme. C'est sans doute le curry de l'autre jour.

Elle reporta son regard sur le paysage humide. L'hiver s'en était allé et partout, ce n'était qu'arbres et buissons en fleurs. Des moutons paissaient tranquillement au loin.

Soudain, alors qu'elles approchaient de l'A 7, un tracteur surgit devant eux.

— Quel abruti ! Il ne voit pas que je suis derrière lui ? s'exclama Séréna en klaxonnant furieusement.

Mais l'agriculteur à la casquette de tweed se contenta d'un petit salut joyeux de la main.

Séréna finit par le doubler, et les deux sœurs continuèrent leur chemin en direction d'Edimbourg.

La foule était encore plus nombreuse que le premier jour, si bien que la salle du tribunal était pleine à craquer.

India attendait le verdict dans un état second. Elle avait hâte que tout ça soit terminé pour rentrer se coucher. Une autre nausée lui souleva le cœur. Elle se sentait tellement mal qu'elle n'avait même pas pris la peine de vérifier si Jack était présent ou non. Prise de vertiges, elle ferma les paupières.

Le juge Mackenzie entra dans la salle d'un pas vif, et s'installa à sa place. Puis, après avoir disposé ses dossiers devant lui, il déclara l'audience ouverte.

— Nous avons d'un côté le demandeur qui dépose devant notre Cour une requête justifiée et légitime, et d'un autre côté des défenderesses nullement responsables des actes qui ont été commis il y a plus de deux cent cinquante ans.

Il marqua une pause et regarda les deux parties d'un air austère avant de reprendre :

— Pour arrêter ma décision, j'ai dû reprendre les annales de l'Histoire et le système juridique de ce pays. J'ai également pris en compte les volontés de William Dunbar, le premier acquéreur de la propriété, ainsi que celles de Robert Dunbar qui a souffert d'une infâme traîtrise.

Il se redressa de toute sa taille, fixant l'auditoire d'un air implacable :

— N'oublions pas que si la révolte jacobite n'avait pas échoué et si les traîtres ne s'étaient pas d'abord préoccupés de s'enrichir, des vies telles que celle de Robert Dunbar n'auraient pas été perdues en vain. L'Ecosse serait un pays différent aujourd'hui, et nous ne serions pas sous la coupe des Anglais. Les individus comme Fergus Dunbar sont des hommes méprisables, car ce n'est ni l'honneur ni la guerre qui l'a conduit à un tel acte mais simplement la lâcheté et un appétit vénal.

» Hier nous étions le 16 avril. C'est une date importante dans l'histoire de notre pays. En effet, c'est le 16 avril 1746, il y a deux cent cinquante-quatre ans, que l'Ecosse a connu la bataille la plus sanglante de son histoire. Il suffit de visiter le funeste champ de Culloden pour comprendre que Robert Dunbar disait vrai. De pauvres âmes hantent encore ce lieu. Elles n'ont pas trouvé le repos. »

Le juge marqua une pause et ajusta ses lunettes. Un silence profond régnait sur la salle. Mackenzie reprit :

— Quoi de plus triste qu'un homme qui, sous l'emprise de la convoitise, renie toutes ses allégeances, son honneur et les liens du sang ? Par conséquent, j'estime que chacune des parties ici présentes a des droits.

Ignorant le murmure de surprise qui traversait la salle, il poursuivit :

— Au regard des faits précédemment évoqués, la Cour

décide le partage du domaine Dunbar en trois parts équitables et indivisibles.

Séréna poussa un petit cri d'effroi, et le juge lui jeta un regard désapprobateur avant de reprendre :

— Si l'un des trois souhaite vendre sa part, les deux autres parties ont priorité. Toutes les dépenses concernant le domaine seront supportées par les trois légataires.

— Quoi ? s'écria Séréna, le visage blême, tandis qu'un murmure s'élevait dans la salle.

Jack eut l'impression de recevoir un coup de massue. Jamais une telle possibilité ne l'avait effleuré.

La surprise et la satisfaction se lisaient sur le visage de Me Henderson et sur celui de McLaughlan, tandis que Ramsay était rouge de colère.

Les traits pâles et tirés, les mains croisées sur ses genoux, India n'avait pas réagi. Elle n'avait vraiment pas l'air en forme, se dit Jack avec inquiétude. Il aurait donné n'importe quoi pour lire dans ses pensées. Il espérait seulement que la nouvelle n'était pas trop brutale pour elle. Voilà qu'ils se retrouvaient copropriétaires, et obligés de se consulter pour prendre la moindre décision !

Il se tourna vers Peter qui lui adressa un sourire fataliste.

— Ce n'est peut-être pas ce que vous attendiez exactement, monsieur Buchanan, dit Henderson avec bonne humeur, mais nous devons nous résigner. Elles vont faire appel, c'est certain, mais je n'ai jamais vu un jugement de Mackenzie cassé, et je doute que cela se produise cette fois-ci. Tout ça va prendre du temps, bien sûr. En attendant, vous êtes tout à fait en droit de prendre possession de votre bien.

— J'ai besoin de réfléchir à la question, Henderson. Pas une seule fois je n'avais envisagé cette possibilité.

— Pour être honnête avec vous, moi non plus. J'ai été le premier surpris. Tout compte fait, c'est un jugement équitable.
— C'est vrai, admit Jack.

Ils se levèrent pour se diriger vers la sortie. India se trouvait juste devant Jack. Il lui aurait suffi de tendre la main pour la toucher, mais il y avait un tel fossé entre eux… Il déglutit, sentant la colère sourdre en lui. Pourquoi était-elle déterminée à tout détruire entre eux ?

Au même moment, les portes s'ouvrirent. Il y eut des flashes, et les journalistes se précipitèrent sur eux de tous côtés.

— Que pensez-vous du verdict, monsieur Buchanan ? Allez-vous prendre possession de votre bien ?

— Lady Séréna, allez-vous renvoyer le Yankee chez lui ? Ou bien va-t-il emménager à Dunbar ?

Mais Jack n'avait d'yeux que pour India. L'air complètement abasourdi, celle-ci tentait de repousser l'assaut. En deux enjambées, il fut près d'elle. La prenant fermement par le bras, il la guida à travers la foule.

— Je n'ai aucun commentaire à faire, dit-il sèchement à l'adresse d'un reporter qui lui agitait un micro sous le nez.

— Est-il vrai que Mlle Moncrieff et vous sortez ensemble ?

Jack entraîna précipitamment India vers la sortie du bâtiment. Une petite pluie fine tombait de façon monotone. Il ne s'arrêta que lorsqu'il fut sûr qu'ils ne seraient plus importunés.

— India, ça va ? demanda-t-il d'un air inquiet, en cherchant un endroit où s'abriter.

— Oui, ça va.

— Qu'est-ce qu'il y a ? demanda-t-il d'une voix douce, en lui caressant la joue. Es-tu à ce point bouleversée par cette affaire ? Parce que si c'est ça, je peux…

— Jack, s'il te plaît…, dit-elle en s'écartant de lui. Je n'ai pas envie de continuer à me battre contre toi. J'en ai assez.

Appelle Ramsay et faites le nécessaire au niveau des papiers. Je suis prête à signer le compromis de vente.

Sa voix se brisa, et ses yeux s'emplirent de larmes.

— Promets-moi seulement que tu ne te débarrasseras ni du personnel ni des locataires. Et que rien de tout cela ne transpirera jusqu'à mon départ pour la Suisse.

Jack la regarda, stupéfait de la voir aussi abattue.

— Tu ne peux pas renoncer comme ça, Indy. Nous réussirons à trouver un arrangement. Nous…

Il se sentait soudain désespéré.

— Je regrette, mais jamais je ne pourrai cautionner le fait que Dunbar devienne un hôtel. J'en ai assez de me battre. Promets-moi juste de faire ce que je t'ai demandé.

Il hésita. C'était vraiment la fin.

— Bien sûr que je m'y engage. Mais avant de renoncer à tout, il faut que tu m'écoutes.

— Non, je veux rentrer chez moi et oublier tout ça.

Elle prit une profonde inspiration. Puis se redressant, elle dit avec un petit sourire triste :

— Je suppose que je n'ai plus qu'à te souhaiter bonne chance.

D'un geste machinal, il prit la main qu'elle lui tendait et la porta à ses lèvres. Elle sortait de sa vie, et il ne pouvait rien faire pour l'en empêcher. Au lieu de les unir, Dunbar creusait un abîme entre eux.

— Ne fais pas ça, Indy ! plaida-t-il. On peut y arriver ensemble : on trouvera une solution.

Il chercha son regard, espérant y lire un signe positif.

Elle secoua la tête.

— C'est inutile, Jack. Tu veux une chose et j'en veux une autre. Tu as atteint ton objectif. Tu as gagné la bataille.

Estime-toi heureux et ne cherche pas à revenir en arrière. C'est trop tard.

— Mais…

— S'il te plaît !

Les mots moururent sur les lèvres de Jack. Il ne se sentait pas le courage de lutter contre elle. Pas maintenant. Pas ici.

— Où est ta voiture ? demanda-t-il d'une voix faussement calme.

— Je suis venue avec Séréna : elle doit être dans les parages.

Elle semblait tellement épuisée que Jack prit peur. Cela ne ressemblait pas à India d'être ainsi. Elle le laissa lui prendre le bras et marcha à ses côtés, tel un automate. Il ne l'avait jamais vue aussi abattue, aussi dépourvue d'énergie. Son cœur se serra quand il vit Séréna approcher, les sourcils froncés.

— India, nous devons aller voir Ramsay à son étude immédiatement.

— Pas dans cet état ! protesta Jack.

— Ça ne te regarde vraiment pas ! riposta Séréna d'un ton cinglant.

— C'est bon, j'arrive ! glissa India d'un air las.

Se tournant vers Jack, elle lui adressa un petit sourire empreint de regret.

— Merci, lui dit-elle. Ramsay prendra contact avec toi. Je vais tout expliquer à Séréna.

De nouveau, elle lui tendit la main, mais cette fois, le geste était définitif.

— Au revoir, Jack.

— Au revoir.

Il resta seul sur le trottoir, anéanti, indifférent à la pluie qui continuait de tomber, ne remarquant même pas les regards curieux des passants.

Cette fois, il l'avait vraiment perdue, et rien ne pourrait jamais guérir sa blessure.

— Le juge a utilisé un moyen très inhabituel pour parvenir à cette décision.
— Comment ça, un moyen inhabituel ? aboya Séréna, les traits déformés par la colère.
— C'est un peu compliqué à expliquer, Lady Séréna. Le juge Mackenzie a tout simplement fait fi de la loi au profit de son propre jugement.
— Mais c'est impossible !
— Malheureusement, si. Notre système juridique permet aux magistrats ce genre de liberté. Mais ne vous en faites pas, nous pourrons casser ce jugement en appel.
— Vous voulez dire que cette mascarade va continuer ? Cet homme est vraiment devenu propriétaire d'une partie de Dunbar ?
— Légalement oui. Le verdict qui a été prononcé aujourd'hui rend M. Buchanan propriétaire d'un tiers du domaine. Mais il ne pourra pas vendre aussi facilement qu'il le veut. Le juge a bien spécifié que chaque part était indivisible.
— Quoi ? Cela veut dire que moi non plus, je ne peux pas vendre ?
— C'est exact, Lady Séréna. A moins d'avoir l'accord des deux autres copropriétaires, vous ne pourrez pas vendre.
— C'est absurde ! Vous nous aviez dit que rien de tel ne pourrait se produire !
— Non, Lady Séréna. J'avais simplement fait remarquer à Mlle votre sœur qu'il serait aberrant qu'une telle chose se produise.
— Tu vois, India, c'est à cause de son incompétence que

365

nous en sommes là ! déclara Séréna d'un ton péremptoire. Nous allons trouver un autre avocat sur-le-champ. Je n'arrive pas à croire que vous ayez laissé faire ça, Ramsay ! Vous devriez avoir honte !

— Ce n'est pas la faute de Me Ramsay, Séréna. Il n'y est pour rien. Le juge Mackenzie a pris la décision tout seul.

— Alors, il y a quelque chose qui cloche dans notre système juridique. On ne peut pas me prendre ce qui m'appartient et le donner comme ça à ce sale Américain ! Quand pouvons-nous faire appel ?

Ramsay hésita, jetant un regard vers India.

— Tout dépend de votre sœur. C'est elle qui supporte les frais du procès. On ne peut pas prendre sur le domaine.

— Bon, il faut qu'on s'y mette tout de suite ! lança Séréna en se penchant vers India.

— Je n'ai pas l'intention de faire appel, Séréna. J'en ai assez.

— Quoi ?

Séréna la dévisagea, horrifiée.

— Mais tu es folle !

— J'en ai par-dessus la tête de toute cette affaire. Je n'en peux plus, déclara India qui se sentait épuisée et complètement déprimée.

— Je n'arrive pas à y croire ! Si tu t'imagines que je vais rester les bras croisés pendant que tu jettes par la fenêtre ce qui m'appartient, eh bien, tu te trompes ! Puisque tu ne veux pas te battre, tu n'as qu'à me donner ta part.

— C'est impossible, déclara l'avocat d'un air satisfait. Il faut l'accord des trois parties.

Séréna lui jeta un regard de mépris et se mit à faire les cent pas, les poings serrés.

— Quand je pense que j'avais la situation bien en main ! Cette fichue vente… Tout le monde n'y a vu que du feu et je…

Elle s'interrompit, soudain horrifiée, et jeta un coup d'œil en direction d'India.

En entendant les paroles de sa sœur, la jeune femme releva la tête. Croisant son regard, elle comprit alors l'affreuse vérité.

Jack ne lui avait jamais menti.

Mon Dieu, pourquoi cette révélation alors qu'il était trop tard, que tout était fini entre eux ? Elle avait refusé de le croire, de lui donner une chance. Il ne lui restait plus qu'à fuir. Fuir Dunbar, Séréna et ce terrible gâchis.

Une autre nausée lui souleva le cœur. Elle n'aurait su dire s'il s'agissait d'un malaise purement physique ou s'il était dû à l'affreuse révélation qui venait de lui être faite. Elle sentit une vague de regret la submerger. Dire qu'elle ne lui avait même pas accordé le bénéfice du doute… Comme elle avait été cruelle envers lui !

— Maître, je suis terriblement désolée mais je ne me sens pas bien. J'aimerais rentrer. Pourrait-on discuter de tout cela un autre jour ?

Elle se leva, tentant d'ignorer le vertige qui la saisissait.

— Mon Dieu, India ! Tu as l'air vraiment mal en point ! s'exclama Séréna en se précipitant vers elle pour la soutenir. Je vais la ramener à Dunbar, dit-elle à l'attention de Ramsay. Heureusement que Maxi est avec nous : il nous attend en bas. Nous allons te ramener, India, ne t'inquiète pas.

India la remercia d'une toute petite voix.

— Je suis désolé de vous voir si mal en point, dit Ramsay. Peut-être qu'un verre d'eau…

— Ne vous en faites pas, dit Séréna. Je m'occupe d'elle.

Elle aida sa sœur à monter dans l'ascenseur qui entama

sa lente descente. Une fois en bas, elle la soutint jusqu'à la voiture.

— La pauvre India ne va vraiment pas bien, expliqua-t-elle à Maxi. On ferait mieux de la ramener.

— Bien sûr, dit Maxi avec un air préoccupé.

India marmonna un petit merci et s'affaissa sur la banquette arrière, soulagée de ne pas être seule.

Il était plus de 15 heures lorsqu'ils arrivèrent à Dunbar. India laissa Séréna la soutenir jusqu'au salon où elle s'allongea sur le canapé tendu de chintz. Elle avait l'impression que son cerveau était détaché de son corps.

— Repose-toi, trésor. Tiens, mets tes pieds sur ces coussins... Maxi, tu veux bien demander à Kathleen de nous préparer du thé, s'il te plaît ?

Puis elle se tourna de nouveau vers India avec un sourire affable.

— Je reviens dans une minute. Tu es sûre que ça va aller ?

— Oui, ne t'inquiète pas, répondit India d'une toute petite voix. Je suis désolée de te causer tous ces désagréments.

India avait l'impression d'être une chiffe molle. Elle se maudissait de ne pouvoir réagir. Soulagée d'être seule, elle ferma les paupières. Aussitôt, elle sentit sa gorge se serrer et enfouit son visage dans les coussins pour étouffer ses sanglots. Rongée par la culpabilité et le regret, elle s'en voulait de ne pas avoir été plus perspicace.

Une autre femme l'aurait laissé s'expliquer, mais elle non. Pour couronner le tout, elle lui avait raconté un affreux mensonge à propos d'elle et d'Hernan, détruisant certainement pour toujours leur amitié et leur association. Complètement anéantie, elle pleura à chaudes larmes.

Tout était perdu.

*
**

Dix minutes plus tard, Maxi revint avec un plateau bien chargé.

— Voilà ce qu'il te faut, dit Séréna à sa sœur, d'un ton qui se voulait enjoué : une bonne tasse de thé avec plein de sucre pour te redonner un coup de fouet. C'est ce que maman disait toujours… Ma pauvre, tu as vraiment l'air patraque !

India lui adressa un pâle sourire, et but une gorgée de thé sous le regard attentif de sa sœur.

— Il faut tout boire. Tu verras, tu te sentiras mieux après. Maxi, un peu de thé ?

— Non, merci. Mon Perrier me suffit.

Péniblement, India vida sa tasse.

— Tu es sûre que ça va aller, Indy ? Je n'ai pas envie de te laisser comme ça, mais Maxi doit être à l'aéroport à 6 heures. De toute façon, Kathleen ne va pas tarder.

— Ne t'en fais pas pour moi, ça va aller.

— Bon, alors on te laisse. Tu m'appelles si tu as besoin de quelque chose, d'accord ?

— Oui, ne t'inquiète pas, murmura India en se forçant à lever la main en signe d'au revoir.

— On déguerpit ! lança Maxi une fois dehors, en se dirigeant d'un pas rapide vers la voiture.

Séréna monta de son côté et claqua la portière.

— Je ne sais pas quoi faire, Maxi, dit-elle d'un air inquiet. Si jamais elle ne…

— Ne t'en fais pas, dit-il d'un ton sec. Je sais ce que je fais.

16.

Jack rentra à Dalkirk avec Peter. Il ne s'était pas senti aussi déprimé depuis le jour où on lui avait annoncé le décès de son frère. Mais au moins, India était près de lui, à ce moment-là.

En les voyant arriver, Diana et Chloé accoururent à leur rencontre.

— Alors ? Qu'est-ce qui s'est passé ?

— J'espère que le juge t'a dit d'aller te faire voir ! dit Chloé d'un ton mi-figue mi-raisin.

Diana lui jeta un regard réprobateur.

— Chloé, enfin ! Quand vas-tu grandir ? Tu te comportes comme tes nièces ! la gronda-t-elle avant de se tourner vers Jack. Raconte, ne nous laisse pas languir !

— Un verdict des plus étonnants ! répondit Peter.

— Raconte ! le supplia Chloé.

— Le domaine a été divisé entre nous trois, expliqua Jack d'un ton las.

Il n'aspirait qu'à se retrouver seul. Il avait besoin de temps pour réfléchir, pour penser à India, à Dunbar et aux promesses qu'il avait faites.

— Quoi ? s'exclama Chloé en haussant les sourcils. Et pourquoi tu n'es pas content, alors ? Ce n'était pas ce que tu voulais ?

Jack la regarda sans la voir.

— C'est fini, dit-il.

— Qu'est-ce qui est fini ? demanda Diana en échangeant un regard inquiet avec Peter.

Jack se passa une main sur les yeux et secoua la tête.

— Je ne sais plus où j'en suis.

D'un signe de tête, Peter demanda à Diana et Chloé de les laisser seuls. Puis il se tourna vers Jack.

— Allez, mon vieux ! Allons boire un verre. Je crois qu'on l'a bien mérité.

— Jack, n'oublie pas que ton ami arrive tout à l'heure, lui rappela Diana avant de s'éclipser en compagnie de Chloé.

— Ah oui, c'est vrai, Westmorland ! Je l'avais complètement oublié.

Il consulta sa montre. Trop tard pour annuler.

Haussant les épaules, il suivit Peter dans la bibliothèque et se laissa tomber dans un vieux fauteuil au cuir élimé. Il ne savait plus où il en était. Il se moquait bien de l'hôtel, désormais : il voulait India.

D'un air absent, il prit le verre que lui tendait son ami, but une gorgée et le reposa. Même sa boisson préférée avait un goût amer, aujourd'hui.

— Je ne suis pas de très bonne compagnie, dit-il avec un sourire d'excuse.

— Ne t'en fais pas, je comprends. Je vais chercher Westmorland à l'aéroport. Il semble très désireux de nous rejoindre sur ce projet d'hôtel à Sydney.

— Oui, je sais. Merci, Peter.

Après le départ de son ami, Jack se renversa dans le fauteuil. Toutes ses pensées étaient tournées vers India. Il se rendait compte de l'inutilité de son combat pour Dunbar. Sans elle, le domaine n'était qu'un trophée sans valeur aucune. Il se sentait plus seul et plus perdu que jamais.

Il resta un long moment assis, à regarder le feu, le cœur plein de regrets.

Une demi-heure plus tard, Chloé passa la tête par la porte.

— Je vais voir Indy ! annonça-t-elle. D'après ce que j'ai compris, tout est fini entre vous ?

— Oui. Ça ne pouvait pas marcher.

Elle le regarda d'un air dubitatif.

— C'est la première fois que je te vois renoncer. Et pourtant, tu étais amoureux !

— Oh, ferme-la, Chloé, et laisse-moi tranquille !

La jeune femme haussa les épaules et referma la porte, le laissant à ses sombres pensées.

— Salut !

La voix de Chloé résonna dans le couloir silencieux. Mme Walker l'avait fait rentrer par la cuisine.

— Indy, où es-tu ?

Aucune lumière n'était allumée. Etrange, se dit Chloé en se demandant si India n'était pas à l'étage. Elle décida de jeter quand même un coup d'œil dans le salon. C'est alors qu'un petit bruit dans la pièce attira son attention. Aussitôt, elle chercha l'interrupteur et poussa un cri horrifié en découvrant son amie recroquevillée par terre, le visage blême et les lèvres violacées. Se précipitant vers elle, elle la traîna jusqu'au canapé où elle l'adossa, tentant désespérément de la ranimer.

— India, qu'est-ce que tu as ? s'écria-t-elle, sans obtenir de réponse.

La jeune femme avait les paupières closes, et des gouttes de sueur glacée perlaient à son front.

— Oh, mon Dieu ! s'exclama Chloé.

Elle répugnait à laisser son amie seule, mais il fallait bien aller chercher du secours.

— Madame Walker ! Kathleen ! cria-t-elle dans le couloir. Venez vite, India est au plus mal !

Ses cris attirèrent la cuisinière qui arriva essoufflée, en s'essuyant les mains sur son tablier.

— Qu'est-ce qu'il y a ? demanda-t-elle, le visage marqué par l'inquiétude.

— C'est India.

— Oh, la pauvre ! Ça fait plusieurs jours qu'elle ne va pas bien.

Les deux femmes se précipitèrent dans le salon.

— Madame Walker, il faut appeler les secours. Elle doit absolument être transportée à l'hôpital.

Kathleen les rejoignit.

— Que se passe-t-il ? India ! Mon Dieu ! Je vais appeler une ambulance.

— Non, plutôt un hélicoptère, dit Mme Walker en hochant la tête. Lady Séréna m'avait dit que Mlle India ne se sentait pas bien et qu'il ne fallait pas la déranger. J'étais loin de m'imaginer que c'était à ce point-là.

Kathleen se précipita vers le téléphone et composa le numéro des urgences.

— Occupé, bien sûr ! s'exclama-t-elle, agacée. Chloé, tâche de la ranimer pendant que j'essaie de joindre l'hélicoptère d'urgence.

Vingt minutes plus tard, l'appareil se posait devant la maison pour laisser descendre l'équipe de secours. En moins de deux minutes, India fut allongée dans l'hélicoptère.

— Comment va-t-elle ? cria Chloé à l'urgentiste par-dessus le vrombissement des pals.

— Difficile à dire. Son état est critique. Il faut l'emmener en réa.

Chloé prit la main d'India, priant le ciel pour qu'elle aille mieux.

— Je vais l'accompagner, dit Kathleen d'un air agité.

— Non, laissez-moi y aller ! supplia Chloé. Je suis venue pour être avec elle.

— Mais…

— S'il vous plaît, Kath, laissez-moi y aller ! Appelez Dalkirk et demandez à parler à Peter d'abord pour éviter que Diana ne panique. Expliquez-lui la situation.

La jeune femme serra brièvement Kathleen dans ses bras, et dit au revoir à Mme Walker.

— Chloé, je crois vraiment que c'est à moi d'y aller.

— Ne vous inquiétez donc pas, Lady Kathleen, dit Mme Walker. Mlle Chloé prendra bien soin d'elle.

Kathleen regarda Chloé monter dans l'hélicoptère, puis se tourna vers la vieille cuisinière.

— Ces jeunes gens sont tellement changeants ! J'aurais préféré y aller moi-même… Bon, je ferais mieux de passer ce coup de fil.

Elle se hâta de rentrer, tandis que les feux de l'hélicoptère s'éloignaient dans le ciel. Elle aurait vraiment dû accompagner India, se dit-elle, ne fût-ce que pour s'assurer du bon déroulement des opérations. Elle hocha la tête. Les événements se bousculaient. Il y avait d'abord eu ce verdict, et puis maintenant India. Avec un soupir, elle se dirigea vers le téléphone. La seule chose à faire était de continuer à avancer en espérant que tout s'arrangerait.

*
* *

— Jack ?

La voix de Peter le ramena à la réalité. Il se rendit compte que la nuit était tombée et qu'il n'avait pas allumé. La bibliothèque était plongée dans l'obscurité. Ce fut Peter qui appuya sur l'interrupteur.

— Désolé de te déranger, vieux, mais je viens de recevoir un coup de fil assez étrange.

— Ah bon ?

— Pour tout t'avouer, je suis vraiment inquiet.

— A quel sujet ? demanda Jack d'un air indifférent.

— Le marquis Ambrognelli vient de m'appeler de l'hôtel Balmoral à Edimbourg. Il a essayé de joindre India à Dunbar. Apparemment, il avait déjà appelé hier, mais la gouvernante lui a dit qu'India était malade.

— Malade ?

Jack se redressa. Il s'était bien rendu compte que quelque chose ne tournait pas rond.

— Qu'est-ce qu'elle a ? Où est-elle ?

— Calme-toi, mon vieux. Chloé est avec elle à l'hôpital.

— L'hôpital ? Comment ça, l'hôpital ? Allez, on y va !

Peter le retint d'un geste.

— Non, attends ! Tu dois m'écouter.

Quelque chose dans sa voix retint l'attention de Jack.

— Qu'est-ce qu'il y a ?

Tous ses sens étaient en alerte, maintenant.

— Comme je te l'ai déjà dit, le marquis a téléphoné. C'est un vieil ami de la famille, un admirateur de Lady El, en fait. Il est en chemin pour venir ici. Apparemment, il souhaite me communiquer certaines informations. Il ne voulait pas en

375

parler au téléphone, mais pour lui, la maladie d'India est liée aux révélations qu'il veut me faire.

Peter secoua la tête.

— Il semble que cette histoire n'ait ni queue ni tête, mais j'aimerais quand même que tu sois là pour écouter ce qu'il a à dire. Il ne devrait plus tarder, maintenant. J'espère qu'il supportera le voyage. Il doit avoir au moins quatre-vingt-deux ans, et le décès de Lady El l'a beaucoup affecté.

— Un marquis ?

Jack semblait sceptique.

— Oui, ancienne aristocratie vénitienne.

— En quoi cela concerne-t-il Indy ?

— Aucune idée, répondit Peter d'un air sombre. Mais j'ai bien peur que ce ne soit assez grave. Au fait, Westmorland doit arriver à 7 heures. Je peux aller le chercher à l'aéroport, si tu veux, mais je ne peux pas laisser Ambrognelli tout seul.

— Merde ! Je veux aller voir India, nom de nom !

— Excuse-moi si je retourne le couteau dans la plaie, mais compte tenu des derniers événements, je ne crois pas que ce soit une bonne idée.

Peter avait probablement raison, se dit Jack en se tournant vers le feu. Elle n'aurait peut-être pas envie de le voir.

Au même moment, un crissement de pneus sur le gravier leur indiqua que le marquis était arrivé. Ils se précipitèrent à sa rencontre, et Jack vit un vieux monsieur descendre d'une ancienne Rolls Royce Silver Cloud, aidé par le chauffeur.

— Marquis, je suis vraiment content que vous ayez pu venir, dit Peter avant de se tourner vers le chauffeur. N'hésitez pas à aller dans la cuisine. On vous servira du thé.

— Merci, monsieur, répondit le chauffeur en touchant sa casquette.

— Ah, mon cher ! s'exclama le vieil homme en prenant

la main de Peter. Moi aussi, je suis content d'avoir pu venir. Quelle horrible affaire ! Vraiment choquante.

— Laissez-moi vous présenter mon ami et associé Jack Buchanan, citoyen des Etats-Unis.

Le marquis se tourna lentement vers Jack et l'observa avec attention.

— Voilà donc le jeune homme qui a brisé le cœur de mon India ! Il faudra que l'on parle, vous et moi, mais un peu plus tard. Pour le moment, j'ai quelque chose de très important à vous dire à tous les deux.

Ils pénétrèrent dans la maison.

— Giordano ! s'exclama Diana en le serrant dans ses bras. Quelle bonne surprise ! J'ignorais que vous étiez en Ecosse.

Les trois hommes échangèrent un regard.

— Vous avez raison, ma chère : j'aurais dû vous prévenir. Un oubli de ma part, probablement dû à mon grand âge. La vieillesse me fait oublier les bonnes manières. Je comptais vous téléphoner demain, et puis un imprévu a surgi. Vous savez ce que sont les affaires. J'ai pensé que Peter pouvait peut-être m'aider à résoudre ce petit problème. Donc, me voilà. J'espère que je ne vous dérange pas ?

— Bien sûr que non, Marquis. Vous êtes toujours le bienvenu. Entrez donc. Il va de soi que vous serez des nôtres ce soir, pour le dîner.

— Merci, *cara*, j'en serai ravi ! s'exclama-t-il en lui baisant la main.

— Nous allons dans la bibliothèque, Diana, déclara Peter.

— D'accord. Au fait, j'ai mis M. Westmorland dans la chambre verte. J'espère que ça ira. Il doit être habitué à un autre niveau de confort.

— Ne t'inquiète donc pas, la rassura Jack. Lance est quelqu'un de simple. On s'est connus à l'armée et, crois-moi, il n'y avait pas de chambre verte, à ce moment-là !

— Merci, messieurs ! fit Peter, quand ils furent installés dans la bibliothèque. Je ne veux pas qu'elle se fasse du mauvais sang pour rien. Elle risque de paniquer si on lui dit qu'India est malade. Giordano, asseyez-vous. Vous prendrez bien un verre ?

Le marquis prit place dans un fauteuil à oreillettes. Les jambes élégamment croisées et les mains sur le pommeau en argent de sa canne, il resta un long moment à regarder le feu qui crépitait dans l'âtre. Jack en profita pour l'examiner de la tête aux pieds. Complet de soie gris, chemise blanche au col amidonné, cravate de soie bordeaux… le marquis avait beaucoup d'allure. Jack fut frappé par la vigueur qui se dégageait de lui en dépit de son grand âge. Peut-être était-ce dû à cette lueur d'intelligence qui illuminait son regard. Jack se demanda ce que le vieil homme savait au sujet d'India et lui.

Le marquis demanda un doigt de sherry avant d'en venir au but de sa visite.

— Je ne sais pas par où commencer, fit-il, les sourcils froncés. Il faut remonter au décès de ma chère Elspeth.

Il prit le verre que lui tendait Peter, en but une gorgée et épousseta la manche de son complet. Jack commençait à s'impatienter.

— J'ai eu Elspeth au téléphone la nuit qui a précédé son décès, reprit le marquis. Elle avait l'air d'aller bien, si ce n'est qu'elle se plaignait de nausées. Je n'étais pas inquiet outre mesure. Nous, vieilles gens, avons toujours quelques petits bobos. Je lui ai conseillé de prendre un Fernet Branca après le dîner, et de se reposer. Ce n'est que quand India est revenue d'Argentine et qu'elle m'a parlé d'une lettre inachevée de sa mère que j'ai commencé à me poser des questions. India était inquiète. Dans cette lettre, Elspeth lui demandait de venir. Apparemment, elle souhaitait lui faire part d'une affaire très importante, mais pas par téléphone, de peur d'être entendue. Malheureusement, ajouta le marquis avec un soupir, ni India ni moi ne savons à qui elle faisait allusion. Les seules personnes qui se trouvaient dans la maison à l'époque étaient Séréna, Maxi von Lowendorf, son petit ami, et bien sûr Kathleen, sa nièce. Je connaissais la nature des relations entre les deux sœurs. Je savais qu'elles ne s'entendaient pas et que cela inquiétait Elspeth. Les relations familiales sont parfois compliquées, commenta-t-il en prenant une gorgée de sherry. Néanmoins, quelque chose m'a paru très étrange.

— Oui ?

Il devenait clair qu'ils avaient affaire à un homme intelligent et perspicace. Ce qu'il racontait là n'avait rien à voir avec les radotages d'un vieillard.

— J'ai demandé à India de me faire une photocopie de cette lettre, sans lui faire part de mes soupçons. Après tout, je pouvais me tromper. J'ai commencé à mener ma petite enquête. Voyez-vous, il se trouve que je connais la famille de Maxi depuis plusieurs années. Son grand-père et moi avons séjourné ensemble à Paris, et je me suis rappelé un petit scandale qui avait eu lieu à l'époque, il y a une dizaine d'années. L'une des tantes de Maxi est morte dans des circonstances très étranges.

Le vieil homme fit une pause avant d'ajouter à voix basse :

— Elle a été empoisonnée.
— Empoisonnée ?

Jack jeta un coup d'œil à Peter. Tout cela était un peu trop dramatique à son goût. Il leva un sourcil interrogateur.

— Je vois que vous ne me croyez pas, dit le marquis.

Malheureusement, c'est vrai. Je sais de source sûre que Maxi était le principal suspect et que des pots-de-vin ont été versés pour étouffer l'affaire. Depuis, sa famille ne veut plus entendre parler de lui. Messieurs, loin de moi l'idée de vous affoler, mais j'ai de fortes raisons de croire que non seulement Séréna et Maxi ont empoisonné ma chère Elspeth, mais qu'ils ont utilisé la même méthode avec India. Les symptômes décrits par la gouvernante sont typiques d'un empoisonnement à l'arsenic.

Jack le regarda d'un air sceptique.

— Pourquoi Séréna en viendrait-elle au meurtre alors que je vais racheter la part d'India ? Elle aura son argent, de toute façon... Au fait, c'est strictement confidentiel ce que je vous dis là, ajouta-t-il en remarquant le regard surpris de Peter.

— Séréna est la parente la plus proche d'India, n'est-ce pas ?

— Oui, effectivement, répondit Peter. Je commence à voir où vous voulez en venir. Si Séréna réussit à se débarrasser d'India avant qu'elle ne vende sa part à Jack, elle héritera non seulement de sa part à elle mais aussi de celle d'India. Sans parler de la Dolce Vita qui tourne bien en ce moment. L'hypothèque a été levée, n'est-ce pas ?

— Oui, grâce aux efforts d'India. C'est une femme riche, maintenant. La tante de Maxi l'était aussi, expliqua Giordano d'un air lugubre. Maxi pensait qu'elle leur léguerait sa fortune à lui et à son frère, étant donné qu'elle n'avait pas d'héritier. Le frère est au-dessus de tout soupçon : c'est quelqu'un de bien. Maxi avait certainement prévu de se débarrasser aussi de lui. Seulement voilà, la tante a tout laissé à une association qui s'occupe de la préservation du lemming de Norvège, et Maxi n'a rien eu. Il faut bien comprendre que nous avons affaire à deux individus extrêmement dangereux qui ne reculeront devant rien pour parvenir à leurs fins.

Jack frissonna. Le raisonnement du marquis tenait debout. Même maintenant, India pouvait être en danger.

— Rien ne m'étonnerait de la part de Séréna, dit-il, mais n'est-ce pas un peu exagéré ?

— J'admets que nous devons être prudents. La première initiative à prendre est de faire exhumer le corps de ma pauvre Elspeth. Il nous faudra aussi les analyses sanguines d'India. Les résultats devraient être prêts demain. J'ai téléphoné pour demander que l'on accélère les choses.

Le marquis hocha la tête avec tristesse.

— Dommage de devoir en arriver là, mais il faut que justice soit faite. Si les résultats concordent, si nous trouvons des traces d'arsenic des deux côtés, alors on pourra s'attendre au pire.

Le vieil homme marqua une pause et, dans ses yeux, Jack lut une détermination farouche.

— Le coupable semble tout désigné, et nous devons agir vite. Je tiens à venger la mort d'Elspeth, et il faut protéger India. Elle est sous notre responsabilité, ajouta-t-il en regardant Jack droit dans les yeux.

Jack hocha la tête, soudain paniqué.

— Croyez-vous qu'elle soit en sécurité à l'hôpital ? Nous devrions peut-être engager des gardes du corps ?

— C'est déjà fait. Deux agents seront en faction devant sa porte vingt-quatre heures sur vingt-quatre. On ne les remarquera pas car ils sont déguisés en infirmiers. Ils ont pour instruction de me faire régulièrement un rapport.

Jack fut pris au dépourvu. Qui était donc cet homme pour avoir autant de pouvoir ? C'était impressionnant. Il gratifia le marquis d'un sourire admiratif.

— On peut dire que vous savez prendre les choses en main, monsieur ! C'est un soulagement de savoir India en sécurité… Vous êtes sûr que je ne peux rien faire personnellement ?

381

— Jeune homme, vous avez certainement votre rôle à jouer dans cette affaire. Si la situation est telle que je vous l'ai décrite, nous aurons beaucoup de choses à régler. Je ne sais pas ce que vous en pensez, mais moi j'ai tendance à croire qu'il vaut mieux s'occuper de ses affaires soi-même plutôt que de compter sur la police. C'est également la mentalité américaine, non ?

Se levant lentement, il s'approcha du feu et posa sa main sur le bras crispé de Jack.

— Il n'y a pas de danger, lui affirma-t-il d'un ton rassurant. Ne vous inquiétez pas. Les autres questions peuvent attendre, d'accord ?

— Je continue à penser que je devrais être à ses côtés.

— Non ! Laissez-la se reposer. Elle a suffisamment souffert par votre faute.

— Mais…

— Il n'y a pas de mais qui tienne. Vous êtes peut-être à la tête de je ne sais combien d'hôtels, et vous travaillez peut-être comme un acharné aux quatre coins de la planète, mais dans cette affaire, c'est moi qui décide, et vous ferez ce que je vous dis.

Personne n'avait parlé ainsi à Jack depuis l'adolescence. Il se tut, ne sachant que répondre.

Peter lui adressa un sourire empreint de compassion avant de demander :

— Et Westmorland ?

— Ne t'en fais pas. Lance est l'homme de la situation.

— D'accord. C'est toi qui vois. Si tu penses qu'il faut le mettre au courant… De toute façon, il finira bien par le savoir.

— Oui, mais qu'allons-nous faire à propos de l'autre affaire… de Lady Elspeth ?

Le marquis se tourna vers Peter.

— Vous avez une certaine influence sur le magistrat, non ?

— Oui. Je peux faire jouer mes relations. Pourquoi ?

— Je ne pense pas que Séréna consente à ce que l'on exhume le corps de sa mère. Quant à India, on peut difficilement la bouleverser davantage en ce moment. Il faut le consentement d'un membre de la famille pour qu'une telle opération ait lieu.

— Vous avez certainement raison, fit Peter d'un air songeur. Je pourrais téléphoner à Ian. C'est un type bien. En tant que neveu de Lady Elspeth, il aurait tout à fait le droit de signer le permis d'exhumer.

— C'est le gars que j'ai rencontré au cimetière ? demanda Jack.

— Exact.

— C'est une bonne idée, Peter, approuva le marquis. En attendant, pas un mot à quiconque.

— On pourrait quand même en parler au médecin qui s'occupe d'India ?

— C'est déjà fait, annonça le marquis.

— Je me demande s'il y a une seule chose dont vous ne vous soyez pas occupé ! lança Jack avec une lueur admirative dans les yeux. En tout cas, sachez pour votre gouverne qu'India n'est pas la seule à avoir souffert.

Le vieil homme sourit d'un air entendu.

— C'est dur quand les choses ne vont pas comme on le souhaiterait avec une femme. Personnellement, j'ai passé les quarante dernières années de ma vie à remercier le ciel de ne pas avoir laissé l'orgueil l'emporter sur mes sentiments. La jeunesse et l'orgueil sont une association dangereuse. On ne devrait jamais permettre à l'amour-propre de nous dicter nos actes. N'oubliez jamais cela !

Jack jeta un coup d'œil interrogateur à Peter, mais il n'obtint qu'un haussement d'épaules. Se levant, il annonça :

— Je vais à l'aéroport, Peter. A tout à l'heure.

Il gagna le garage, en proie à la confusion la plus totale.

Il lui fallut une demi-heure pour arriver à l'aéroport de Turnhouse et trouver un endroit où se garer. A peine entré dans le terminal, il aperçut la haute silhouette de Lance, et sourit. Ce dernier, accoudé au bar, était reconnaissable entre mille avec ses bottes Nakonas et son Stetson.

Jack s'approcha de lui :

— Salut, le Texan !

Lance se retourna d'un geste vif.

— Jack ! Content de te revoir, vieux ! Toutes mes condoléances pour ton frère, ajouta-t-il en lui serrant la main.

C'était une poignée de main ferme, entre deux hommes qui avaient côtoyé la mort de près et qui savaient ce que cela signifiait.

— Tu veux un verre ?

Jack accepta avec un sourire.

— Tu n'as pas changé, dit-il en examinant son vieil ami de la tête aux pieds.

En effet, c'était le Lance qu'il avait toujours connu : corps mince et musclé, mâchoire puissante, et ce même regard gris et pénétrant qui vous détaillait de façon nonchalante. Il y avait dans son allure quelque chose de militaire qui en disait long sur la discipline qu'il devait s'imposer.

— Au fait, dit Jack, on a du pain sur la planche.

Le regard de Lance s'anima aussitôt.

— C'est vrai ?

— Je te raconterai ça en route. On ferait mieux d'y aller.

Après avoir terminé leur verre, ils regagnèrent la voiture et prirent le chemin de Dalkirk. Vingt minutes plus tard, Jack terminait son compte rendu.

— Voilà, tu sais tout, conclut-il en lui jetant un regard en coin. La discrétion est de mise, bien entendu.

Lance acquiesça d'un air songeur, tandis que Jack garait la voiture dans le garage.

— Comment es-tu équipé ? demanda-t-il en portant les valises de son ami.

Lance croisa son regard au-dessus du toit de la Porsche.

— Smith & Wesson, 9 mm. J'ai aussi un Glock dans l'avion, si besoin est.

— Bien. Je vais voir du côté de Peter.

— Tu savais que je viendrais équipé ?

Jack sourit d'un air entendu.

— On ne se refait pas.

Le Texan se mit à rire, et les deux hommes pénétrèrent dans la maison tout en discutant de leurs avions. Alors qu'ils passaient devant la cuisine, Mme MacClean en sortit, l'air affairé.

— Oh, c'est vous, monsieur Jack !

Elle s'arrêta net en découvrant Lance, et l'examina d'un œil critique.

Jack fit les présentations.

— Américain aussi ? demanda la cuisinière.

— Non, madame. Texan ! répondit Lance d'un ton poli, en retirant son chapeau.

— Mmm... Le dîner sera bientôt prêt. Vous feriez mieux de rejoindre les autres.

— Eh bien ! s'exclama Lance lorsqu'ils furent seuls dans le couloir.

— Ne t'en fais pas. Peter et Diana sont super, tu verras !

Alors qu'ils entraient dans le grand hall, ils virent Diana descendre les escaliers pour les accueillir. Assises sur les marches, Molly et les filles Kinnaird observaient la scène. Jack comprit qu'ils allaient être retardés. Réprimant un mouvement d'impatience, il rejoignit les fillettes en montant les marches deux par deux.

— Allez, on descend les coquines ! Venez dire bonsoir à l'oncle Lance.

Il souleva Molly dans ses bras et croisa son regard brillant d'excitation. Elle était adorable avec ses longs cheveux qui lui descendaient dans le dos. Jack sentit son cœur se serrer. Il ne supporterait de perdre ni Molly ni India. India qui se trouvait seule à l'hôpital... Mais le marquis lui avait recommandé de ne pas s'inquiéter...

Recouvrant rapidement son calme, il essuya les reproches de Diana qui, en maîtresse de maison exigeante, ne comprenait pas pourquoi il avait fait entrer leur invité par la porte de derrière. Pendant ce temps, les fillettes assaillaient le cowboy de questions.

La petite troupe fut bientôt rejointe par le marquis et Peter.

— Il faut y aller, souffla Jack à l'oreille de Lance.

— Elle est mignonne, cette petite, fit le Texan en se baissant pour ramasser la peluche de Molly.

— C'est la fille de mon frère.

Les hommes s'excusèrent auprès de Diana, et regagnèrent la bibliothèque. La soirée risquait d'être longue.

Le lendemain matin, Jack dut se faire violence pour ne pas se laisser troubler par la pensée d'India seule à l'hôpital. Il avait obtenu de ses nouvelles par Chloé à qui le médecin avait dit qu'il s'agissait d'une intoxication alimentaire. La jeune femme ne se doutait de rien et c'était tant mieux. Elle ne semblait pas non plus avoir remarqué les deux agents déguisés en infirmiers qui montaient la garde dans le couloir.

— J'espère que Lance va trouver son chemin, fit Jack en se servant une portion d'œufs brouillés.

Chloé releva brusquement la tête.

— Lance ?

Au même moment, la porte de la salle à manger s'ouvrit sur le Texan qui s'immobilisa net en apercevant Chloé.

La jeune femme fut la première à recouvrer ses esprits.

— Mais qu'est-ce que... ? Tu savais que j'étais là ? s'exclama-t-elle.

— Certainement pas, sinon il serait resté chez lui ! lança Jack.

— Tu es vraiment odieux, Jack !

— Ah non ! Vous n'allez pas commencer à vous chamailler ! s'exclama Diana d'un air faussement grondeur. Ce n'est plus de votre âge.

— Lance est un ami de Jack, expliqua Peter. Il va s'associer à nous.

Chloé le regarda, bouche bée. Deux secondes plus tard, elle retrouvait sa verve habituelle.

— Ce qui compte, c'est que tu sois ici, dit-elle avec un grand sourire.

— Vous vous connaissez ? demanda Diana d'un air stupéfait.

— Oui. En fait, Lance est mon patron, expliqua Chloé en piquant un fard.

— C'est donc toi, le fameux Texan ? s'exclama Jack. Je te souhaite bonne chance, vieux ! Viens déjeuner : tu vas avoir besoin de toutes tes forces. Dis-moi, c'est vrai que tu achètes un tabloïde ?

Chloé lui jeta un regard noir.

— Ce n'est pas un tabloïde, Jack. Tu es vraiment un monstre ! Pas étonnant qu'India ne veuille plus te voir !

— Attention, jeune fille ! chuchota Jack à son oreille. Tu joues dans la cour des grands, cette fois-ci.

— Tu aurais pu me dire qu'il venait ! répliqua-t-elle entre ses dents serrées.

— Je n'étais pas censé savoir que c'était *ton* Texan !

— Tu n'avais qu'à deviner !

— Ça suffit, vous deux ! lança Diana, exaspérée. Lance, je suis vraiment désolée. Il faut les excuser. Vous réussirez peut-être à les empêcher de se chamailler. Personnellement, je n'y arrive pas.

Jack gratifia Chloé d'un grand sourire.

— Oui, peut-être qu'il y arrivera !

Lance les écoutait, visiblement amusé par leurs joutes. Après le petit déjeuner, les hommes se levèrent.

— Qu'est-ce qu'il y a ? demanda Chloé. Qu'est-ce que vous complotez ? Tu sais ce qui se passe, Diana ?

— Aucune idée, répondit sa sœur, mais nous n'allons pas tarder à l'apprendre.

J'espère que non, pensa Jack en refermant la porte de la salle à manger. Continuer à garder le secret semblait difficile, surtout s'ils se retrouvaient régulièrement dans la bibliothèque pour tenir des conseils de Sioux.

— Les filles commencent à avoir des soupçons, dit-il.

— Je sais, mais je compte leur dire que nous investissons tous ensemble dans un hôtel. En Italie ou en Sardaigne, ce qui expliquerait la présence du marquis. Quant à vous, Lance, eh bien, vous vous êtes retrouvé embarqué dans cette histoire un peu par hasard, dirons-nous. C'est quand même étonnant que vous soyez le patron de Chloé !

— Oui, le monde est petit.. Votre belle-sœur est une fille

vraiment bien. Elle a perdu son père, n'est-ce pas ? demanda-t-il, assis sur le bord de la fenêtre.

— Mon beau-père est mort peu de temps après mon mariage avec Diana.

— Je viendrai peut-être vous voir un de ces quatre, alors, annonça Lance d'une voix traînante.

Jack haussa les sourcils. C'était donc sérieux, cette affaire ? Qui aurait cru que son vieux copain et Chloé seraient attirés l'un par l'autre ? Cela dit, ils feraient un couple intéressant...

Mais Peter semblait plus préoccupé par l'arrivée du marquis et de Ian que par l'éventuel mariage de Lance avec sa belle-sœur. Debout à la fenêtre, il guettait leur arrivée.

— Au fait, le marquis va séjourner ici pour éviter les trajets depuis Edimbourg. Il faudra que tu lui laisses ta chambre, Jack, et que tu ailles à l'étage. FDP, tu sais ?

— Pourquoi moi ? s'insurgea Jack. Pourquoi pas Lance ? Et que signifie FDP ?

— Famille en Deuxième Place, expliqua Peter. C'est la devise de Diana. Comme tu fais partie de la famille, tu peux coucher à la dure. Honneur aux invités !

Jack marmonna quelque chose entre ses lèvres, ce qui fit rire les deux hommes. Au même moment, Ian et le marquis firent leur apparition.

— Des nouvelles ? demanda Peter après les salutations d'usage.

— Pas très bonnes, j'en ai peur, annonça Ian d'un air sombre. Le coroner exige la signature de l'une des deux filles. Quelle histoire ! Je suis vraiment sous le choc.

Le marquis prit un air songeur.

— Que diriez-vous d'une *donazione* : une petite donation pour le club de police, quelque chose de ce genre.

— Désolé, Giordano, mais ça ne marcherait pas ici. Ils

sont plutôt pointilleux sur la question, expliqua Peter avec une pointe de regret.

— Dommage, vraiment dommage ! Il va donc falloir recourir à des méthodes non conventionnelles pour obtenir cette signature.

— Que voulez-vous dire ?

— Jack, vous avez le compromis de vente concernant Dunbar ?

— C'est en cours, répondit Jack.

Il ne voulait surtout pas y repenser.

— Appelez vos avocats, et dites-leur de préparer les papiers. Les deux sœurs sont prêtes à vendre, n'est-ce pas ?

— Exact, répondit Jack sèchement.

Il n'avait pas besoin qu'on lui rappelle que tout était fini entre India et lui à cause de cette affaire.

— Parfait. Il va nous falloir une bonne liasse de papiers. Demandez-leur d'en faire une copie pour chacune des sœurs. Séréna ne doit se douter de rien.

— Vous voulez faire signer Séréna sous de faux prétextes ? demanda Ian.

Le marquis lui adressa un sourire entendu.

— C'est le seul moyen d'arriver à nos fins. Après tout, votre cousine a peut-être assassiné votre tante, et elle est peut-être responsable de l'empoisonnement d'India. D'après les expertises médicales que j'ai reçues ce matin, on a retrouvé des traces d'arsenic dans son sang.

Il marqua une pause pour leur permettre de saisir la portée de cette nouvelle.

— Ça alors ! murmura Ian, atterré.

Un silence s'ensuivit.

— Merde ! s'exclama Jack en abattant son poing sur la

table, je vais de ce pas trouver Séréna et son salaud de soi-disant fiancé.

— Je viens avec toi ! annonça Lance depuis la fenêtre où il était toujours perché.

Le marquis leva les bras en l'air en signe de désespoir.

— Quelle impétuosité, *Dio mio* ! Ne soyez pas si empressés, jeunes gens ! *Ride meglio chi ride ultimo*. Rira bien qui rira le dernier. Vous devez apprendre à être calmes et à attendre, comme le renard. Il faut être astucieux, comme si vous étiez en train de négocier un marché très compliqué. Nous devons observer les mouvements de Maxi et attendre le moment propice pour l'attraper. Sinon, il risque de s'enfuir.

— Le marquis a raison, dit Peter avec une pointe de regret dans la voix, ce serait stupide de se précipiter et de tout faire capoter. Je sais que ce n'est pas très correct d'extorquer une signature à Séréna, ajouta-t-il avec un coup d'œil embarrassé en direction de Ian, mais pour être franc avec vous, je crois que nous n'avons pas le choix. Giordano a raison : tout semble indiquer que Séréna est impliquée dans cette affaire. Nous devons absolument savoir si Lady Elspeth a été... heu... assassinée.

Jack nota le feu ardent qui brillait dans les yeux du marquis, et comprit qu'en dépit de son âge, il éprouvait encore des sentiments intenses. Il semblait déterminé à venger la mort de celle qu'il avait aimée.

— O.K. J'appelle Henderson sur-le-champ.

Quittant la bibliothèque, Jack s'isola dans le bureau pour appeler son avocat à Edimbourg, et Quince aux Etats-Unis.

Dix minutes plus tard, il revenait, et ses amis se tournèrent vers lui avec une lueur d'espoir dans les yeux.

— Alors ? fit Peter.

— Je leur ai demandé de laisser tomber leurs dossiers du

moment pour s'occuper du nôtre immédiatement. Les papiers seront prêts d'ici midi. J'ai appelé Séréna et je l'ai invitée à déjeuner en lui disant que j'augmentais ma mise pour la dédommager de tous les désagréments qu'elle avait subis. Je me charge de la faire signer après quelques verres. Je lui dirai qu'ils doivent déplacer le cimetière afin de pouvoir élargir la route.

— Bonne idée ! s'exclama Peter. Il faut surveiller Maxi, pendant ce temps-là.

— Effectivement.

— Je vais placer deux agents devant l'appartement de Séréna, déclara le marquis. Nous avons affaire à un professionnel. Il doit bien se douter que les analyses de sang vont révéler des traces d'arsenic. Par conséquent, il est sur ses gardes.

— Vous avez raison, Giordano. Il faut agir avec prudence. Est-ce que nous sommes tous prêts ?

Jack songea qu'il allait devoir prendre sur lui pour s'asseoir face à Séréna et faire comme si de rien n'était, alors qu'il aurait envie de lui tordre le cou. Il ferait semblant de fêter leur accord et s'arrangerait pour lui faire signer le permis d'exhumer parmi la liasse des nombreux documents liés à la vente. Ensuite, gare à elle ! Comme le marquis, il demanderait vengeance pour tout ce qu'elle avait fait subir à la femme qu'il aimait. Et il ne reculerait devant rien.

17.

India avait l'impression que sa tête était sur le point d'éclater. Les souvenirs lui revenaient peu à peu : le verdict du juge, sa décision finale de renoncer à Dunbar, les moments terribles passés à se tordre de douleur, par terre dans le salon. Que s'était-il passé après ? Elle aurait été bien incapable de le dire. Ouvrant les yeux, elle aperçut la perfusion à son bras, et se rendit compte qu'elle se trouvait dans une chambre d'hôpital. Qu'est-ce qui avait bien pu lui causer cette intoxication ? se demanda-t-elle.

L'Ecosse avait été un fiasco total. Elle était loin de s'imaginer qu'il serait aussi douloureux de renoncer à Dunbar. C'est pourquoi il valait mieux quitter la région au plus vite et tenter d'oublier toute cette affaire. Elle se demanda si Jack était en train de dresser le compromis de vente. Elle avait hâte d'en terminer. L'idée de se retrouver de nouveau face à lui, en sachant qu'elle l'avait jugé si injustement, était extrêmement pénible. Si seulement elle lui avait laissé une chance de s'expliquer ! N'y avait-il donc aucun moyen de réparer ce qui avait été fait ?

Cesse de rêver ! lui ordonna la voix de la raison. Tout ce qui intéressait Jack, c'était Dunbar. Et puis, de toute façon, pourquoi accepterait-il de lui donner sa chance alors qu'elle-même avait refusé de le faire ? Lui, au moins, avait essayé de s'expliquer, alors qu'elle avait accumulé mensonge après mensonge. Elle se rappela soudain son ton pressant lorsqu'il l'avait suppliée de revenir sur sa décision, son air abasourdi devant tant d'intransigeance, et la supplication de son regard… Elle avait tout refusé d'un bloc.

Elle devait maintenant oublier cette triste histoire et retrouver ses forces pour repartir en Suisse. Sa place était là-bas.

Elle enfouit le visage dans l'oreiller, déterminée à ignorer l'infinie tristesse qui s'était emparée de son âme.

C'est alors qu'elle entendit frapper à la porte.

— Entrez ! fit-elle d'une voix faible.
— Bon sang ! Quelle tête affreuse tu as !

En reconnaissant la voix de sa demi-sœur, elle se redressa péniblement.

— Bonjour, Séréna. Tu peux m'expliquer comment je suis arrivée ici ?
— C'est Chloé qui t'a trouvée par terre, dans le salon. Ils t'ont amenée ici par hélico. Heureusement ! Tu as failli y rester, ma vieille ! J'espère que ça va mieux.

India aperçut alors Jack, debout dans l'embrasure de la porte. Elle éprouva aussitôt un sentiment de panique. Elle devait avoir une mine épouvantable, se dit-elle en tentant de mettre un peu d'ordre dans ses cheveux.

— Ne te fatigue pas, trésor. On ne fait que passer, dit Séréna en s'approchant du lit.

Fait surprenant chez elle, elle semblait inquiète de voir sa demi-sœur dans cet état.

— Laisse-moi t'aider, proposa Jack en remontant ses oreillers.

India resta sans voix. Elle n'était consciente que du plaisir que lui causait le contact de ses mains. Si seulement elle avait pu se blottir dans ses bras !

— Merci, balbutia-t-elle péniblement.

Elle avait tant rêvé de cet instant ! Pendant les trois jours où elle avait flotté dans un état de semi-conscience, elle n'avait aspiré qu'à retrouver le son de sa voix, le contact de ses mains et l'odeur de sa peau.

— Désolé de faire ainsi irruption, dit-il d'un ton bourru. Je…

— Ce n'est pas grave, l'interrompit-elle. Je suppose que tu es venu pour les papiers. Tu as signé, Séréna ? demanda-t-elle avec un pincement au cœur.

Il était clair qu'il préférait s'occuper de l'affaire lui-même plutôt que de la laisser entre les mains d'une tierce personne.

— C'est fait ! s'exclama Séréna avec légèreté, en sortant de son sac un chèque qu'elle agita sous le nez d'India. J'ai signé pendant le déjeuner. C'est le meilleur jour de ma vie. Je suis bien contente que tu sois finalement revenue à de meilleurs sentiments. Je croyais qu'on n'arriverait jamais à te convaincre de…

— Ça n'a pas traîné, tant mieux ! coupa India. Dès que je serai sortie, j'irai chercher mes affaires à Dunbar et tu pourras commencer tes travaux, Jack. J'insiste simplement sur la nécessité de ne pas ébruiter l'affaire jusqu'à mon départ. Je ne suis pas en état de faire face à des adieux. Tu comprends, Séréna, n'est-ce pas ?

— Ne t'en fais pas. Loin de moi l'idée de vendre la mèche !

— Je ferai en sorte que le secret soit bien gardé, et comme je te l'ai promis, je m'occuperai de tout le monde, dit Jack d'une voix douce.

— Bien. Venons-en aux papiers, maintenant. Je suppose que tu n'as pas de temps à perdre.

Jack eut une seconde d'hésitation, puis il saisit sa serviette et en sortit une liasse de papiers qu'il plaça devant India. Son expression était indéchiffrable.

Il était, comme à son habitude, élégamment vêtu d'un complet gris sombre. India remarqua qu'il portait la cravate de soie qu'elle lui avait achetée à Rio, et elle se demanda s'il s'en souvenait. Elle sentit son cœur se serrer lorsqu'elle vit l'expression fermée de son visage. Jamais elle ne l'avait vu si froid ni si lointain. Il ne fallait pas rêver : il n'y aurait pas de baguette magique pour tout arranger. Il était clair que tout ce qui intéressait Jack, c'était Dunbar et l'hôtel.

— Tu es sûre de vouloir signer, India ? demanda-t-il d'un ton compassé. Il est encore temps de te rétracter.

— Mais bien sûr qu'elle veut signer ! lança Séréna avec un petit rire nerveux. Quelle question stupide !

— Ne t'inquiète pas, Séréna, la rassura aussitôt India, je vais signer.

Elle était furieuse contre elle-même de ressentir tant de tristesse. C'était par pure politesse que Jack lui avait demandé si elle souhaitait faire marche arrière. Cela faisait partie de la procédure, non ?

— Ma décision est prise. Ça en fait des papiers ! Est-ce que Ramsay les a étudiés ?

— Bien sûr ! répondit Séréna avec nervosité.

India remarqua qu'elle semblait impatiente d'en finir. Ses doigts fébriles pianotaient sur la boucle de sa ceinture. La jeune femme eut bien envie de les faire mariner encore un peu. Elle voulut se concentrer sur la première page, mais les lettres dansaient devant ses yeux.

— Eh bien, ça y est ! fit-elle en apposant sa signature au bas de chaque page, avec un enthousiasme qu'elle était loin de ressentir.

Après avoir tourné le dernier feuillet, elle découvrit une

enveloppe contenant un chèque libellé à son nom. Dunbar ne se résumait plus qu'à une somme d'argent qui ne signifiait rien pour elle.

— Voilà, dit-elle à Jack en lui rendant son stylo.

Leurs doigts se frôlèrent.

— Indy, si quelque chose t'intéresse à Dunbar, n'hésite pas à le prendre, dit-il d'un ton brusque.

Elle hocha la tête, craignant d'éclater en sanglots si elle parlait. Elle détourna les yeux, et fixa son regard sur une gravure accrochée au mur, tout en priant pour qu'ils s'en aillent avant qu'elle ne laisse libre cours à ses larmes.

— Nous ferions mieux de partir, maintenant, dit Jack d'une voix vide, en lui prenant la main. Je voulais juste te…

— Non ! s'écria-t-elle en retirant vivement sa main. N'ajoute rien ! Je veux rester seule.

— Mais bien sûr, chérie ! Nous n'allons pas te déranger davantage, déclara Séréna d'une voix mielleuse.

Elle prit son sac et se tourna vers Jack :

— On y va ?

Jack referma sa mallette d'un geste sec. Il sembla hésiter un instant, puis conclut :

— Au revoir, alors. Et bonne chance.

— Oui, au revoir, murmura India.

— A plus ! lança Séréna avec un petit geste de la main. Je reviendrai te voir demain.

Tournant le visage vers le mur, India attendit que la porte se referme sur le chapitre le plus important de sa vie. Lorsqu'elle fut certaine qu'ils étaient partis, elle enfouit le visage dans ses mains et se mit à pleurer à chaudes larmes.

Cette fois, c'était bel et bien fini.

Le rêve ne se réaliserait pas. Jack s'était comporté comme un homme d'affaires pressé de régler une transaction. Pour lui, leur entretien n'avait été qu'un épisode désagréable mais nécessaire. Maintenant, il était sorti de sa vie. Si seulement elle avait été plus présentable ! Ça n'aurait pas changé grand-chose, mais au moins, elle aurait paru digne pour leur dernière entrevue. Elle poussa un soupir. Dorénavant, Jack ne serait plus qu'un souvenir. Un souvenir qui lui rappellerait qu'au moins une fois dans sa vie, elle avait connu le véritable amour.

Jack longea le couloir, le visage livide.

Rien ne s'était passé comme prévu. Cela avait été un véritable gâchis. Peut-être aurait-il dû envoyer Séréna leur chercher du café ? Pas un instant, elle ne les avait laissés seuls. Pour couronner le tout, il avait dû demeurer froid et distant pour ne pas éveiller les soupçons de la jeune femme. A un moment donné, il avait eu envie de gifler son visage perfide de meurtrière, mais il s'était contrôlé, sachant que la vie d'India en dépendait.

Il jeta un coup d'œil par-dessus son épaule et fut soulagé de constater que les deux agents étaient à leur poste.

— Ça s'est plutôt bien passé, non ? fit Séréna en appuyant sur le bouton de l'ascenseur. Il faut que je me dépêche d'aller à la banque. Merci pour le déjeuner. Maintenant que tu vas habiter dans le coin, on pourrait peut-être se voir davantage ? ajouta-t-elle avec un petit sourire suggestif.

Marmonnant une vague réponse, il dissimula le dégoût qu'elle lui inspirait. Cela avait été trop facile, se dit-il avec cynisme. Il avait suffi de lui agiter un chèque avec deux mille de plus devant le nez pour qu'elle avale son histoire de cimetière et de route. Elle avait signé avec enthousiasme. Il avait pris sur lui pendant le déjeuner pour se comporter normalement. Séréna avait ensuite insisté pour qu'ils se rendent tous les deux à l'hôpital afin d'obtenir la signature d'India. Il avait bien essayé de se dérober, mais la jeune femme n'avait pas lâché prise. Il s'était finalement rendu compte qu'en s'entêtant dans son refus, il risquerait d'éveiller sa méfiance.

Il se sentait frustré, en colère et malheureux. Ce dernier entretien avait dû conforter India dans l'idée que seul Dunbar l'intéressait.

Arrivés au rez-de-chaussée, ils sortirent de l'ascenseur.

— Au revoir, Jack ! fit Séréna avec un signe de la main. Appelle-moi un de ces jours !

Il la regarda partir. Il avait peut-être perdu India, mais il pouvait toujours la protéger contre Séréna et les individus de son espèce.

Il se dirigea vers le parking avec l'impression que sa mallette pesait une tonne. N'était-ce pas à cause des documents qui s'y trouvaient qu'il avait perdu ce qui était le plus cher à son cœur ?

Mais au moins, India était saine et sauve. Maintenant que Séréna avait signé le permis d'exhumer le corps de Lady Elspeth, il fallait agir vite. Le cercueil devait être déterré le lendemain. Jack était sûr que les résultats seraient positifs.

Il prit l'A 7, roulant à vive allure en direction du sud. Il n'avait guère envie de s'arrêter à Dunbar, même si le domaine lui appartenait, maintenant. L'idée de l'hôtel avait perdu tout attrait. Il regrettait même d'en avoir un jour caressé le projet.

De toute façon, Dunbar pouvait attendre. Il avait des affaires plus urgentes à traiter. Il en allait de la vie d'India. Il s'était solennellement juré de la protéger non seulement maintenant, mais aussi toute sa vie durant.

Oui, il était fermement décidé à protéger la femme qu'il aimait.

***

— Alors ? demanda Maxi anxieusement, montre-moi le chèque ! Tu sais quand India doit sortir de l'hôpital ?

— Regarde ça, Maxi ! s'exclama Séréna.

Elle se mit à danser dans le salon puis, s'arrêtant sous le vieux lustre, elle jeta en l'air une liasse de billets qui retomba en pluie sur elle tandis que, paupières closes, elle semblait goûter ce moment de félicité intense.

— Tu as perdu la tête ? lança Maxi en se levant pour ramasser les billets éparpillés sur le tapis usé.

Elle se mit à rire.

— Il y en a encore plein à la banque, chéri ! On y est arrivés !

Elle s'immobilisa soudain, les sourcils froncés.

— Je n'ai eu qu'un tiers de ce que j'aurais pu obtenir si j'avais vendu ma part à Jack, comme prévu. Ça n'est vraiment pas juste !

— Est-ce qu'ils ont les résultats des analyses sanguines ? demanda Maxi d'un ton brusque.

— Aucune idée. Personne ne m'a rien dit, répondit Séréna en haussant les épaules.

Elle s'assit sur le tapis et commença à ramasser les billets.

Maxi l'observait d'un air dur.

— Qu'est-ce qu'il y a, chéri ? Pourquoi tu me regardes comme ça ? gémit-elle, avant de lui lancer un coussin sur la tête. Je vais chercher du champagne : il faut fêter ça !

Elle courut jusqu'à la cuisine et sortit deux flûtes d'un placard. Maxi l'y rejoignit aussitôt.

— Au fait, reprit-elle, j'ai oublié de te dire qu'ils vont exhumer le corps de maman ! C'est vraiment absurde !

— Quoi ?

— Je sais, c'est complètement dingue ! Ils vont déménager tout le cimetière à cause d'une histoire de route. Quel travail ! J'ai dû signer ce stupide permis. Comme si ça me préoccupait ! Qu'ils creusent autant qu'ils veulent. Quant à nous, nous avons des choses plus importantes à régler. Où veux-tu aller en vacances, chéri ?

— Mais de quoi parles-tu, Séréna ?

— Que dirais-tu de Monte Carlo ou des Caraïbes ? Ce serait super à cette période de l'année.

Elle sortit la bouteille du réfrigérateur. Juste la température qu'il faut !

— Mais tu vas m'écouter, espèce de...

Séréna fit volte-face.

— Qu'est-ce qu'il y a, Maxi ? J'ai simplement dit que la municipalité voulait déménager le cimetière à cause d'une putain de route. Ils vont déterrer toutes les tombes. Je ne vois pas où est le problème. Et puis, je n'ai vraiment pas envie de discuter de ça. Je veux partir en vacances !

— Qui t'a donné cette information ? demanda-t-il sans la quitter des yeux un instant.

— A propos du cimetière ? C'est Jack. Pendant le déjeuner. Il m'a fait signer un papier.

— *Ach, mein lieber Gott !* Tu es vraiment stupide ! Ils ont déjà les résultats. Peut-être même qu'ils soupçonnent quelque chose !

Il se mit à faire les cent pas dans la cuisine.

— Mais qu'est-ce que tu as, enfin ? Comment veux-tu que je connaisse les résultats des analyses d'India ? En plus, on s'en fiche ! Calme-toi, voyons ! Tu as une vraie tendance à la parano, tu sais ?

Maxi s'approcha d'elle.

— C'est Buchanan qui t'a apporté le papier ?

— Je te l'ai déjà dit. Tiens, ouvre plutôt cette bouteille !

Maxi s'exécuta, l'air absent, tout en marmonnant des paroles incompréhensibles.

— Tu es vraiment insupportable ! lui lança Séréna. Juste au moment où je commençais à bien m'amuser...

D'un air vexé, elle lui prit la flûte des mains et but à petites gorgées.

— Quelle heure as-tu ? demanda-t-il.

— 17 h 30. Pourquoi ?

— Il est trop tard pour appeler les services de la ville et savoir si Buchanan t'a dit la vérité. Mais passe-leur un coup de fil demain matin à la première heure, compris ?

— Inutile d'être aussi infect ! s'exclama Séréna.

Elle n'avait pas l'habitude de le voir se comporter ainsi. Ce nouveau Maxi ne lui plaisait guère. Elle but une gorgée de champagne puis, avec un sourire qui se voulait coquin, tenta de changer de sujet.

— Allons, chéri, bois un coup ! C'est délicieux.

Mais il l'ignora et ne toucha pas à son verre.

— Est-ce qu'il y a un moyen de faire sortir India de l'hôpital ? Après tout, c'est ta sœur.

— La faire sortir ? Pour quoi faire ? Ce n'est pas mon problème... Au fait, j'ai mis l'argent sur un compte.

— Encore une erreur ! grogna-t-il.

— Et pourquoi ? On ne va pas laisser une somme pareille ici !

— Il faut la faire sortir tout de suite.

— Si ça peut te faire plaisir, je vais m'en occuper, répondit Séréna d'un ton indifférent.

Le visage fermé, Maxi ne dit rien. Sa fiancée se laissa tomber sur le canapé et continua à boire, la tête pleine de plans pour l'avenir. La vie allait être belle, maintenant, elle le sentait. Un frisson d'excitation la parcourut à l'idée de tout ce qu'elle allait enfin pouvoir faire. Tout s'arrangeait, finalement, et elle l'avait bien mérité !

— Je ne vois pas pourquoi ils veulent te garder ici, India. Tu dois certainement avoir envie de rentrer chez toi.

Séréna jeta un regard critique à la chambre d'hôpital.

— Tu ne peux décemment pas rester ici. Pense à toutes les infections que tu pourrais attraper. Habille-toi, je vais descendre signer la décharge.

India n'avait qu'une seule envie : récupérer ses affaires à Dunbar et quitter l'Ecosse. Si bien qu'elle fut tentée par la proposition de Séréna.

— Tu as raison, dit-elle. Inutile de rester ici plus longtemps : je me sens bien, maintenant. Les médecins veulent faire d'autres tests, mais je n'en vois pas l'utilité, étant donné qu'ils ont déjà posé leur diagnostic. Je perds mon temps. Au fait, Séréna, tu as bien compris qu'avant mon départ, il ne fallait parler à personne du marché que nous avons passé avec Jack ?

— Mais bien sûr, trésor ! Je n'ai vraiment pas envie d'avoir à gérer une bande de culs-terreux complètement paniqués. Sans parler de Kathleen et de Mme Walker qui ne manqueraient pas de chialer comme des madeleines !

India dut se contenter de cette réponse.

— Allons-y ! dit-elle.

— C'est pour te faire raquer un maximum qu'ils cherchent à te garder ici. J'appelle ça du vol. Je descends. Prépare-toi à partir d'ici une quinzaine de minutes. Maxi et moi, nous allons te reconduire à Dunbar.

— Merci, c'est vraiment gentil de ta part.

Peut-être Séréna avait-elle réellement changé ? se dit India en la regardant partir. Après tout, elle n'avait plus de raison de lui en vouloir, maintenant que Jack était propriétaire de Dunbar. Peut-être était-il possible d'enterrer la hache de guerre et de tourner la page ? Au moins, toute cette histoire aurait eu le mérite de la rapprocher de sa sœur.

Après s'être rapidement douchée et habillée, elle fit sa valise et se tint prête.

A l'idée de quitter l'hôpital, elle se sentait déjà mieux. Ouvrant la porte, elle adressa un sourire aux deux infirmiers qui semblaient aux petits soins pour elle. C'était impressionnant de voir l'attention dont on entourait les malades dans cet établissement.

— Au revoir, et merci pour tout ce que vous avez fait. Remerciez de ma part Mary, l'infirmière de nuit.

Elle fut surprise en voyant le regard consterné qu'échangeaient les infirmiers.

— Il y a un problème ? leur demanda-t-elle.

— Ce n'est pas une bonne idée de partir comme ça, mademoiselle Moncrieff. Le Dr MacGrégor risque de ne pas apprécier, dit le plus grand des deux d'un ton gauche.

— Je me sens en pleine forme ! s'exclama India en riant. Ne vous inquiétez pas : je suis entre de bonnes mains. C'est ma sœur que vous venez de voir. Elle et son petit ami vont me raccompagner à la maison. Tout va bien.

Son ton courtois mais ferme n'admettait pas de réplique.

Sur ces entrefaites, Séréna arriva en brandissant une feuille de papier.

— Quelle bande de vieux schnocks ! J'ai eu un mal fou à l'obtenir, mais ça y est, c'est fait ! annonça-t-elle avec un grand sourire. Allons-y. Laisse-moi porter ça à ta place.

— Bonjour, India, fit Maxi en prenant le sac des mains de Séréna. Content de voir que vous allez mieux.

Il lui adressa un de ses petits sourires pincés.

Peut-être les avait-elle mal jugés tous les deux, songea la jeune femme en essayant d'être aussi positive que possible, sans pour autant parvenir à chasser le sentiment de malaise qu'elle éprouvait chaque fois qu'elle était en leur compagnie. Difficile de déterminer si cette impression était due au couple qu'ils formaient ou à la seule présence de Maxi. En tout cas, quelque chose ne tournait pas rond.

Pendant le trajet, ses pensées la ramenèrent vers Jack. Elle tenta alors de se persuader qu'ils n'avaient rien à faire ensemble.

A son arrivée, Mme Walker sortit pour l'accueillir.

— Mademoiselle India ! Comme c'est bon de vous revoir !

S'essuyant les mains sur son tablier, elle serra la jeune femme dans ses bras.

— Entrez vous asseoir. Il ne s'agit pas de vous fatiguer aussitôt sortie de l'hôpital. Lady Kathleen m'a tenue au courant de votre état de santé... Tenez, je crois que c'est elle qui arrive !

— Ma chère enfant ! s'exclama Kathleen en se précipitant vers India pour l'embrasser.

— Je suis contente de ne plus être à l'hôpital, Kath. C'est bon de vous revoir, Mme Walker et toi.

Kathleen la prit par le bras pour l'entraîner vers le salon.

— Je t'assure que je vais bien, Kath ! protesta India. Je ne suis pas invalide.

— On n'est jamais trop prudent après ce que vous venez de subir ! répliqua Mme Walker en la forçant à s'asseoir dans un fauteuil. Je vais allumer le feu. On a beau être au printemps, le fond de l'air est encore frais. Ce n'est pas le moment d'attraper froid.

Séréna et Maxi entrèrent à leur tour.

— Je vais préparer du thé ! déclara aussitôt la jeune femme.

Ça te fera du bien, India. Non, ne vous inquiétez pas, madame Walker : occupez-vous du feu pendant que Maxi et moi, nous œuvrerons dans la cuisine.

— Très bien, répondit la gouvernante à contrecœur.

Puis elle chuchota à l'oreille d'India :

— Je ne devrais peut-être pas dire ça, mais cet homme ne m'inspire aucune confiance. Je ne vois pas ce que Lady Séréna lui trouve.

Ponctuant sa déclaration d'un hochement de tête désapprobateur, elle frotta une allumette.

— J'ai toujours pensé qu'il avait quelque chose à voir dans la mort de votre pauvre maman. Savez-vous qu'ils ont tous les deux essayé de l'embobiner ?

— Comment ça ?

— Oh, c'est compliqué ! Toujours est-il que je ne les aime pas.

India jeta un regard autour d'elle. Elle avait emballé la plupart des objets qui avaient appartenu à sa mère, si bien que la pièce était presque vide. Malgré cela, elle éprouvait ici un sentiment de quiétude et de paix. Elle se demanda si Jack éprouverait la même chose, en admettant qu'il fût à ses côtés.

— Il y a quelqu'un ? fit soudain une voix.

India reconnut la voix de Peter dont le visage jovial ne tarda pas à apparaître dans l'embrasure de la porte.

— Bonjour, Peter ! Quelle agréable surprise ! Que fais-tu ici ?

— Regarde qui je t'amène !

Peter s'écarta pour laisser passer le marquis.

— Ma chère enfant ! Comme c'est bon de te revoir ! s'exclama le marquis en la prenant dans ses bras. Tu as l'air d'aller mieux, peut-être encore un peu pâle. Comment te sens-tu ?

— Très bien, Giordano. Qu'est-ce qui vous amène en Ecosse ?

— C'est une longue histoire, répondit le vieil homme en lui tapotant la main.

— C'est formidable de vous avoir avec nous. Combien de temps comptez-vous rester ?

— Encore quelques jours, certainement. Dis-moi, *cara*, tu es sûre que ça va tout à fait bien, maintenant ?

— Mais oui !

Touchée par sa sollicitude, elle lui adressa un sourire affectueux.

Au même moment, Kathleen arriva, chargée d'un lourd plateau. Apercevant Peter, elle s'arrêta brusquement.

— Bonjour, Peter ! Qu'est-ce que tu fais là ? demanda-t-elle d'un ton peu poli.

— J'ai accompagné le marquis. Nous ne voulions pas qu'il aille voir India à l'hôpital, de peur qu'il n'attrape quelque chose, expliqua-t-il à voix basse.

Kathleen jeta un coup d'œil à Maxi qui venait d'entrer. Puis, après un moment d'hésitation, il lança à la cantonade :

— Je suppose que personne ne souhaite boire du thé à cette heure-ci : il va bientôt être midi ! Qu'est-ce que je te sers, Peter ?

— Un whisky, s'il te plaît.

— Marquis !

Kathleen s'avança, la main tendue, un sourire figé sur les lèvres.

— Quel plaisir de vous revoir ! Bienvenue à Dunbar. Ça fait tellement longtemps... Séréna, viens saluer le marquis.

Prenant la main de Kathleen dans la sienne, le marquis s'inclina légèrement avant de se tourner vers Séréna. India fut

407

surprise par la froideur de son regard. Jamais elle n'avait vu une expression aussi glaciale sur le visage du vieil homme.

— Je vois que toi, tu es en bonne santé, fit-il remarquer sèchement.

On pouvait ne pas aimer Séréna, se dit India, mais de là à lui manifester une telle hostilité... Surtout de la part du marquis.

— Je suis en pleine forme, répondit Séréna.

— Je peux vous offrir un apéritif, Marquis ? proposa Kathleen gracieusement.

— Pourquoi pas ? Je prendrais bien un verre de Tio Pepe.

India remarqua que Maxi semblait particulièrement nerveux. Son regard allait de Peter au marquis. Oui, il avait l'air mal à l'aise, et on pouvait sentir une tension étrange dans la pièce.

— Votre grand-père et moi étions à la Sorbonne ensemble, dit Giordano. C'était un homme très cultivé et très intéressant, hautement respecté dans son domaine. Je me demande si vous tenez de lui.

Maxi avait l'air d'un lièvre traqué, maintenant, et son teint était plus cireux que jamais.

Giordano prit le verre que Kathleen lui tendait et la remercia d'un signe de tête.

Pendant ce temps, Peter s'était approché d'India et avait pris place auprès d'elle. Il semblait distrait.

— Je ne m'attendais pas à vous voir tous ici ! s'exclama Séréna. Ça s'arrose !

India suivit son regard et découvrit Jack, le cousin Ian, ainsi qu'un autre homme qui devait être le fameux Texan dont Diana lui avait parlé. Que faisaient-ils tous ici ? La surprise devait se lire sur son visage car Peter se pencha vers elle avec un sourire.

— Jack a amené Ian et Lance. Ils sont intéressés par ses projets concernant le domaine. Je vais vous présenter.

Lance et India échangèrent une poignée de main ferme, et la jeune femme sentit le regard admiratif du Texan peser sur elle. Elle aussi fut favorablement impressionnée.

Jack était resté près de la porte. Elle sentait qu'il la regardait, mais elle refusa délibérément de tourner la tête vers lui.

— Mais quelle surprise ! s'exclama Séréna une nouvelle fois. Entre donc, Jack ! Tu prendras bien un verre ? Assieds-toi.

Puis elle se tourna vers Lance et lui demanda avec un sourire gracieux :

— Etes-vous également l'un de ces magnats américains ?

Levant un sourcil d'un air malicieux, elle tendit vers lui une main longue et effilée.

Au même moment, India croisa le regard de Jack. L'espace d'un instant, ils furent unis par un même lien de complicité, souriant devant les manières théâtrales de Séréna. India eut même envie de rire. Mais ce petit show ne contribua nullement à détendre l'atmosphère, et India remarqua le malaise croissant de Maxi qui était littéralement livide, maintenant. D'ailleurs, toutes les personnes présentes semblaient avoir les nerfs à fleur de peau, comme si elles attendaient quelque chose.

— Peter ? Tout va bien ? demanda India à voix basse. L'atmosphère me paraît électrique.

— Ah bon ? Je n'ai rien remarqué.

Mais lui aussi semblait quelque peu mal à l'aise, ce qui ne rassura pas la jeune femme. Elle jeta un regard rapide en direction de Jack, se demandant s'il ferait l'effort de franchir la distance qui les séparait.

C'est alors que, se tournant vers la porte, elle aperçut Maxi qui discutait avec Kathleen à voix basse. Puis il s'éclipsa avec l'évident souci de ne pas se faire remarquer.

18.

Kathleen était aux anges. L'arrivée inattendue de tous ces invités lui permettait de jouer les maîtresses de maison, rôle qu'elle appréciait tout particulièrement. Frottant une tache imaginaire sur un cadre qu'elle venait juste de nettoyer, elle poussa un soupir de contentement. Ce n'était que le début. Bientôt, Dunbar lui appartiendrait. Elle veillerait alors à sa bonne gestion — comme son père l'aurait souhaité. Mais pour cela, il fallait d'abord régler certains détails…

Tournant la tête vers la fenêtre, elle se perdit dans la contemplation du jardin. L'immense pelouse qui entourait le manoir était couverte d'un tapis de jonquilles qui annonçait le printemps.

Perdue dans ses souvenirs, Kathleen se revit enfant, en compagnie de son père. Ils venaient souvent en visite à Dunbar, et la petite fille qu'elle était alors adorait leurs longues promenades à travers les jardins et le vallon. Suspendue aux lèvres de son père, elle l'écoutait lui raconter l'histoire du domaine et comment il comptait le gérer, une fois qu'il en serait le propriétaire, à la mort de l'oncle Thomas. Toute petite déjà, Kathleen se voyait en maîtresse de Dunbar, sachant qu'en tant qu'unique descendante de son père, elle hériterait un jour de la propriété. Voilà qu'après tant d'années, ce rêve longtemps caressé était sur le point de devenir réalité. Elle allait bientôt pouvoir rendre toute sa gloire au domaine.

Se détournant de la fenêtre, Kathleen revint au moment présent, et sa joie s'évanouit lorsque son regard tomba sur India qui se tenait près de la cheminée en compagnie du marquis. Sans l'arrivée malencontreuse de Chloé, *ce problème-là* aurait été réglé, se dit-elle avec amertume. Quelques minutes de plus et India aurait été définitivement hors course. Pour couronner le tout, cette peste de Chloé avait insisté pour accompagner son amie à l'hôpital, si bien qu'il avait été impossible de finir le travail. Ce n'était vraiment pas de chance.

Son regard fit le tour de la pièce. Séréna était en train de minauder avec Jack Buchanan et l'autre Américain, tandis que Peter discutait avec Maxi. Elle fixa sur Jack un air songeur. Il ne lui causerait pas trop de difficultés, celui-là, elle en était sûre. Il en pinçait tellement pour India qu'il quitterait certainement la région, après sa disparition. Cette perspective ravigota Kathleen. Après tout, India, Jack ou les autres n'étaient que de vulgaires obstacles venus se mettre en travers de sa route. Une route qui devait la mener vers une destinée glorieuse. Et elle n'allait certainement pas se laisser détourner de son objectif. Non, elle ne permettrait à personne de se mettre entre elle et Dunbar.

Elle en était à ce stade de ses réflexions lorsque son attention fut attirée par Maxi. Il avait vraiment l'air mal en point. C'est alors qu'une idée brillante germa dans l'esprit de Kathleen. N'était-il pas temps de se débarrasser aussi de lui ? Il lui avait été bien utile, certes, mais elle le trouvait particulièrement pénible depuis quelque temps, à pinailler sur des détails, insistant pour qu'elle l'appelle d'une cabine et non pas de la maison... Il était devenu une gêne plutôt qu'autre chose. Sans compter qu'elle devait faire semblant d'avoir succombé à son charme... Elle sourit intérieurement. Comme si elle ne se doutait pas de ce qu'il manigançait ! Dieu merci, tout cela ne serait bientôt plus que de l'histoire ancienne. Dans quelques heures, voire quelques minutes — si son nouveau plan fonctionnait comme prévu —, la première partie de sa mission serait accomplie.

Revenant brusquement sur terre, elle se rappela ses devoirs d'hôtesse et rejoignit ses invités. Un petit sourire gracieux à Lance, un autre verre pour le marquis, quelques paroles affectueuses pour India...

Soudain, elle s'aperçut que Maxi lui faisait des signes discrets. Elle s'approcha de l'endroit où il se trouvait, coincé entre Peter et Jack, et remarqua les gouttes de transpiration qui perlaient à son front. Elle comprit alors qu'il était temps d'agir. C'était l'occasion rêvée, se dit-elle avec allégresse. Jack et Peter n'avaient pas l'air d'être bien disposés à l'égard du jeune homme. Autant en profiter. Dissimulant un sourire de triomphe, elle s'adressa à Jack avec la plus grande amabilité :

— Vous avez tout ce qu'il vous faut ? Mais votre verre est vide ! Maxi, mon cher, cela vous ennuie-t-il d'aller dans la cuisine chercher une autre bouteille de Glenfiddich ? J'aurais dû y penser plus tôt !

Le jeune homme s'éclipsa, trop content de l'aubaine.

— Ce ne serait pas encore une voiture que j'entends ? demanda-t-elle alors en tendant l'oreille. Qui cela peut-il bien être ?

Tout en feignant la plus grande innocence, elle sentit l'excitation la gagner. Après toutes ces années passées à comploter et à prier, ses efforts allaient enfin être récompensés. La victoire était proche. Mais il ne fallait pas vendre la peau de l'ours avant de l'avoir tué, se dit-elle.

— Séréna, je me demande si Maxi a trouvé le bon placard. Je ferais mieux d'aller voir. Faites comme chez vous !

Elle les quitta avec un petit salut de la tête, geste qu'elle avait emprunté à la reine et pour lequel elle s'était entraînée des heures durant devant le miroir de sa chambre.

Après avoir traversé la bibliothèque, elle accéléra le pas, courant presque dans le couloir pour rejoindre la porte arrière. Il fallait absolument qu'elle arrive avant Maxi, se dit-elle avec anxiété.

S'assurant que la voie était libre, elle se précipita vers la Volvo de Séréna dont elle souleva le capot d'une main experte. Il ne lui fallut que quelques secondes pour accomplir la tâche qu'elle s'était fixée. Elle referma le capot rapidement et se hâta de rebrousser chemin, soulagée.

Quelques secondes plus tard, entendant des pas précipités dans les escaliers, elle se cacha au milieu des manteaux et retint son souffle. Mais ce n'était que Maxi. En proie à la panique la plus totale, il transpirait abondamment.

— Que t'arrive-t-il, mon cher ? lui demanda-t-elle en sortant de sa cachette.

Maxi sursauta avec un cri. Il avait un regard de bête traquée.

— Ils savent. Ils ont fait une autopsie. Ils doivent être au courant de tout ! La voiture qu'on a entendue, c'est celle de la police. Où sont les clés ? Je veux partir ! s'écria-t-il, complètement affolé.

— Tiens, les voilà, fit Kathleen en décrochant le trousseau. Mais pourquoi es-tu si inquiet ?

Poussant un grognement, il lui arracha les clés des mains.

— A ta place, je ne serais pas aussi sûr de moi ! cria-t-il, avec un accent allemand que la colère et la peur décuplaient. Si je me fais coïncer, je leur dirai tout, tu entends ? Et tu tomberas, toi aussi ! ajouta-t-il, une lueur sauvage dans les yeux.

— Oh Maxi ! Comment peux-tu dire des choses pareilles ?

Sauve-toi ! Ne t'inquiète pas pour moi. Je vais les retenir, répondit Kathleen d'un ton empreint de fausse sollicitude, tout en le poussant vers la porte.

Il lui jeta un dernier regard soupçonneux, avant de se précipiter au-dehors en marmonnant des paroles incompréhensibles.

Sans sortir de sa cachette, Kathleen se mit à guetter la suite des événements par l'étroite fenêtre. Elle espérait bien faire d'une pierre deux coups.

Séréna regarda sa montre. Elle commençait à en avoir assez de faire la conversation. Son regard impatient se tourna vers la porte. Toujours aucun signe de Maxi. Pas plus que de la bouteille que Kathleen lui avait demandé de rapporter. Puis, elle se rappela que sa cousine avait parlé d'aller la chercher elle-même. Pourquoi n'était-elle pas revenue, elle non plus ? Qu'est-ce qui pouvait les retenir aussi longtemps ?

Au même moment, on sonna à la porte. S'excusant auprès de Jack et de Lance, elle quitta le salon et se dirigea d'un pas rapide vers la cuisine. C'était vraiment injuste, se dit-elle dans un mouvement de colère. Dunbar aurait dû lui revenir à elle et à elle seule. Elle ne voyait pas pourquoi elle avait dû partager le gâteau.

— Maxi ? appela-t-elle en approchant de la cuisine.

Il n'y eut pas de réponse. Elle fronça les sourcils.

— Kath ? Vous êtes là ? Vous avez trouvé la bouteille ? Peut-être que Mme Walker l'a rangée ailleurs ?

Trouvant la cuisine vide, Séréna sentit l'agacement la gagner. C'est alors que, de la fenêtre, elle aperçut Maxi à côté de sa voiture. Elle le vit faire tomber les clés sur les pavés, se baisser pour les ramasser, puis monter précipitamment dans la Volvo. Son état d'agitation laissait supposer qu'il cherchait à fuir quelque chose.

Séréna ne prit pas le temps de réfléchir. Elle sortit de la cuisine comme une flèche, et descendit l'escalier en courant. Elle n'allait certainement pas le laisser partir seul ! De plus, c'était *sa* voiture à elle ! Il n'espérait tout de même pas s'enfuir avec ?

D'une main nerveuse, Kathleen tripota le collier de perles qu'elle avait au cou. Un cadeau de cette chère tante El. Un présent pour la parente pauvre qu'elle était. Elle aurait dû lui en être éternellement reconnaissante, peut-être ? Et dire que cette vieille peau lui avait seulement laissé quelques pacotilles et un peu d'argent — autant dire une misère qui n'aurait même pas suffi à nourrir un chat.

Une fois de plus, Kathleen maudit les trois jours qui avaient changé son destin. Si seulement son père avait tenu soixante-douze heures de plus, elle serait maintenant propriétaire de Dunbar ! En prenant son destin en main, elle ne faisait que rétablir l'ordre des choses.

Elle commençait à s'impatienter. Toujours aucun signe de Séréna. Elle devait bien se demander où était son cher Maxi, tout de même ! Elle jeta un coup d'œil nerveux par la fenêtre, soulagée de constater que le moteur de la vieille voiture avait besoin de temps pour chauffer.

Kathleen était maintenant au bord de la crise de nerfs. Ce serait vraiment trop injuste, après tous les efforts qu'elle avait faits, de voir ses plans de nouveau contrariés !

Enfin, elle entendit un bruit de pas précipités et la voix aiguë de Séréna. Se dissimulant un peu plus au milieu des manteaux, elle retint sa respiration. Elle vit sa cousine passer à toute allure devant elle, trébucher sur la dernière marche de l'escalier et courir derrière le véhicule qui démarrait. Kathleen joignit les mains, le cœur battant à tout rompre. Enfin, Séréna réussit à ouvrir la portière et à se jeter sur le siège passager.

Prenant de la vitesse, la voiture s'éloigna.

— Bon voyage ! murmura Kathleen avec un petit sourire, en agitant la main en guise d'au revoir.

Puis elle ferma les yeux pour mieux réfléchir à la suite des opérations. Pour le moment, elle n'avait encore qu'une vague idée de ce qu'il convenait de faire. Soudain, elle repensa à son ancêtre Fergus. Il avait subi le même sort qu'elle. Le poids du passé était là. Peut-être était-ce Fergus qui guidait sa main depuis l'au-delà, qui lui disait d'aller chercher sa dague au manche incrusté de pierres précieuses et à la pointe acérée — une dague qui reposait parmi d'autres trésors de famille, sur un lit de velours dans un écrin de verre. Kathleen savait où la trouver. Un sourire se dessina sur ses lèvres et elle quitta le vestiaire, emplie d'une force nouvelle. Elle avait une mission à accomplir, une mission dictée par des puissances surgies du passé.

Arrivée sur le palier, elle rajusta sa vieille jupe en tweed, reprit son expression humble et se dirigea vers le salon où ses invités devaient l'attendre.

— Hé ! s'écria Séréna d'un ton furieux. Qui t'a permis de prendre ma voiture ? Et en plus, tu partais sans moi !

— Ferme-la ! ordonna Maxi, les doigts agrippés au volant et l'air complètement paniqué. Y a-t-il une autre issue que la sortie principale ?

— Oui, mais elle est bloquée. Pourquoi es-tu si pressé de

partir ? Je croyais qu'on restait dîner ? cria la jeune femme, tandis que la voiture gagnait de la vitesse.

Maxi ne lui répondit pas. Les yeux rivés au rétroviseur intérieur, il appuya sur l'accélérateur.

Séréna tourna la tête.

— Mais c'est la police ! On dirait qu'ils nous suivent. Pourquoi ? s'écria-t-elle en tentant désespérément de boucler sa ceinture. Ne roule pas si vite ! Tu es fou !

— *Ach, lieber Gott* ! Tu ne comprends donc rien à rien ? cria-t-il en lui adressant un regard noir. Ils sont au courant de tout ! Ils ont vu le corps et les résultats des analyses d'India. Je te dis qu'ils savent tout. *Scheize !* s'exclama-t-il en jetant un autre coup d'œil dans le rétroviseur. Ils sont juste derrière nous !

La voiture fit une embardée au bout de l'allée, et se retrouva sur la petite route de campagne à 180 km/h.

— Mais de quoi tu parles ? hurla Séréna, gagnée par la peur et le désespoir. Moins vite ! Tu vas nous tuer !

Il l'ignora et prit un virage sur deux roues. Séréna était terrifiée, maintenant. Se retournant, elle aperçut plusieurs voitures à leurs trousses et comprit qu'il s'était produit quelque chose de terrible.

— Maxi, qu'est-ce que tu as fait ? gémit-elle.

Puis soudain, elle comprit.

— Oh, mon dieu ! s'exclama-t-elle, horrifiée. India, maman ! C'est pour ça que tu étais tellement inquiet à propos du permis d'exhumer, n'est-ce pas ? Ce n'est pas une histoire de route, et Jack le savait ! Oh, mon Dieu ! C'est toi ! Tu as tué maman et tu as essayé de supprimer aussi India ! Ils doivent penser que je…

Le reste de ses paroles se perdit dans un hurlement de terreur et de remords. La voiture venait de faire une embardée

417

et de quitter la route pour foncer droit vers un arbre. Un choc terrible s'ensuivit.

Puis ce fut le trou noir.

Dès qu'il vit la voiture s'écraser contre l'arbre, Jack freina et se rangea sur le bord de la route.

— Je vais voir, dit-il d'un air sombre.

— Je te couvre, répondit Lance.

L'accident avait l'air sérieux. Jack s'approcha en veillant bien à ne pas glisser sur le sol détrempé. Manifestement, la Volvo avait heurté le tronc de plein fouet. Il ne restait plus grand-chose du capot, écrasé en accordéon. Echapper à un tel impact aurait relevé du miracle. Jack entendit les autres voitures s'arrêter derrière lui.

C'est alors qu'il vit les deux corps couverts de sang, de boue et d'éclats de verre. Séréna avait été projetée à travers le pare-brise. Quant à Maxi, il était recroquevillé sur son siège, la tête pendante.

En une enjambée, Jack fut du côté passager. Il tenta d'ouvrir la portière, mais dut s'y prendre à plusieurs reprises avant de réussir à l'arracher d'un coup sec. Il attrapa le bras de Séréna, sans se soucier des éclats de verre qui lui coupaient les mains. Il chercha le pouls de la jeune femme. Mais il n'y avait plus rien à faire. Tout doucement, il tira sur le corps mutilé pour tenter de le dégager du pare-brise. Il y eut une pluie de verre. Les cheveux de Séréna étaient maculés de sang, et son visage déchiqueté si méconnaissable que Jack eut un choc en le voyant.

Au même moment, Peter, Ian et les autres le rejoignirent. Les policiers coururent côté conducteur pour voir si Maxi était encore vivant.

— C'est fini, murmura Jack en reposant le corps de la jeune femme sur le siège dévasté.

— Mon Dieu ! s'exclama Ian, livide, les yeux écarquillés devant l'atrocité du spectacle.

Peter observa tristement Séréna qui gisait là comme une poupée cassée. Pendant un instant, personne n'osa briser le silence. Puis Lance prit la parole :

— C'est terrible ce qu'il leur est arrivé. Mais au moins, voilà l'affaire réglée, et India est hors de danger.

— Peut-être, dit Jack en détournant les yeux, mais j'aurais préféré que justice soit faite.

— C'est sans doute mieux comme ça, glissa Peter d'un air songeur. Tu imagines si Séréna avait été jugée pour meurtre ? La situation aurait été insupportable à vivre pour elle. Disons que c'est un mal pour un bien.

— Je n'arrive toujours pas à croire qu'elle ait commis un acte aussi ignoble, murmura Ian en secouant la tête d'un air malheureux, incapable de détourner les yeux du corps inerte de la jeune femme. C'était vraiment une gamine adorable quand elle était petite.

Peter lui prit le bras et l'éloigna de cette vision qui le bouleversait tant.

— Nous ferions mieux de partir et de laisser la police faire son boulot, dit-il en le guidant vers la voiture.

— Oui, tu as raison, répondit Ian machinalement. Je ne vois pas pourquoi elle a fait une chose pareille. Oh, mon Dieu, quand je pense à la pauvre tante El ! Sans parler d'India…

Au moment de monter dans leurs voitures respectives, Jack posa la question qui brûlait les lèvres de tout le monde :

— Qui va l'annoncer à India ?

— Pourquoi pas vous ? suggéra Ian.

— Non. Plutôt Peter.

— Tu es sûr ? lança Peter. Tu ne penses pas que c'est à toi de le faire, après tout ?

Peter croisa le regard de son ami et, l'espace d'un instant, leurs regards restèrent rivés l'un à l'autre. Finalement, Jack trancha :

— Non, vas-y, toi.

— D'accord, fit Peter avec un soupir.

Jack eut une seconde d'hésitation avant de monter dans sa voiture. Peut-être Peter avait-il raison ? Mais il laissa la question en suspens et monta dans la Porsche. C'était trop tard, de toute façon : il ne servait à rien de remuer le couteau dans la plaie. Il mit le contact, fit un signe à Peter et prit le chemin de Dalkirk en compagnie de Lance. Il était déprimé. Il n'en pouvait plus de toujours croiser la mort. Sa seule consolation était de savoir qu'India était hors de danger et qu'il n'aurait plus à s'inquiéter pour elle.

En voyant les hommes échanger des regards tendus puis quitter la pièce sans un mot, India se leva, inquiète.

— Giordano, que se passe-t-il ?

Le marquis posa la main sur son bras en un geste apaisant.

— Je vais tout t'expliquer, *cara*, mais d'abord asseyons-nous près du feu. Je prendrais bien un autre verre de sherry...

— Je vous l'apporte ! dit vivement Kathleen en venant chercher son verre.

Assise sur l'accoudoir du canapé, India attendait avec impatience que le marquis s'installe en face d'elle.

— Que s'est-il passé ? Pourquoi sont-ils tous partis en catastrophe ?

— C'est vrai qu'ils avaient l'air pressé, reconnut Kathleen

en lui tendant un verre de sherry. On aurait dit que quelque chose ne tournait pas rond. Tu as remarqué, India, comme ce pauvre Maxi était pâle ?

— Oui, maintenant que tu le dis... Et Séréna est partie à toute vitesse, elle aussi. Puis, les policiers sont arrivés et tout le monde a suivi, comme s'il y avait le feu ! s'exclama la jeune femme en levant les bras au ciel, manquant renverser son verre.

Comme si elle avait besoin de toute cette agitation ! Le fait d'être dans la même pièce que Jack pendant plus d'une demi-heure l'avait déjà rendue extrêmement nerveuse. Et pour couronner le tout, voilà que le marquis lui annonçait un autre problème !

Elle glissa un regard au vieil homme. Elle savait qu'il était inutile de le bousculer. Avec un pincement au cœur, elle revit l'expression de Jack lorsqu'il avait quitté la pièce. La même expression qu'au moment de la prise d'otages, à Rio. Elle avait su alors que quelque chose de grave était en train de se passer.

Le marquis poussa un soupir et commença :

— Je crains que les révélations que je vais te faire ne soient pas très agréables à entendre, *cara*. Tu risques même d'être très peinée. Mais hélas, la vérité doit éclater et les coupables poursuivis.

— Que voulez-vous dire ? demanda India d'un ton inquiet, en se penchant vers lui.

— Tu te souviens de la lettre que tu m'as donnée, à Lausanne ?

— Bien sûr !

— C'est cette lettre qui m'a mis la puce à l'oreille. Ça, et aussi la description détaillée que Mme Walker m'a faite de tes symptômes. J'ai appelé Dunbar depuis la Suisse, et j'ai aussitôt pris l'avion pour venir ici.

— Excusez-moi, Giordano, mais vous parlez par énigmes.

Avec un soupir, il posa doucement son verre sur la petite table laquée, avant de regarder la jeune femme tristement.

— La terrible vérité, *cara mia*, c'est que Séréna et Maxi von Lowendorf ont empoisonné ta mère et qu'ils ont essayé de faire la même chose avec toi.

— Pardon ?

— Vous devez vous tromper, Marquis ! Pauvre tante El, c'est terrible ! s'exclama Kathleen d'un air horrifié.

— C'est la vérité, malheureusement, fit le marquis en se penchant vers India qui s'était figée, une expression de totale incrédulité sur le visage.

La jeune femme essayait de digérer les paroles du marquis. Ça ne pouvait pas être vrai. C'était exagéré. Séréna n'était peut-être pas un ange, mais de là à l'accuser de meurtre ! Il devait y avoir une erreur.

— Vous êtes sûr de ce que vous avancez, Marquis ? demanda-t-elle d'un air dubitatif.

— Je crains que nous n'ayons toutes les preuves à l'appui. Ta soi-disant intoxication était en réalité un empoisonnement à l'arsenic.

— De l'arsenic ? répéta Kathleen.

— Giordano, vous plaisantez ?

India se leva d'un bond et se mit à faire les cent pas dans la pièce.

— Je sais que Séréna est insupportable, mais de là à l'accuser de meurtre, c'est ridicule !

— Pas si ridicule que ça. Maxi a assassiné sa tante de la même manière, il y a quelques années de cela. La famille a étouffé l'affaire, par peur du scandale, bien sûr. Mais lorsque tu m'as remis cette lettre, j'ai aussitôt fait le lien et entrepris quelques recherches. Après ma conversation téléphonique avec Mme Walker, j'ai compris que mes soupçons étaient malheureusement fondés.

Il se leva avec difficulté, sortit une enveloppe de sa poche et la tendit à India qui la prit d'une main hésitante et l'ouvrit. C'était un rapport d'autopsie daté de la veille. Le nom de sa mère lui sauta au visage. Elle leva un regard épouvanté vers Giordano.

— Vous avez laissé faire ça à maman ?

Les traits déformés par le chagrin, il opina de la tête.

— Il fallait le faire, malheureusement. C'était la seule façon d'avoir des preuves. Tes analyses de sang révélaient la présence d'arsenic. Nous devions savoir ce qu'il en était pour ma pauvre Elspeth.

Il se rassit, s'appuyant sur sa canne, visiblement épuisé par l'effort.

— Mais c'est affreux ! s'écria Kathleen, les yeux emplis de larmes. Pauvre tante El ! Et toi, ma pauvre chérie ! Dire que nous avons ouvert notre maison à cette horrible créature ! ajouta-t-elle en pressant un mouchoir sur ses lèvres.

— Pourquoi le médecin ne m'en a-t-il pas parlé ? demanda India en découvrant, sidérée, ses propres résultats d'analyses sur la deuxième page. On ne m'a rien montré de tout ça. J'ai même vu des résultats d'intoxication alimentaire.

— Nous ne voulions surtout pas que tu paniques, *cara*, ou que tu fasses quelque chose d'irréfléchi. C'était dangereux et tu n'étais pas bien, répondit Giordano calmement.

— Comment Séréna a-t-elle pu faire ça ? Pas étonnant que maman ait eu si peur ! J'aurais dû me rendre compte que quelque chose n'allait pas, j'aurais dû venir plus tôt. Je...

Elle arpenta de nouveau la pièce, les papiers à la main.

— Nul n'est à blâmer, sinon ceux qui l'ont tuée, répondit le

423

marquis avec amertume. Je veillerai à ce que justice soit faite. C'est une tragédie que personne n'aurait pu empêcher.

— Comment peux-tu penser que c'est ta faute, India ? dit Kathleen en s'asseyant sur le bord du canapé, les yeux brillant de larmes. Si quelqu'un doit se faire des reproches, c'est bien moi ! Je n'aurais jamais dû aller chez la grand-tante Moira, ce jour-là, et laisser Elspeth seule avec eux, se lamenta-t-elle en cachant son visage dans un mouchoir.

— Il y a autre chose dont je souhaite te parler, India, reprit le marquis. Quelque chose que nous avons découvert. Apparemment, Elspeth était cardiaque. Personne n'était au courant.

Son regard s'attarda sur Kathleen, puis il sourit tristement.

— Elle ne voulait jamais ennuyer les autres avec ses soucis de santé. Je crains que l'empoisonnement n'ait tout simplement précipité son décès.

— Ça n'est pas une consolation, Giordano.

— Je sais. Mais nous devons accepter l'inévitable. Nous ne pouvons rien faire, dit-il avec douceur.

India hocha la tête tristement.

— J'ai toujours du mal à croire que Séréna ait pu faire ça. Je ne vois que la folie pour expliquer son geste. Par contre, Maxi savait ce qu'il faisait. C'est lui qui a dû l'influencer. D'ailleurs, je ne pense pas qu'elle ait eu l'intelligence nécessaire pour planifier tout ça, conclut India avec amertume.

Elle refusait toujours de croire à la culpabilité de sa demi-sœur, et elle se demanda si Séréna serait accusée de meurtre. Peut-être pourrait-elle s'en sortir en plaidant la folie, car elle devait vraiment avoir perdu la tête pour en arriver là. Quant à Maxi, c'était une autre affaire, se dit India en serrant les poings de colère. Lui, il pouvait être accusé de meurtre. Ce n'était rien d'autre qu'un assassin. Il avait tué sa mère, il avait essayé de l'empoisonner, elle, et il avait poussé Séréna au crime.

Pendant qu'India ruminait ces sombres pensées, Kathleen se leva et, marmonnant quelque chose à propos de Mme Walker, elle quitta la pièce.

Prise d'un vertige, India se massa les tempes. Elle avait l'impression que sa tête était sur le point d'éclater. Elle prit appui contre le manteau de la cheminée, essayant de rassembler les pièces du puzzle et sentant confusément que quelque chose ne collait pas. Pourquoi prendre le risque de la tuer alors qu'elles avaient vendu toutes les deux leur part à Jack ? Après tout, cette cession rapportait beaucoup d'argent à Séréna, en tout cas suffisamment pour lui permettre de vivre tranquille jusqu'à la fin de ses jours.

— Où sont Maxi et Séréna ? demanda India en revenant à la réalité du moment. Et Jack et les autres ? Qu'ont-ils à voir dans toute cette affaire ?

Giordano soupira, et dit avec un petit sourire las :

— Jack a été *splendido* ! Peter et l'autre Américain aussi. Quant à ces deux criminels, je crois qu'ils se sont enfuis en voyant la police débarquer. C'est pour ça que les garçons sont sortis si précipitamment.

— Vous voulez dire qu'ils se sont lancés à leur poursuite ? s'exclama India, en se rendant soudain compte que Jack pouvait être en danger.

— Oui. J'espère qu'ils ont réussi à leur mettre la main dessus et que nos deux lascars sont déjà derrière les barreaux. Il n'est pas très prudent de les laisser dans la nature, ajouta le marquis sèchement.

— Mais c'est horrible ! s'exclama India en se passant une main nerveuse dans les cheveux.

Prise de panique, elle imagina soudain Jack gisant par

425

terre, une balle dans la tête. Paniquée, elle se tourna vers son vieil ami.

— Et Jack ? Et s'il lui arrive quelque chose ?

— *Calma carina*. Il est assez grand pour prendre soin de lui. Et je pense qu'il pourrait même prendre soin de vous deux, si tu lui en donnais l'occasion, fit Giordano en l'observant attentivement.

Secouant la tête, India alla se poster devant la fenêtre.

— C'est trop tard. Tout est ma faute. Je n'ai pas voulu l'écouter quand il a essayé de s'expliquer à propos de Dunbar. Je ne lui ai même pas laissé une chance. Et puis après, je lui ai raconté un tas de mensonges. Il n'y a plus rien à faire.

Elle revint vers la cheminée en se frottant les bras. Si seulement elle n'éprouvait pas cette appréhension au sujet de Jack... *Pourvu qu'il ne lui arrive rien !* pria-t-elle intérieurement.

Le marquis eut un petit rire.

— Il n'est jamais trop tard lorsqu'il s'agit d'amour, *cara mia*. Si on aime vraiment, alors on peut pardonner et recommencer.

India regarda sans les voir les dernières braises qui se mouraient dans l'âtre. Si seulement Giordano pouvait dire vrai ! Mais il n'était pas là, à l'hôpital ; il n'avait pas vu l'expression glaciale de Jack au moment où elle avait signé les papiers, ni la façon guindée dont il avait pris congé d'elle. Et puis, il ne fallait pas oublier la raison pour laquelle il voulait Dunbar.

— Ça ne change rien au fait qu'il veut transformer le domaine en hôtel, Giordano. Même s'il n'était pas de connivence avec Séréna comme je l'ai d'abord cru, je sais qu'il ne pense qu'aux affaires : c'est tout ce qui compte pour lui.

— Ah bon ? fit le marquis en haussant les sourcils d'un air surpris. C'est vraiment ce que tu crois ? Tu penses réellement que la seule motivation d'un homme qui risque sa vie pour sauver la tienne, ce sont les affaires ?

Il se leva avec difficulté et s'approcha d'elle. Plaçant l'index sous son menton, il l'obligea à soutenir son regard.

— Tu es une femme intelligente, India, dit-il d'un air sévère, mais tu es aussi têtue qu'une mule sicilienne ! Cet homme est fou de toi. Ne laisse pas ton orgueil t'aveugler ! Tu te rappelles ce que je t'ai dit, à Lausanne ?

Il mit la main sur son cœur, puis ajouta avec un profond sourire :

— Il faut voir avec les yeux de l'âme.

India s'apprêtait à répondre lorsque la porte s'ouvrit, livrant passage à Peter. Elle crut que son cœur allait s'arrêter de battre en voyant son expression.

— Désolé de vous interrompre, dit-il en hésitant à entrer.

Finalement, il les rejoignit devant le feu et, fourrant les mains dans les poches de son pantalon de velours, il sembla se concentrer sur les motifs géométriques du tapis persan.

— Parle-nous, Peter. Est-ce que tout le monde va bien ? Que s'est-il passé ? Séréna a parlé ? Mon Dieu, c'est terrible de se dire que c'est une criminelle ! Je suis sûre qu'elle s'est laissé entraîner.

— En vérité, j'ai de mauvaises nouvelles, annonça Peter en toussotant d'un air embarrassé.

— Pas Jack ! murmura India d'une voix rauque. Dis-moi qu'il n'est rien arrivé à Jack !

— Jack ? Il va bien. Il doit se trouver à Dalkirk à l'heure qu'il est, répondit Peter avec un petit rire nerveux, tandis qu'India était prise d'un vertige sous l'effet de l'émotion et du soulagement. En fait, reprit-il, c'est Séréna.

— Ils les ont attrapés ?

— C'est plus grave que ça. Il y a eu un accident. Ils roulaient très vite… et ils ont dû perdre le contrôle du véhicule dans le virage. Je crois qu'ils ont été tués sur le coup quand ils se sont écrasés contre l'arbre, expliqua Peter d'une voix calme.

India le regarda dans un silence horrifié. Elle ferma les yeux, tandis qu'une vague de regret la submergeait.

— Il vaut mieux que tu nous racontes tout, Peter, dit Giordano en s'asseyant lourdement dans son fauteuil à oreillettes.

Peter leur fit un compte rendu détaillé de la course poursuite et de l'accident. Lorsqu'il eut terminé, India était plus calme. Bien que profondément attristée par le décès de sa sœur, elle puisa une sorte de consolation dans l'idée que la jeune femme avait peut-être enfin trouvé la sérénité qui lui avait fait défaut toute sa vie.

— Merci d'être venu nous prévenir, Peter. On peut vraiment compter sur toi.

— C'est normal, répondit-il d'un ton bourru, en lui pressant le bras.

India se hissa sur la pointe des pieds et déposa un baiser reconnaissant sur sa joue.

— Je ferais mieux d'y aller, dit Peter en consultant sa montre. Diana doit être morte d'inquiétude. Marquis, vous m'accompagnez ou vous préférez rester ici ? Et toi, India ? Tu devrais venir dîner avec nous. Ne reste pas toute seule ici.

Elle fut tentée d'accepter, puis renonça. Inutile de mettre tout le monde mal à l'aise en raison de ses relations avec Jack.

— Je te remercie, Peter, mais ça ira. La police va peut-être venir me poser des questions. Il faut aussi que je prépare les funérailles de Séréna. Je rentrerai en Suisse après.

Elle fronça les sourcils, perplexe.

— A ton avis, Peter, pourquoi ont-ils fait ça ? Si je m'étais entêtée dans mon refus de vendre, j'aurais pu comprendre leur motivation, mais là, tout était arrangé... J'avoue franchement que ça me dépasse. A moins qu'elle n'ait voulu hériter de ma part aussi…

Peter lui jeta un regard surpris.

— Je ne savais pas que tu avais vendu à Jack.

— J'avais demandé à Jack et à Séréna de n'en parler à personne avant mon départ pour la Suisse.

— Je vois. C'est effectivement étrange de la part de Séréna. Je la savais cupide, mais pas au point d'en venir à de telles extrémités. Elle avait déjà de quoi faire avec la somme que Jack a dû lui verser. C'est vraiment curieux : ça ne lui ressemble pas.

Il hocha la tête d'un air triste.

— C'est peut-être mieux qu'elle soit partie ainsi.

— Sans doute.

India hésita un instant avant de se jeter à l'eau :

— Peux-tu remercier Jack de ma part ?

— Et pourquoi ne viens-tu pas le faire toi-même ?

Elle secoua la tête fermement.

— Non, Peter. Nous n'avons plus rien à nous dire.

— C'est toi qui décides, conclut Peter avant de se tourner vers le marquis qui regardait India d'un air sévère.

— C'est stupide ce que tu fais là, *cara*. J'espère que tu ne seras pas amenée à le regretter un jour… En tout cas, pour le moment, tu ne devrais pas rester seule. Viens avec nous !

— Partez tranquilles : je suis là ! lança soudain Kathleen qui était revenue dans la pièce sans qu'ils s'en aperçoivent. Quelle horrible affaire ! ajouta-t-elle en se tournant vers Peter. C'est terrible de penser que la pauvre tante El a été assassinée de sang-froid. Séréna devait être folle.

Peter fronça les sourcils avant d'acquiescer d'un air de regret. Puis il se tourna vers le marquis :

— Nous ferions mieux d'y aller.

— *E, non che niente da fare !* s'exclama Giordano en levant la main en signe de désespoir.

India s'approcha de lui et l'embrassa affectueusement. Puis, glissant son bras sous le sien, elle l'aida à descendre l'escalier.

En compagnie de Kathleen, elle regarda les deux hommes monter dans la voiture, tout en agitant la main. Le ciel s'était assombri et on entendait le grondement sourd du tonnerre au loin.

— On dirait qu'il va y avoir de l'orage, fit remarquer Kathleen.

Bras dessus bras dessous, les deux femmes regagnèrent le hall.

— Il s'est passé tant de choses horribles, fit India, mais dans mon malheur, j'ai toujours eu la chance de t'avoir à mes côtés. Merci, ajouta-t-elle en serrant Kathleen dans ses bras.

— Pauvre chérie, tu dois être épuisée ! Allons, viens : il faut annoncer la nouvelle à Mme Walker. Ça va être un choc pour elle.

India acquiesça et suivit sa cousine, heureuse d'avoir, au milieu du chaos qu'était devenue sa vie, au moins une personne sur qui vraiment compter.

Ce soir-là, Jack fut d'humeur sombre. Il avait perdu la femme qu'il aimait et gagné une propriété dont il ne voulait plus. Il se rendait compte, maintenant, qu'il avait raté sa vie. Ouvrant le tiroir de la commode, il prit le premier pull en haut de la pile et l'enfila d'un air absent. Il n'avait pas la tête à ce qu'il faisait. Tous les plans grandioses qu'il avait échafaudés pour Dunbar s'étaient mystérieusement évanouis, dissipés comme la brume matinale au-dessus de la lande. Il avait rêvé d'un havre de paix, avec des chambres meublées à l'ancienne, joliment décorées. Le thé aurait été servi dans des théières en argent par un personnel discret, prêt à satisfaire le moindre désir des clients...

Maintenant, il envisageait un autre Dunbar, un tantinet moins vieillot, avec sa touche à *elle*, *son* parfum, *son* odeur... Il avait l'impression qu'en fermant les yeux et en tendant la main, il pourrait toucher cette image d'un Dunbar résonnant d'éclats de rire — les siens et ceux de Molly.

Il revint brusquement à la réalité, et en proie à la frustration, il se passa une main nerveuse dans les cheveux. La vérité, c'est qu'il était trop tard.

Soudain, un éclair déchira le ciel, suivi de près par un coup de tonnerre qui fit trembler les fenêtres. C'était une nuit lugubre qui reflétait bien son humeur.

Ses pensées revinrent vers India et il se demanda ce qu'elle faisait en ce moment même. Peter lui avait expliqué qu'elle s'était résignée à la mort de Séréna et qu'elle n'était pas seule puisque sa cousine se tenait à ses côtés.

Le moral de Jack était au plus bas lorsqu'il rejoignit les autres dans la salle à manger. La gaieté de Chloé ne fit que l'exaspérer.

— Bon sang, tu as une sale tête ! s'exclama-t-elle en l'examinant d'un œil critique.

Lui jetant un regard noir, il marmonna un bonsoir maussade, et se dirigea vers le buffet chargé de plats en argent et de porcelaine Royal Doulton. Machinalement, il se servit un peu de truite à l'amandine et des pommes de terre baby.

— Tu as vraiment l'air de mauvais poil, dit Chloé entre deux bouchées. Bien fait pour toi ! Tu n'as que ce que tu mérites après tout ce que tu as fait subir à cette pauvre Indy ! C'est ta faute. Si tu ne t'étais pas mis en tête d'acheter Dunbar, rien de tout cela ne serait arrivé.

— Chloé, laisse-le tranquille ! lança Diana. Il n'y peut rien s'il descend des Dunbar. India non plus, d'ailleurs.

Pour toute réponse, Jack adressa un regard furieux à Chloé.

Un sourire aux lèvres, Lance fit signe à la jeune fille de laisser tomber.

Haussant les épaules, elle prit un air pincé.

— D'accord, j'arrête, dit-elle. Si on ne peut même plus plaisanter !

— Chloé ! cria Diana d'un ton désapprobateur.

Puis elle se tourna vers Jack :

— Est-ce que tu comptes aller aux obsèques de Séréna ?

— Je ne sais pas. Je n'y ai pas encore réfléchi.

— Vous voyez ? Il n'est même pas capable de prendre une décision aussi simple que celle-là !

— Tais-toi, Chloé ! s'écria la tablée à l'unisson.

La jeune femme n'eut d'autre choix que d'obtempérer, et elle se concentra sur ses épinards à la crème.

Peter prit la bouteille qui se trouvait devant lui et se mit à l'examiner.

— Je ne dis jamais non à un bon montrachet, dit-il. J'espère que tu l'apprécieras, Jack.

— Ce serait une bonne idée de le servir avant que tout le monde n'ait fini son poisson, chéri, suggéra Diana d'un ton qui se voulait patient.

— Oui, oui, bien sûr, dit Peter avec un sourire confus, en cherchant des yeux le tire-bouchon.

Profitant de cet intermède, Chloé revint à la charge, bien déterminée à ne laisser aucun répit à Jack :

— India va être contente de rentrer à Lausanne et de laisser toutes ces histoires derrière elle. Elle n'a plus aucune raison de rester ici, maintenant que tu lui as volé Dunbar, ajouta-t-elle d'une voix suave.

— Je ne lui ai rien volé du tout ! rétorqua Jack, sans pouvoir contenir sa colère. J'ai payé le prix fort !

Il regretta aussitôt ses paroles.

— Mes plus plates excuses ! Je ne voulais pas heurter ta susceptibilité. Finalement, tu as réussi à la faire vendre. Et Séréna ? Je suppose qu'elle voulait le tout.

— Aucune idée, maugréa Jack, furieux d'avoir trahi la promesse faite à India.

— Tu ne devais peut-être pas en parler ?

Jack avait de plus en plus de mal à se contenir.

— Cette jeune personne a besoin d'être sérieusement prise en main, dit-il en regardant Lance avec insistance. Il faudrait qu'un pauvre idiot ait la bonne idée de l'épouser. Ça la calmerait et on aurait peut-être enfin la paix !

— Si tu crois qu'un homme réussira à me faire taire ! rétorqua Chloé en jetant un regard espiègle à Lance, visiblement sous le charme.

Peter servit enfin le vin, et le dîner put se poursuivre sans autre interruption. La table de style anglais était élégamment dressée avec des sets en dentelle blanche, l'argenterie familiale et deux beaux chandeliers, flanqués de fleurs des champs joliment disposées dans une soupière en faïence. La vue des chandeliers rappela à Jack ceux qu'il avait offerts à India lorsqu'ils se trouvaient à San Telmo. Il détourna les yeux. N'aurait-il donc aucun répit ? se demanda-t-il. Fallait-il que tout vienne lui rappeler qu'au moment où il avait enfin trouvé le bonheur, il avait tout fichu en l'air.

Il fut interrompu dans ses pensées par les paroles du marquis :

— J'aimerais lever mon verre à la justice et au triomphe du Bien sur le Mal. *In sumo,* buvons à ce qui finit bien.

Il y eut des acclamations, suivies d'un silence au cours duquel chacun se replongea dans le souvenir des événements qui venaient de se dérouler.

C'est alors qu'on entendit la sonnerie stridente du téléphone.

— Oh non ! Tu y vas, Peter ? demanda Diana.
— Bien sûr !

Il posa sa serviette et s'excusa poliment.

Le marquis se mit à converser avec Diana, tandis que Chloé adressait de grands sourires séducteurs à Lance. Ils avaient vraiment l'air d'être attirés l'un par l'autre, se dit Jack, souriant pour la première fois de la journée. Pas de doute, le Texas serait la prochaine destination de Chloé !

Au bout de quelques minutes, Peter revint, le visage défait.

— C'était la police.

Jack se leva aussitôt.

— Qu'est-ce qu'il y a ?
— Ce n'était pas un accident. Quelqu'un a trafiqué la voiture. On a saboté la direction pour qu'elle ne réponde plus, passé une certaine vitesse. Ce qui veut dire que…
— Quelqu'un voulait se débarrasser d'eux, conclut Lance à sa place.

Jack fut pris d'un vertige et s'agrippa au dossier de sa chaise.

— Mais qui ? Qui pouvait vouloir leur mort ? Ça n'a pas de sens !
— Oh, si !

Ils se tournèrent tous vers Diana qui avait violemment pâli. Elle croisa le regard de son mari.

— Oh, mon Dieu ! chuchota Peter, horrifié. J'aurais dû m'en rendre compte avant ! J'aurais dû y penser !

— Nous aurions *tous* dû y penser, répliqua Diana, complètement désemparée. Kathleen a toujours agi comme si c'était elle la maîtresse de Dunbar. Le fait de voir l'héritage lui échapper de si peu a dû la ronger pendant toutes ces années, et personne ne s'en est aperçu… Oh, mon Dieu ! ajouta-t-elle en se levant d'un bond. India est toute seule là-bas, avec elle ! Il faut faire quelque chose, vite !

— Je vais à Dunbar, annonça Jack en se dirigeant d'un pas rapide vers la porte. Peter, appelle la police ! On se retrouve là-bas. Est-ce qu'il y a une autre clé quelque part ?

— Oui, répondit Diana d'une voix voilée. Dans le pot de fleur, à gauche quand tu arrives par l'arrière de la maison. Mme Walker la laisse toujours là. Sois prudent ! Je vais chercher ta veste.

Il acquiesça d'un air absent, toutes ses pensées tournées vers India. Pourvu qu'il arrive à temps !

Lance lui tendit le Smith & Wesson qu'il portait sur lui depuis l'après-midi.

— Tu ne veux pas que je t'accompagne ?

— Merci, mais je me débrouillerai, répondit Jack en glissant l'arme dans la veste de chasse que Diana lui avait rapportée.

— Ne roule pas trop vite ! lui cria Chloé.

Mais il était déjà parti, laissant Peter et Lance se charger d'appeler la police. Commença alors pour les deux femmes et le marquis une longue attente angoissée.

— Quelle nuit ! soupira Mme Walker en épluchant quatre grosses pommes de terre pour le bouillon qui mijotait sur le feu. Quand je pense que Lady Séréna a assassiné sa propre mère et qu'elle-même se trouve maintenant à la morgue ! Mon Dieu, mes pauvres nerfs !

— Je sais, dit Kathleen qui était occupée à compter les serviettes de table. Cette affaire a mis les nerfs de tout le monde à rude épreuve. Pensez donc, sa propre fille, à comploter avec ce monstre !

Elle fronça les sourcils, contrariée.

— Madame Walker, il en manque trois ! Les serviettes, c'est comme les chaussettes : il en manque toujours !

— Ne vous en faites pas, Lady Kathleen, on finira par les retrouver. Pauvre Mlle India ! Elle m'a dit tout à l'heure qu'elle comptait repartir juste après les obsèques. Je suppose qu'elle a raison : rien ne la retient plus ici, maintenant que ce monsieur américain a racheté Dunbar. Je n'arrive pas à m'imaginer le manoir transformé en hôtel... Enfin, je suis bien contente de pouvoir rester. Mlle India m'a dit qu'il avait promis de nous garder.

— De quoi parlez-vous, madame Walker ? demanda Kathleen d'un air interdit.

— Elle ne vous a rien dit ? s'étonna la cuisinière. Elle m'a expliqué cet après-midi que la seule raison pour laquelle elle avait accepté de signer, c'est qu'il s'était engagé à garder les locataires et le personnel. C'est tellement gentil à elle !

— Non, je ne suis au courant de rien, répondit Kathleen d'une voix blanche.

Mme Walker se mit à couper les carottes.

— On ne peut pas lui en vouloir, la pauvre, avec tout ce qu'elle a dans la tête. Elle comptait certainement vous en parler ce soir. Pauvre Lady Séréna, constamment tourmentée ! Vous avez dit vous-même qu'ils avaient toujours été déséquilibrés dans la famille. Je n'arrive pas à y croire. Dire qu'on avait un meurtrier sous notre toit et qu'on ne s'en était pas rendu compte ! conclut Mme Walker, les lèvres pincées.

— Oui, c'est affreux, murmura Kathleen d'un air absent.

Elle était encore sous le choc de ce qu'elle venait d'apprendre : ces deux traîtresses avaient vendu Dunbar à un étranger !

Abasourdie, elle fixait sans les voir les serviettes posées devant elle. Tous ses plans minutieusement préparés pendant des mois et des années venaient d'être anéantis par une phrase. Dire qu'elle était à deux doigts de réussir ! Elle avait exécuté la première partie de son plan avec brio. Tout s'était déroulé à la perfection, cet après-midi, et il ne lui restait plus grand-chose... Non, c'était vraiment trop injuste. La vie ne pouvait pas être aussi cruelle ! Lui faire miroiter l'unique rêve pour lequel elle avait toujours vécu et le lui retirer au dernier moment ! C'était insupportable. Elle ferma les yeux une seconde, essayant désespérément de ne pas perdre pied. Elle devait tenir bon. Elle allait s'en sortir : il y avait forcément une solution.

Elle se leva brusquement.

— Je vais aller vérifier que les portes et les fenêtres sont bien fermées, annonça-t-elle.

Elle avait réussi à maîtriser sa colère. Un autre coup de tonnerre suivi d'une forte rafale de vent la fit frissonner.

— Il était fort, celui-là ! s'exclama Mme Walker en regardant par la fenêtre le ciel traversé de zigzags lumineux.

— Ne vous préoccupez pas du dîner, ce soir, madame Walker : nous prendrons un plateau dans le salon. Terminez ce que vous aviez à faire ici et allez donc vous reposer : vous devez être exténuée. India et moi, nous nous débrouillerons.

— Oh, merci, Lady Kathleen ! C'est trop gentil à vous. Ça ne fera pas de mal à mes pauvres jambes, surtout avec ce qui nous attend demain.

— Oui, allez vite vous reposer. Je passerai voir comment

elle va en allant déposer ces serviettes dans la buanderie. Bonne nuit, madame Walker.

Elle prit la pile de serviettes pliées et se dirigea vers la porte, tout son esprit tourné vers son ancêtre Fergus. Si quelqu'un avait désiré Dunbar autant qu'elle, c'était bien lui. Fergus aurait compris, elle en était sûre. Comme lui, elle n'hésiterait pas à se débarrasser des obstacles qui venaient entraver son chemin.

Jack ne voyait presque rien à travers le pare-brise embué. Un éclair déchira la nuit, suivi d'un coup de tonnerre assourdissant. La tempête faisait rage, tel le courroux d'un dieu vengeur qui se serait déchaîné. Jack n'avait d'autre solution que de se fier à son instinct pour suivre la route, guidé par sa peur pour India et sa détermination à la sauver.

Il lui fallut trente minutes au lieu des quinze habituelles pour atteindre Dunbar. Il franchit le portail et roula un peu plus vite dans l'allée.

La demeure, plongée dans l'obscurité la plus totale, était seulement illuminée par la lumière de ses propres phares ainsi que par les éclairs qui éclataient par intervalles.

Il s'empressa d'éteindre ses feux et se mit à rouler au pas. Passant devant les anciennes écuries, il arriva dans la cour et éteignit aussitôt le moteur. Après s'être couvert la tête de sa veste, il courut vers la porte arrière. Elle était fermée. Il se baissa vers le pot de fleurs et tâtonna à la recherche de la clé. Finalement, il la trouva et put se glisser dans le vestibule.

Il resta un instant immobile, tous ses sens aux aguets. Lentement, il sortit son arme avant de s'engager dans l'escalier à pas feutrés. Il régnait dans la maison un silence absolu. Un de ces silences inquiétants... Jack sentait le danger approcher. Il continua à monter, s'immobilisant à chaque craquement trop prononcé du bois. Il parvint ainsi au couloir qui menait à la bibliothèque. Arme levée et dos contre les étagères, il avança lentement le long des rayonnages. Une fois devant la bibliothèque, il passa précautionneusement la tête par la porte et put distinguer les contours du mobilier à la lueur des braises mourantes.

La pièce était vide. Rien ne bougeait en dehors des ombres qui dansaient sur les vitres et se réfléchissaient sur les étagères. Furtivement, il avança vers la porte qui menait à l'entrée.

C'est alors qu'il entendit la voix de Kathleen. S'immobilisant net, il chercha à déterminer de quelle direction elle venait.

Puis, les nerfs tendus par l'angoisse, il attendit.

439

19.

Un éclair plongea la maison dans l'obscurité. India sortit de sa chambre et rencontra Kathleen sur le palier. Elles décidèrent d'aller chercher des bougies au rez-de-chaussée et s'engagèrent à tâtons dans les escaliers. Elles n'étaient pas arrivées au bas des marches qu'India sentit un bras la plaquer contre le mur. Presque aussitôt, quelqu'un appuya une pointe acérée contre sa gorge.

La voix haineuse de Kathleen se fit alors entendre.

— Aucun de vous ne s'est jamais demandé ce que j'avais pu ressentir quand j'ai perdu Dunbar. Personne ne s'est soucié de moi ! Pendant toutes ces années, j'ai dû entendre « ma chérie, Kathleen, tu veux bien me chercher mon mouchoir ? Il y a un courant d'air, ferme la porte, tu seras un amour ».

Elle eut un rire strident.

— Comme si j'étais un petit chien à qui on donne un su-sucre ! Je n'en avais rien à faire de ses petits cadeaux minables alors que tout ce que je voulais, c'était mon dû. Aucun de vous n'a pensé une minute que vous m'aviez volé mon bien ! cria-t-elle avec amertume, les yeux emplis de rage et de haine. Dunbar aurait dû revenir à mon père, puis à moi ! Mais à cause de trois malheureux jours, on m'a refusé ce qui m'appartenait !

Elle eut un rire hystérique et relâcha quelque peu la pression de son poignard.

— Vous n'êtes que des imbéciles, reprit-elle. Vous vous êtes tous laissé manipuler ! Même cet idiot de Maxi. Tu penses vraiment qu'il était amoureux de Séréna ? Non, il avait l'intention de se débarrasser de nous tous et de récupérer le pactole. Il aurait tué Séréna, il m'aurait épousée, puis il se serait débarrassé de moi. Quel imbécile ! Tu aurais dû voir ses tentatives de séduction : c'était à mourir de rire. Il était tellement persuadé que je n'étais qu'une vieille fille en mal de sexe. Je l'ai laissé faire, bien sûr. Je lui ai laissé croire qu'il menait la barque. C'est lui qui a suggéré d'éliminer ta mère en l'empoisonnant tout doucement, quand il a su qu'elle avait des problèmes cardiaques. Ta mère ne savait même pas que j'étais au courant. C'était formidable de laisser ce petit cœur fragile ralentir petit à petit jusqu'au jour où il s'est arrêté de lui-même. Ça tombait bien : je n'étais même pas là.

Elle s'écarta légèrement, pouffant de rire comme une collégienne.

— Elle aurait mérité une mort moins douce, maintenant que j'y pense. Bien sûr, je savais qu'ensuite, il faudrait que je m'occupe de Séréna et de ce gigolo, mais ça ne m'inquiétait pas outre mesure. Il y avait cette Volvo dans laquelle elle se baladait tout le temps...

Tremblante, les yeux écarquillés d'horreur, India l'écoutait parler. Elle savait qu'il suffisait de peu pour que tout s'arrête. La rage et l'instinct de survie se disputaient en elle. Si elle voulait avoir une chance d'en réchapper, elle devait maîtriser la colère et le chagrin qui faisaient tumulte en elle. Le sang-froid dont elle ferait preuve serait sa seule arme. Kathleen rôdait autour d'elle, masse sombre déformée par les ombres et les éclairs, les yeux vitreux et luisants comme ceux d'une panthère.

— Tu sens ça ?

India cilla lorsque la lame lui érafla la gorge. Un petit filet de sang se mit à couler.

— Tu sais à qui ce poignard appartenait, India ? Evidemment non !

Elle éclata de rire.

— Eh bien, laisse-moi te confier un secret. C'était celui de Fergus Dunbar, celui qui a eu la bonne idée de tuer son cousin Rob pour prendre ce qui lui appartenait. Cette dague possède des pouvoirs. Elle a forgé la destinée de Dunbar et elle le refera ce soir. Ton sang se mêlera à celui de Rob, et alors, Dunbar m'appartiendra enfin !

Pendant que Kathleen délirait ainsi, India réfléchissait à un moyen de s'échapper, priant intérieurement pour qu'un événement vienne détourner l'attention de sa cousine. Il suffisait d'une seconde, mais il fallait agir avec prudence car le risque de se faire trancher la gorge était réel. Kathleen se dressait devant elle, les traits déformés comme ceux d'une gargouille au rictus maléfique.

Si seulement Jack était là !

A cet instant, elle perçut le tic-tac de l'ancienne horloge de l'entrée, un tic-tac monotone qui avait traversé les siècles. Elle tenta de fixer son attention dessus pour échapper à l'emprise hypnotique de Kathleen. Et alors, quelque chose se produisit. C'était comme si à chaque tic-tac, sa détermination grandissait. Une force nouvelle s'empara d'elle, comme si une puissance suprême lui insufflait le désir de vivre, refusant de la laisser succomber à la folie meurtrière qui avait causé la perte de sa mère et de sa sœur. Non, son sang ne se mêlerait pas à celui de Rob Dunbar. Il était temps de changer le cours de l'histoire, de purger Dunbar et de le libérer une bonne fois pour toutes de son traître passé.

Soudain, elle se rappela le petit garçon du portrait en haut des escaliers, et comprit qu'il s'agissait de Rob. Jack devait lui ressembler quand il était enfant.

La peur laissa place à l'excitation. India sentait maintenant la présence de Rob autour d'elle, et elle sut qu'il allait venir à son secours.

Kathleen avait dû bloquer India contre le mur près de la porte, se dit Jack en entendant ses propos.

— Mais toi, la gentille petite India, disait-elle, tu es arrivée au mauvais moment !

Jack frissonna. Le ton de Kathleen était dangereusement calme, maintenant.

— Quand Ramsay a lu le testament, j'ai d'abord cru à une plaisanterie. J'ai toujours pensé que tante El laisserait Dunbar à Séréna. Mais l'idée que tu puisses être la maîtresse du manoir, c'était trop.

— Tu as saboté la voiture, n'est-ce pas ?

— Bien sûr ! répondit Kathleen avec une pointe de fierté dans la voix. Ce n'est pas pour rien que j'ai passé une partie de mon enfance à monter et à démonter des moteurs avec mon père. La voiture de Séréna était un jeu d'enfant. Maintenant, il n'y a plus que toi entre Dunbar et moi.

— Non. Séréna et moi, nous avons vendu nos parts à Jack Buchanan. C'est lui, maintenant, le propriétaire de Dunbar. Le domaine ne sera jamais à toi, même si tu me tues.

Un coup de tonnerre couvrit la voix d'India. Jack retint sa respiration. Il était clair qu'elle essayait désespérément de gagner du temps. Il n'aspirait qu'à courir vers elle pour mettre un terme à cette torture, mais il savait que le moment n'était pas encore venu. Il devait attendre l'instant propice. La main sur la poignée de la porte, il tendit l'oreille.

— Tu mens ! Tu mens pour sauver ta misérable peau ! Il est amoureux de toi, c'est la seule raison pour laquelle il veut Dunbar. Quand tu seras morte, il s'en ira, et alors Dunbar m'appartiendra. J'aurai ta part et celle de Séréna.

Tout doucement, Jack tourna la poignée en laiton. C'était le moment ou jamais.

— C'est la vérité, dit-il en pointant son arme sur elle.

Kathleen se retourna d'un bond, une lueur de démence dans le regard.

Un éclair illumina le hall, et Jack eut le temps d'apercevoir l'éclat de la lame dont elle menaçait India. Puis ce fut de nouveau l'obscurité. Un coup de tonnerre suivit avec une violence redoublée. C'est à peine s'il entendit le cri d'India, tandis que Kathleen se précipitait sur lui, brandissant son poignard.

Jack n'eut pas le temps de tirer. Il se sentit tiré vers la droite par une force obscure, et son arme lui fut arrachée des mains. Puis il y eut un bruit sourd, suivi d'un grognement, et il découvrit le corps de Kathleen recroquevillé à ses pieds.

La stupéfaction le cloua sur place. Il aurait juré que quelqu'un était intervenu, lui avait pris le revolver des mains et l'avait poussé pour le mettre hors de portée de Kathleen.

Il scruta l'obscurité, et aperçut India, immobile contre le mur. Avant de se précipiter vers elle, il se baissa et retourna doucement le corps qui gisait à ses pieds. Kathleen avait la bouche et les yeux grands ouverts. La dague mortelle était profondément enfoncée dans son cœur, et le manche dont les incrustations luisaient dans l'obscurité ressemblait à une broche accrochée à sa poitrine.

Puis India et lui avancèrent l'un vers l'autre, et tout fut oublié.

C'était tellement naturel de se blottir contre lui et de laisser les tensions se dénouer. Sa chaleur et sa force étaient un réconfort plus puissant que des mots.

Ils restèrent un long moment enlacés. Leur étreinte était la communion de deux âmes qui, après s'être longtemps et avidement cherchées, se trouvaient enfin.

Plus rien ne comptait. Dunbar, Kathleen et toutes les atrocités de la journée s'évanouirent tandis que leurs lèvres se joignaient. Ils s'embrassèrent doucement, savourant chaque seconde, sûrs que plus rien ne les séparerait.

— Je ne te laisserai pas partir, murmura-t-il, la bouche contre ses cheveux. Dès que j'ai le dos tourné, tu as les pires ennuis. Elle a failli te tuer !

— Elle était folle, chuchota India. Elle croyait que ce poignard était celui qui avait servi à tuer Rob. Tu vas probablement penser que je suis folle, moi ainsi, mais je serais prête à jurer que j'ai senti sa présence, ce soir.

Jack l'écarta légèrement de lui et la regarda dans les yeux.

— Jamais je n'aurais cru avoir à dire ça un jour, Indy, mais quelqu'un m'a poussé et j'ai fait tomber mon arme. Sinon, je l'aurais tuée de mes propres mains. Pourtant, il n'y a personne ici, ajouta-t-il en parcourant le hall des yeux.

— Oh, chéri !

Fermant les paupières, India se réfugia de nouveau dans ses bras.

Bien que la pluie continuât à battre contre les carreaux, la tempête semblait avoir diminué d'intensité.

— Dieu merci, c'est fini ! chuchota-t-elle en caressant sa joue.

Jack lui prit les lèvres en un baiser exigeant et passionné.

Au même moment, ils entendirent le bruit des sirènes qui approchaient.

Jack s'écarta à regret.

— Ça doit être Peter, dit-il tandis que la lumière des gyrophares éclairait le mur. Nous ferions mieux de faire passer ça pour un accident.

— Tu as raison : ça ne peut être qu'un accident, répondit India à voix basse. Elle a dû se prendre les pieds dans le tapis. Séréna m'avait dit, avant les funérailles de maman, que les bords étaient tout effilochés. Elle-même avait trébuché et s'était fait mal à la jambe. Mais c'était tellement étrange, Jack... comme si quelqu'un avait tout orchestré.

— Je sais, j'ai senti la même chose.

Soudain, la lumière inonda le hall, et Jack vit le filet de sang sur son cou.

— Mon Dieu !

Des doigts, il effleura doucement la blessure avant de serrer la jeune femme très fort dans ses bras, répugnant autant qu'elle à desserrer leur étreinte.

Des coups violemment frappés à la porte les ramenèrent à la réalité.

— Ne bouge pas ! fit-il après lui avoir déposé un baiser sur le front.

India le regarda s'éloigner, un sourire aux lèvres. Il ne changerait donc jamais ! Mais c'était comme ça qu'elle l'aimait.

Peter et le marquis se tenaient sur le pas de la porte, flanqués de quatre policiers.

— Elle va bien ? demanda Giordano d'une voix tremblante.

Il semblait avoir vieilli en l'espace de quelques heures.

— Oui, répondit Jack d'un ton rassurant. Mais Kathleen est morte. Elle est tombée sur un poignard. Elle a dû se prendre les pieds dans le tapis du palier et tomber sur la lame, ajouta-t-il en pressant le bras du marquis pour l'avertir.

— *Non è possibile !* s'écria aussitôt Giordano pour donner le change devant le sergent. C'était une femme tellement adorable ! *Che tragedia, Dio mio.*

— Quel malheureux concours de circonstances ! Et vous qui pensiez qu'il y avait un cambriolage, Sir Peter. Eh bien, c'est vraiment triste.

Le sergent — un homme grand et costaud aux cheveux roux, qui devait avoir la cinquantaine — suivit Jack et le marquis à l'intérieur. Regardant Jack avec bienveillance, il demanda en s'excusant presque :

— Je ne voudrais pas vous déranger, vous et Mlle Moncrieff, mais j'ai besoin que vous répondiez à quelques questions.

Visiblement, il prenait son devoir très à cœur.

Bombant le torse, il s'avança, suivi de ses collègues.

— Bonsoir, mademoiselle Moncrieff.

India était pâle mais calme.

— Bonsoir, sergent Macintyre. Comme vous le voyez, il s'est produit un nouveau drame.

Macintyre examina la scène et ordonna par-dessus son épaule :

— Appelez le poste à Dalkeith. Ne bougez pas le corps, Ferguson, ajouta-t-il d'un air désapprobateur à l'adresse d'un jeune agent blond accroupi près de la victime.

— J'étais juste en train de regarder l'arme.

— Inutile : c'est du ressort de l'inspecteur Morrison.

— Je n'avais pas l'intention de...

— Ça suffit, Ferguson ! Mademoiselle Moncrieff, je devine

qu'il s'agit d'une expérience éprouvante pour vous, mais je dois vous ennuyer encore un peu.

Il sortit un carnet et un crayon de sa poche intérieure.

— Peut-être pourriez-vous nous expliquer comment ça s'est passé ?

India serra le bras du marquis un peu plus fort.

— Bien sûr, sergent, mais allons dans la bibliothèque, nous serons plus à l'aise.

Elle jeta un dernier regard au corps de Kathleen avant que l'officier ne le recouvre d'un drap. Elle n'arrivait pas à oublier l'image de la femme tendre et généreuse qu'elle avait appris à connaître et à aimer, et qui s'était transformée en cette créature démente.

— C'est traître, les tapis ! commenta le sergent en regardant les bords effilochés qui étaient censés avoir tué Kathleen.

India et Jack échangèrent un regard complice.

— Un verre ne nous ferait pas de mal, dit alors le marquis. Qu'en dites-vous, sergent ?

— Comme je ne suis pas officiellement d'astreinte, j'accepte à titre exceptionnel, répondit Macintyre en jetant un regard de supériorité au sergent Ferguson qui attendait gauchement sur le pas de la porte.

Jack ajouta une bûche dans la cheminée avant de se diriger vers le meuble où se trouvaient les carafes. Il se demandait comment gérer au mieux la situation.

— Whisky, sergent ? demanda-t-il avec son sourire le plus aimable.

— Whisky, ce sera parfait.

Jack lui servit une généreuse rasade de single malt dans un verre en cristal.

Macintyre prit place en face d'India et du marquis auxquels Jack servit un sherry avant de venir s'asseoir sur l'accoudoir du canapé, aux côtés de la jeune femme. Il plaça discrètement la main sur son épaule.

Le sergent but une gorgée d'un air satisfait, puis, après s'être éclairci la gorge, il ouvrit son carnet.

— Mademoiselle Moncrieff, pourriez-vous nous décrire ce qui s'est passé ce soir ?

Lui pressant légèrement l'épaule, Jack s'interposa.

— Fichue affaire ! dit-il en secouant la tête.

Il se leva et alla jusqu'à la cheminée, détournant ainsi l'attention du sergent.

— Je me sens un peu responsable, expliqua-t-il. Kathleen avait promis de me montrer la collection d'armes des Dunbar. Il y en avait une en particulier qui, d'après ses descriptions, allait certainement m'intéresser.

— C'est exact, renchérit India. Elle disait que la dague te plairait à coup sûr parce qu'elle était en quelque sorte liée à l'histoire de ton ancêtre, Rob Dunbar. C'est pourquoi elle l'avait descendue.

— Ce poignard présentait-il une particularité ? Vous êtes collectionneur ?

— Oui. Malheureusement, je n'ai pas pu l'examiner correctement. Nous avons d'abord vérifié qu'il n'y avait aucun cambrioleur dans la maison, puis Kathleen a voulu me le montrer. Mais elle a cru entendre un bruit, et elle a pris peur. C'est alors qu'il y a eu une panne de courant et que l'accident a eu lieu, conclut Jack calmement, devant un Peter qui le regardait d'un air surpris, tandis que le sergent prenait laborieusement des notes en hochant la tête.

— Elle a dû prendre le poignard quand elle a entendu ce bruit pour la première fois et qu'elle vous a téléphoné, Sir Peter.

— Certainement, marmonna Peter d'un air embarrassé.

Heureusement, le sergent était plus occupé à prendre des

notes qu'à observer ceux qu'il interrogeait, car Peter mentait très mal.

— Y avait-il des traces d'effraction quand vous êtes arrivé, monsieur Buchanan ?

— Aucune. Nous avons pensé à un cambriolage quand Kathleen nous a téléphoné. C'était juste après le coup de fil du commissariat au sujet de la voiture de Séréna.

— Y a-t-il autre chose que vous souhaiteriez ajouter, mademoiselle Moncrieff ?

Jack s'agita, mal à l'aise. Il aurait préféré que le sergent n'interroge pas India, mais la jeune femme ne se laissa pas démonter et répondit d'un ton calme. Il se détendit alors et écouta, prêt à intervenir au besoin.

— Je me trouvais dans ma chambre quand j'ai entendu Kathleen m'appeler. Elle semblait inquiète, presque affolée, comme si elle avait peur de quelque chose. Je me suis dépêchée de descendre. Jack — je veux dire M. Buchanan — était déjà là. Ils discutaient tous les deux. Kathleen était sur le point de lui montrer le poignard quand la panne de courant a eu lieu.

Elle marqua une pause avant de reprendre :

— Et puis, il y a cette terrible tragédie. Ma sœur avait déjà trébuché sur ce tapis il y a quelques mois. Nous aurions dû le faire raccommoder, ajouta-t-elle, le regard triste, les mains croisées sur ses genoux.

— C'est une grande perte, déclara le sergent. Elle va manquer à tout le monde au village, en particulier le dimanche matin à l'église où elle jouait de l'orgue.

— C'est effectivement une perte affligeante. Vous devriez peut-être vérifier la maison pour voir s'il n'y a pas trace de ces intrus. Pauvre Lady Kathleen, c'était une femme admirable, murmura le marquis en hochant la tête.

— Ne vous inquiétez pas, monsieur. Mes hommes font le

nécessaire pendant que nous discutons. Ça a tout de même été une drôle de journée…, conclut Macintyre en se massant le front.

Le whisky et la chaleur du feu commençaient à faire leur effet.

— Y a-t-il autre chose que vous auriez oublié, mademoiselle Moncrieff ?

— Non, je ne crois pas. Pauvre Lady Kathleen ! Elle était appréciée de tous. Peut-être pourrions-nous l'enterrer avec maman et Séréna ? Je pense que c'est ce qu'elles auraient voulu. Quant à la voiture de Séréna, je crois savoir ce qui s'est passé, ajouta-t-elle, une lueur dans les yeux.

En l'entendant, Jack faillit avaler son whisky de travers, mais déjà, India continuait d'un ton posé :

— Maxi pensait s'y connaître en mécanique. L'autre jour, Séréna se plaignait de sa Volvo. Je pense que Maxi a dû essayer de la réparer. Ça n'a pas été une réussite, malheureusement.

— Tu as raison, trésor, acquiesça Giordano en lui tapotant la main. Les Lowendorf se sont toujours intéressés à la mécanique. L'arrière-grand-père de Maxi, que j'ai eu le privilège de rencontrer une fois, était un pionnier de l'automobile au début du siècle. Pensez donc, il avait construit son propre moteur !

Il soupira et dit avec un sourire triste :

— Apparemment, son arrière-petit-fils n'a pas hérité de son talent. Le comte von Lowendorf doit se retourner dans sa tombe, à l'heure qu'il est ! Bon, maintenant, si vous voulez bien nous excuser, sergent, je pense que cette enfant a besoin de se reposer. Les événements de ces derniers jours ont été très traumatisants.

— Bien sûr !

L'officier de police se leva et prit son couvre-chef. Le

deuxième whisky que Jack lui avait discrètement servi lui procurait une agréable sensation de chaleur.

— Je m'en vais, annonça-t-il. Nous nous occuperons du reste demain matin. L'inspecteur Morrison ne va pas tarder, mais ne vous inquiétez pas : je lui ferai mon rapport. Bonne nuit à tous !

Tout en le raccompagnant vers la porte, Jack le questionna sur la prochaine collecte de fonds de la police, et ne manqua pas de l'assurer de son généreux soutien. Puis il retourna dans la bibliothèque et referma la porte.

— Une affaire rondement menée, jeune homme, déclara le marquis avec une certaine admiration.

— En effet, dit Peter. Mais Jack va peut-être nous expliquer ce qui s'est réellement passé ?

— Plus tard, répondit Jack. Cette demoiselle a eu une dure journée, elle mérite un peu de repos.

— *Madonna mia* ! Tu devrais venir à Dalkirk, *cara*. Tu n'as certainement pas envie de passer la nuit seule ici.

Avant qu'India n'ait pu répondre, il y eut un autre coup frappé à la porte.

— Oh non ! gémit la jeune femme.

— Ça doit être l'inspecteur Morrison. Tenez-vous à la version de tout à l'heure, leur rappela Jack avant d'ouvrir la porte à l'inspecteur — un homme corpulent portant un imperméable bleu marine et un béret écossais — et à son assistant, un garçon mince au visage tanné.

Il les invita à entrer avec son sourire le plus affable.

— Inspecteur Morrison, je suppose ? fit le marquis en lui indiquant le canapé de sa canne au pommeau d'argent.

— Bonsoir. Désolé de vous déranger à cette heure. Le sergent m'a fait son rapport : l'affaire semble claire. Vous savez à qui appartenait l'arme, je suppose ?

— A qui ? demanda Jack en prenant un air intrigué.

L'inspecteur marqua une pause, comme pour s'assurer qu'il avait bien toute l'attention de son auditoire.

— A Fergus Dunbar, annonça-t-il avec emphase.

— Vous voulez parler du Fergus qui a tué Rob Dunbar ? s'exclama India, feignant la surprise.

— Oui. Cela va vous sembler tiré par les cheveux, mais j'ai bien suivi l'affaire. Toutes ces coïncidences sont étranges, tout de même. Le fait que vous rencontriez Sir Peter, monsieur Buchanan, puis la découverte de votre parenté avec Rob Dunbar...

Son regard se fit rêveur, puis il secoua la tête en souriant.

— Ça doit être le temps. Une nuit pareille se prête bien aux délires de ce genre, même chez un vieux de la vieille comme moi. Pauvre Lady Kathleen ! Toutes mes condoléances, mademoiselle Moncrieff. Pour votre sœur également. Nous allons vous laisser vous reposer.

India le remercia d'un sourire.

— Espérons que ce triste accident mettra un terme à l'histoire tragique de Dunbar et que M. Buchanan pourra offrir aux clients de son hôtel un cadre paisible, ajouta-t-elle en détournant les yeux.

— Espérons-le.

L'inspecteur se tourna vers Jack qui observait India attentivement.

— Je vous souhaite bonne chance pour l'hôtel, monsieur Buchanan. Nous ne savions pas si le conseil municipal allait donner son accord, mais je pense que ce sera une bonne chose pour le développement du village. C'est dommage, cependant, que la famille ne soit plus là. Mais c'est la vie, je suppose, conclut-il avec philosophie, avant de s'en aller, suivi de son compagnon qui n'avait pas prononcé un seul mot.

Dans le hall, Mme Walker se tamponnait les yeux à l'aide d'un large mouchoir, tandis que Peter tentait de la calmer d'un ton patient.

— Et dire que deux jours avant sa mort, Lady Elspeth avait manifesté l'intention de faire raccommoder ce tapis ! dit-elle avec un profond soupir. Elle voulait faire appel à un gars de Glasgow, spécialiste des tapis orientaux. Elle devait lui téléphoner. Et voilà que Lady Kathleen trouve la mort juste là ! Je ne sais pas comment tout ça va finir.

Sa voix se brisa et elle éclata en sanglots. India fut aussitôt à ses côtés.

Peter donna un coup de coude à Jack.

— Je ferais mieux de ramener Giordano à la maison. Il doit être épuisé. Je suppose que tu restes ?

— Bien deviné, répondit Jack avec un large sourire.

Peter s'éclaircit la gorge.

— On vous laisse, alors. Elle n'a toujours pas l'air d'apprécier l'idée de l'hôtel. Bonne nuit, vieux, et bonne chance ! Appelle-nous si tu as besoin de quelque chose. Tu sais qu'on sera toujours là pour toi.

India retourna dans la bibliothèque et s'allongea sur le canapé, sachant que Jack viendrait la rejoindre après avoir raccompagné les autres. Elle se blottit dans un coin, soudain soulagée, comme si l'étrange mort de Kathleen avait libéré Dunbar du poids du passé. Avec un soupir, elle se pencha pour ramasser un coussin tombé par terre. Il allait venir — elle le savait.

Mais cela suffirait-il à effacer les différends qui les opposaient ? Il croyait encore qu'elle l'avait trahi avec Hernan Carjaval, et elle ne parvenait toujours pas à se faire à l'idée qu'il transforme Dunbar en hôtel.

Si seulement les choses étaient plus simples entre eux ! se dit-elle en refoulant les larmes amères qui perlaient à ses yeux. Elle l'aimait suffisamment pour vouloir le meilleur pour lui et pour eux deux. Mais ce n'était pas une raison pour faire comme si le problème Dunbar n'existait pas.

India éteignit les lampes chinoises et, se pelotonnant contre les coussins, laissa l'obscurité l'envelopper, tandis que son regard se perdait dans les flammes. Bientôt, sa rêverie lui apporta les réponses dont elle avait besoin, des réponses qui emplissaient son cœur à la fois de regrets et d'espoir. Elle sut ce qu'il lui restait à faire.

Désormais, c'était au sort de décider.

— Allez, mon vieux, essayons de mettre un peu d'ordre dans toute cette pagaille ! dit Jack en claquant des doigts à l'adresse d'Angus qui se leva pour le suivre paresseusement jusqu'à la bibliothèque.

Juste avant d'entrer dans la pièce, Jack s'immobilisa un instant et observa India. Son profil se détachait à la douce lumière des braises mourantes.

Il s'avança alors vers elle avec l'espoir de réduire pour toujours la distance qui les séparait.

Le moment de vérité était venu.

India savait qu'elle ne pouvait plus nier ses propres sentiments. Jack se dressait au-dessus d'elle, avec dans les yeux une lueur farouche, celle d'un homme amoureux bien décidé à regagner le cœur de celle qu'il aimait.

Prenant son courage à deux mains, India se leva du canapé.

— Nous devons parler, Jack.

Mais il ne lui en laissa pas le temps. L'attirant à lui, il la serra très fort contre sa poitrine.

Dieu que c'était bon de le retrouver ! Hernan, Dunbar, le projet d'hôtel, plus rien ne comptait sinon ses caresses qui la faisaient fondre de plaisir et ses lèvres qui effleuraient sa peau. Il était le roc auquel elle s'agrippait dans ce monde devenu insensé. Elle avait tant espéré ce moment. Mais il fallait d'abord qu'elle lui dise la vérité. Il devait savoir !

Doucement, elle se dégagea de son étreinte, suffisamment pour pouvoir le regarder dans les yeux. Elle n'allait certainement pas se dégonfler maintenant !

— Il faut vraiment qu'on parle, Jack. J'ai des choses importantes à te dire.

— Ça ne peut pas attendre ? demanda-t-il avec un sourire de regret.

— Non.

Il fallait en finir.

— Comme tu veux, mais cette fois, c'est toi qui vas m'écouter, dit-il en l'attirant sur le canapé.

Elle voulut protester, mais la lueur qu'elle aperçut dans ses yeux l'en dissuada.

— D'accord, murmura-t-elle.

Jack leva un sourcil soupçonneux.

— Comment ça, tu es d'accord ? Pas de protestations cette fois-ci ? Pas de « *Jack, il-faut-que-je* » ?

Il la regardait d'un air tellement méfiant qu'elle eut un petit rire. Elle se leva alors et se mit à allumer des bougies un peu partout dans la pièce pour se donner le temps de retrouver son calme. Il lui fallait coûte que coûte aborder les problèmes avec sérénité. Elle s'assit ensuite par terre devant le feu et posa sur ses épaules le jeté de soie qui se trouvait sur le canapé.

Levant les yeux vers lui, elle lui adressa un sourire qui signifiait qu'elle était prête.

— Tu ne pars pas, dit-il alors.

— Comment ça ?

A la lueur vacillante des bougies et du feu, avec ses cheveux nimbés d'or et le chatoyant du jeté de soie, elle ressemblait à une déesse indienne. En la voyant ainsi, Jack eut envie de tout envoyer au diable pour la prendre dans ses bras et lui faire l'amour. Mais il fallait s'expliquer.

— Je ne veux pas que tu partes, Indy. J'ai bien réfléchi. Ta place n'est nulle part ailleurs qu'ici. Cet endroit t'appartient.

Il se pencha en avant, se demandant pourquoi il avait tant de mal à trouver ses mots quand il était en face d'elle. Bon sang, il avait toujours eu suffisamment d'aplomb pour prendre le dessus sur n'importe qui. N'importe qui, sauf India. Sa belle India, qu'il aimait tant, avec sa peau si douce, son corps sublime et son cœur si généreux. Un cœur qu'il voulait désespérément posséder, qu'il était bien déterminé à gagner.

— Non, cet endroit ne m'appartient pas. Dunbar est à toi, maintenant. Tu ne me dois rien. Il ne faut pas te sentir coupable. Si les choses se sont passées ainsi, c'est parce qu'il y avait une raison. Et puis, j'ai quelque chose à t'avouer.

Il se leva et se mit à faire les cent pas dans la bibliothèque, incapable de rester en place. Enfin, il s'immobilisa devant elle.

— Je t'aime, Indy. Je t'aime plus que tout au monde. Peut-être ne suis-je qu'un présomptueux salaud, mais je pense que tu m'aimes aussi.

— Jack, je...

D'un geste, il coupa court à ses protestations.

— C'est mon tour. Chaque fois que je t'ai laissée dire ce que tu voulais, je me suis retrouvé seul et malheureux. Je sais que c'est ma faute : j'aurais dû te dire que j'achetais Dunbar et rien de tout cela ne se serait produit. C'était stupide d'avoir voulu t'en faire la surprise. Mais maintenant, tout est clair. Nous pouvons envisager l'avenir ensemble.

— Comment ça, tu voulais m'en faire la surprise ?

— C'est idiot, je sais. Mais tu avais l'air tellement triste ce jour-là, à San Telmo, et j'étais désolé que tu n'aies pas hérité de Dunbar avec Séréna — comme elle me l'avait fait croire. Ensuite, chaque fois que j'ai essayé d'aborder le sujet avec toi à Buenos Aires, tu t'es refermée comme une huître. J'ai pensé que c'était parce que tu étais bouleversée d'avoir été tenue à l'écart. Puis je me suis dit que je pourrais te confier la restauration du domaine, une fois que je l'aurais acheté. Tu vas penser que je suis un affreux macho, mais… Indy, je te veux, je t'aime et je ne supporterais pas de te perdre de nouveau.

Il s'approcha d'elle. Elle était tout ce qu'il aimait. Il se baissa et la prit dans ses bras.

— Je veux t'épouser, Indy. Je veux que tu deviennes ma femme. Nous aurons une maison avec Molly, et une ribambelle d'enfants. Tu seras magnifique quand tu seras enceinte, ajouta-t-il avec un large sourire.

— Encein…

— Je n'ai pas fini. Tu sais très bien que nous sommes faits l'un pour l'autre et que notre rencontre n'est pas le fruit du hasard. Je ne crois pas aux phénomènes paranormaux et je ne chercherais même pas à expliquer ce qui s'est passé ce soir ou ce que Rob a essayé de faire. Une chose est sûre, c'est qu'il espère de toutes ses forces que nous restions tous les deux ici. Tu le sais aussi bien que moi. J'avais tort de ne voir en Dunbar qu'un hôtel et de rester aveugle à ce que toi, tu voyais. Je me rends compte maintenant qu'en renonçant à Dunbar, c'était tes racines que tu perdais — des racines si chères à ton cœur. Je veux un véritable foyer pour nous, un lieu qui fasse partie intégrante de nous. Je veux vivre avec toi ici, à Dunbar, Indy.

— Tu veux dire que tu abandonnes l'idée de l'hôtel ? demanda-t-elle, abasourdie.

— Il n'y aura pas d'hôtel. Je ne veux pas que ma femme et mes enfants vivent dans un hôtel.

Il rit, d'un rire joyeux, la regardant droit dans les yeux.

— Dunbar t'appartient. C'est pour nos enfants, pour nous, Indy. Tu avais raison depuis le début, et heureusement, tu as tenu bon.

Il la serra très fort contre lui, se rendant compte avec soulagement qu'il acceptait enfin de reconnaître ce qu'il attendait vraiment de la vie.

— Je n'arrive pas à y croire !

Elle se recula et le dévisagea. Ses yeux brillant de larmes contenues étaient remplis d'amour.

— Tu es *vraiment* prêt à renoncer à l'hôtel, Jack ?
— Oui.
— Mais l'entretien du domaine va coûter les yeux de la tête ! Sans parler des créances... Ce ne serait pas pratique de...
— Tu es encore en train de me contrarier !
— Oui. Non. Je ne sais pas, dit-elle en riant. J'ai l'impression d'être dans un rêve. Jamais je n'aurais cru que tu comprendrais ce que Dunbar représente pour moi. Et voilà que tu es en train de me faire cette proposition à la fois absurde et merveilleuse...

— Ce n'est pas une proposition, mais une demande en mariage. Est-ce absurde de vouloir épouser la femme que j'aime ? De vouloir partager avec toi cette demeure qui est dans la famille depuis la nuit des temps et de transmettre à nos enfants cet héritage ? Tu ne crois pas qu'on leur doit ça ?

Indy, si je me fie à ce que nous avons vécu ensemble jusqu'à présent, eh bien laisse-moi te dire qu'une sacrée belle vie nous attend ! Je ne parle pas simplement de sexe, s'empressa-t-il d'ajouter, craignant soudain qu'elle ne prenne mal ses paroles. Indy, tu vas me répondre, bon sang ?

Il porta sa main à ses lèvres, et embrassa ses doigts avec douceur.

— Veux-tu m'épouser ?

— Mais je ne peux pas, Jack ! s'écria-t-elle en se dégageant. Tu ne comprends pas. Je t'ai menti. Je…

— Chérie, je m'en fiche…

— Jack, s'il te plaît ! Tu dois m'écouter. Je t'ai menti au sujet d'Hernan. Je n'ai jamais eu de liaison avec lui. J'étais tellement bouleversée que je ne t'ai même pas donné une chance de t'expliquer. C'était stupide de ma part. Quand je pense que ce mensonge aurait pu te brouiller avec lui… Tu mérites quelqu'un de mieux que moi, qui ne se laisse pas aveugler par l'orgueil et la jalousie.

Jack s'esclaffa et lui souleva le menton.

— Tu crois que je serais ici si je ne savais pas que toutes ces conneries à propos de toi et d'Hernan n'étaient qu'un moyen de te protéger ?

— Tu savais depuis le début et tu ne m'as rien dit ? Et moi qui me suis fait un sang d'encre pendant tout ce temps et…

L'attirant contre lui, Jack lui scella les lèvres d'un baiser impérieux.

— Je ne te laisserai jamais partir, murmura-t-il.

L'orage était tombé et dans le silence de la pièce, on entendait seulement les ronflements d'Angus qui s'était rendormi près du feu.

Avec des gestes très doux, Jack embrassa les lèvres de son amour. Ses mains, tour à tour douces et exigeantes, trouvèrent le chemin de ses seins tendus. Elle s'enflamma alors, et leur étreinte passionnée fit fondre les barrières de l'orgueil et de la raison.

Soudain, incapables de se retenir plus longtemps, ils arrachèrent leurs vêtements. Bouche contre bouche et peau contre peau, ils se redécouvrirent avec une passion renouvelée, atteignant des profondeurs qui, bien qu'ignorées jusqu'à présent, leur étaient étrangement familières.

India arqua les reins contre le corps bronzé de Jack. L'éclat de ses yeux était tel qu'elle en eut le souffle coupé. Elle répondit à la caresse de ses doigts sur ses seins, s'offrant à lui, telle une page vierge, prête à recevoir le récit de passion et de désir qu'il lui promettait de tout son être. Puis, paupières closes, elle se laissa aller au bonheur de son étreinte, consciente pour la première fois qu'elle voulait l'accueillir dans son corps et son âme, maintenant et pour toujours.

Comme elle avait désiré ce moment ! Maintenant qu'il était arrivé, elle souhaitait en savourer chaque minute, contemplant à la lumière vacillante des bougies le dessin de ses muscles tendus, tandis qu'elle promenait ses lèvres sur sa peau recouverte d'une légère couche de sueur.

Il bougea et elle s'agrippa aussitôt à lui.

— Ne pars pas !

S'appuyant sur les coudes, il la contempla d'un air possessif.

— Je n'ai l'intention d'aller nulle part, dit-il.

— Tant mieux, chuchota-t-elle en promenant ses lèvres sur sa poitrine.

La passion et la détermination qu'elle lisait dans ses yeux, cette pointe de fierté masculine qu'elle y apercevait n'étaient pas pour lui déplaire.

— Tu es vraiment sûr que tu veux laisser tomber le projet de l'hôtel, Jack ? Tu es prêt à renoncer à tout ça ?

— Je ne renonce à rien du tout, Indy. Tout ce que je désire dans la vie, c'est une famille avec toi, ici, si tu veux bien de moi.

— Et tes affaires ? Tu vas sacrifier...

— Je ne sacrifierai rien du tout, chérie. Cesse de te poser des questions. Je t'aime, c'est tout aussi simple que ça. Tu ne comprends pas, chérie ? Le sacrifice, ce serait de laisser la seule femme qui compte vraiment pour moi sortir de ma vie.

India sourit, radieuse. Il y avait tant de sincérité et d'amour dans son regard.

— Giordano avait raison, chuchota-t-elle.

— Sur beaucoup de sujets, oui. T'a-t-il conseillé de m'épouser ?

— En quelque sorte, oui.

Elle le regarda à travers ses longs cils fournis, et repoussa une mèche de cheveux tombée sur son front.

— Jack, est-ce que tu ressens la même chose que moi ? Plus rien de ce qui faisait ma vie auparavant — courir d'un bout de la planète à l'autre, d'un marché à l'autre — n'a d'importance. Il y a une telle sérénité, ici...

Il acquiesça d'un signe de tête, et s'appuya sur un coude.

— Je vois tout à fait ce que tu veux dire. Cet endroit est extrêmement paisible. Ça n'a rien à voir avec ce que l'on peut ressentir quand on est en vacances ou en week-end. C'est un véritable sentiment de paix... Bon sang, Indy ! Je n'en peux plus ! Quand vas-tu me donner ta réponse ?

Il prit son visage entre ses mains et attendit.

C'était la décision la plus importante de sa vie. Pourtant, elle n'éprouvait aucun doute, pas la moindre hésitation. Elle était seulement emplie de joie et du désir de prolonger ce moment

enchanteur le plus longtemps possible afin de le graver dans sa mémoire.
— Je veux te l'entendre dire, chuchota-t-il.
Elle lui donna alors sa réponse.

20.

— Où est oncle Jack ? demanda Molly, la bouche pleine, tout en donnant à manger à Felix qui attendait sous la table de la salle à manger.

— Je ne l'ai pas encore vu ce matin, répondit Diana d'un ton évasif.

Peter regarda la petite par-dessus le magazine qu'il était en train de lire.

— Jack ? Il a passé la nuit à…, dit-il en s'interrompant net devant le regard horrifié de sa femme.

— Ah oui ! Il est parti très tôt à Dunbar. Il avait quelques affaires à régler là-bas.

— Il est chez Indy ? C'est super !

Molly se tourna vers Chloé qui buvait son café d'un air songeur.

— Tante Chloé, tu ne crois pas que ce serait une bonne idée si oncle Jack se mariait avec Indy ?

Elle pencha la tête sur le côté, prenant un air pensif.

— Indy est seule, reprit-elle, et oncle Jack aussi. Ils s'aimaient bien, avant, tu sais ? Et si on allait les retrouver ?

Chloé fit une moue avant de sourire d'un air espiègle.

— Excellente idée ! répondit-elle en se tournant vers

Lance, qui était occupé à avaler des quantités énormes de corn flakes.

Elle poussa un soupir, enviant ceux qui pouvaient se permettre de manger tout ce qu'ils voulaient sans prendre un gramme. Mais son esprit revint rapidement à ce qui se passait à Dunbar. Elle était curieuse de savoir si Jack et India avaient réussi à se réconcilier.

— D'accord, Molly. Je t'emmène. Qui veut venir ?
— Chérie, je ne pense pas que ce soit une bonne idée, murmura Diana avec un regard appuyé. Cela ne nous regarde pas.
— Et pourquoi ? Arrête de jouer les rabat-joie, Diana ! Ils ne doivent pas être en train de…
— Ça suffit comme ça, Chloé ! s'exclama sa sœur, les joues cramoisies.

Lance leva les yeux et sourit. Visiblement, il trouvait la situation vraiment amusante.

— Je t'accompagne, dit-il. Qu'est-ce qu'on parie ?
— Un billet de cent que c'est non.
— D'accord. En dollars ou en livres sterling ?
— En dollars, répondit rapidement Chloé après avoir calculé que le taux de change serait plus intéressant si elle perdait. D'autres paris ?
— Chloé, enfin ! Ce n'est pas un comportement digne d'une jeune fille ! déclara Diana en jetant un regard d'appréhension vers Molly.

Heureusement, cette dernière était trop occupée à nourrir le chien pour vraiment prêter attention à la conversation des adultes.

— Je vais prévenir Jack de votre arrivée ! fit Peter en commençant à se lever.

Mais Chloé l'arrêta d'un geste.

— Oh non, Peter Kinnaird ! Je ne te parlerai plus jamais de ma vie si tu fais ça. Sois chic, s'il te plaît !

— Je me demande de qui tu as hérité ce côté *je-me-mêle de tout*, dit Diana en hochant la tête d'un air désapprobateur. Je ne vois pas à quoi ça va t'avancer de courir la campagne avec Molly…

— Et Lance.

— J'abandonne ! s'exclama Diana en levant les mains en signe de désespoir. Je ne veux plus en entendre parler. Peter, tu n'as qu'à t'en occuper. J'ai d'autres chats à fouetter.

Sur ces mots, elle se leva et quitta la salle à manger.

Peter soupira.

— Je suppose qu'il est inutile d'essayer de t'en dissuader.

— Exact, fit Chloé avec un grand sourire.

— C'est bien ce que je me disais.

Peter retourna alors à la lecture de *Meutes et Chevaux* qui était arrivé au courrier de ce matin.

— Allez, vous deux, on y va ! fit Chloé en se levant. Au fait, j'accepte le liquide, ajouta-t-elle d'un ton suave à l'adresse de Lance qui lui tenait la porte.

— Super ! lança-t-il en lui emboîtant le pas.

Jack se tenait sous le chêne, un bras passé autour des épaules d'India, une main dans la poche de sa veste de chasse. Ensemble, ils contemplaient les terres de Dunbar qui s'étendaient jusqu'à l'horizon. La pelouse sentait l'herbe fraîchement coupée, et les branches du chêne ployaient sous les nids et les feuilles nouvellement écloses.

— Tout ceci est à nous, murmura Jack, la bouche contre les cheveux d'India.

— Mmm…

— Qu'est-ce que c'est que ça ? demanda soudain Jack en retirant la main de sa poche.

— Mon pendentif ! s'exclama India en le lui prenant des mains. Je le cherche depuis le jour où tu m'as tiré dessus.

— Où j'ai *failli* te tirer dessus !

— Il devait être dans ta poche depuis tout ce temps.

— Il attendait de retrouver sa propriétaire.

Elle lui jeta un regard moqueur.

— Oh, je t'en prie, arrête ! Ce n'est pas parce que Rob est ton « arrière-arrière-arrière je ne sais quoi » que tu dois t'autoriser ces petits délires métaphysiques.

— Tu as peut-être raison, chérie, mais *ces petits délires,* comme tu dis, sont parfois utiles. Surtout lorsqu'il y a des coussins moelleux, des jetés de soie et qu'on fait l'amour dans la bibliothèque, répliqua-t-il avec un sourire entendu.

Il la prit par les épaules pour l'obliger à se tourner vers lui.

— Jack, vraiment...

Mais il coupa court à ses protestations d'un long baiser passionné et, avant qu'elle n'ait pu réagir, glissa les mains sous son pull, la faisant aussitôt frémir de plaisir.

Un bruit de course sur la pelouse coupa net leur élan. Ils relevèrent la tête et India s'empressa de rajuster son pull-over, surprise de voir Molly qui arrivait en courant.

La petite fille s'arrêta devant eux, haletante.

— Comment es-tu venue jusqu'ici, petite citrouille ? lui demanda Jack avec un sourire attendri.

Molly ignora la question, préférant poser la sienne :

— Tu lui as demandé, oncle Jack ?

— Demandé quoi ?

Elle le regarda, les lèvres pincées, comme si elle doutait de son bon sens. Alors, elle décida de prendre les choses en main. Levant vers India ses grands yeux bleus, elle demanda :

— Indy, tu veux bien nous épouser ? Dis oui, s'il te plaît ! Je sais qu'oncle Jack est pénible, des fois, mais à nous deux, on devrait pouvoir y arriver, l'assura-t-elle en plissant sa petite frimousse.

India n'eut pas l'air convaincu.

— Tu es sûre ? Je n'ai pas envie de me retrouver dans le pétrin. Après tout, le mariage est une chose sérieuse.

— Je te promets de t'aider, Indy, répliqua la petite fille très sérieusement. Il n'est pas si méchant qu'il en a l'air, tu sais ? En fait, il est même plutôt cool, ajouta-t-elle avec un sourire encourageant, destiné à dissiper les derniers doutes que la jeune femme aurait pu avoir.

Jack regarda India par-dessus les boucles blondes de la petite fille, les yeux emplis d'amour, un sourire amusé aux lèvres.

— Alors, tu veux bien nous épouser ?

Fronçant les sourcils, India fit mine de réfléchir. Soudain, elle sentit une petite main tirer sur son pull. Voyant le regard inquiet de Molly, elle se mit à rire et lui ébouriffa les cheveux d'un geste tendre.

— Bien sûr que je veux vous épouser tous les deux ! Rien ne me ferait plus plaisir.

— C'est vrai ? s'écria la petite fille en se jetant à son cou. Tu sais on y arrivera, à nous deux. On...

— Hé là ! protesta Jack en feignant la colère, ai-je mon mot à dire ou bien est-ce vous qui allez décider de tout ? Est-ce que je suis vraiment aussi casse-pieds que ça ?

— Ne t'inquiète pas, chéri. On essaiera de te supporter.

— C'est trop gentil de votre part !

— Oncle Jack a dit qu'on allait habiter ici, à Dunbar, et

que je pourrai aller à l'école avec Caroline et Henny. C'est super, non ?

India leva un sourcil interrogateur.

— Tiens donc, tu lui as dit ça ? Tu devais être bien sûr de toi ! Comment savais-tu que je finirais par dire oui ?

— Je t'expliquerai plus tard, dans la bibliothèque. Pour le moment, nous avons de la visite.

Il fit signe à Chloé et Lance qui étaient assis sur un banc un peu plus loin.

— Crois-tu que ça va marcher entre ces deux-là ? demanda-t-il à India en passant un bras autour de ses épaules.

Apercevant Angus, Molly s'éloigna en courant. Les deux adultes lui emboîtèrent le pas tranquillement. Tout ce qui avait jusque-là constitué une priorité dans leur vie — rendez-vous d'affaires, réunions… — était maintenant relégué au second plan. Comblés, ils profitaient de ce bonheur nouvellement trouvé.

Le ciel gris semblait annoncer la pluie. Mais brusquement, le soleil perça les nuages, inondant Dunbar d'un flot de lumière, et le château leur apparut dans toute sa splendeur. C'était comme un signe, comme si tous leurs ancêtres — depuis William jusqu'à Lady Elspeth — leur donnaient leur bénédiction.

— On dirait qu'ils sont tous là, n'est-ce pas ? murmura India.

— C'est peut-être le cas, après tout, répondit Jack en glissant une main dans sa poche. Ferme les yeux.

Il lui prit la main gauche et lui glissa au doigt la bague sertie d'un diamant et d'une améthyste qui avait été destinée à son arrière-arrière-grand-mère, Mhairie. Elle semblait avoir été faite pour India.

La jeune femme examina le bijou, fascinée.

— Elle est tout simplement magnifique, Jack. Merci !

s'exclama-t-elle en se hissant sur la pointe des pieds pour l'embrasser.

— Ce n'est pas moi qu'il faut remercier, mais Rob. La bague se trouvait dans le coffre que j'ai déterré. Elle t'attendait. Et il y a autre chose que j'aimerais te donner. Je t'ai promis Dunbar. Voilà le titre de propriété.

— Oh, chéri, le domaine est à nous deux, pas seulement à moi !

— Un jour, il appartiendra à notre fils. Pour le moment, je veux que tu saches que tu es chez toi, ici.

— Et si c'est une fille ? demanda-t-elle en riant, amusée par son arrogance toute masculine. On n'a pas encore discuté de ce sujet.

— Il n'y a pas à en discuter, répliqua Jack. Je préfère qu'on passe à l'acte.

— Jack !

Mais elle n'eut pas le temps de protester. Déjà, il la prenait dans ses bras. Mais ils furent de nouveau interrompus, cette fois-ci par des sifflements en provenance du banc. Ils se séparèrent et se dirigèrent vers Lance et Chloé.

— Dois-je en conclure que c'est une fin heureuse ? s'enquit Chloé. Zut ! J'ai perdu mon pari. Cela dit, je suis heureuse pour vous deux, ajouta-t-elle en serrant son amie dans ses bras.

— J'accepte le liquide, lui glissa Lance avec un grand sourire.

— Je parie que Jack t'avait mis au parfum. Si jamais tu as triché, Lance…

— Pas du tout ! Je te le jure. Parole de scout !

— D'accord, tu as gagné.

— Il ne faut pas être mauvaise perdante. Je te parie dix mille dollars que toi et moi, on sera mariés d'ici la fin de l'année.

— Au moins, ce pari-là, je ne pourrai pas le perdre.

— Westmorland, tu ne veux pas aller finir cette conversation ailleurs ? le supplia Jack.

— Bonne idée ! fit Lance en passant le bras autour des épaules de Chloé.

Molly courut jusqu'en haut des marches et ouvrit la porte vitrée qui menait à la pièce lambrissée de chêne. Main dans la main, Jack et India lui emboîtèrent le pas.

A peine étaient-ils entrés que la fillette les arrêta d'un geste. Fronçant les sourcils, elle tendit l'oreille.

— Vous avez entendu ?
— Quoi ?
— Vous n'entendez pas ? Il y a de la musique. Quelqu'un est en train de siffloter une chanson.

— Tu as raison. C'est *Charlie is My Darling*, une vieille ballade écossaise.

— Et là, on dirait que c'est un cheval qui galope ! s'exclama Molly en se tournant vers eux, une lueur interrogative dans le regard. Qui cela peut-il bien être, oncle Jack ?

Emplis d'effroi et d'admiration, ils reconnurent le galop d'un cheval. Puis le bruit des sabots et le sifflotement déclinèrent.

Jack et India échangèrent un sourire complice.

— Rob a dû estimer que Dunbar était entre de bonnes mains et qu'il était temps pour lui de s'en aller, murmura Jack en prenant India dans ses bras.

— Le serment de William ne sera pas brisé, chuchota-t-elle, soudain emplie de bonheur à l'idée qu'enfin, après un voyage qui avait été long et difficile, ils étaient enfin arrivés à bon port.

BEST SELLERS

Le 1er juillet

La nuit du cauchemar - Gayle Wilson • N°292

Depuis qu'elle a emménagé dans la petite ville de Crenshaw, Blythe vit dans l'angoisse : Maddie, sa fille, est en proie à de violents cauchemars et se réveille terrifiée. La nuit, des coups sont frappés à la vitre, que rien ne peut expliquer... Et lorsque Maddie croit voir Sarah, une petite fille sauvagement tuée il y a vint-cinq ans, et qu'elle se met à lui parler, Blythe doit tout faire pour comprendre quelle menace rôde autour de son enfant.

Mortel Eden - Heather Graham • N°293

Lorsque Beth découvre un crâne humain sur l'île paradisiaque de Calliope Key, elle comprend immédiatement qu'elle est en danger. Car deux plaisanciers ont déjà disparus, alors qu'ils naviguaient dans les eaux calmes de l'île... Et Keith, un séduisant plongeur, semble très intéressé par sa macabre découverte. Mais peut-elle faire lui confiance et se laisser entraîner dans une aventure à haut risque ?

Visions mortelles - Metsy Hingle • N°294

Lorsque Kelly Santos, grâce à ses dons de médium, a soudain eu la vision d'un meurtre, elle n'a pas hésité à prévenir la police. Personne ne l'a crue... jusqu'à ce que l'on découvre le cadavre, exactement comme elle l'avait prédit. Et qu'un cheveu blond retrouvé sur les lieux du crime, porteur du même ADN que celui de Kelly, ne fasse d'elle le suspect n°1 aux yeux de la police...

Dans les pas du tueur - Sharon Sala • N°295

Cat Dupree n'a jamais oublié le meurtre de son père, égorgé lorsqu'elle était enfant par un homme au visage tatoué. Depuis, elle a reconstruit sa vie – mais tout s'écroule quand Marsha, sa meilleure amie, disparaît sans laisser de trace. Seul indice : un message téléphonique, qui ne laisse entendre que le bruit d'un hélicoptère... Un appel au secours ? Cette fois-ci, Cat ne laissera pas le mal détruire la vie de celle qu'elle aime comme une sœur.

BEST SELLERS

Le sang du silence - Christiane Heggan • N°296

13 juin 1986. New Hope, Pennsylvanie. Deux hommes violent, tuent puis enterrent une jeune fille du nom de Felicia. La police incarcère un simple d'esprit. Les rumeurs prennent fin dans la petite ville.
9 octobre 2006. Grace McKenzie, conservateur de musée à Washington, apprend que son ancien petit ami, Steven, vient d'être assassiné à New Hope, où il tenait une galerie d'art. Elle va découvrir, avec l'aide de Matt, un agent du FBI originaire de la petite ville, qu'un silence suspect recouvre les deux crimes... et qu'un terrible lien les unit, enfoui dans le passé de New Hope.

Le donjon des aigles - Margaret Moore • N°297

La petite Constance de Marmont a tout juste cinq ans lorsque, devenue orpheline, elle est fiancée par son oncle au jeune Merrick, fils d'un puissant seigneur des environs. La fillette est aussitôt emmenée chez ce dernier, au château de Tregellas, où sa vie prend figure de cauchemar. Maltraitée par son hôte, William le Mauvais, Constance l'est également par Merrick, qui fait d'elle son souffre-douleur jusqu'à ce que, à l'adolescence, il quitte le château pour commencer son apprentissage de chevalier.
Des années plus tard, Merrick, devenu le nouveau maître de Tregellas, revient prendre possession de son fief — et de sa promise...

Hasard et passion - Debbie Macomber • N°150 *(réédition)*

Venue au mariage de sa meilleure amie Lindsay à Buffalo Valley, Maddy Washburn décide, comme cette dernière, de s'installer dans la petite ville. Une fois de plus, les habitants voient avec surprise une jeune femme ravissante et dynamique rejoindre leur paisible communauté. Ils ignorent que Maddy est à bout de forces, le cœur déchiré par ses expériences du passé... Seul Jeb McKenna, un homme farouche qui vit replié sur ses terres, peut la pousser à se battre et à croire à nouveau en l'existence.

ABONNEMENT…ABONNEMENT…ABONNEMENT…

ABONNEZ-VOUS!
2 romans gratuits*
+ 1 bijou
+ 1 cadeau surprise

Choisissez parmi les collections suivantes

AZUR : La force d'une rencontre, l'intensité de la passion.
6 romans de 160 pages par mois. 22,48 € le colis, frais de port inclus.

BLANCHE : Passions et ambitions dans l'univers médical.
3 volumes doubles de 320 pages par mois. 18,76 € le colis, frais de port inclus.

LES HISTORIQUES : Le tourbillon de l'Histoire, le souffle de la passion.
3 romans de 352 pages par mois. 18,76 € le colis, frais de port inclus.

AUDACE : Sexy, impertinent, osé.
2 romans de 224 pages par mois. 11,24 € le colis, frais de port inclus.

HORIZON · La magie du rêve et de l'amour.
4 romans en gros caractères de 224 pages par mois. 16,18 € le colis, frais de port inclus.

BEST-SELLERS Des romans à grand succès, riches en action, émotion et suspense.
3 romans de plus de 350 pages par mois. 21,31 € le colis, frais de port inclus.

MIRA : Une sélection des meilleurs titres du suspense en grand format.
2 romans grand format de plus de 400 pages par mois. 23,30 € le colis, frais de port inclus.

JADE : Une collection féminine et élégante en grand format.
2 romans grand format de plus de 400 pages par mois. 23,30 € le colis, frais de port inclus.

Attention: certains titres Mira et Jade sont déjà parus dans la collection Best-Sellers.

NOUVELLES COLLECTIONS

PRELUD' : Tout le romanesque des grandes histoires d'amour.
4 romans de 352 pages par mois. 21,30 € le colis, frais de port inclus.

PASSIONS : Jeux d'amour et de séduction.
3 volumes doubles de 480 pages par mois. 19,45 € le colis, frais de port inclus.

BLACK ROSE : Des histoires palpitantes où énigme, mystère et amour s'entremêlent.
3 romans de 384 et 512 pages par mois. 18,50 € le colis, frais de port inclus.

VOS AVANTAGES EXCLUSIFS

1. Une totale liberté
Vous n'avez aucune obligation d'achat. Vous avez 10 jours pour consulter les livres et décider ensuite de les garder ou de nous les retourner.

2. Une économie de 5%
Vous bénéficiez d'une remise de 5% sur le prix de vente public.

3. Les livres en avant-première
Les romans que nous vous envoyons, dès le premier colis payant, sont des inédits de la collection choisie. Nous vous les expédions avant même leur sortie dans le commerce.

ABONNEMENT...ABONNEMENT...ABONNEMENT...

Oui, je désire profiter de votre offre exceptionnelle. J'ai bien noté que je recevrai d'abord gratuitement un colis de 2 romans* ainsi que 2 cadeaux. Ensuite, je recevrai un colis payant de romans inédits régulièrement.

Je choisis la collection que je souhaite recevoir :

(❏ cochez la case de votre choix)

❏	**AZUR** :	Z7ZF56
❏	**BLANCHE** :	B7ZF53
❏	**LES HISTORIQUES**	H7ZF53
❏	**AUDACE** :	U7ZF52
❏	**HORIZON** :	O7ZF54
❏	**BEST-SELLERS** :	E7ZF53
❏	**MIRA** :	M7ZF52
❏	**JADE** :	J7ZF52
❏	**PRELUD'** :	A7ZF54
❏	**PASSIONS** :	R7ZF53
❏	**BLACK ROSE**	I7ZF53

*sauf pour les collections Jade et Mira = 1 livre gratuit

Renvoyez ce bon à : Service Lectrices HARLEQUIN
BP 20008 - 59718 LILLE CEDEX 9.

N° d'abonnée Harlequin (si vous en avez un) ⎵⎵⎵⎵⎵⎵⎵⎵

Mme ❏   Mlle ❏   NOM _____

Prénom _____

Adresse _____

Code Postal ⎵⎵⎵⎵⎵   Ville _____

Le Service Lectrices est à votre écoute au 01.45.82.44.26
du lundi au jeudi de 9h à 17h et le vendredi de 9h à 15h.

Conformément à la loi Informatique et Libertés du 6 janvier 1978, vous disposez d'un droit d'accès et de rectification aux données personnelles vous concernant. Vos réponses sont indispensables pour mieux vous servir. Par notre intermédiaire, vous pouvez être amené à recevoir des propositions d'autres entreprises. Si vous ne le souhaitez pas, il vous suffit de nous écrire en nous indiquant vos nom, prénom, adresse et si possible votre référence client. Vous recevrez votre commande environ 20 jours après réception de ce bon. Date limite : 31 décembre 2007.

Offre réservée à la France métropolitaine, soumise à acceptation et limitée à 2 collections par foyer.

Composé et édité par les
*éditions*Harlequin
Achevé d'imprimer en avril 2007

BUSSIÈRE
GROUPE CPI

à Saint-Amand-Montrond (Cher)
Dépôt légal : mai 2007
N° d'imprimeur : 70378 — N° d'éditeur : 12820

Imprimé en France